님은 침묵하지 않았다

님은 침묵하지 않았다 1

초판 1쇄인쇄 2024년 3월 5일
초판 1쇄발행 2024년 3월 8일
저 자 김호운
발행인 박지연
발행처 도서출판 도화
등 록 2013년 11월 19일 제2013-000124호
주 소 서울시 송파구 중대로34길 9-3
전 화 02) 3012-1030
팩 스 02) 3012-1031
전자우편 dohwa1030@daum.net
인 쇄 유진보라
ISBN | 979-11-92828-46-6*03810
SETISBN | 979-11-92828-45-9*04810
정가 17,000원

도화道化, fool는

고정적인 질서에 대한 익살맞은 비판자,
고정화된 사고의 틀을 해체한다는 뜻입니다.

님은 침묵하지 않았다 1

김호운 만해평전소설

도화

목차

작가의 말

풍란화 매운 향기

　만해 한용운 선사, 나는 그 이름만 들어도 가슴이 설렙니다. 선사의 평전소설을 쓴 저자로서 감상에 젖은 감정이 아니라, 오랜 세월 묻혀 있던 선사의 진면목을 엿본 기쁨과 경외감입니다.

　한용운 선사가 추구한 사상의 실체는 '절대 자유'와 '절대 평등'입니다. 불교에서는 이를 '화엄 증도華嚴證道'라고 말합니다. 결국 그것은 자유와 평등사상으로 귀결됩니다. 역사를 비정比定할 수는 없습니다만, 우리가 더 일찍 만해선사의 이러한 사상을 발견하고 실천했더라면 우리 사회는 지금보다 좀 더 아름답게 발전하지 않았을까 하는 아쉬운 마음도 듭니다. 누란累卵에 처한 나라를 바로 세우려는 올곧은 정신은 지금 우리 사회에도 적용되기에 더욱 그렇습니다. 안타깝게도 지금까지 우리는 보석 같은 이 '만해 사상'을 묻어 두었습니다.

　오래전에 200자 원고지 약 5천 매 분량의 장편소설을 탈고하여 한용운 선사의 대표 시에서 따온 『님의 침묵』이라는 제목으로 출간하였습니다. 당시 이 소설을 쓰기 위하여 3년여 동안 국내외를 찾아다니며 자료를 찾았지만, 불교에 몸담은 스님이라는 신분이었기에 일반 생활 속의 기록이 별로 없어 어려움이 많았습니다. 또한 가문이 번창하지 않았고, 사상을 계승시킬 후학을 양성하지 못했으며, 당시에는 불교계 안에서 결혼한 만해선사에 대한 인식도 그리 좋지 않았습니다. 그나마 몇몇 뜻있는 학자들이 개인 중심으로, 또는 학회를 만들어 그 사상의 명맥을 유지해 온 게 작은 불씨를 만들 수 있었습니다.

그러고 나서 30년 가까운 세월이 지났습니다. 그사이에 새로운 자료를 찾기도 하고 우리 사회와 독자층도 많은 변화가 있어 이 작품을 개작改作해야 할 필요가 생겼습니다. 이에 문맥을 새로 정리하며 다듬고 일부 구성도 손질하여 『님은 침묵하지 않았다』로 제목을 고쳐 다시 독자들께 선보입니다.

이 장편소설 『님은 침묵하지 않았다』는 한용운 선사를 문학가로, 애국지사로, 훌륭한 스님으로만 평가될 수 없다는 강한 의구심에서 출발합니다. 선사는 한마디로 대사상가입니다. 묻혀 있던 이 '만해 사상'을 복원하는 일은 작가로서, 또 이 땅에 사는 후학으로서 마땅히 해야 할 의무라고 생각합니다. 문학가와 애국지사와 스님으로서의 한용운 선사의 모습은 거대한 만해 사상 아래 돋아난 하나의 가지에 불과합니다. 우리는 그 가지만 바라보고 사상의 줄기와 뿌리는 보지 못했습니다.

이 작업에는 많은 분의 도움이 있었습니다. 고령에도 불구하고 여러 차례 녹음 인터뷰에 응해 주신 만해선사의 재가在家 제자 김관호 선생님, 불가 제자 박설산 조영암 두 분 스님, 만해사상연구회 전보삼 교수, 이원섭 시인, 그 밖에도 여러분의 도움을 받았습니다. 특히 이 소설에는 3·1 독립운동 관련 자료, 신문 잡지 기사, 그리고 여러 참고 도서 내용들을 윤색 없이 인용했습니다. 이는 한용운 선사의 일생이 곧 역사 기록이기 때문에 픽션으로 훼손시킬 수 없었습니다. 특히 '대동단大同團' 사건은 건국대학교 신복룡 명예교수의 저서 『대동단실기大同團實記』를 저자의 양해를 받아 상당 부분 인용하여 재구성했습니다. 훌륭한 저서를 남겨주신 모든 분께 지면을 통해 감사의 말씀을 드립니다.

이 소설을 집필하는 동안 거의 하루도 빠짐없이 새벽 2, 3시에 일어나 손을 닦고 향을 사르고 나서 집필 작업을 시작했습니다. 부족한 노력을 맑은 정신으로 채우기 위해서였습니다. 한용운 선사가 추구하려 했던 그 사상의 실체를 복원하여 재현하는 작업이라 미진한 부분이 많으리라 생각합니다. 거대한 '만해 사상'에 얼마나 접근했는지 두렵기도 합니다. 다만 이 작업은 누군가 한 번은 시도해야 할 숙제고, 그것을 먼저 했다는 데 의미를 찾고 싶습니다.

이제 만해 선사의 사상이 제 모양을 갖추고 우리 민족뿐만 아니라, 세계 인류에게 평화의 빛을 비추리라 기대해 봅니다.

2024년 갑진년 정월
說苑齋에서 愚公 김호운

제1권

출향

여명이 사그라지기 전에 고향 집을 나온 유천은 앞만 보며 걸었다. 간헐적으로 그는 걸음을 멈추며 냉기가 스민 새벽 공기를 가슴에 가득 채우듯 들이마셨다. 이 맑은 공기를 다시 맡을 수 없을지도 모른다는 생각에 잠시 코끝이 시큰했으나 그는 이내 평정심을 되찾으며 다시 걷는다. 헤어지는 마음을 정리하는 일이 그에겐 이제 일상처럼 익숙했다. 7년 만에 돌아와 다시 고향을 떠나는데도 처음보다 오히려 마음이 더 홀가분한 듯 보였다. 죽은 줄 알았던 사람이 살아서 돌아온 기쁨을 미처 추스를 사이도 없이 또 바람같이 떠나는 그를 보며 그의 어머니와 아내도 망연자실할 뿐 붙잡지 않았다. 오래전에 이미 죽은 사람으로 여기며 살아왔던 그들 역시 이제 석별의 정에 익숙해 보인다. 출가한 건 아니지만, 삿갓에 승복 차림으로 돌아온 때부터 그들은 이미 그를 타인처럼 느꼈는지 모른다.

더 큰 일을 해야 한다. 고향 집이 보이지 않을 즈음 유천은 한 번 더 다짐한다. 자식으로서, 지아비로서 고향 땅에 살지 못하는 마음 위에 그는 그렇게 바위 같은 돌 하나를 올려놓았다. 큰일을 도모하기에는 이 충청도 홍주(홍성의 옛 지명)의 하늘이 그에겐 너무 좁았다.

대한제국이 어지럽게 술렁인다. 미국·러시아·영국·이탈리아가 자국 교민을 보호한다는 구실로 군대를 입경入京시켰다. 여기에 한 술 더 떠 일본은 육군을 인천·남양·군산·원산에 상륙시키더니 급기야 그들도 한성에 입경했다. 뒤이어 일본이 대한제국을 강점하려 한다는 소문이 이곳 홍주 땅에까지 전해졌다. 이미 1904년 2월 23일에 한일 의정서가 교환되었으며 이를 반대하던 탁지부 대신 이용익을 그 전날 일본으로 압송하는 만행도 저질렀다.

전국에서 또다시 이를 반대하는 의병 운동이 불길같이 일어났다. 이 소문을 듣고 유천은 그대로 고향에 눌러앉아 있을 수 없었다. 뭐라도 해야 하는데 딱히 행동으로 옮길 계획이 떠오르지 않았다. 세상 돌아가는 정보에 취약한 홍주에서는 아무 일도 할 수 없다는 걸 깨닫고 그는 세상 속으로 나가야 한다며 무작정 고향을 떠났었다. 그렇게 7년 전 고향을 떠났을 때 충청도 어느 주막에서 강대용과 이지룡을 만났다. 그때 그들은 이미 이러한 국제 정세와 새로운 변화를 내다보았다. 그들은 조선의 운명이 어떻게 될 거라는 사실도 예측했다. 달걀로 바위 치는 싸움을 하여 인재人材의 싹마저 잘라 버려야 하는가, 아니면 때를 기다렸다가 진정 조선을 위하는 일을 해야 하는가. 그때 세 사람은 이마를 맞대고 이런 이야기를 하며 바람 앞의 등불 같은 조선의 앞날을 걱정했다.

유천은 눈앞에 섬광처럼 번쩍하고 지나가는 불빛을 보았다. 이런 생각을 하며 나라를 걱정하는 조선 백성들이 과연 얼마나 될까. 생각할수록 답답함만 가중되었다. 적을 이기려면 내가 누구인지를 아는 게 먼저다. 내 나라를 모르는데 어찌 침략한 적과 맞서 싸우겠는가. 조선 2천만 백성이 모두 단결된 같은 생각을 가져야 이 싸움에서 이길 수 있다. 어쩌면 지금이 바로 그러한 일을 해야 하는 때인지도 모른다.

우연일까. 그렇게 앞만 보며 걷던 유천은 7년 전에 머물렀던 그 주막 앞에서 걸음을 멈추었다. 산도 집도 모두 7년 전 그대로였으나 그새 주인이 바뀌었다. 사람의 운명이 참 묘하다는 생각에 그는 씁쓸하게 웃었다. 7년 전과 똑같은 입장으로 이 주막 앞에 다시 서게 될 줄 그는 꿈에도 상상하지 못했다. 당시에는 의병에 몸담았던 궁지 하나로 패기만만하게 도피 중이었다면 지금은 새로운 세상을 열기 위한 역할을 막연히 그리며 고향을 떠난다. 달라진 게 또 있다. 비록 머리카락이 길어 봉두난발이 되었지만, 승복에 삿갓을 썼다. 속도 승도 아닌 이 해괴한 모습을 보고 사람들은 어떤 생각을 할까. 주막 앞에 서서 답을 찾다가 그는 주막으로 들어갔다.

막걸리 한 사발을 청하여 마신 뒤 유천은 객방으로 들어갔다. 강대용과 이지룡을 처음 만났던 바로 그 방이다. 팔을 베고 찬기가 올라오는 바닥에 누웠다. 마당의 감나무에서 매미 소리가 요란하다. '두 사람은 어디서 무얼 하고 있을까.' 그 생각을 하다 그는 벌떡 일어났다. 불현듯 광덕스님이 떠올랐다. 속리산 수구암에 그대로 있을

지 궁금했다. 수구암을 떠날 때 헤어질 땐 돌아보지 말라던 스님의 말이 화두처럼 머릿속을 울린다. 다시는 만나지 못할 것 같은 불길한 예감이 들었다. 잠시 허공을 바라보다가 그는 다시 자리에 누웠다. 관군에게 쫓기면서 홍주 땅을 떠나던 5년 전 그날 일이 마치 영상처럼 생생하게 떠오른다.

한성에 나부끼는
열강의 깃발

동학東學이 실패하고, 흥선 대원군이 그토록 몸부림치던 쇄국이 무너지면서 이 땅에는 청나라·러시아·일본 등 외세의 물결이 봇물 터지듯 밀려들었다. 일본은 조선보다 앞서 자기들도 외세에 굴욕적으로 개항開港했다. 1854년, 미국의 페리 제독이 군함을 끌고 와 위협하는 바람에 일미불평등조약을 맺은 것이다. 못된 건 빨리 배우는 법이다. 그때의 경험을 그대로 살려 일본은 강화 앞바다에 측량선 운요호를 끌고 와 협박하면서 조선에 개항을 요구하였다. 이리하여, 1876년에 조선은 강화도조약을 맺으면서 일본에 문을 열어주었다.

'조일병자수호조약'으로 불리는 강화도조약으로 조선에서 주도권을 일본에 빼앗긴 청나라는 이홍장을 앞세워 미국과 조미朝美수호통상조약을 체결하여 조선에서 고개를 드는 일본 세력을 견제하려하였다. 이를 기점으로 영국·독일·프랑스가 연이어 조선과 통상조약을 체결하여 조선은 갑자기 외세의 물결에 걷잡을 수 없이 휘말렸다. 그들은 마치 자기 집 안방처럼 조선 땅을 거침없이 휘젓고 다녔다. 자국민을 보호한다는 구실로 멋대로 자기 나라 군대를 들여오는가 하면, 무역을 핑계로 상인들을 들여보내 경제를 수탈했다. 또한 곳곳에서 부녀자를 겁탈하거나 선량한 백성들을 폭행하는 만행을 저질렀다. 그래서 조선 백성들은 외국인을 보면 양귀洋鬼라 하여 도망 다녔으며 서양 사람들이 어린이들을 잡아먹는다는 소문까지 나돌아 민심이 흉흉하였다.

청나라와 러시아, 그리고 일본은 밖으로 세력을 넓히기 위해 반드시 차지해야 하는 조선의 지정학적 조건에 욕심을 품고 내정까지 간섭하면서 주도권 싸움에 명운을 걸었다. 마침내 일본은 조선 땅에서 청나라와 일전을 벌인 청일전쟁을 일으키기도 했다. 1894년 7월부터 1895년 4월 사이에 전개된 두 나라의 전쟁은 아이러니하게도 전장이 한반도였다.

청나라를 물리친 일본은 더욱 기고만장하여 거침없이 조선을 장악하기 시작했으며 마침내 단군 성조聖祖께서 이 땅에 조선족의 나라를 세운 지 4228년째 되는, 조선 개국 504년이자 고종 재위 32년째인 을미년(1895년)에 우리 민족사에 씻을 수 없는 오점을 남기는 을미사변이 일어났다. 이해 시월 스무날, 일본은 불한당 사무라이들을 동원하여 경복궁 깊숙이 침입, 명성황후를 시해하였다. 한 나라의 황제가 거처하는 황궁에 침입하여 국모를 시해하는 무도한 만행을 저지른 것이다. 여기에는 정권 다툼에 눈이 먼 조선인들이 그들과 함께 행동함으로써 이 나라 역사를 더욱 비참하게 오염시켰다.

이후 들어선 김홍집 친일내각은 개화 정책을 편다며 음력 11월 15

일에 단발령을 공포하였으며, 관리들이 가위를 들고 나와 백성들의 상투를 자르기 시작하였다. 여기에다 춘생문春生門 사건으로 불리는 명성황후 계系 친미 친러파 군인과 관리들이 주도한 쿠데타가 일어 났다. 이 쿠데타가 실패하면서 오히려 내정 간섭 명분을 얻은 일본 의 기세가 더욱 기고만장해졌다. 이듬해 2월 11일, 고종 황제가 친러 시아파 각료들에 의해 러시아 공사관으로 피신해 버렸다. '아관파천 俄館播遷'이라 불리는 이 사건으로 갑오개혁으로 정권을 장악한 김홍 집 내각이 무너지고 이어 친러시아 정권이 들어섰다.

갑오개혁 내각 대신들은 대부분 일본으로 피신하였으나 '왜대신 倭大臣'으로 지목되어 주살誅殺 영이 내려졌음에도 김홍집과 어윤중 은 일본행을 거부하였다. 그리하여 김홍집은 광화문 앞에서 분노한 군중들에게 맞아 죽고, 겨우 몸을 피한 어윤중도 경기도 용인에서 농민들에게 피살당하였다.

친일 세력에 의한 갑오개혁이 실패했으나 일본은 여전히 건재했 다. 오히려 그들은 헌병대까지 창설하는 여유를 보였다. 지방의 친 일 관리들도 더욱더 백성들을 괴롭히며 경제 수탈을 일삼았다.

바로 이 무렵, 황실과 내각의 무능, 그리고 외세의 극성을 보다 못 한 유림에 의해 전국에 의병 봉기가 시작되었다. 이른바 '을미의병 운동'이다. 충청도 홍주에서도 예외는 아니었다. 1월 17일, 형조참 의를 지낸 김복한과 그의 내종형인 이설 등이 민중 봉기를 계획하고 있었다. 이들은 바로 전 해에 새로 구획된 부제府制에 의해 홍주부 관찰사가 된 이승우를 설득하여 유림 세력을 끌어들이려 하였다. 그 러던 중 별도의 세력으로 봉기를 계획하던 박창로 이세영이 대홍과

정산에서 봉기하였고, 안병찬 채광묵 이창서 이봉학 등이 먼저 들고 일어났다. 이들은 곧 연합 세력을 구성하고 일반인으로 변장하여 성 안에 집결하여 봉기함으로써 홍주성을 무혈점령하였다.

의병들이 참서관 함인학과 경무관 이호선을 체포, 구금하자 관찰 사 이승우도 어쩔 수 없이 의병에 가담하였다. 관찰사 이승우는 스 스로 창의대장이 되어 관내 22군 군수에게 공문을 발송하여 한 가구 에 한 명씩 의병에 나오도록 징병령을 내렸다. 기이하게도 의병운동 사상 유래 없이 관에서 의병을 모집한 것이다. 또한 김복한을 총지 휘로, 정인희를 선봉장으로, 이세영을 참모장으로 선정하였다. 한편 정인희와 이세영으로 하여금 별동 부대를 편성하여 공주부를 공격 하게 하였으며 임존산성任存山城을 구축하여 장기전에 대비하였다.

스스로 창의대장이 되었던 관찰사 이승우가 일신의 안위를 생각 하여 동지들을 배신하였다. 그리하여 김복한 이설 등 의병 참모진이 모두 이승우에게 체포, 구금되고 말았다. 이로써 의병 진영이 무너 지고, 남은 의병들은 뿔뿔이 흩어져 도망치고 말았다. 홍주 의병은 토벌 관군이 도착하기도 전에 이렇게 자멸하고 만 것이다.

이승우 관찰사의 일가일병一家一兵 모집에 의해 의병이 되어 활 동하다가 유천은 졸지에 쫓기는 몸이 되었다. 그는 어둠 속을 정신 없이 달렸다. 되도록 홍주성에서 멀리 떨어진 곳으로 피해야 한다는 생각만 했다. 한참 뛰다가 옆을 돌아다보니. 동지들은 다 흩어지고 봉지리에서 온 이항만 여태 따라오고 있었다. 그는 의병에 들어오고 나서부터 줄곧 유천을 따라다녔다. 이항은 김복한 장군과 함께 의병 을 일으킨 이설의 조카뻘 되는 사람으로 유천과는 결성현 동향이고 나이도 비슷해서 유별나게 가까이 지냈다. 비록 짧은 기간 동안 사귀었지만, 학문을 닦은 수준도 서로 어깨를 겨룰 만하였다.

물 흐르는 소리를 듣고 유천은 걸음을 멈추었다. 산비탈 아래 조그마한 보洑가 있었다. 그는 구르듯 비탈을 내려가 손으로 물을 떠 벌컥벌컥 들이마셨다. 타는 듯한 갈증이 가시자 그제야 그는 두리번거리며 이항을 찾았다. 그도 목이 타는지 정신없이 도랑물을 퍼마시고 있다. 일체유심조一切唯心造, 유천은 의상스님과 함께 당나라에 불법을 공부하러 가다가 어둠 속에서 해골에 담긴 물을 마시던 원효스님의 일화를 떠올렸다.

心生則種種法生(심생즉종종법생)
心滅則種種法滅(심멸즉종종법멸)

마음이 일어나면 모든 법 일어나고
마음이 멸하면 모든 법 다 멸한다.

모든 건 한순간 마음먹기에 달렸다. 원효는 이 지고의 깨달음을 얻고 당나라행을 포기한 채 홀로 신라로 되돌아왔다.

조금 편평한 곳에 자리를 잡고 앉은 유천은 하늘을 올려다보았다. 별이 촘촘히 박혀 빛난다. 저 수많은 별 중에 내 별을 찾던 어릴 적 일들이 잠깐 스쳐 지나갔다. 어느새 이항도 그의 옆에 다가와 있었다. 밤하늘을 올려다보던 유천이 이항에게 물었다.

"여기가 어디쯤일까?"

"아까 건넌 내가 학산천 같았으니 아마 결성 어디 같으이."

그 말을 듣고 주변을 둘러봤으나 칠흑 같은 어둠 속이라 유천은 어디가 어딘지 분간조차 할 수 없었다. 그의 말이 맞다면 어둠 속을 허겁지겁 달렸는데도 제대로 왔다. 물길 따라 흐르는 고향 바람 냄새를 따라왔다. 그는 길게 한숨을 내쉬었다. 홍주의 물길은 모두 한곳으로 모여 황해로 흘러든다. 아까 건넌 내가 학산천이었다면 결성 현에 들어선 것만은 틀림없었다. 학산천은 금리천으로 흘러들어 아산만으로 해서 황해로 들어간다. 그렇다면 이미 결성 학산리를 지나쳤다는 뜻이 된다.

유천은 가슴이 떨렸다. 학산리 너머에 그의 고향 성곡리가 있다. 집 떠난 지 두어 달밖에 안 됐지만 그는 여삼추가 흐른 듯 감회가 새로웠다. 의병에 나가면서 어머니와 아내에게는 다시는 못 볼 사람처럼 하직했던 터였다. 아버지와 가형처럼 어느 산천에서 비명에 죽을지 모르는 일이라 미리 하직 인사를 했었다. 비록 목숨은 살아 있지만, 이 전쟁에서 죽은 이들이나 마찬가지로 이제 가족과 함께 살 수 없는 몸이 되었다. 그는 옆에 서 있는 이항에게 말했다.

"일단 여기에서 날이 샐 때까지 기다리세."

"……."

"방향도 모르는데 섣불리 움직이다가 탈 날 수도 있어. 고단할 텐데 우선 눈이라도 좀 붙이지."

유천은 풀밭에 벌렁 드러누웠다. 잠이 올 리가 없었다. 관군에게 쫓기면서 정신없이 달려왔다. 잡히는 날에는 목이 달아난다. 이항이 걱정스러운 목소리로 말했다.

"동지들은 어떻게 되었을까?"

"……."

유천은 입을 다문 채 하늘만 올려다보고 있다. 벌써 많은 사람이 처형되었다는 소식을 들었다. 그는 동학 봉기 때 토벌군으로 나간 아버지가 비명에 세상을 떠난 일을 떠올렸다. 이제 자기마저 쫓기는 몸이 되어 집안이 이미 풍비박산 나고 말았다. 앞으로 어떻게 해야 할 것인가. 그 생각을 하자 갑자기 빛나던 별들이 모두 사라졌다. 눈앞이 캄캄했다. 거듭 생각을 고쳐먹어도 고향으로 내려가 살기는 이미 틀린 몸이다. 의병 활동한 것만도 문제지만, 그보다 그는 더 큰 중죄를 지었다. 홍주 의병은 관찰사 이승우가 의병군에 체포된 뒤 도리어 의병 창의대장이 되어 관권으로 의병을 모집하였다. 고향에서 숙사塾師 노릇하던 유천은 그 바람에 의병에 불려 나왔다. 얼마 못 가 이승우가 배반하고 다시 관군으로 돌아서면서 의병 조직이 무너져 버렸다. 내막을 속속들이 잘 아는 관찰사 이승우가 건재하는 한 의병에 참가한 사람을 색출해 내는 건 시간문제였다.

몇몇 젊은 사람들이 고향으로 돌아가지 않고 흩어진 의병들을 모으고, 우선 군자금을 마련하기 위하여 홍주 호방戶房의 금고를 털어 국고 1천 량을 훔쳤다. 이미 홍주에는 일본 헌병과 관군, 그리고 일본 앞잡이인 조선인 밀정들이 곳곳을 돌아다니며 의병에 참가한 사람들을 색출해 내고 있었다. 의기만으로 모인 의병들로시는 속수무책이었다.

아직 신분이 노출된 건 아니지만, 하는 일 없이 떠돌아다니다가는 유천 역시 금방 잡히고 말 것이다. 신분이 노출되지 않아도 뚜렷한 목적 없이 떠돌아다니는 사람은 일단 창의군으로 의심받게 마련이다. 그렇다고 무작정 산속에만 틀어박혀 있을 수만도 없었다.

이항 역시 답답한지 다시 유천에게 묻는다.

"우리, 어떻게 할 것인가?"

"날이 새면 여기에서 헤어지세."

"……?"

눈이 동그래진 이항이 유천을 바라보았다.

"정황으로 보아 당분간 창의군이 재기하기는 틀렸네. 그렇다고 우리 둘이 무얼 하겠는가."

답답한지 이항이 크게 한숨을 내뱉는다. 아마도 두려움에 떨고 있을 것이다.

"섣불리 행동하다 관군에 잡혀 개죽음당하느니 아까운 목숨을 잘 보전했다가 더 중요한 일에 버리세나. 지금은 목숨을 보전하는 일이 일본군을 상대로 싸우는 것만큼이나 중요한 일일세."

"그렇다면? 그다음은 어떻게 해야 하는가."

"그다음은 나도 방편이 없으이. 고향으로 돌아가지 못한다는 것만 알고 있을 뿐."

"김복한 대감과 이설 대감이 풀려났다잖은가. 그러면 우리도 무사하지 않을까?"

"무슨 소리를 하는가?"

"우리가 반역을 도모한 역적은 아니지 않는가. 제 세상을 만난 듯 나라를 휘젓는 외세를 보고도 손 놓고 있는 무능한 황실과 내각을 대신하여 나라를 구하자고 봉기한 것이니, 관에서 보면 좋은 일을 한 것일세. 김복한 장군은 승정원 승지에까지 임명되었으나 갑오경장 때문에 스스로 관직을 버렸던 분 아닌가. 만고의 충신임을 세상이 다 아는 사실이잖은가. 어쩌면 황제께선 김복한 장군 같은 사람이 자꾸만 나와 주기를 기다리고 있을 걸세."

"모르는 소리 말게."

"그건 또 무슨 소린가?"

"그분들은 높은 관직에까지 올랐던 양반들일세. 우리 같은 사람 따위는 사람으로 보지도 않네. 몇백 명이 죽는다 한들 관심이라도 갖겠는가? 세상에는 목숨값도 사람 따라 다르다네."

"이미 사농공상의 신분 차별을 없애지 않았는가?"

"말로는 그랬지. 허나 지금 왕실은 그럴 힘이 없네. 아직은 귀족들을 보신할 힘은 남아 있으나 미구에 그 힘마저 없어질 걸세. 사농공상의 차별을 없앤 것도 따지고 보면 외세의 힘 때문이 아니었던가? 김홍집 내각은 바로 그 일본의 힘을 업고 정치를 펴는 집단일세. 우리 평민들은 나라의 장래를 위해 총칼을 들었지만, 김복한 장군과 이설 장군 같은 양반들은 왕실과 양반들을 위해 싸웠네. 물론 결과는 모두 이 나라를 위하는 것일세만, 근본 취지는 다르지. 그 양반들은 비록 내각이나 일본에는 미움을 샀지만, 우리 고종황제께는 충성한 것일세. 아직 남아 있는 왕실의 힘으로 그분들은 보호할 수 있겠지만, 우리까지는 챙길 수 없다는 뜻일세."

이해할 듯한 말이라 여기면서도 이항은 유천의 말에 전적으로 수긍하지 않았다. 그렇다면 관찰사 이승우는 어떻게 되는가도 궁금했다. 왕실로 보면 배신자가 되고 조정으로 보면 충성자가 된다.

멀리 들판이 희끄무레하게 밝아오고 있었다. 유천은 조심스럽게 주변의 지세를 살펴보았다. 낯익은 풍경이 눈에 들어왔다. 현재의 위치가 조금씩 파악되었다. 성문을 나와 남쪽으로 우회하여 결성 쪽으로 온 듯싶었다. 뒤쪽으로 보이는 나지막한 산이 그곳임을 말해주고 있었다. 형산과 나란히 붙어 있어 마치 조형물처럼 들판에 외따로 서 있었다.

자리를 털고 일어난 유천이 단호한 어조로 이항에게 말했다.

"우린 이제 여기서 헤어지세."

"……."

불안하고 아쉬운 표정을 이항은 유천을 쳐다본다. 함께 가기를 원하는 눈치다.

"거듭 말하네만 집으로는 돌아가지 말게나."

"그렇다면 함께 다니는 게 더 낫지 않겠나?"

"함께 다니면 우리 둘 다 죽네. 이 시국에 멀쩡한 장정 둘이 함께 나돌아다닌다면 의심 살 게 뻔하지 않은가."

"……."

"모든 건 운명에 맡기세. 창의군에 들어갈 때 우린 이미 내놓은 목숨이었잖은가. 지금부터는 덤으로 산다고 치게."

헤어지기 싫어하는 이항을 남겨둔 채 유천은 여명黎明 속을 걷기 시작했다. 몇 걸음 걸어가다가 그는 잠시 걸음을 멈추고 뒤돌아보았다. 이항이 아직도 그 자리에서 움직이지 않고 서 있었다.

"정히 갈 곳이 없으면 한성으로 가게. 전국에서 사람들이 모여드는 대처가 오히려 몸을 숨기기에 적당할걸세."

이 말을 들었는지 못 들었는지 이항은 아무 말 없이 장승처럼 서 있었다. 유천은 그대로 앞을 보고 걸었다.

한바위산 중턱에서 유천은 성곡리를 내려다보았다. 몇몇 집에서 연기가 피어오르고 있었다. 아침밥을 짓기에는 이른 시각이다. 아마 소여물을 삶는 연기일지도 모른다. 그는 심한 시장기를 느꼈다. 그러고 보니 엊저녁부터 지금까지 아무것도 먹지 못했다. 관군에게 잡히지 않으려고 어둠을 틈타 허겁지겁 도망쳐 오느라 미처 시장기를 느낄 사이도 없었다. 잊고 있던 시장기가 한꺼번에 밀려오는 듯했다. 성에 있을 때는 그래도 하루 세 끼 꼬박꼬박 잘 얻어먹었다. 관가에서 양식을 보급하고 있어서 먹는 것은 걱정하지 않아도 되었다.

시장기를 이겨내기 위하여 유천은 떡갈나무 잎에 맺힌 이슬을 모아 마른 입 안에 털어 넣었다. 소태를 삼킨 듯 썼다. 몇 번인가 그렇게 떡갈나무 잎에 묻은 이슬을 훑어 먹었다. 그런 뒤 자기 집이 있는 곳을 대강 가늠하며 그는 눈을 닦고 살펴보았다. 아직 날이 채 밝지 않아 어디가 어딘지 확실하게 윤곽이 잡히지 않았다.

자기 집을 찾기 위해 어둠살을 헤집던 유천은 별안간 집에 다녀오고 싶은 충동이 강하게 일었다. 창의군에 내보낸 아들의 생사를 걱정하고 있을 어머니에 대한 죄책감에 가슴이 미어졌다. 열네 살에 혼인하여 5년을 함께 산 아내에게도 죄스럽고 미안했다. 그의 아버지가 동학에 휩쓸리기 전까지만 해도 그런대로 집안 살림은 넉넉한 편이었다. 아버지가 동학군에 의해 전사하면서 그 좋던 살림이 풍비박산이 났다. 더구나 아버지가 행목사行牧使로 동학 토벌군에 나갔기에 더욱 궁지에 몰렸다. 의로운 사람이 되라고 그토록 충고하던 아버지가 관명으로 동학군을 토벌하지 않으면 안 되었던 사정이 그를 몹시 괴롭게 했다. 집안 살림은 그가 서당에서 아이를 가르치면서 겨우 입에 풀칠하는 형편이었다. 그가 창의군에 가담하고 나서부터는 그나마 수입도 끊겼다. 어머니와 아내가 어떻게 지내고 있는지 알지도 못했다.

날이 밝으면서 마을 정경이 눈에 환하게 들어왔다. 유천은 한 집 한 집 눈으로 더듬으면서 자기 집을 찾았다. 어쩌면 두 번 다시 보지 못할지도 모른다고 생각하자 눈자위가 아리도록 슬픔이 밀려왔다. 창의군에 입대하려고 집을 나서던 날 이미 어머니와 아내, 그리고 정든 고향 마을과 모두 하직했었다. 그러나 이별의 감정을 매몰차게 털어 버리기에는 열여덟 살의 유천의 가슴은 너무 좁았다.

마음을 바꾸었다. 사소한 감정에 마음이 끌리면 아무 일도 할 수 없다며 유천은 스스로에게 채찍을 가했다. 그는 창의군에 나갈 때 이미 거대한 꿈을 꾸고 있었다. 단순히 관에서 주도하는 창의라고 해서 나간 건 아니었다. 그는 이미 이 나라의 운명과 장래를 염려하고 있었다. 평소 그는 남자로 태어나서 자기 자신의 일신과 가족을 위해서만 일생을 바치는 범부凡夫가 되기는 싫다고 생각해 왔다. 먼저 자기 자신의 지혜와 사상을 깨우치고, 그러고 나서 남을 깨우쳐 세상을 제도하고 싶었다. 그것은 벼슬길에 나가 정치하는 것 못지않게 세상을 경영하는 훌륭한 일이라고 믿고 있었다. 마을에서 숙사塾師 노릇을 할 때도 아이들에게 글만 가르치는 선생이 되지 않으려고 노력했다. 지혜와 함께 사상의 눈을 뜨도록 가르쳤다. 외세의 발밑에 나라를 짓밟히고 있는 것도 백성이 무지해서라고 믿고 있다. 학문을 닦은 관리들은 눈을 뜨고 있으되 세상을 앞질러 보지 못하는 청맹과니들이 대부분이었다. 그나마 앞을 내다보는 관리들은 하나 둘 관직에서 내쫓기거나 목숨을 지키기 위해 외국으로 도망쳤다.

유천은 어릴 때부터 아버지가 입버릇처럼 들려주던 말을 떠올렸다. 그의 아버지는 가끔 유천을 데리고 홍북면에 있는 성삼문의 고향에 데리고 갔다. 그곳에는 숙종 때 사우祠宇를 짓고 사액賜額을 받은 노은서원이 있다. 그의 아버지는 우암 송시열이 찬讚한 유허비 앞에서 그에게 말했다.

"홍주는 예부터 인물이 나는 고장이다. 일신을 보신하기 위해 급급하는 소인배가 되어서는 안 된다. 고려 때는 최영 장군이 나왔고, 조선 때는 성삼문 대감이 나왔다. 너도 그 어른들처럼 굵은 기둥이 돼야 한다."

아버지로부터 이런 말을 들으면서 유천은 자기도 최영과 성삼문 같은 인물이 되어야겠다고 다짐했다.

자리를 털고 일어난 유천은 조금 평평한 자리를 찾아서 선영先塋을 향해 두 번 절한 뒤 오던 길을 되짚어 걸었다. 지금부터는 절대로 고향을 향해 뒤돌아보지 않겠다고 그는 어금니를 꽉 깨물며 다짐했다.

우선 목적지를 한성으로 정하고 걸었다. 이항도 지금쯤 한성을 향해 걸어가고 있을지도 모른다. 그나 이항 모두 주머니에 노자 한 푼 없는 빈털터리들이었다. 입고 있는 옷도 여기저기 해진 데다 땀에 절고 흙먼지가 묻어 누더기가 된 지 오래였으며 짚신도 낡아 너덜너덜했다.

얼마나 걸었는지 모른다. 허기를 더 이상 참을 수 없어 유천은 쓰러지듯 땅바닥에 털썩 주저앉았다. 이대로 계속 걸어가다가는 얼마 못 가서 쓰러질 것 같았다. 어젯밤부터 먹은 것이라고는 물밖에 없었다.

그때 유천의 눈에 희미하게 마을이 보였다. 신기루를 본 건 아닌가 해서 그는 정신을 바짝 차리고 다시 바라보았다. 틀림없는 마을이다. 그는 벌떡 일어나 있는 힘을 다해 마을을 향해 걸었다. 마을 입구에 주막이 있었다. 유천은 주막 앞에서 잠시 걸음을 멈추었다. 아무리 걸신이 들었다곤 하지만, 주머니에 노자 한 푼 없이 당당하게 주막으로 들어갈 용기가 나지 않았다.

잠시 망설이던 유천은 심호흡을 한 번 하고 주막으로 들어갔다. 마당에 광복으로 차일을 치고 손님을 받고 있었다. 한쪽에 있는 뚜껑을 연 큰 가마솥에 군침 도는 고깃국이 펄펄 끓고 있었다. 몇몇 사람들이 국밥을 맛있게 먹는다. 그는 마른 입을 긁어 침을 꿀꺽 삼켰다. 목이 얼얼할 정도로 아파서 그는 얼굴을 찡그렸다.

굶어 죽는 것보다는 먹고 맞아 죽는 게 낫다. 유천은 국밥을 시켜 맛있게 먹었다. 게눈감추듯 한다는 말은 그를 두고 한 말일 것이다. 그는 밥 한 그릇을 단숨에 먹어 치웠다. 반찬 그릇까지 닦듯이 비우고 나서 물을 한 사발 가득 부어 마셨다. 그러고 나서 그는 하늘을 올려다보며 시원하게 트림을 뱉었다. 여유 있게 기지개까지 켜던 그는 그제야 덜컥 겁이 나기 시작했다. 구레나룻이 시커멓게 난 주막 주인이 마당에 어슬렁거리고 있었다. 그에게 멱살을 움켜 잡힐 생각을 하니 갑자기 오금이 저렸다.

셈을 안 해 잡히는 것이야 창피하지만 참을 수가 있다. 그것 때문에 창의군이라는 사실이 발각되어 관가에 잡혀가는 날에는 뼈를 추리기도 어려울 것이다. 관고官庫에서 천 냥을 턴 죄목이면 중죄인이다. 더구나 그 돈은 창의군의 군자금으로 쓰였다. 그는 기회를 보아 도망치기 위해 대문을 노려보았다. 들어올 때는 그렇게 가깝게 느꼈던 주막집 대문이 10리나 멀리 떨어져 있는 듯한 기분이었다.

마침내 주인 사내가 유천이 밥상을 비운 것을 보고 다가왔다.

"다 드셨소?"

"예."

대답 소리가 떨렸으며, 그 말이 밖으로 나왔는지 목구멍으로 도로 넘어갔는지도 모를 정도로 유천은 사시나무 떨듯 몸을 떨었다. 그렇다고 이렇게 어물쩍거리고 있으면 안 된다. 그는 여차하면 사내를 선제공격으로 내동댕이치고라도 도망쳐야 한다며 기회를 엿봤다. 그러나 그건 속마음일 뿐 몸이 움직이지 않았다. 용기보다도 명분을 만들 수가 없어 그는 주춤거렸다. 창의군에 있을 때는 우선 피아彼我의 경계가 명확해서 예사로이 폭력을 사용했다. 지금 이 주막의 주인은 적이 아니다. 적이 아닌 사람에게 폭력을 휘두르며 도망가는 건 강도짓에 불과하다. 아무리 주린 배를 채우기 위해서라지만 그는 불의까지 저지를 수는 없었다.

유천은 주인을 올려다보며 말했다.

"이거 정말 난처하게 됐소이다."

"무슨 말씀입죠?"

"실은 노자가 다 떨어졌소이다."

"뭐라고? 그럼 공밥을 먹겠다는 것 아니오!"

주인의 인상이 갑자기 험악스러워졌다. 유천은 재빨리 손을 내저었다.

"아니오. 공밥을 먹겠다는 것은 아니오. 밥값 대신 내가 할 일이 무엇인가를 묻고 있소."

"나는 그런 말 어려워서 못 알아들어. 빨리 밥값이나 내놔."

"말했잖소. 멀리서 오느라 노자가 다 떨어졌소."

"이놈 봐라. 멀쩡하게 생긴 놈이 공밥 먹고 되레 큰소리치네?"

유천은 난감했다. 말이 통하지 않았다. 무지막지하게 상소리까지 마구잡이로 한다. 그렇다고 공밥 먹은 주제에 맞붙어 싸울 수도 없는 노릇이다. 유천은 당황했다. 길게 끌다가는 사람들이 몰려오고, 자칫 잘못하다가는 관가로 잡혀갈지도 모르는 일이다. 어쩔 수 없이 그는 도망을 치기로 했다. 비겁하지만 이 방법밖에 없었다. 언제일지는 모르지만, 시국이 좋아지면 꼭 밥값만은 갚겠다고 속으로 맹세했다.

"알았소이다. 밥값을 갚으면, 아니 주면 될 것 아니오."

"돈을 갖고도 공밥 먹을 작정이었소? 이거 더 나쁜 놈이네."

낡은 짚신을 집어 들고 탁탁 먼지를 터는 척하다가 유천은 대문을 향해 냅다 뛰었다. 그러나 몇 걸음 뛰지 않아 그는 솥뚜껑 같은 사내의 손에 덜미를 잡히고 말았다. 사내는 힘이 장사였다. 한 손으로 잡은 그를 그대로 마당에 내동댕이쳤다. 눈에서 불이 번쩍하도록 그는 이마를 땅에 찧었다. 그 순간에도 그는 도망쳐야 한다는 생각밖에 없었다. 그것은 마음뿐이었다. 이미 사내가 바위 같은 힘으로 그의 등에 올라타고 있어 옴짝달싹할 수 없었다.

"이 우라질 놈이 밥 잘 처먹고 도망을 쳐?"

사내한테 눌려 몸을 움직일 수도 없어 유천은 끙끙 신음만 내뱉었다. 얼마나 강한 힘으로 누르는지 방금 먹은 국밥이 도로 튀어나올 지경이었다. 그도 힘깨나 쓴다고 자부하고 있었지만, 정말 사내는 힘이 장사였다. 우선 뭐라고 사과라도 해야겠는데, 말이 나오지 않아 그는 계속 끙끙대기만 했다.

이윽고 사내가 유천의 멱살을 움켜쥐고 일으켜 세웠다.

"빨리 밥값 내놔!"

"미안하오. 한성에서 오는 길인데, 불한당을 만나 노자를 다 빼앗겼소."

"뭐야?"

"오죽하면 공밥 먹으려 했겠소. 내 나중에 꼭 갚겠소. 한 번만 봐주시오."

"돈 없으면 뭐든 값나가는 것 내놔!"

"보시다시피 불한당한테 털린 몸이오. 그자들이 값나가는 물건을 그냥 놔둘 리 있겠소."

"보아하니 네놈이 바로 불한당이구먼. 안 되겠다. 관가로 가야겠다."

기세로 보아 사내는 정말로 그를 관가로 끌고 갈 것만 같았다. 사정한다고 해서 통할 사람이 아니라는 걸 유천도 알았다. 그러나 속수무책이다.

사내가 집 안쪽을 향해 소리 질렀다.

"이봐, 임자!"

"왜 그래요. 바빠 죽겠는데."

부엌에서 여자가 물 묻은 손을 앞치마에 닦으면서 고개를 내밀고 짜증스럽게 대꾸했다.

"새끼 좀 가지고 와."

"아니, 그 사람은 뭐요?"

여자는 바깥의 그 소란을 아직 모르고 있는 모양이었다.

"밥 잘 처먹고 도망치는 걸 붙잡았어."

"묶어 두면 뭣해요. 잡아서 국 끓여 먹을 것도 아닌데."

"내일 장에 나가는 길에 관가에 넘겨야겠어."

유천은 당황했다. 어떻게든 이 위기를 모면해야겠는데 도무지 방법이 없다. 순간 눈이 번쩍 떠졌다. 새끼로 묶이기 전에 기회를 보아 사내를 쥐어박은 뒤 또 한 번 튀는 수밖에 도리가 없다. 이미 공밥 먹고 도망친 전력이 있다. 지금 이것저것 양심을 가릴 처지가 아니었다.

그러고 있는데 객방의 방문이 열리며 낯선 사내 하나가 상반신을 내밀고 점잖게 말했다.

"그자 밥값을 내가 지불할 테니 그냥 보내 주오."

"예에?"

주인 사내가 눈을 화등잔만 하게 뜬 채 그쪽을 돌아다본다.

놀란 건 유천도 마찬가지였다. 아무리 뜯어보아도 아는 얼굴이 아니다. 평복에 머리칼을 짧게 자른 것으로 보아 개화한 사람인 듯했으나 신분은 전혀 알 수가 없다.

"그자 밥값을 우리 밥값 셈할 때 보태시오."

"아는 녀석인갑쇼?"

"그건 알 것 없고."

"네, 네. 잘 알았습니다요. 이놈, 운수대통한 줄이나 알아!"

주인 사내는 그제야 머쓱한 표정으로 내던지듯 유천의 멱살을 놓았다. 얼얼한 목을 한번 주무른 뒤, 유천은 방문을 열고 내다보고 있는 사내에게 인사를 건넸다.

"정말 뭐라 감사해야 할지 모르겠습니다. 혹시 존함이라도?"

"나는 강대용이라는 사람이오. 갈 길이 바쁘지 않으면 잠시 들어오겠소?"

"……?"

하늘에서 내려온 분 같다며 무한한 감사를 보내던 유천은 순간 그를 경계했다. 자기를 보는 눈빛이 예사롭지 않음을 느꼈다. 이해관계도 없이 선뜻 밥값을 내준 것이며 잠시 들어오라는 태도도 그렇다. 봉변을 당하는 게 보기 딱해서 적선한 것 같지 않았다. 더구나 머리를 짧게 깎았다. 단발령이 내려졌으나 관리들 가운데 아직 상투를 자르지 않은 사람들이 많았다. 더구나 머리를 깎고 지방을 돌아다닌다면 단순한 개화인이 아닌지도 몰랐다. 일본의 앞잡이일 수도 있다. 그들이 의병 활동을 방해하기 위해 전국 각지에 돌아다닌다는 소문을 그도 들었다. 도움을 받기는 했으나 아무래도 뒷맛이 개운하지 않다. 그렇다고 그의 호의를 무시하고 뒷걸음질 치기도 뭣했다. 문득 여우를 피했다가 금강산 호랑이를 만난다는 속담을 떠올렸다.

어떻게 할까 망설이는 유천에게 방 안의 사내가 툭 던지듯 말했다.

"바쁘면 그냥 가도 되오."

그제야 경계를 푼 유천은 겸연쩍은 마음을 감추려고 손으로 이마를 한번 닦았다. 잡으려 했다면 오히려 주인과 합세해서 묶었을 것이다. 더 큰 것을 얻기 위한 술책일지도 모르지만, 홍주 의병은 이미 참모들이 모두 잡힌 판이다. 도망치는 창의군 하나 잡아 으르고 능쳐 봐야 더 건질 것도 없었다. 그는 천천히 사내 앞으로 다가갔다.

"들어오시오."

헛기침을 한 번 한 뒤 유천은 방 안으로 들어갔다. 방 안에 들어간 그는 소스라칠 듯이 놀랐다. 아랫목에 서양인이 앉아 있었다. 눈에서 파란 불빛이 반짝였으며 손등에까지 털이 무성하게 난 서양인이었다.

개항한 이후에도 사람들은 청나라와 일본인 외의 서양인들을 모두 귀신이란 뜻의 양귀자洋鬼子 또는 서양 오랑캐라는 뜻으로 양이洋夷로 불렸다. 서양인들이 아이를 잡아먹는다는 소문이 나돌기도 하였다. 아직도 길에는 '洋夷侵犯 非戰則和 主和賣國(양이침범 비전즉화 주화매국), 양이가 침범하는 데 싸우지 않으면 화친하자는 것이며 화친하는 건 나라를 파는 일이다. 이렇게 쓴 척화비斥和碑가 서 있기도 했다. 개항 전처럼 조선인들이 공개적으로 그들을 위협하지는 않았지만, 그래도 아직 치안이 미치지 않은 지역에서는 간혹 서양인들이 테러당하기도 하였다. 특히 유생儒生이나 동학도 중에는 서양인들에 대해 나쁜 감정을 가진 사람이 많았다. 또 아직 서양인을 한 번도 보지 못한 사람들도 많았다. 사람이면 모두 동양인처럼 머리칼과 눈동자가 까맣고, 피부가 황색이어야 하는 것으로 알고 있었다.

유천도 지금 서양인을 처음 보았다. 책을 통하여 색목인色目人에 대해 나름대로 상상해 보았으며 창의군에 들어간 뒤 한성에서 오래 산 이항을 통해 서양인에 대한 구체적인 용모를 들었다. 그건 어디까지나 상상일 뿐이었다. 이렇게 눈앞에서 직접 서양인을 본다는 사실이 그는 믿기지 않았다. 상상했던 대로 정말 사람 같지를 않았다. 그 옆에 또 하나 희한한 사람이 있었다. 그도 역시 머리를 짧게 깎았는데, 코끝에 색이 들어 있는 애체(愛逮, 안경)를 끼고 있었다. 옛날에는 운애운체雲愛雲逮라 했으나 줄여서 애체라 불렀다. 눈동자가 보이지 않아 눈이 있는지 없는지 알 수 없었으며 있다 하여도 어디를 보고 있는지 알 수가 없어 유천은 몹시 신경이 거슬렸다.

강대용이 묵직한 음성으로 말했다.

"앉으시오."

그래도 선뜻 마음이 내키지 않아 유천은 우두커니 서 있었다. 이젠 이들이 무섭기보다 왜 여기서 이러고 서 있는가 하는 의문을 품었다. 밥 한 그릇 얻어먹기는 했으나 갈 길이 바쁘다. 목숨을 부지하자며 피신하는 사람치고는 너무 여유 부린다는 생각도 들었다.

"두려우시오?"

"……?"

유천은 강대용을 자세히 바라보았다. 가까이에서 보니 나이가 자기보다 대여섯 살쯤 위로 보였다. 시선이 마주치자 강대용은 입가에 잔잔한 웃음을 띠었다. 매우 여유 있는 표정이다. 자리가 불편한지 아랫목에 엉거주춤 앉아 있는 서양인은 아까부터 이유도 모르면서 계속 히죽히죽 웃는다.

그제야 유천은 천천히 자리에 앉았다. 여전히 긴장감은 사라지지 않았다. 서양인과 함께 있는 것으로 보아 강대용이 일본군 앞잡이는 아닌 게 틀림없어 보여 유천은 약간 긴장을 풀었다. 지방으로 나돌아다니는 서양인은 대개 선교사들이었다. 그렇다면 강대용도 선교사를 따라다니는 통역인일 확률이 높았다.

"보아하니 먼 길을 온 것 같소?"

유천의 남루한 옷차림을 보고 강대용이 넘겨짚는다. 여전히 입을 굳게 다문 채 유천은 아무 말도 하지 않았다. 우선 거짓말하는 게 싫었다. 쫓기는 몸이라 어쩔 수 없이 주막집 사내에게 한성에서 오는 길이라고 거짓말하기는 했으나 학문을 한 듯한 강대용에게까지 거짓말로 자신의 신분을 감추고 싶지는 않았다. 그렇다고 어떤 자인지도 모르는 사람에게 자신의 신분을 밝히기도 싫었다.

"잠시 전에 들으니, 한성에서 오는 길이라고 하는 것 같았소이다만……?"

유천은 난처해졌다. 점점 구체적으로 물었다. 이대로 계속 강대용의 질문을 피할 수만도 없었다. 강대용의 질문 공세를 피할 목적으로 유천은 일부러 자기가 먼저 질문했다.

"어디서 오는 길이오이까?"

"공주에서 오는 길이오."

"말씨로 보아 충청도 분들은 아닌 듯합니다만……?"

"저분은 선교사시오. 미국인이오. 조선 팔도에 야수교를 심으러

다니고 있지요."

유천은 미국인 선교사를 돌아다보았다. 말귀를 알아듣는 듯 입을 비쭉하며 웃어 보였다.

"나는 저분을 수행하고 있소. 그리고 그 옆에 있는 분은 통역관 이지룡 선생이오."

"네, 그렇습니까?"

"댁은 어디 사는 뉘시오?"

"홍주에 사는……."

이름을 말하려다가 유천은 멈칫했다. 설명을 들었으나 아직 이들이 어떤 인물인지 확실히 안 것이 아니다. 유천은 자신의 신분을 노출하기가 께름칙했다.

강대용이 이를 눈치챈 듯 부드럽게 말했다.

"거북하면 말하지 않아도 괜찮소. 우리가 이름은 알아서 뭣하겠소."

"……?"

"헌데, 한성에는 뭣하러 가셨소?"

"……."

"이제 과거도 없어졌으니, 과거에 응시하러 올라가지는 않았을 테고?"

유천은 다시 당혹감과 함께 불안감이 은근히 고개를 들었다. 꼬치꼬치 캐묻는 그의 태도가 심상치 않았다. 뭐라 둘러대고 싶어도 유천에겐 한성에 대한 정보가 전혀 없었다. 태어난 이후 한 번도 가 본 적이 없다.

유천이 난처해하고 있는데 강대용이 또다시 불쑥 묻는다.

"거짓말을 하신 게지요?"

"?"

긴장이 계속되면 오히려 담담해진다. 유천은 이제 여유롭게 그를 바라보았다. 상대방이 이미 마음속을 훤히 다 들여다보고 있다. 신분을 노출하더라도 떳떳해야 한다. 유천은 위험에 처하더라도 비굴해지기는 싫었다. 희비喜悲는 인간의 운명이다. 닥친 운명에 순응하되 떳떳해야 한다는 게 유천의 신조였다. 호흡을 한번 가다듬은 뒤 유천은 조용히 말했다.

"그렇소."

강대용이 씩 웃었다. 그의 얼굴에는 자신만만한 기운이 흘렀다. 이미 모든 사실을 알고 있었다는 듯한 표정이다.

"보통 분들이 아닌 듯하오만……?"

"오해하고 있었군요."

"상대방을 꿰뚫는 눈이 대단하십니다."

"하하하……."

강대용이 너털웃음을 터뜨렸다. 유천에게는 그 웃음이 어쩐지 기분 나쁘게 들렸다.

"내가 알아맞힌 게 아니라 그대 모습에 모든 사실이 노출되어 있소."

"……?"

유천은 자신을 한 번 훑어보았다. 흙먼지가 묻어 있는 남루한 차림이기는 하지만, 그렇다고 어떤 인물이라고 단정할 만한 흔적이 묻어 있지는 않았다. 먼 길을 온 사람이라면 이 정도의 모습도 괜찮은 축에 들었다. 과거 보러 갔다 오는 선비라 하더라도 그랬다.

"먼 길을 온 사람이 괴나리봇짐 하나 없다는 게 우선 말이 안 되오. 상투는 틀었으되 의관을 갖추지도 않았소. 또 과거 제도가 바뀌었는데, 설마하니 과거 보러 갔다 오는 사람도 아닐 테고. 허면, 혹시 창의군이오?"

소스라치게 놀란 유천은 이내 안정을 되찾았다. 상대방이 자기를 해치지 않을 사람이라는 걸 알고 있었다. 잠시 강대용을 바라본 뒤 유천은 당당하게 대답했다.

"그렇소."

"내 짐작이 맞았군요."

"선비께서는 어디 사시는 뉘시오?"

"안심하시오. 나도 조선 내각이 하는 짓을 싫어하는 사람이오. 노국도 싫고 청나라도 일본도 모두 싫소. 모두 이 나라를 망치려는 사람들이오."

"……?"

"저분은 존함이 배락운襃樂雲이오. 본래 자기 나라 이름은 존 브라운이오."

두 사람의 대화하는 모습을 지켜보던 존 브라운이 재빨리 눈치를 채고 어눌한 조선말로 인사했다.

"안녕하십네까?"

유천은 어색한 표정으로 고개를 약간 숙였다.

"미국은 대단한 나라요. 동양에서 멀리 떨어져 있을 뿐 세계를 제

38
님은 침묵하지 않았다 1

패할 저력을 가지고 있소. 우리는 우물 안의 개구리 모양 청나라 아니면 노국, 그리고 일본밖에 나라가 없는 줄 알고 있소. 이제 청나라는 이빨이 빠졌고, 노국 역시 잠시 득세를 하는 듯하나 두고 보시오. 얼마 안 가 일본이 조선을 차지할 것이오."

"그럼 선비께서는 미국파이오이까."

"미국파라……."

"야수교를 믿소이까?"

"나는 미국 영사관에서 일하고 있소. 기독교인은 아니오."

유천은 강대용과 브라운을 번갈아 바라보았다.

"저분은 우리 말을 모르오. 공주에서 선교하고 있소. 성서 번역 사업 때문에 지금 한성으로 가는 길이오."

유천은 정인희와 이세영이 이끄는 홍주 창의군 별동 부대가 공주부를 공격한 사건을 떠올렸다. 관찰사 이승우의 배신으로 무너지기는 했으나 공주부에서도 한바탕 난리를 쳤을 것이다. 비록 그 여세가 사라졌으나 유천은 강대용과 브라운 일행이 한성으로 가는 것은 어쩌면 홍주 창의군으로 인한 위험을 피하려는 게 아닌가 추측했다. 그런 생각을 하는데, 강대용이 느닷없이 유천에게 묻는다.

"얼마 전에 창의군이 공주부를 공격한 사건을 알고 있소?"

"……?"

"아, 다른 뜻으로 생각지는 마시오. 홍주 창의군들이라서 혹시 댁도 그 창의군에 참여했나 해서 물어보았을 뿐이오."

유천은 대답 대신 강대용에게 되물었다.

"피해를 봤소이까?"

"아니오. 그런 건 아니오만, 아무튼 그 일로 인하여 저분이 한성으로 올라가는 일이 생긴 것이오. 헌데……?"

"잘 보았소이다. 난 홍주 창의군에 가담했다가 이렇게 쫓기는 몸이 되었소."

"그랬군요."

"관가에 밀고하면 후한 상도 받을 것이오."

강대용이 껄껄 웃었다. 조선 말을 잘 못 알아듣는다는 브라운까지 내용도 모른 채 따라 웃었다.

"역시 내 짐작이 맞았소. 범상하지 않은 분이라 생각했었소. 그래, 어디로 갈 작정이오?"

"한성으로 갈 생각으로 나섰소이다."

"한성이라, 한성에 아는 사람이 있소?"

"아니오. 그냥 사람들이 많이 모이는 대처라서 지목했을 뿐이외다."

"노자 한 푼 없이, 더구나 그런 차림으로 한성까지 갈 수 있겠소?"

"궁하면 통한다고 했으니 무슨 방도가 생기겠지요. 지금도 의인을 만나 봉변을 면하지 않았소이까."

강대용은 고개를 끄덕이고 나서 말했다.

"마침 잘 되었소. 그러잖아도 공주 관찰사가 딸려 준 머슴 하나가 도망치고 없어졌소. 한성까지 가기가 막막하던 참인데, 우리와 함께 가지 않겠소?"

"……?"

"아, 그렇다고 도망친 머슴을 대신하라는 건 아니오. 보아하니 양반 가문 출신 같은데……?"

"상관치 않소이다. 갑오개혁 이후 반상의 구별이 없어졌는데, 그런 게 다 무슨 소용 있겠소. 그런데 그 머슴은 왜 도망쳤소이까?"

유천은 머슴이 도망친 내력이 궁금했다. 갑오개혁 이후 상민도 벼슬을 할 수 있고, 양반도 농공상업에 종사할 수 있다. 반상의 구별이 무너졌으니, 머슴이라고 해서 종처럼 부려먹을 수도 없었다. 지나치게 학대했거나, 아니면 서양 사람이 겁이 나서 도망쳤는지 모른다. 그 이유가 재미있을 듯했다.

"보시다시피 우리는 노동할 줄 모르오. 저 서양 사람은 우리 풍습에 익숙하지 않고, 나도 시정 일을 전혀 모르오. 해서 모든 일을 그 머슴한테 맡겼는데, 어느 날 갑자기 주인 행세하려 들지 않겠소? 그래 좀 심하게 야단을 쳤더니 야반도주하고 말았소."

"그럼, 내가 할 일이 무엇이오?"

"힘든 일이 생기면 나와 함께 거들어 해결하는 것이고, 심심하면 말벗이나 돼 주는 것이지요."

"나도 궂은일을 별로 해본 경험이 없습니다. 함께 가면 나는 좋으리다만 두 분께서는 짐 하나 더 느는 꼴이 될 터인데……."

"여기에서 한성은 먼 길이오. 사실 나 혼자서 저 서양 사람을 인도하고 가기에는 힘에 벅차오. 다음 역참에 이르면 하인을 하나 구할 수 있을 테니 정히 어려우면 그때까지라도 함께 고생하면 안 되겠소?"

"공주에서 걸어서 여기까지 왔소이까?"

"아니오. 조랑말이 있소이다. 다행히 저 양반이 미국에 있을 때부터 말을 잘 타서 경마잡이는 필요 없소."

겉으로 망설이는 듯하였으나 유천은 속으로는 매우 다행스럽게
여겼다.

"또 우리는 노조를 가지고 있어서 여행하는 데 큰 불편은 없소이
다. 쫓기는 몸이라니, 우리와 함께 가면 오히려 위험이 훨씬 덜할 것
이오."

노조路照란 관에서 발행하는 통행 허가증을 말한다. 일종의 여권
으로서 이것만 있으면 자유로이 여행할 수 있고, 각 역驛에서도 각별
한 편의를 제공받을 수 있다. 유천으로서는 정말 하늘이 내린 절호
의 기회다. 관에 잡혀가지 않으려고 집을 떠나기로 마음먹었지 사실
노자 한 푼 없이 한성까지 가는 건 거의 불가능한 일이다. 대책 없이
길을 나서기는 했으나 어디까지 갈 수 있을지, 그 자신도 의문스러
웠다.

전혀 예기치도 않게 유천은 이들과 일행이 되어 길을 떠났다. 이
들의 호의에 대한 의심이 완전히 가신 건 아니었으나 혼자 위험하게
돌아다니는 것에 비하면 이들과 함께 가는 게 훨씬 덜 부담스러웠
다.

브라운은 통역관 이지룡과 청나라 말로 연신 뭐라고 떠들었다. 미
국인이라 영어로 말할 줄 알았는데 중국어를 유창하게 했다. 나중에
안 사실로 브라운이 중국에서 선교 활동을 하다가 조선에 들어왔다
고 한다. 간간이 강대용이 서양말로 브라운에게 뭐라 묻기도 했다.
그는 청나라 말은 모르지만, 영어는 조금 할 줄 안다고 했다.

청나라말이든 영어든 유천은 이들의 말을 전혀 알아듣지 못해 답

답하기도 하고 불안하기도 했다. 어쩌다 강대용이 한 번씩 유천에게 통역해 주긴 하였으나 제대로 알려주는지 믿을 수 없어 긴장했다. 혹 자신에 관한 얘기를 하지나 않을까 귀를 곤두세웠다. 노조를 가지고 다닐 정도라면 관아의 보호를 받는 사람들이다. 그게 유천을 불안하게 하였다. 노조가 있어 자유로운 통행을 할 수 있었지만 동시에 이들이 관과 친밀하여 어느 순간에라도 밀고할 수 있다. 두려웠지만, 별달리 좋은 방편이 있는 것도 아니어서 유천은 긴장을 놓지 못한 채 함께 움직였다.

다음 역까지 30여 리 남았다. 꼭 역참을 거쳐 가야 하는 건 아니지만 일할 사람을 구해 가려면 역에 들러야 한다. 역에는 관리들이 있을 뿐만 아니라 일본 헌병들이 수시로 들락거렸다. 정초에 일본이 헌병대를 창설하였는데, 각 지방에도 헌병부대를 두었다. 더구나 홍주는 관찰부가 있으며 창의군이 일어났기에 곳곳에 일본 헌병이 주둔하고 있다.

인연 따라 가는 길

밤이 깊어 간다. 멀리서 부엉이 울음소리가 들려왔다. 어둠이 짙을수록 부엉이 울음소리는 더 처량하게 들렸다. 가라앉지 않은 앙금처럼, 그 울음소리는 여운을 남기며 잠 못 이루는 유천의 가슴에 맴돌았다.

불현듯 유천은 강대용과 이지룡이 보고 싶었다. 지금 어디에서 무얼 하고 있는지도 궁금했다. 강대용은 미국으로 떠났을지도 모르지만, 이지룡은 어쩌면 한성에 그대로 살고 있을지도 몰랐다. 지금 만나면 제대로 기억해줄지도 알 수 없다. 그는 5년 전 생각 속으로 빠져들었다.

홍주를 떠나 외지로 나온 것은 이번이 난생처음이다. 유천은 홍주 밖을 전혀 알지 못했다. 오직 고향 결성 하늘만 바라보고 살아왔던 그는 이 넓은 조선 땅이 몸 하나 피할 데 없을 정도로 좁고 낯설다

는 것을 비로소 실감했다. 대의大義를 품고 창의군에 나갔으나 아직
은 우물 안의 개구리라는 사실을 그는 절실히 깨달았다. 더구나 미
국인 선교사와 함께 가고 있는 자기 모습에서 그런 기분을 더욱 강
하게 느꼈다. 청나라가 세상에서 가장 넓다고는 하지만, 이 지구 위
에는 아직 이름도 알지 못하는 나라들이 얼마든지 있을 것이다.

조선은 안방에 틀어앉아 꼼짝을 못하고 있는데, 그들은 이렇게 남
의 나라를 마음대로 왔다갔다 하고 있다. 유천은 조선이 그들과 어
깨를 나란히 하기 위해서는 하루속히 상대국의 실체를 낱낱이 배워
야 한다고 생각했다.

유천은 일행을 돌아다보았다. 모두 앞을 보고 묵묵히 걷기만 하고
있었다.

유천은 문득 강대용이 대단한 인물이라는 생각을 했다. 미국인은
조선말을 모르고, 그는 미국말을 모르고 있다. 그런데도 강대용은
미국 말을 다 알아듣고 있었다. 유천은 유학 책은 웬만큼 읽었으나
서양 문물에 대해서는 전혀 아는 게 없었다. 강대용 앞에서는 왜소
해지지 않을 수가 없었다.

그때 유천은 문득 아버지가 하던 말을 떠올렸다.

"홍주는 예부터 인물이 나는 고장이다. 일신을 보신하기 위해 급
급하는 소인배가 되어서는 안 된다. 고려 때는 최영 장군이 나왔고,
조선 때는 성삼문 선생이 나왔다. 너도 그 어른들처럼 굵은 기둥이
돼야 한다."

예리한 칼날에 베인 것처럼 유천은 정신이 번쩍 들었다. 하찮은
목숨 하나 보전하자고 이렇게 대책 없이 길을 떠나는 자신을 아버지

가 매섭게 꾸짖는 듯했다.

'그래, 나는 도망자가 아니다. 후일을 도모하기 위해 잠시 몸을 피하는 것이다. 이렇게 대책 없이 도망치는 사람이 되어서는 안 된다.'

유천은 곰곰이 생각했다. 세상을 더 알아야 한다. 조선 사람들은 지금 모두 눈을 감고 있다. 하루빨리 세상을 보는 눈을 떠야 한다. 밀려오는 외세에 힘으로 대처하는 것도 시급하지만, 그것보다 먼저 백성들이 의식의 눈을 떠야 한다. 사상의 대변혁 없이 그들과 맞서 싸우는 건 달걀로 바위를 치는 것과 다를 바 없다. 쇄국과 개항이 잘못된 것이 아니라, 의식을 개혁하려는 의지가 없었던 게 우리에겐 더 큰 문제였다. 쇄국도 아무런 준비와 대책 없이 권위로만 밀어붙였다. 단순히 이 땅의 문화를 보전하려는 국수주의에 빠져 있었다. 이제 개항했지만, 무력에 굴복한 개항이었다. 그들과 대등하게 맞서는 힘과 마음의 자세가 미처 준비되기도 전에 안방 문을 열어 준 것이다. 여기에 몰지각한 관리들이 사리사욕에 눈이 어두워 외세에 빌붙었다. 낯선 세상을 알지 못하는 백성들로서는 속수무책이 아닐 수 없다. 이런 백성들을 모아 대의를 도모해 봐야 절대로 이길 수가 없다. 시간을 벌어야 한다. 세상 공부를 더 해야 한다. 그러고 나서 때를 기다리자.

이제야 유천은 올바른 판단을 했다. 한성으로 가 봐야 아무런 소용이 없다. 문전걸식하는 거지 신세밖에 더 되겠는가. 그는 숙식을 해결하면서 공부할 수 있는 곳이 없을까 더듬어 보았다. 그는 이내 고개를 저었다. 암담했다. 어느 하늘 아래 그런 낙원이 있을 것인가.

"꿈이 긴 모양이오?"

"……?"

"꿈은 아무리 화려해도 꿈일 수밖에 없소."

강대용이 유천의 속을 들여다본 듯 말한다. 그는 강대용을 돌아다 보았다. 강대용은 언제 그런 말을 했느냐는 듯 아무렇지도 않게 앞 만 보고 걷고 있었다. 조랑말 위에 앉은 브라운도 꾸벅꾸벅 존다. 유 천은 강대용이 보통 인물이 아니라는 것을 또 한번 직감했다. 그는 상대방의 마음을 예리하게 읽고 있었다.

"이제 역참까지 다 왔소. 한 삼 마장만 가면 되오."

"……."

유천은 서쪽 하늘을 바라보았다. 이미 해가 한쪽으로 기울고 있 었다.

"이쪽 지리를 잘 아오?"

"나도 초행입니다."

유천은 그렇게 말하면서 계면쩍은 웃음을 지었다. 아까 주막에서 한성에서 오는 길이라고 거짓말했던 사실을 떠올렸다.

"그럼, 오늘은 이 역관에서 묵읍시다. 그런데 혹시……?"

강대용이 유천의 눈치를 살폈다.

"……?"

"주모자는 아니었소?"

"……?"

유천은 그의 의중을 몰라 머뭇거렸다.

"역관에 방이 붙었을까 해서 해본 소리요."

예상한 대로 강대용은 생각이 깊은 사람이었다. 저 정도는 돼야 세상을 움직일 수 있다. 유천은 강대용의 의젓함에 절로 감탄이 나왔다.

"그냥 머릿수만 채운 사람입니다."

"방이 붙었다고 해도 역졸들이라는 게 모두 동태 눈을 하고 있으니, 분별하지도 못할 것이오."

그럼에도 유천은 마음이 동요되었다. 화상畵像을 붙여 둔 건 아닐 테지만, 도둑이 제 발 저리듯 가슴이 두근거렸다.

"저 배락운과 같이 있으면 만사가 다 해결되오. 밥도 집도 권력도 저 사람의 파란 눈에서 모두 나온단 말이지요."

그 말을 하고 나서 강대용은 한바탕 호탕하게 웃는다. 그는 어떨 땐 브라운이라 했고 어떨 땐 배락운이라 했다. 처음에는 좀 헷갈렸으나 그새 유천도 두 가지 이름을 가릴 줄 알았다. 첨 듣는 영어를 우리말처럼 가린다는 게 신기하기도 했다. 앞서가던 브라운이 깜짝 놀란 표정으로 뒤돌아보며 뭐라고 말한다.

"왓스 말아유?"

그 말을 되받아 말을 강대용이 꼬듯이 이상한 억양으로 대꾸하였다.

"참견 말아유."

강대용의 말에 브라운은 고개를 두어 차례 갸웃거린 뒤 아무 일 없었던 듯 가던 길을 긴다. 두 사람이 무슨 말을 수고받았는지 궁금한 유천이 강대용에게 묻는다.

"저 자가 방금 무슨 말을 하였소이까?"

"우리한테 무슨 일이냐고 물은 게요."

"그럼, 강 선생께서는 뭐라고 대답하였소이까?"

"참견 말라고 했소."

"방금 강 선생이 한 말이 조선말이었단 말이오?"

"말을 좀 꼬았지요. 그래서 저 자의 머리에 잠시 혼란이 온 게요."

웃음이 터져나오는 걸 유천은 겨우 참았다. 강대용이 일부러 브라운을 골려주기 위하여 '말아유'에 강하게 엑센트를 넣어 길게 빼며 서양말처럼 말한 것이었다.

역참에 도착하자 강대용은 역원에게 공주 관찰사가 발행한 노조를 내보였다.

"일행이 오늘 여기에서 묵을까 하오."

역원은 노조를 보더니 코가 땅에 닿도록 허리를 굽히며 어찌할 바를 몰라 했다.

"어이쿠, 찰방 어른께서 지금 출타 중이신데."

"찰방을 만나러 온 게 아니니 상관이 없소. 하룻밤 묵어갈 수 있소?"

"방은 있습니다만, 누추해서……."

찰방이 자리를 비웠다는 사실보다 처음 보았을 서양 사람 때문에 역원이 놀란 듯했다. 역원들은 대게 공역公役으로 뽑혀 온 사람들이라 무지했다. 더구나 정인正人이 부족할 때는 백정들 가운데에서 차출하기도 한다.

"그리고 내일 바꿔 타고 갈 말이나 튼튼한 놈으로 하나 좀 골라 주오."

"알았습니다요. 어서 안으로 드시지요."

그 광경을 지켜본 유천은 세상이 많이 변했음을 실감했다. 얼마 전까지만 해도 나이가 많고 적음을 떠나 양반은 상민에게 무조건 반말을 했다. 갑오개혁 이후부터 반상의 구별이 없어졌다. 대신이 행차할 때도 평민은 그 자리에 서거나 말에서 내릴 필요가 없었다. 그러나 이러한 제도가 아직은 제대로 시행되지도 않았다. 지방에 따라서는 여전히 반상의 구별을 두고 있었으며 간혹 글을 읽은 상민 가운데 행세하려는 양반에게 반발하는 경우가 있어 종종 시빗거리가 되고는 했다.

강대용의 인품에 대해 유천은 다시 한번 감탄했다. 제도가 바뀌었다고 해서 관습이 하루아침에 변하는 건 아니다. 강대용은 역원에게 하대 말을 쓰지 않았다. 바뀐 제도에 충실히 따르기 위해 강대용이 그러리라고는 생각지 않았다. 마음 깊이 상대를 존중하지 않고서는 그런 자세를 보이기 힘들다. 갑오개혁이 자주적인 정신 혁명이라기보다는 일본을 등에 업은 급진 개혁파들에 의해 발단되었기 때문이다. 아무리 제도가 좋더라도 발상이 불순했기 때문에 개화된 사람 가운데서도 이 같은 개혁에 반대하는 자가 많았다. 강대용의 이런 태도는 명분을 떠나 진정으로 좋은 제도이기 때문에 시행하는 것처럼 보였다.

강대용의 신분에 대해 유천은 더욱 궁금해졌다. 미국 영사관에서 일하고 있다는 것도 어쩌면 거짓말일지도 모른다는 느낌이 들었다.

객사에 들어와 여장을 풀고 난 뒤 유천은 브라운이 잠시 자리를 비킨 틈을 이용하여 강대용에게 넌지시 물어보았다.

"이제 나도 궁금한 것 하나 물어봐도 되겠소이까?"

"무엇이 궁금하시오?"

"나는 유천이라고 합니다."

유천은 자신의 이름을 밝힘으로써 상대방에게 숨기는 것이 없다는 것을 간접적으로 나타내 보였다. 강대용은 유천의 그런 의도를 금방 알아차렸다. 그는 호방하게 한번 너털웃음을 웃고 나서 말했다.

"내 정체가 궁금했던 거구료?"

"정히 밝히기가 싫으면 말씀 안 하셔도 되오이다만……."

"아니오. 사실은 나도 쫓기는 몸이오."

잘못 들은 건가 하고 유천은 눈을 크게 떴다.

"나는 황해도 해주 사람이오."

강대용은 자신의 신분에 대해 자세하게 이야기하기 시작했다. 그는 황해도 해주 출신으로, 백운방白雲坊 텃골에 살던 김창수(백범 김구)와 어려서부터 가깝게 지냈다. 동학농민운동이 일어나자, 황해도 도유사都有司를 거쳐 팔봉 접주接主로 있던 김창수가 동학군 선봉장이 되어 해주성을 공격할 때 함께 참여했었다. 이 동학농민운동이 실패로 돌아가자, 강대용은 김창수와 함께 압록강을 건너 남만주로 가서 김이언의 의병 부대에 들어갔다. 김이언이 이끄는 의병은 초산·강계·위원·벽동 등지의 압록강 연안에서 활동하던 포수 3백여 명으로 구성했으며 만주 삼도구에 본부를 두고 있었다. 을미사변이 일어나자, 국모의 원수를 갚는다는 격문을 돌리면서 그들은 일본군 토벌에 나섰다. 그들은 먼저 고산진을 점령한 뒤 강계읍을 향해 공격

하였다. 그러나 강계읍 어귀에 있는 인풍루仁風樓 근처에서, 한편으로 끌어들였던 주둔군 장교의 배반으로 기습 공격을 받고 그만 대패하고 말았다.

김창수와 그는 다시 황해도로 돌아와 때를 기다리고 있었다. 그러던 중 김창수가 치하포에서 일본군 중좌 쓰지다 요시아키를 살해하는 사건을 일으켰다.

"그게 작년 이월에 일어난 일이오. 김창수는 오월에 체포되어 사형 선고를 받았다가, 고종 황제의 특사로 사형은 면했는데, 석방이 되지 않아 탈옥하여 지금 피신 중이오."

"그럼 강 선생께서는?"

"나는 치하포 사건에 직접 개입한 것은 아니나, 약이 오른 왜놈들이 김창수와 함께 활동했던 사람까지 모조리 잡아들이는 바람에 이렇게 피해 다니고 있소."

"……."

"다행히 우리 집안에 야수교 신자가 있어서, 해주로 선교하러 온 저 양반을 만나 따라나섰다가 영사관에 눌러앉게 된 것이오. 한 일 년 영사관에 있다가 보니 반벙어리이기는 하지만, 대충 서양 말을 알아듣게 된 것이오. 그래, 한 공은 한성에 가서 어떻게 할 작정이시오?"

"글쎄요……."

유천은 한성으로 가겠다던 당초의 결심이 조금씩 무너졌다. 강대용과 대화하는 동안 조선에 비해 세상이 너무 넓다고 생각했다. 넓은 세상을 두루 볼 수 있게 공부해야 한다는 목마름이 생겼다. 소수의 의기를 사람들만으로는 이 조선을 지킬 수 없다는 사실을 깨달았다. 백성들 모두가 눈을 떠야 한다. 국가를 지탱하는 근본 힘은 백성이다. 백성이 의식의 눈을 뜨지 않는 한 밀려드는 외세로부터 조선을 온전히 지킬 수 없음을 유천은 비로소 알았다.

한성이 대처이기는 하나 공부하기에는 부적합한 곳이라고 유천은 판단했다. 관리나 상공인, 그리고 외국인들 모두 미래보다는 현실 토론에 열을 올리고 있는 곳이다. 그곳에 갇혀 있으면 아무 일도 하지 못할 것 같았다. 더구나 그는 그곳에 아무런 연고도 없다.

강대용이 불쑥 말했다.

"나는 미국으로 갈 작정이오."

"……?"

"미국은 생각보다 큰 나라요. 땅덩이만 큰 게 아니라 문명도 매우 발달해 있소. 일본이나 청국은 미국에 비할 바가 못 되오. 태평양 바다가 가로 놓여 있어 지금은 조선에 큰 영향을 주지 못하지만, 두고 보시오. 미국이 장차 세계를 제패할 것이오."

"아주 간다는 말씀이오?"

"아니오. 공부를 마치면 조선으로 돌아올 작정이오. 지금 이 땅에 남아 있으면 아까운 사람들만 다 죽소. 때를 피해 잠시 가 있는 거요."

"나는 생각이 좀 다르오이다."

"그래요?"

"그건 조선을 버리는 행위와 다를 바 없소이다."

강대용은 유천의 그 말에 약간 충격을 받은 듯했다. 그는 입을 굳게 다문 채 잠시 무엇을 생각하는지 골똘한 표정을 지었다.

"주제넘은 소리를 했다면 용서해 주시오."

"아니오. 한 공의 깊은 뜻에 감동하고 있었소."

"……."

"허나, 조선은 너무 오래 문을 닫고 있었소. 외세를 막고만 있었지, 제대로 알려고는 하지 않았소. 비록 늦기는 하지만 우리는 조선이 아닌 다른 나라를 많이 알아야 하오. 이것이 조선의 장래를 위하는 길이오."

"옳은 말씀이기는 하오만, 조선이 없어진 다음에 조선을 생각해 봐야 무슨 소용 있소이까. 이 땅에서 점진적인 개혁을 도모하는 것도 나쁘지는 않잖소이까?"

"명분과 의기만으로 세상을 바로잡을 수 있으면 얼마나 좋겠소. 김창수는 나의 붕우이기는 하지만, 때로는 스승 같다고 생각할 때가 있소. 그는 문무를 겸비했을 뿐만 아니라, 세상을 보는 안목 또한 뛰어나오. 그는 열일곱에 마지막 과거에 응시하여 실패하고 나서 곧 동학에 들어갔소. 과거에 떨어진 울분 때문만은 아니었다고 생각하오. 나라가 기울고 있는데도 매관매직을 일삼는 관리들의 부패를 바로잡으려는 의기였소. 방편으로 동학을 택했던 건 동학에 매료되었다기보다는 백성들의 힘을 결집하는 유일한 방법으로 생각했던 것이오. 그의 행동들은 조금도 허튼 데가 보이지 않았소. 명쾌하고 결단력 있는 판단에 나는 늘 감탄했소이다. 그러나 그의 올바른 행동은 한 번도 성공하지 못했소. 물론 역부족이었다는 말로 변명할 수는 있소이다만, 몇 사람의 힘만으로는 넘어가는 기둥을 바로 세울 수 없었던 것이오. 김창수가 쓰지다를 죽인 것은 어떤 혁명적인 행동은 아니오. 일개 육군 중위 하나 죽었다고 해서 그들의 행동에 무슨 변화가 일겠소? 김창수의 그런 행동은 눈을 감고 있는 조선 백성 몇 사람의 눈을 뜨게 하는 효과 정도는 있었겠지요."

"그렇다면 공께서는 앞으로 우리 조선이 어떻게 된다고 생각하오이까?"

강대용은 한숨을 길게 내쉬었다. 그의 눈은 문밖으로 보이는 하늘을 올려다보고 있었다. 유천은 그의 대답을 재촉하지 않았다. 대답을 꼭 듣고 싶어서 물은 말도 아니었다. 그는 옳고 그름을 떠나서 강대용의 생각이 자기와 다름을 이미 간파하고 있었다.

강대용은 한참 만에 입을 열었다. 마치 한숨과 함께 던지는 듯한 말투였다.

"불행한 생각이오만, 조선은 일본의 힘에 눌릴 수밖에 없을 것이오."

"지금처럼 계속 간섭받는다는 뜻이오이까?"

"간섭이 아니라 속국이 되오."

"예?"

유천은 소스라칠 듯이 놀랐다. 전혀 뜻밖의 말이었다. 유천은 그의 말에 좀처럼 충격을 떨칠 수가 없었다.

"놀라셨을 줄 아오."

"말씀이 지나치신 듯하오이다."

"하지만 그게 일본의 야망이며 조선의 현실이오."

"조선이 없어진다는 말씀과 같잖소이까?"

"난들 그런 말을 왜 입 밖에 내고 싶겠소. 이 지구 위에는 조선 말고도 수많은 나라가 있소. 그 나라들을 면면히 살펴보면 조선과 같은 불행을 겪은 게 한두 나라가 아니오. 내 나라라고 해서 가슴이 더 아플 뿐이지, 역사의 필연을 막을 수는 없는 일 아니오?"

유천은 강대용을 바라보았다. 갑자기 그가 냉혈 동물처럼 차갑게 느껴졌다.

"이러한 불행에 대비하지 못한 원인을 단순히 관리들의 잘못으로 돌릴 수만도 없는 일이오."

"······?"

"개화가 늦어진 게 가장 큰 이유요. 미개라는 말이 곧 그런 뜻 아니오?"

"그럼 우리 민족이 미개하다 이 말이오?"

"어감이 나쁘다고 해서 말을 일부러 돌릴 필요는 없소. 개화가 안 되면 곧 미개가 되는 게요."

"옳은 말씀이긴 하지만, 잘못 생각하신 듯하오이다. 우리에게도 학문이 있고, 과학이 있소이다."

"물론 있지요. 책 속에만 누워 있어서 탈이지만."

유천은 노려보듯 강대용을 바라보았다. 거르지 않고 내뱉는 그의 직설에 불쾌한 기분마저 들었다. 한편으로는 그에게 개인적인 욕망이 추호도 없어 보여 오히려 당당하고 호방하게 느껴지기도 했다.

"북학만 잘 뿌리내렸어도 오늘의 조선을 달라졌을 것이오."

"······?"

유천은 눈을 크게 떴다. 북학北學이라면 영정조 시절의 박지원·

박제가·홍대용 등이 일으킨 실사구시實事求是의 학문을 말하는 게 아닌가.

"학문이 책 안에서 나와 시정으로 스며들어야 개화가 되는 것이오. 서양에서는 일찌감치 그것을 실현하였소. 그게 바로 과학이라는 것이고, 그것을 바탕으로 문명을 꽃피우고 있소. 우리가 서양 사람들을 양귀로 보고 있지만, 서양 사람들은 되려 우리를 귀신처럼 보고 있소."

유천은 강대용의 박식과 달변에 잠시 할 말을 잊었다. 우선 강대용이 자기보다 세상을 더 멀리 더 넓게 보고 있다는 사실에 그는 위축감이 생겼다. 강대용은 북만주에서부터 한성, 그리고 공주에 이르는 땅을 직접 밟아 본 사람이다. 선교사를 통해 서양에 대한 정보도 어느 정도 가지고 있었다. 그러한 바탕 위에서 내려진 조선의 앞날에 대한 진단 앞에 그는 반박할 의지를 잃었다.

강대용이 말했다.

"한 가지 조언을 해도 되겠소?"

긴장된 표정으로 유천은 강대용을 바라보았다.

"산을 보기 위해서는 산속이 아니라, 산 밖으로 나가야 하는 거요."

"……?"

그의 말을 유천은 쉽게 알아듣지 못했다.

"한성으로 가 봐야 시정 잡인밖에 더 보겠소? 보아하니 혈기가 대단한 것 같은데, 못 볼 것 보고 울분을 못 참고 성질을 내보이다 보면 공연히 다치게 되오."

그제야 유천은 강대용의 말뜻을 알아들었다. 조선을 잘 모르면서 한성으로 들어가는 건 산을 보기 위해 산속으로 들어가는 우를 범하는 행동이다. 그래서 강대용도 어쩌면 조선을 제대로 보기 위해 조선 밖으로 나가는지 몰랐다.

　"백성의 마음을 움직이려면 그 백성을 지배하는 사상이 있어야 하오. 물론 왕권 아래 물리적인 지배 사상이 아니라, 하나로 묶는 단합 사상이오. 서양에서는 이를 이데올로기라고 하오. 우리 조선에는 그런 사상이 없소이다. 양반들이야 유교 사상을 가지고 있지만, 평민들이야 양반들에게 복종해 온 머슴 사상밖에 더 있소? 황제와 양반들을 위하는 것이 곧 나라를 위하는 길이라는 사고가 몸에 밴 백성들에게 위기에 처한 나라를 구하자고 아무리 외쳐 봐야 소귀에 경 읽기요."

　"⋯⋯?"

　"그 백성을 움직이는 사상을 만드는 일을 연구해 보시오. 백성에게 사상이 없으면 일본을 물리친다 해도 일시적인 희생일 뿐, 또 허물어지오. 차라리 늦더라도 주춧돌부터 튼튼하게 놓는 게 더 현명한 일 아니오?"

　유천은 눈이 번쩍 띄었다. 창의군의 실패도 어쩌면 기층민의 사상이 명확하지 않았기 때문인지도 모른다. 김복한 장군이나 이설 장군 같은 이는 임금께 충성한다는 목적이 있었다. 그러나 평민들이야 그냥 따라나선 것 이상의 뚜렷한 의지가 없었다. 그래서 사상누각처럼 허물어졌다.

　"북학이 실패했고 동학도 실패했소. 그러나 동학은 서학처럼 종교로 맥을 이어 사상 개혁을 도모하고 있잖소? 한 공께서도 조선 땅에 사회사상을 뿌리내리는 작업을 해 보시오. 지금 당장 맨주먹으로 일본에 대항하기보다 장래를 위해서는 그게 더 큰 일이 될 것이오."

그날 밤, 유천은 밤새 한숨도 잠을 이루지 못했다. 강대용이 한 말이 잠시도 머릿속에서 떠나지 않았다. 사회사상을 이루는 일이 쉬운 게 아니다. 우선 당장 자신에게는 몸을 의지할 곳조차 없질 않는가.

이튿날 날이 밝자마자 유천은 강대용에게 부탁했다.

"어제 좋은 말씀을 많이 해주셨는데, 구체적으로 절 좀 도와주시오."

"무엇이 제일 힘들 것 같소?"

"우선 유숙할 곳이 있어야 하며 훌륭한 스승을 만나고 싶습니다."

잠시 생각에 잠겨 있던 강대용이 말했다.

"머리 깎을 생각은 없소?"

"상투 말이오?"

유천은 상투를 틀어 올린 자기 머리를 만졌다.

"아니오. 민머리를 만드는 것이오."

유천은 깜짝 놀랐다.

"중이 되라는 말씀이오?"

"단군 성조 때부터 조선을 지탱하던 힘은 한울 사상이오. 그래서 제천 행사를 했던 것이고, 여기에서 우리 민족 신앙이 싹텄던 것이오. 작금에 이르러 조선은 이러한 한울 사상이 허물어지고 있었소. 그 틈을 타서 외세가 물밀 듯 들어오고, 조선은 맥없이 그들 앞에 흔들리고 있는 것이오. 불교는 비록 인도에서 발생했으나, 오묘한 인간 사상을 품고 있소. 더구나 중국을 거쳐 오면서 동양 사상을 흡수하여 더욱 깊이 있게 발전시켰는데, 우리의 한울 사상까지도 포용하고 있질 않소? 동학과 서학을 비롯한 서양 종교도 나름 좋은 뜻을 가지고 있으나, 그래도 조선인들에게 더 깊이 뿌리 내리고 있는 게 불교 아니오? 그 불교를 통해 백성들의 사상을 다듬는 작업을 하면 좋겠다는 생각을 해보았소."

"선생께선 야수교 선교사와 같이 다니고 있질 않소? 야수교 사람들은 불교를 귀신도라고 싫어한다는 말을 들었소만……."

강대용은 고개를 저었다.

"아니오. 나는 무신론자이자 자유주의자요. 우리 집안에서는 야수교를 믿지만, 나는 아니오. 미국으로 가기 위해 저 사람들의 힘을 좀 빌리는 것뿐이오."

그러면서 강대용은 씩 웃었다.

"거짓 술수로 보일지 모르나, 더 큰 것을 얻기 위한 작은 희생으로 생각하시오."

"……."

"인간은 가슴에 비둘기와 독수리를 모두 품고 있어야 하오."

유천은 강대용을 바라보았다. 그의 깊고 넓은 사상은 깊이를 잴 수가 없었다. 그가 한 번 입을 열면 마치 터진 봇물처럼 사상이 쏟아져 나왔다. 유천은 폐가 되는 한이 있더라도 당분간 그의 도움을 받아야겠다며 생각을 바꾸었다. 구체적인 계획도 없이 떠난 몸이다. 그와 대화하면서 앞으로의 계획을 생각해 보는 것도 좋을 듯했다.

"산을 못 보더라도 산속으로 들어가야겠습니다."

"정말 머리를 깎을 생각이오?"

강대용은 그의 말을 잘못 알아듣고 있었다. 승려가 되기 위해 산 속으로 들어간다는 말로 이해한 것이다.

"한성으로 가야겠습니다."

"한성엘요?"

"조선 사람으로 태어나서 한성을 한번 보는 것도 견문을 넓히는 일이 아니겠소이까. 그런 다음에 장래를 한번 도모해 볼 작정입니다."

강대용은 고개를 저었다.

"그것도 괜찮은 생각이오만, 견물생심이라 하지 않았소. 지금 한성에는 서양 사상과 물건들이 마구잡이로 들어오고 있소. 그 때문에 조선 사람들이 잡스럽게 변해 가오. 그 단맛에 한 공이 주저앉을까 봐 염려 되오."

"보시다시피, 나는 아직 홍주 땅을 벗어나 본 적이 없는 사람이오이다. 강 공께서 좀 도와주시지 않겠소이까?"

"나도 쫓기는 몸, 언제 어떻게 될지 모르오. 배편이 마련되면 곧장 떠나오. 허나, 이것도 인연 아니오? 가면서 한번 연구해 보도록 합시다."

"고맙소이다."

유천은 강대용의 손을 덥석 잡으며 감사했다. 그도 유천의 손을 마주 잡았다.

"한 공의 웅지가 범상치 않은 듯하여, 나도 만남을 반가워하는 중이오."

"과찬의 말씀이외다."

이튿날 아침, 유천은 일찍 일어나 마당을 배회하다가 통역관이라는 사람과 마주쳤다. 그러고 보니 그와는 아직 인사조차 없었다. 몹시 경황없이 움직이고 있음을 비로소 깨달았다. 언뜻 보기에 그는 서른 중반쯤 되어 보였다. 유천은 그에게 다가가 먼저 예를 갖추어 인사를 건넸다.

"인사가 늦었습니다. 황망히 떠난 길이라 미처 예를 갖추지 못했습니다."

"개의치 않소이다."

그는 아무렇지도 않다는 듯 입가에 웃음을 띠었다. 성품이 퍽 후덕스러워 보였다.

"홍주 사는 유천이라고 합니다."

"나는 이지룡이오. 한성에 사오."

유천은 이지룡과 객사 뒤켠으로 자리를 옮기며 대화를 계속했다. 이지룡은 역관을 지낸 사람이었다. 그는 보기보다 나이가 많은 42세였다. 관직에서 물러난 후 강대용의 소개로 청나라에서 활동하다가 온 브라운의 통역을 맡았다. 역관으로 있을 때는 사신을 따라 여러 차례 중국에 드나들어 세계정세에 매우 박식했다. 그와 이야기하는 동안 유천은 강대용도 그에게서 세계 문물에 대해 배운 게 아닌가 하고 생각했다. 그는 일찍이 신식 문물을 접한 사람답게 멋쟁이였다. 코끝에 걸고 있는 거무스름한 색이 도는 수정 알로 된 안경하며, 붓 대신 깃털이 달린 신식 펜촉으로 먹물을 찍어 글씨를 쓰는 게 유천에게는 여간 신기하지가 않았다.

유천은 그의 코에 걸린 안경을 쳐다보며 물었다.

"그걸 끼면 어떻게 보입니까?"

"애체愛逮 말이오?"

"그걸 애체라고 합니까?"

"경주와 언양에서 나는 수정을 제일로 치오. 그래서 애채를 경주라고도 부르오. 내 것은 경주 옥돌이오."

"그걸 왜 끼오이까?"

"도수가 있는 것은 잘 보이라고 끼지만, 내 것은 도수가 없소. 그냥 멋으로 끼는 것이오."

하유천은 그의 말이 얼른 이해되지 않았다. 유천이 알고 있는 멋이란 부채나 노리개 등속인데, 그것들을 대부분 실용적인 물건들이다. 실제 사용하는 물건을 약간 멋스럽게 만들어서 지니고 다닐 뿐이다. 그런데 안경은 앞을 흐리게 할 뿐 별로 유익할 것 같지도 않았다. 이지룡이 안경의 쓰임새에 대해 설명했다.

"서양 사람들은 밖으로 나갈 때 꼭 애체를 끼오. 우선 바람이 불 때 눈에 티가 들어가는 것을 막고, 햇빛에 눈이 부시는 것을 막소. 또 색돌로 만든 애체를 끼면 몰래 남의 거동을 훔쳐볼 때 참 좋소. 눈동자가 상대편에게 안 보이기 때문이오."

유천은 고개를 끄덕였다. 듣고 보니 매우 편리한 물건이었다. 바람에 날아온 티가 눈에 들어가 매우 고생한 경험이 있었다. 저것을 끼면 눈을 찡그리며 손으로 햇빛을 가리는 일도 없을 것이다.

"그게 몇 냥이나 합니까?"

"놀라지 마오. 은원 십 원이오."

이지룡이 놀라지 말라고 말했지만, 유천은 은원銀元이 무엇인지 알지 못해 멍한 표정으로 그를 바라보았다. 한 번도 듣도 보도 못한 돈이었다. 유천은 서울 사람이 셈하는 돈은 다른 모양이라고 생각하며 그에게 물었다.

"그게 대체 몇 냥이오이까?"

"그렇지 참!"

그제야 이지룡은 유천이 말귀를 못 알아듣는다는 것을 알아채고 빙그레 웃었다. 그는 자신의 과거를 장황하게 설명했다. 그는 이야기하는 게 몹시 신나 있는 듯했다. 그의 이야기를 들으면서 유천은 좀 황당하다는 생각도 하였으나 의심은 하지 않았다. 사실인지 아닌지 확인할 길도 없었지만, 공연히 상대방의 기분을 상하게 할 필요가 없었다. 홍주 땅에서만 맴돌았던 유천은 박물과 지리에 대한 그의 상식 앞에서 항복하지 않을 수가 없었다.

이지룡은 역관으로 중국 땅을 드나들며 몰래 밀수를 했다. 당시 조정에서는 사행使行을 가는 정관正官에게 출장비로 8포包를 내렸다. 정관은 비장, 역관까지 모두 합하여 30여 명 정도 된다. 8포란 이들에게 나라에서 여비로 인삼 몇 근씩 주는 것을 말한다. 영조 때 와서는 이것을 현물로 주지 않고, 능력 있는 사람에게 자기 재물로 은銀을 바꿔 가지고 가도록 허용하였다. 이것을 은포라고 하였는데, 당상관은 은 3천 냥, 당하관은 은 2천 냥 등, 품계와 직급에 따라 포 수를 제한하였다.

사신 가운데는 가난하여 공식적으로 허용해 준 은을 가지고 가지 못하는 사람이 많았다. 그래서 자신의 포를 의주 장사꾼들에게 팔았는데, 이지룡은 그것을 되사서 귀국할 때 비단이나 서책, 그리고 호박 같은 보석을 사서 가지고 들어왔다. 이를 또 의주에 사는 중개 무역상들에게 되팔아 이문을 남겼다. 보통 한 차례 중국을 다녀오면 논 닷 마지기는 쉽게 생기고는 했다. 그러다가 개항이 되면서 이지룡의 밀수도 사양길에 접어들었다.

당시 조선에서는 두 가지 화폐가 사용되고 있었다. 본래는 엽전을 사용했으나, 통상을 허용하면서 외국 화폐도 통용되었다. 1894년 7월 11일에 '신식 화폐 발행 장정新式貨幣發行章程'을 발표하여 1냥을 10전, 1전을 10푼으로 하는 화폐 단위를 정했다. 또 외국과 무역 거래에 쓰이는 본위 화폐本位貨幣로는 은화 5냥짜리가 있었다. 그러나 이것으로는 무역 거래가 제대로 이루어지지 않아 신식 화폐 발행 장정 제7조에 '본국 화폐와 동질 동량의 외국 화폐를 함께 사용할 수 있다'는 조항을 만들었다. 당시에는 주로 일본의 1원圓 은화, 멕시코 은화, 그리고 청나라의 1원짜리 은화가 통용되었다. 청나라의 화폐 단위 원圓은 획이 많아 사용하기 불편할 뿐만 아니라, 일본의 원과 구별하기 위하여 조선에서는 원元으로 썼다.

은원은 청나라의 은화를 말한다. 청나라의 은화는 멕시코 은화를 모방하여 만들었다. 1원은 10각, 1각은 10푼이었다. 푼은 또 선仙으로 불리기도 했다. 조선 정부에서는 주로 청나라의 원을 사용하였다. 조선 화폐와의 환율은 1원이 10냥이었다. 민간에서 널리 쓰는 엽전은 1냥이 10전, 1전이 10푼이었다. 이지룡이 말한 은원 10원은 조선 돈으로 환산하면 100냥인 셈이다. 당시 한성의 물가로 상등미上

等米 1되에 9돈 5푼, 식염食鹽 1섬이 12냥 5돈이었다. 그러니까 100
냥이면 쌀이 약 2가마니이고, 소금이 8섬이다. 대부분 잡곡밥을 먹
던 시절이라, 쌀 2가마니면 웬만한 가정에서 1년분 양식으로도 충분
하였다.

유천은 이지룡의 설명을 듣고 나서 놀란 표정을 지었다. 말하자면
그는 자기 코끝에 쌀 2가마니를 얹고 다니는 셈이었다. 옥으로 만들
었으니 비쌀 거라는 예감은 했으나, 그렇게 비싼 물건인 줄은 몰랐
다. 그런 돈을 선뜻 주고 멋을 부리고 있는 그의 배짱이 놀라웠다.
 "내 우스운 얘기 하나 하리다. 병자년 사월에 일본에 수신사들이
가지 않았소? 그런데 신식 멋을 낸답시고 일흔다섯 명 모두 애체를
코에 걸고 간 것이오. 그래서 일본 사람들이 그걸 보고 모두 놀랐다
고 하오."
 유천은 겉으로는 웃었지만, 속으로는 이 나라의 장래를 보는 듯하
여 기분이 별로 좋지 않았다.

천안을 막 지나면서 유천은 그들과 헤어지기로 마음을 먹었다. 강
대용의 말대로 한성에 가 봐야 별 뾰족한 수가 없을 것 같았다. 지금
은 우선 몸을 숨기며 밥을 얻어먹을 수 있는 곳이 필요했다. 그런 다
음 천천히 장래를 도모하는 게 순서일 듯했다. 앞길을 제어 보지도
않고 달려가기만 할 수는 없었다. 그런 생각을 하면서 유천은 어디
로 갈까 잠시 고민했다. 그러다가 문득 강대용과 대화하던 중에 산
을 보러 산속으로 간다고 한 말을 떠올렸다. 강대용은 그 말을, 머리

를 깎고 중이 되는 줄 알고 되묻기도 했었다.

순간 유천은 정말 산속으로 들어가겠다는 결심을 했다. 몸을 피하기에도 안성맞춤일뿐더러 불목하니 노릇이라도 하면 밥은 얻어먹을 수 있을 것 같았다. 더구나 학문을 할 수도 있다. 그는 생각을 정리해 보았다.

강대용이 주장하던 대로 백성들의 의식을 개혁하려면 바탕이 있어야 한다. 왕정王政 아래에 있기에 정치를 바탕으로 의식을 개혁하기에는 요원했다. 유교도 일부 양반 계층에서만 향유하고 있어, 백성 계도를 위한 학문으로서는 한계가 있다. 동학도 마찬가지다. 이미 농민 운동 실패로 힘이 꺾여 있으며 종교로서도 아직 제대로 뿌리 내리지 못하고 있다. 서학을 비롯한 서양 종교가 외세의 힘을 배경으로 전국에 걸쳐 교세를 넓혀 가고 있지만, 그렇다고 이 서양 종교를 업고 정신 개혁을 하기는 싫었다.

이렇게 생각을 정리해 가던 유천은 불교가 그중 가장 안성맞춤이라는 생각을 했다. 신라 원효 이후에 귀족 불교에서 대중 불교로 일반 백성에게 다가가 정토를 이루었으며, 고려 때는 국가 이념이 되어 전 백성이 불교를 믿은 적도 있다. 역성혁명으로 개국한 조선이 고려와 이념을 달리하고, 중국에 사대하려고 억불숭유抑佛崇儒했으나 불교는 조선의 대부분 백성이 믿고 따르는 종교다. 그는 5백여 년 동안 억눌려 온 불교를 다시 일으키면서 정신 혁명을 시도해 보고 싶었다. 불교는 그 교리 자체가 인간의 마음을 깨닫게 하는 데 있다. 곧 사람들에게 마음의 눈을 뜨게 하는 것이다.

유천은 갑자기 온 세상이 밝아지는 것 같은 환희를 느꼈다. 마치 뜻하는 바를 모두 이루기라도 한 것처럼 마음이 술렁이기도 했다. 그는 어느 절로 갈지를 생각해 보았다. 우선 충청도 땅은 피하는 게 좋을 듯했다. 그는 우선 길을 따라 그냥 계속 가고 싶었다. 공밥을 얻어먹지 못할 때는 일을 하면 된다. 가다가 어디든 마음이 내키는 절이 있으면 들어갈 작정이었다. 그는 길이라는 말에 깊은 의미를 두고 있었다. 길이 곧 도道다. 길은 사람이 안심하고 걸어갈 수 있는 땅이다. 이제부터는 숫눈길처럼 스스로 그 길을 만들어야 한다. 길은 개척의 의미를 담고 있고, 따라서 길을 만든 자는 새로움을 만들어 낸 창조자다. 길을 가면서 마음의 길을 닦는 것도 좋을 듯했다.

　유천은 천안으로 들어가기 직전에 강대용에게 작별 인사를 했다.

　"여기서 그만 헤어질까 합니다."

　"그게 무슨 말씀이오?"

　강대용이 놀란 얼굴을 했다.

　"혼자 나아갈 길을 찾아볼 셈입니다."

　"어디로 가려고 그러오?"

　"그냥 혼자 길을 따라 걸어가면서 생각할 작정입니다."

　강대용은 유천을 한동안 말없이 바라보고 있었다.

　"그동안 많은 신세를 졌습니다. 사람은 인연 따라 만난다고는 했지만, 강 선비를 만난 세 세계는 큰 힘이 되었어요. 멀리 외국으로 가더라도 언제 또 뵙게 될 날이 있겠지요."

　"정말 가겠다는 것이오?"

　"네."

"그래도 대충 방향은 정해야 할 것 아니오?"

"강공의 말씀대로 한성으로는 가고 싶지는 않습니다."

강대용은 고개를 끄덕였다.

"끝까지 나와 함께 지낼 수 있는 것도 아니니, 굳이 붙잡지는 않겠소. 아무쪼록 건강에 유념토록 하시오."

"감사합니다."

강대용은 여벌로 가지고 있던 홑중의적삼 한 벌과 노자 몇 푼을 유천에게 건네주었다.

"여벌 옷이 필요할 게요."

"이 은혜를 무엇으로 갚아야 좋을지 정말 몸 둘 바를 모르겠습니다."

유천은 체면 없이 받았다. 지금은 체면이고 뭐고 가릴 형편이 아니었다.

"의지를 굽히지 마시오. 한 공 같은 사람이 조선에서 많이 나와야 나라를 구할 수가 있소."

"과분한 말씀이외다."

"그럼 좋은 길이 보이길 바라오."

"강 공께서도 꼭 조선으로 돌아오셔서 큰일 하시기를 바라겠습니다."

강대용은 입을 다문 채 빙긋이 웃었다. 이지룡과도 이별 인사를 했다. 짧은 만남이었지만, 그도 이별을 몹시 아쉬워하고 있었다.

유천은 멀어져 가는 강대용 일행을 바라보며 한참 동안 그대로 길가에 서 있었다. 그들의 모습이 완전히 사라지고 나서야 유천은 동쪽으로 난 길로 발길을 돌렸다. 이 길이 어디로 향하는지는 알 필요가 없었다. 그냥 해가 뜨는 동쪽으로 난 길이어서 가는 것이다.

님은 침묵하지 않았다 1

해 뜨는 동쪽으로

깊은 생각에 잠겨 있던 유천은 생각을 떨쳐내며 자리에서 벌떡 일어났다. 마치 꿈을 꾼 것처럼 5년 전 기억 속에 빠져 있었다. 머릿속이 어지러웠다. 그는 방문을 열었다. 밤이 깊어 간다. 세상이 모두 어둠 속에 잠들었다. 인생에 대해 강한 의문이 솟구치면서 세상이 허무하게 느껴졌다. 아홉 살 때 『서상기西廂記』의 '통기' 1장章을 보다가 인생의 덧없음을 회의하던 일이 떠올랐다.

'아, 인생이란 덧없는 것. 밤낮없이 근근 살자고 버둥거려 보아야 죽고 나면 다 무슨 소용 있는가. 무엇이 남는가. 명예인가, 부귀인가? 모두 다 공空이요, 무색無色 무형無形이다.'

미혹의 바다를 헤매던 유천은 정신을 가다듬으며 작은 솔뿌리를 잡았다. 세상을 위해 자기가 할 일이 있을 것 같았다.

백담사로 다시 가자. 유천은 백담사에 가기로 마음먹었다. 이젠 참하게 불도를 닦을 수 있을 것 같았다. 『서상기』를 읽고 느꼈던 그

때처럼, 이렇게 허무하게 자신의 인생을 초야에 묻어놓고 싶지는 않았다. 삶의 실체도 찾아보고, 기우는 국운과 텅 빈 백성들의 마음속을 채워줄 사상을 공부하고 싶었다.

5년 전 수구암에서 광덕스님을 만난 뒤 백담사로 갈 때도 유천은 승려가 되겠다는 마음을 먹었다. 그러나 그곳까지 가는 동안 그는 마음이 변했다. 차마 머리까지 깎을 용기가 나지 않았다. 가족과 인연을 끊는 용기가 쉽게 나오지 않았다. 그는 백담사에서 탁발승과 함께 동냥을 나가고 땔나무를 하는 등 불목하니 노릇을 하면서 밥을 얻어먹기만 했었다. 스님을 생각하면서 몇 번인가 머리를 깎고 싶은 유혹이 일었지만, 그는 끝까지 용기를 내지 못하였다. 그는 곧 백담사를 나왔다. 그곳에서 더 머물면 정말 머리를 깎게 된다는 불안감 때문이었다.

그 길로 유천은 승복을 입은 그대로 목탁 하나를 들고 전국을 여행했다. 득도는 하지 않았지만, 절에서 들은 풍월로 염불은 할 줄 알았다. 염불만 하면 먹고 자는 걱정을 하지 않아도 되었다. 광덕 스님을 만나 얻은 것은 바로 그것이었다. '먹고 자고 똥 누는' 문제를 해결한 것이다.

이젠 머리를 깎을 수 있을 것 같았다. 석가모니도 처사를 버리고 집을 나서지 않았는가. 어느 누가 석가모니를 불효자식이라 욕하는가. 그는 인류의 영원한 스승이 되어 있다. 이젠 광덕 스님을 만난 인연을 제대로 살려 정신의 양식을 구하고 싶었다. 정신의 양식을 얻어먹으러 백담사로 가자.

백담사로 가기 전에 유천은 우선 수구암으로 가서 스님을 한번 만나보고 싶었다. 아직 그곳에 있을지 알 수 없었지만, 그는 스님을 꼭 다시 한번 만나보고 싶었다.

이튿날 유천은 5년 전 천안을 지나서 강대용과 헤어져 걷던 바로 그 길을 따라 동쪽으로 걸었다. 이 길로 계속 가면 수구암으로 간다.

가는 길목에 있던 주막도 아직 그대로 있었다. 유천은 주막 앞에서 걸음을 멈추었다. 그때도 날이 저물어 그는 바로 이 주막에서 하룻밤을 묵었다.

그는 또다시 5년 전의 생각 속으로 빠져들었다. 광덕스님의 모습이 잠시도 머릿속을 떠나지 않는다. 스님을 만났던 인연이 새삼스러웠다.

주막의 객방은 왠지 쓸쓸하다. 집 떠난 사람들의 여수旅愁가 배어 있어서 그런지도 모른다. 밖에는 처량하게 비까지 추적추적 내린다. 빗소리가 정처 없이 떠나는 자기의 신세처럼 처량하게 들렸다. 문득문득 집 생각이 치솟아 가슴이 미어졌다. 그럴 때마다 그는 자신을 꾸짖었다. 남아 대장부로 태어나 세상을 위해 큰일을 하려는 마당에 그까짓 집 생각으로 가슴앓이하는 자신이 못나 보였다. 자고로 세상을 움직인 큰 인물들은 사사로운 감정을 초개와 같이 버렸다. 큰 것을 얻기 위해 작은 것은 버려야 한다.

유천은 불을 끄고 자리에 누워 잠을 청했다. 몸은 노독路毒으로 파김치처럼 흐물흐물한데 정신은 더욱 총명하게 살아 오른다. 잠이

오지 않으니, 빗소리가 더욱 크게 가슴속으로 파고들었다. 밤새 그
렇게 그는 잠을 설치며 뒤척였다.

　새벽녘에 눈을 뜨니 어느새 비는 그쳤다. 잠을 잤는지 안 잤는지
분간도 못할 정도로 그는 머릿속이 띵했다. 방문에 달빛이 교교히
흐른다. 그는 문을 열고 새벽이슬이 배어 있는 찬 공기를 깊이 들이
쉬었다. 구름 사이로 달이 유유히 흘러간다. 문득 한 시상이 떠올랐
다.

　　　幽人見月色(유인견월색)
　　　一夜總佳期(일야총가기)
　　　聊到無聲處(요도무성처)
　　　也尋有意詩(야심유의시)

　　　숨어 산다고 달이야 안 보랴
　　　하룻밤 내내 뜬눈으로 지새우네
　　　온갖 소리 끊어진 그 경지에서
　　　또다시 뜻있는 시를 찾으니

　시를 읊고 나서 유천은 문득 고향 쪽 하늘을 바라보았다. 고향에
서도 저 달이 보일 것이다. 누군가가, 고향에서도 잠 안 오는 누군가
가 저 달을 보고 있을 것이다. 그는 갑자기 코끝이 찡해 왔다. 어쩌
면 자기 아내가 일어나 저 달을 보며 자기와 똑같은 생각을 할지도
모른다는 생각을 한 것이다. 그는 얼른 방문을 닫았다. 문을 닫는다
고 달빛마저 가둘 수는 없었다. 팔을 베고 누워 그는 아린 가슴을 짓

누르며 날이 밝기를 기다렸다.

날이 새자마자 유천은 또 정처없이 길을 떠났다. 청주 근처에서 유천은 탁발 나온 한 스님을 만났다. 집을 떠나고 처음 만나는 승려였다. 더구나 절에 들어가기로 마음을 먹은 뒤 맨 처음 만난 승려다. 마치 의인義人을 만난 듯 그는 가슴 뭉클한 기쁨을 맛보았다.

유천은 먼저 가볍게 목례를 한 뒤 함께 걸어가면서 말을 건넸다.

"어느 절에 계시오이까?"

"나무 관세음보살……."

스님은 대답 대신 합장을 하며 관세음보살을 염송했다. 유천도 얼떨결에 합장하며 고개를 숙였다. 그는 곁눈질로 스님을 힐끗 바라보았다. 머리를 깎았지만, 얼핏 보기에도 쉰 살은 넘은 듯해 보였다. 군데군데 헝겊을 대고 기운 남루한 승복을 입었으나 바위처럼 무거운 위엄을 갖추고 있었다.

"소승은 속리산에 있소이다."

엉뚱한 생각을 하다가 유천은 움찔하며 스님을 돌아다보았다. 그제야 자기가 질문했던 사실을 잠시 잊고 있었음을 깨닫고는 당황했다. 그는 얼른 정신을 가다듬었다.

"절로 돌아가시는 길이시군요?"

스님은 대답 대신 유천을 바라본다. 눈빛이 부드러우면서도 날카롭게 빛났다. 그 시선이 가슴에 와 박히는 듯 따갑게 느껴져 유천은 고개를 돌렸다. 그러자 스님이 유천의 시선을 붙들 듯이 말했다.

"어떻게 알았소?"

"무얼 말씀이오이까?"

"내가 탁발을 나가는 길인지, 절집으로 돌아가는 길인지 어떻게 알았소?"

"바랑이 아래로 처져 있어서입니다. 더 담을 그릇도 없는데 얻어 봐야 무엇하겠습니까?"

"허허허……."

하늘을 쳐다보며 스님이 갑자기 박장대소를 했다. 그 웃음소리는 마치 천둥이 치듯 온 들판에 쩌렁쩌렁 울렸다. 유천이 잠시 어리둥절해하는 사이에 스님은 웃음을 멈추고 손에 든 염주를 굴리면서 아무 일 없었다는 듯 나무 관세음보살을 염송했다.

두 사람은 말없이 한동안 그렇게 함께 걸었다. 한참 동안 걸어갔을 때 유천은 문득 스님을 따라가고 있는 자신을 발견했다. 어차피 목적지가 있어서 가는 길은 아니다. 우연히 길에서 만나 함께 걷고 있을 뿐, 오라는 것도 아닌데 그 스님을 따라가고 있다. 별안간 유천은 발걸음이 무거워지면서 부자연스럽게 엉켰다.

그때 스님이 꾸짖듯 소리쳤다.

"무얼 망설이오. 산을 찾아가는 사람이."

"예?"

유천은 깜짝 놀랐다. 독심술을 하는 듯 스님은 그의 마음을 훤히 꿰뚫고 있었다.

"망설일 기 없소. 마음믹있으면 실행하는 거시."

발이 땅에 붙어 버린 듯이 유천은 걸음을 멈췄다. 그뿐이었다. 스님은 아무 일도 없었던 것처럼 그냥 앞서 걸어가고 있었다. 저만큼 거리가 떨어지자, 유천은 잰걸음으로 스님을 따라갔다. 가까이 따라

붙으면서 그가 물었다.

"어떻게 아셨습니까?"

"우리가 가는 길 앞에 산밖에 더 있소."

"……?"

유천은 주변을 둘러보았다. 정말로 주위에는 산밖에 보이지 않았다.

"이제 서로 빚을 갚은 셈이오."

"예?"

"우린 서로 상대의 갈 길을 한 번씩 훔쳐보았지 않았소."

"……?"

"바람일 뿐이오."

"……?"

"마음 쓸 거 없소. 인연이란 바람 따라 왔다가 바람 따라 가는 게요."

무심히 던지는 그 말이 유천은 알 듯 모를 듯 가슴에서 맴돌았다.

스님은 속리산 자락에 있는 조그마한 암자에 살고 있었다. 법당과 요사가 함께 붙어 있는 작은 암자였다. 시봉 드는 사람도 없이 혼자였다. 유천은 암자 처마에 붙어 있는 수구암守口庵이라는 현판을 바라보았다. 이름이 참 재미있다. 입을 지키는 암자라는 뜻으로 해석하였다. 입을 지키는 데는 두 가지 다 문제가 있다. 하나는 말조심하는 것이고, 또 하나는 거미줄 치지 못하도록 지키는 일이다. 굶어 죽지 않으려면 먹어야 한다. 둘 다 중요한 일이다. 그 가운데 유천은 말조심하라는 뜻으로 새겼다. 아무려면 암자 이름을 먹는 것에다 빗대었을까. 아무러하든 자구 그대로의 뜻이라면, 암자 이름치고는 조금 속되다는 느낌도 들었다. 그러고 서 있는데 스님이 느닷없이 메고 있던 바랑을 벗어 유천에게 내던지듯 던지며 불쑥 말했다.

"썩은 나무토막처럼 서 있지 말고 그 쌀로 공양이나 지어. 그래야 입속에 잎이 돋지."

어이가 없었다. 아닌 밤중에 홍두깨라더니, 유천은 둔기로 한 대 얻어맞은 것처럼 얼떨떨했다. 지금까지와는 전혀 다른 태도로 스님이 소리를 지른 것이었다. 오갈 데 없어 여기까지 따라오기는 했으나 그렇다고 갑자기 사람을 이렇게 하찮게 대접하는 것에 그는 몹시 불쾌했다. 언제 시자가 되겠다고 말한 적도 없었다. 나이가 위로 보이기는 했지만, 그렇다고 처음 보는 사람에게 이렇듯 무례하게 대할 수는 없었다.

유천은 끓어오르는 부아를 참지 못해 한 대 쥐어박고 뛰쳐나가려고 막 걸음을 옮기다가 멈칫했다. 스님이 어느새 법당 바닥에 드러누워 코를 드르렁거리며 자고 있었다. 그는 발 앞에 던져져 있는 바랑을 내려다보았다. 내동댕이쳐진 그 바랑이 자기 처지 같아 속에서 울컥하고 뜨거운 감정이 솟구쳤다. 비록 정처 없이 떠도는 신세가 되기는 했지만, 고향에서 숙사 노릇까지 하던 사람이다. 여기에서 비렁뱅이 스님한테 이런 허섭한 대접을 받고 있다는 사실이 갑자기 슬퍼졌다.

더 망설일 것도 없었다. 유천은 그냥 이대로 이곳을 떠나야겠다고 생각했다. 미친 중한테 봉변당한 셈 치면 된다. 마음과 달리 유천은 그것을 실행에 옮기지 못했다. 곧 날이 저문다. 왔던 길을 되짚어 마을이 있는 곳까지 가는 것도 쉬운 일이 아니다. 마을까지 간다고 해도 역시 구차한 소리를 해야 하룻밤 묵을 수 있다. 어찌하면 노숙하게 될지도 모르는 일이다. 하룻밤쯤이야 노숙 못 할 것도 없다. 그런 다음엔 또 어떻게 할 것인가.

유천은 법당 쪽을 쳐다보았다. 스님은 세상 모르게 자고 있다. 잠시 그러고 서 있던 그는 바랑을 집어들었다. 어차피 누군가 밥을 지어야 먹을 수가 있다. 그렇다고 묻어 들어온 처지에 주인인 스님한테 밥을 지어달래서 먹을 수는 없잖은가. 그는 그렇게 생각하면서 부엌을 찾았다.

말이 부엌이지, 넝마 창고였다. 때가 꾀죄죄하게 긴 솥 하나가 걸려 있고, 부뚜막에 그릇 몇 개와 바가지가 엎어져 있을 뿐이다. 반찬 그릇은 고사하고 물동이 하나도 없다. 부엌 바닥에는 절에서 사용하는 온갖 잡동사니들이 어지럽게 널려 있다.

바랑을 부엌 바닥에 내동댕이치면서 유천은 털썩 주저앉았다. 그는 여태 한 번도 부엌에 들어가 본 일이 없으며 더구나 자기 손으로 밥을 지어본 적도 없었다. 무얼 어떻게 해야 하는지 행동의 매듭이 풀어지지 않았다. 차라리 한 끼 굶고 이대로 잠이라도 잤으면 하는 생각을 했다.

잠시 그러고 있던 유천은 바가지에 쌀을 담아 들고 밖으로 나왔다. 아까 올라올 때 본 계곡의 물을 찾아가려는 것이다. 그는 아까처럼 하루만 살고 말 것도 아니라는 생각을 하며, 자기 자기의 행동을 다독였다.

쌀을 씻어 오니 이번에는 땔나무가 없다. 그렇다고 어디에 쓰는 것인지도 모르는 물건들을 함부로 불쏘시개로 사용할 수는 없었다. 깊은 한숨을 한 번 쉰 뒤 유천은 이번에는 산으로 올라가 마른 나뭇가지를 꺾어 땔나무를 장만해 가지고 왔다. 이제 죽이 되든 밥이 되는 생쌀을 익히기만 하면 된다.

그때까지 스님은 절간이 떠나가도록 코를 드르렁거리면서 깊은 잠에 빠져 있었다. 아궁이에 불을 지피면서 유천은 혼자 빙그레 웃었다. 인간도 이 산속에 뛰어다니는 짐승과 다를 바 없다는 생각을 한 것이다. 배고프면 밥을 먹고, 잠이 오면 잠을 자고, 똥이 마려우면 똥을 누는 일이 짐승과 다를 게 하나 없었다. 학문을 하고, 옷을 입고, 예절을 배워 겉모습만 달리했을 뿐이다. 겉모습이 그렇다고 해서 먹을 것 안 먹고, 잠 안 자고 똥 안 누고 살 수는 없다. 그는 책 한 권이 때로는 한 그릇 밥보다 못할 수도 있다는 사실을 깨달았다.

유천은 그릇과 바가지에 밥을 퍼담아 들고 법당 안으로 들어갔다. 아직도 스님은 세상 모르게 자고 있다. 그는 어떻게 깨울까 망설였다. 마음 같아서는 발로 걷어차고 싶은 심정이었으나 차마 그럴 수는 없었다. 그렇다고 깍듯이 존경하며 깨우기에는 자존심이 상했다.

그 순간 누가 깨운 듯이 스님이 벌떡 일어났다. 그 바람에 놀란 유천은 하마터면 밥을 담은 그릇을 뒤엎을 뻔했다. 발로 걷어차려 했던 마음을 훔쳐봤을 것 같아 유천은 몸이 움츠려들었다.

"어, 잘 잤다."

스님은 밥그릇을 내려다보며 호통을 쳤다.

"밥을 지었으면 어른 상에 먼저 올려야지!"

스님의 말을 유천은 알아듣지 못했다. 상에 받쳐오지 않았다고 그러는가 보다 하는데 스님이 밥그릇을 빼앗듯이 가져가 불상 앞에 올려놓는 것이었다. 그제야 유천은 마음이 누그러졌다. 행동은 그래도 무지막지한 스님이 아니었다.

"뭣 하고 있어? 밥을 했으면 얼른 먹어야지."

스님은 허리춤에 차고 있던 표주박을 뒤집어 손바닥에다 하얀 가루를 털어냈다. 그게 무엇일까 하고 유천이 목을 빼며 훔쳐보는데, 스님이 힐긋 돌아다보며 퉁명스럽게 말했다.

"받아."

얼떨결에 유천은 손을 내밀었다. 그는 손을 내밀면서도 자기 행동이 너무 자연스러워 마치 스님의 시봉이 된 것이라는 착각을 했다. 그건 소금이었다.

"귀한 거니까 아껴 먹어."

유천은 소금 한 알을 입 안에 던져 넣었다. 소금이 녹으면서 침이 가득 고였다. 그는 체면이고 뭐고 생각할 겨를이 없었다. 맨밥에 소금을 얹어 정신없이 먹어 치웠다.

식사를 끝내고 난 뒤 유천이 스님을 향해 공손하게 말했다.

"저는 홍주 사는 유천이라고 합니다."

"내 이름을 알고 싶은 게로군."

"여기…… 혼자 계십니까?"

"어디서든 사람은 혼자 사는 것 아닌가?"

유천은 말문이 막혔다. 처음 만났을 때부터 스님은 일부러 그러는 것처럼 그의 질문에 대답 대신 되묻고는 했다. 평범한 질문인 듯하나 그는 스님의 묻는 말에 대답하지 못했다. 너무 쉬운 질문이라 오히려 그 뜻을 헤아리기가 더 어려웠다.

"나는 광덕일세. 이름만으로 보면 덕이 빛나는 사람이지. 보다시피 난 덕 따윈 없는 사람이야."

"있는 게 없고 없는 게 있다는 뜻이오이까?"

별안간 스님의 표정이 굳어지면서 눈빛이 빛났다. 유천은 이번에는 그 시선을 피하지 않았다. 오히려 더 강한 힘으로 스님의 눈빛을 마주 바라보았다. 그렇게 시간이 잠시 흘렀다. 이윽고 스님이 나직하게 말했다.

"잘 닦기만 하면 참한 중이 될 소질이 있구먼."

"길을 열어 주십시오."

"길이 없는데 문을 어떻게 찾아."

"……?"

"길은 스스로 만드는 게야."

"그래도 방편이 있지 않습니까?"

"발바닥이 부르트도록 디디다 보면 길은 저절로 만들어지는 법이야. 억지로 뚫은 길은 힘만 들였지 곧 허물어져."

"……?"

"길을 닦으면 문은 저절로 보이게 마련이다."

그가 보통 스님이 아니라는 걸 유천은 눈치챘다. 스님을 만난 게 좋은 인연이 될지 모른다는 막연한 희망도 살아올랐다. 그제야 생각난 듯 그는 수구암이라는 이름이 궁금했다.

"수구암이 무슨 뜻입니까?"

"주둥이를 지키는 게지."

"하오면?"

"목구멍이 포도청이란 뜻이야."

유천은 아무래도 온전한 뜻이 아닌 듯싶었다.

"입을 잘 다스리면 죽지 않고 사는 게야. 먹는 것 말하는 것 모두 입 탓 아닌가? 죽고 사는 인간의 세상만사가 모두 그 좁은 입에서 나오네."

"불도에 관해 공부를 하고 싶습니다."

"중은 아무나 되는 게 아니야."

"발심이 있어야 된다는 뜻입니까?"

"어디서 들은풍월은 있구먼."

"여기까지 온 것이 발심 아닙니까?"

"넌 아니야."

"예?"

유천은 눈을 동그랗게 떴다.

"염불보다 잿밥에 마음이 있어서 틀렸어."

"……?"

"동냥이나 하는 주제에 무슨 큰일을 한다고. 쯧쯧쯧……."

스님은 유천을 바라보며 혀를 끌끌 찼다.

광덕스님의 마음을 유천은 헤아릴 길이 없었다. 사람의 마음을 꿰뚫는 혜안을 가진 듯 보이기는 했으나, 행동이 거칠고 품격이 없었다. 스승으로 모시고 싶은 마음이 일어나다가 사그라들고, 그 마음을 굳힐 때쯤 되면 다시 본래로 돌아간다. 무애無碍라는 말을 들어

보기는 했지만, 어릴 때부터 유교 교육을 철저하게 받아온 유천으로서는 스님의 그런 행동을 쉽게 이해할 수가 없었다.

"마음 내키면 여기서 동냥질해 먹어도 돼. 그러다가 떠나고 싶으면 언제든 떠나."

"……?"

"저기 불단 뒤에 헌 옷 한 벌 있으니 입어 봐. 중옷 입으면 동냥질해 먹더라도 비렁뱅이 취급은 안 받아."

유천은 불단 뒤에 아무렇게나 쑤셔박혀 있는 승복을 꺼냈다. 말이 승복이었지, 얼마 동안이나 빨지 않았는지 땀 냄새가 퀴퀴하게 배어 있는 누더기였다.

유천은 수구암에서 탁발과 빨래를 하고, 나무를 해와 밥을 지으면서 한가롭게 세월을 보내고 있었다. 몇 날 몇 달이 지났는지 알 수도 없었다. 다홍색으로 물들었던 나무에 잎이 지고, 이젠 앙상한 가지 사이로 매서운 바람이 스쳐 가면서 간간이 흰 눈발이 흩뿌렸다. 그는 흐르는 세월 위에 그냥 그렇게 떠 있었다. 책을 보고 싶어도 암자에는 불경 외에는 읽을 만한 것이 없었다. 스님은 새벽 예불을 비롯하여 하루 네 차례 불공을 드리는 것 외에는 거의 잠만 잤다. 그렇지 않은 날은 어디론가 홀쩍 떠나 며칠 만에 돌아오기도 했다.

수구암은 수도隊道하는 암자라서 불공드리러 오는 신도들도 없었다. 신도가 온다고 해도 다 도망갈 판이었다. 스님이 허구한 날 절을 비우거나 낮잠만 자고 있는데 어느 신도가 찾아오겠는가.

유천은 광덕스님에게 범상하지 않은 품격이 있음을 감지했다. 생각이 깊고 안목이 높았다. 무심코 던지는 욕과 농담 속에 앞일을 뚫어보는 번득이는 예지가 숨어 있었다. 그러나 유천은 스님에 대해서는 법명 이외에 아는 게 아무것도 없었다. 묻지도 않았지만, 물어도 대답할 것 같지 않았다. 스님도 유천에 대해 이름밖에 더 알지 못했다. 유천 자신이 스스로 홍주 사람이라고 말했을 뿐이다.

무엇보다 간간이 집 생각이 나서 유천은 견디기 어려웠다. 주기적으로 떠오르며 유천을 천 길 나락으로 떨어뜨리고는 했다. 아들의 생사도 모른 채 시름 속에 살고 있을 어머니 생각을 하면 가슴이 미어지듯 아팠다. 나이 어린 아내도 걱정이었다. 모두 어떻게 살고 있는지 궁금했다. 여자의 힘으로 농사를 짓는 일도 쉬운 게 아니다. 이럴 줄 알았으면 그날 저녁에 마을 뒷산까지 갔을 때 하직의 정이라도 나눌 걸 하는 후회도 고개를 들었다. 먹고 사는 일이야 어떻게든 해결할 수 있을 것이다. 그러나 사람의 행방을 모른다는 불안감은 견딜 수 없는 고통이다.

갑자기 가슴을 짓누르듯이 답답했다. 혼자 청운을 품는다고 해서 대의를 이룰 수 있을지 자신감도 잃었다. 유천은 이런저런 생각을 하다가 별안간 적막감에 휘말리기도 했다. 이 모든 게 부질없는 치기일지도 모른다는 회의마저 생겼다. 오히려 부모에게 불효하고, 한 여자를 생과부로 만든 죄목이 더 클지도 모른다는 죄의식이 꿈틀거렸다. 이러다가는 용이 되기는커녕 미꾸라지 신세도 못 면하게 될지도 모른다는 강박감이 엄습하기도 했다.

유천은 미친 듯이 두 손으로 머리를 싸안고 세차게 내저었다. 더구나 이러한 상념을 해결할 수 있는 방도 자기에게 없다는 사실이 더욱 암담했다. 자신이 이렇게 무능해 보일 수가 없었다. 그는 시를 한 수 지어 읊었다. 답답할 때 그는 시를 즐겨 읊었다.

不善耐寒日閉戶(불선내한일폐호)
觀山聽水未能多(관산청수미능다)
雪風埋屋人相寂(설풍매옥인상적)
禪如春酒散梅花(선여춘주산매화)

閑屋日日覺深寒(한옥일일각심한)
坐中鐵壁復銀山(좌중철벽복은산)
却恥吾身不似鶴(각치오신불사학)
禪心未破空相看(선심미파공상간)

요즘은 날이 추워 문을 닫고
산수(山水)도 제대로 찾지 못한다.
눈바람 집을 메워 고요도 고요한데
봄술 들며 낙매(落梅)를 보는 듯 선미(禪味)에 취한다.

요즘은 날로 추위가 심해지는데
앞을 막는 것은 은산(銀山)과 철벽(鐵壁).
하늘을 나는 학(鶴)도 아닌 몸
마음의 구름 못 헤쳐 안타깝다.

그러던 어느 날, 법주사에 내려갔다가 돌아온 스님이 때가 되지도 않았는데 느닷없이 공양을 지어 올리라고 했다.

님은 침묵하지 않았다 1

"시장하십니까?"

"이놈아, 제사 지낼란다."

"제사라니요?"

"공양 지으라는데 웬 말이 그리도 많으냐!"

"제삿상을 차리려면……"

"밥이면 됐지 고깃근이라도 장만하겠다는 게냐?"

"예, 알았습니다."

유천이 밥을 지어 불단 위에 올려놓자, 둘둘 만 그림 한 폭을 그 옆에다 놓은 스님은 '大元張公承業靈駕(대원장공승업영가)'라고 쓴 지방을 붙였다.

유천은 대원을 본관으로 한 장승업이라는 사람이 누구인지 궁금했다. 신도 가운데 하나라면 누군가 가족이 동참할 것인데, 스님 혼자 제를 올리는 게 이상했다. 혹시 속가의 가족 가운데 누구일까. 그러면 스님의 속성이 대원 장씨라는 뜻이다. 그는 혼자 그런 생각을 하며 법당 한쪽에 앉아 있었다.

스님은 꽤 긴 시간 동안 정성을 들여 영가 천도 예불을 올렸다. 옆에서 그 광경을 지켜보고 있던 유천은 스님의 새로운 모습을 보았다. 예불을 올리는 스님에게서 평소와 같은 일탈한 모습을 전혀 찾아볼 수 없었다. 그렇게 진지해 보일 수가 없었다.

이윽고 예불이 끝났다. 목탁 소리와 염불 소리가 멎은 법당 안은 심연처럼 무거운 적막이 흘렀다. 타는 촛불과 향을 태우는 연기만이 침묵 속에서 춤을 춘다.

예불을 마친 스님이 가부좌를 튼 채 돌아앉아 법당 밖의 허공을 뚫어지게 바라본다. 유천은 스님의 시선이 머무는 공간을 열심히 찾다가 고개를 돌려 스님을 바라보았다. 바위처럼 앉아 있는 스님의 얼굴에 잔잔한 파문이 인다. 얼마나 시간이 흘렀을까. 유천이 적막에 눌린 나머지 몸이 솜털처럼 가볍게 떠오르는 기분을 느낄 즈음, 스님이 가라앉은 목소리로 그를 불렀다.

"유천아."

유천은 깜짝 놀랐다. 반년 가까이 함께 지내는 동안 스님이 그의 이름을 부른 것은 이번이 처음이었다. 그는 늘 "이놈아"로 통했다.

"저 그림을 불살라라."

"예?"

그것뿐이었다. 스님은 입을 굳게 다문 채 아까처럼 또 허공으로 시선을 던지며 바위처럼 앉아 있었다.

유천은 잠시 머뭇거리다가 불단 위에 올려놓은 그림을 가지고 밖으로 나왔다. 그림을 펴 보았다. 담채 산수화였다. 필치가 대담하고 호방하며, 그런 가운데 소탈한 품격을 풍기고 있었다. 첫눈에도 예사롭지 않은 솜씨임을 금방 알 수 있었다. 불사르기 아까운 생각이 들었다. 지방에 쓰인 글씨로 보아 그림을 그린 이가 혹시 장승업인가. 그가 어디에 사는 누구인지는 유천은 알지 못했다. 스님이 저토록 마음 아파하는 것으로 보아 평범한 관계는 아닌 듯했다.

유천은 망설이던 끝에 그림에 불을 붙였다. 순식간에 그림은 시커먼 티가 되어 허공으로 날아올랐다. 허공에 흩어지는 그 검댕이 부스러기들을 바라보는 순간 유천은 새로운 경계를 깨달았다. 삶과 죽음도 저렇듯 한순간의 티끌일 뿐이라는 생각을 한 것이다. 그는 스님을 힐끗 돌아다보았다. 아직도 그 자리에 그대로 앉아 있다. 허공을 휘어잡을 듯 춤추던 검댕들은 이미 어디론가 흩어지고 없다. 한 인연이 그렇게 허공으로 사라졌다. 그는 스님이 새삼 우러러 보였다. 부질없는 인연에 얽매이지 않으려는 깊은 뜻을 읽을 수 있었다.

처음 이곳으로 오던 날 유천은 "인연이란 바람 따라 왔다가 바람 따라 가는 것이다"라고 하던 스님의 화두話頭가 문득 떠올랐다.

유천은 법당으로 돌아와 스님에게 물었다.

"누구이옵니까?"

"비럭질할 때 만난 벗이야."

그것뿐이었다. 스님은 더 이상 말하지 않았다. 장승업이란 사람에 대해서도, 자신에 대해서도 그것뿐이었다.

광덕스님은 금방 친구의 제를 올리고 유품을 불사른 사람답지 않게 엉뚱하게 딴소리를 했다.

"왜놈 부처가 들어온다는 게야."

"무슨 말씀이십니까?"

"일본의 정토종이 들어왔어."

"예에?"

"총칼을 들고 들어오더니, 이젠 중 동냥질하는 것까지 넘보는 게야."

유천은 잠시 잊고 있던 외세에 대한 위기감이 다시 발동했다. 불교를 앞세워 조선 사람을 정신적으로 세뇌하겠다는 음모임이 분명했다.

"그렇다면 조선 불교도 무슨 대책을 세워야 하질 않습니까?"

"대책을 세울 중놈들이 있어야지. 벌써 정초에 들어왔다는데 이제 알았잖은가. 산중에 사는 중들이니 시정 일을 알 턱도 없고…… 나무 관세음보살……."

"이대로 보고만 있을 수는 없잖습니까?"

유천의 물음에 스님은 딴소리를 했다.

"한성에는 길가에 등잔을 내걸어 밤에도 환하게 불을 밝힌다는군."

"등잔이요?"

"그게 말이야, 돌기름을 쓴다는 게야."

"돌기름이 무엇입니까?"

"땅속에서 캐낸 기름이라는데, 나도 생전 처음 듣는 이름이야. 물질은 개화되고 있는 모양인데, 사람들은 모두 눈을 감고 있어. 그러니까 호랑이한테 잡아먹히지."

유천은 천안에서 헤어진 강대용과 이지룡을 떠올렸다. 그 두 사람과 광덕스님에게서 조선을 생각하는 공통점을 발견했다. 민중이 눈을 떠야 진정한 자주 국가를 이룩할 수 있다는 것이었다. 무력으로 외세를 물리치는 것도 중요하지만, 그보다 앞서 더 시급한 것이 백성들이 무지에서 눈뜨는 일이었다. 그는 또 조바심이 발동했다. 이렇게 산중에 앉아 무위도식하는 자신이 한심스러워 보이기도 했다. 이러고 있는 사이에도 세월은 자꾸 흘러간다. 흐르는 세월을 붙들 힘이 없다면 차라리 세월과 친화하는 지혜라도 있어야 한다. 그에게는 지금 그 무엇도 없다. 비록 동냥질이기는 하지만 하루 세 끼 밥 먹고 비를 피할 수 있는 잠자리를 얻은 것에 만족하는 게 고작이다.

그해 겨울이 지나고, 산천에 흐드러지게 핀 봄꽃도 여름 소나기 앞에 부질없이 스러져 갔다. 그렇게 여름이 한창 깊어 가던 어느 날이다. 유천은 광덕스님과 나란히 법당 앞 섬돌 위에 앉아 골짜기를 날고 있는 이름 모를 새를 바라보았다. 산비둘기 같기도 하고 뻐꾸기 같기도 했다. 그 새가 까만 점으로 사라져 갈 무렵이다. 스님이 문득 화두를 던졌다.

"바람이 지나가고 있다."

"……?"

"저 골짜기를 내려다보아라."

유천은 스님이 손가락으로 가리키는 곳을 바라보았다.

"골짜기를 보라는데 손가락 끝은 왜 봐."

유천은 스님을 돌아다보았다. 골짜기를 보고 있는데 손가락 끝을 보고 있다고 말한 스님의 저의를 살펴보기 위해서였다. 그런데 스님이 입가에 잔잔한 미소를 짓는다. 그 미소를 보는 순간 유천은 골짜기가 바로 스님 자신을 가리킨다는 걸 깨달았다. 이것이 이심전심인가. 깊은 뜻을 헤아리지는 못했지만, 유천은 스님의 겉으로 드러난 진면목을 보았다.

그것은 잠깐 순간이었다. 스님의 입가에 미소가 사라지면서 얼음장같이 차가운 목소리가 튀어나왔다.

"지금 떠나거라."

유천은 깜짝 놀랐다. 너무 뜻밖의 말이라서 그는 질문도 하지 못했다.

"바람을 찾거라."

"……?"

"바랑 속에 노자를 몇 푼 넣어 뒀다."

유천은 할 말을 잃었다. 스님은 이미 오늘을 준비하고 있었던 모양이었다. 그에게 돈이 있을 턱이 없었다. 어쩌면 자기가 이곳에 머물던 때부터 노자를 준비하면서 떠나보내는 날을 준비했는지도 몰랐다.

"스님, 제가 무엇을 잘못했습니까?"

"잘했기 때문에 떠나야 하는 게야."

"아직 눈이 떠지지 않아 경계가 보이지를 않습니다."

"길을 가다가 보면 보이게 될 게야."

유천은 난감했다. 언젠가는 떠나야 한다는 걸 알고는 있지만, 막상 떠나야 한다고 생각하니 앞이 캄캄했다. 어차피 정해둔 곳이 없기는 마찬가지다. 하지만 마음을 정리할 시간도 없이 떠나야 한다는 사실이 답답했다. 부질없는 질문이라는 걸 알면서도 유천은 답답한 심정을 털어놓듯이 스님에게 물었다.

"어디로 가야 합니까?"

"동쪽으로 가거라."

스님은 기다렸다는 듯이 선뜻 대답했다.

유천은 또 한 번 놀랐다.

"달마도 동쪽으로 갔느니라."

"해가 뜨는 곳이라는 뜻이옵니까?"

"해가 뜨는 곳은 없다."

"예에?"

"지는 곳이 없는데 뜨는 곳이 어디 있느냐."

유천은 눈만 크게 떴다. 말문이 막힌다는 게 이런 것이리라. 그는 스님을 바라보기만 했다.

"해 뜨는 동쪽이 해 지는 서쪽이요, 해 지는 서쪽이 곧 해 뜨는 동쪽이기도 하다. 해는 늘 그 자리에 그렇게 떠 있느니라."

"그럼 왜 동쪽으로 가라고 하셨습니까?"

"그냥 그곳으로 가면 동쪽이 되기 때문이다."

"……?"

"백담사로 가거라."

"어디 있는 절입니까?"

"설악산에 있다. 김시습 선생이 묵었던 절이다."

스님은 김시습이라는 말에 힘주어 말했다.

김시습이라는 말에 유천은 멈칫했다. 매월당 김시습은 세조가 단종을 폐하고 왕위에 오르자 서책을 불사르고 승려로 출가하여 생육신으로 불리고 있다. 그도 평소 매월당을 흠모했다. 뛰어난 그의 학문은 물론이며 의義를 좇기 위해 영화를 초개처럼 버린 용단을 더욱 존경했다. 그는 어쩌면 자신이 김시습의 환생일지도 모른다는 엉뚱한 생각을 했다. 매월당은 3세에 시를 짓고, 5세에 『중용』과 『대학』에 통달하여 '5세 신동'으로 불렸다. 당시 집현전 학사 최치운이 그의 뛰어난 재주에 경탄하여 시습時習이라 이름 지어주었다고 한다. 유천 자신도 7세 때 『대학』의 주석註釋이 마음에 들지 않아 먹물로 지워 버리지 않았는가. 또 9세 때 『서상기』를 독파했고, 『서경』 기삼백주註三百註를 통달하여 신동이라는 말을 들었다.

매월당 김시습은 삼각산 중흥사에서 학업에 열중하던 중 세조의 반정 소식을 듣고 출가하였다. 유천 자신도 지금 산중에 들어와 있다. 매월당은 말년에 충청도 홍산현 무량사에 머물다가 59세로 입적했다. 유계遺戒에 따라 절 옆에 가매장하였다가 3년 후 다비하려고 관을 여니 그때까지 살아 있는 사람인 듯하였다. 홍산은 홍주에서 가까운 거리에 있다. 유천은 무량사에서 매월당의 팔각원형 부도와 산신각에 모셔져 있는 매월당의 영정을 보았다. 매월당이 이곳으로 온 연유는 성삼문의 외가가 홍주에 있으며, 이곳에서 나고 자랐다. 성삼문의 흔적을 따라 이곳 무량사로 와 입적할 때까지 주석했다.

잠시 침묵의 시간이 흐른 뒤 유천은 스님을 향해 합장했다.

"고맙습니다, 스님."

"가 봐야 날 아는 중은 없다. 내 이름 바람 속에 날려 버리고, 네 발로 걸어가거라."

유천은 승복 위에 바랑을 걸치고 스님에게 큰절을 올렸다. 갑자기 굵은 눈물이 법당 바닥에 뚝뚝 떨어졌다. 다시는 보지 못할지도 모른다는 생각과 함께 왈칵 슬픔이 밀려왔다. 비록 몇 달 동안이었지만, 유천은 스님에게서 친혈육처럼 따뜻한 정을 느꼈다.

"뒤돌아보면 바윗돌이 된다. 앞만 보고 내려가거라."

"부디 긴강하십시오, 스님."

"……."

유천은 수구암을 뒤로 하고 산자락을 천천히 내려왔다.

바람은
허공에 머무는데

예상했던 대로 광덕스님은 수구암에 없었다. 아니 수구암도 없어졌다. 이미 폐사되어 법당이 허물어졌고, 부서진 기와 조각 위에 앉은 먼지를 쓸어가는 골짜기를 돌아온 바람 소리만 들렸다.

'스님은 어디로 갔는가. 풍장風葬이 되었는가?'

망연자실한 채 유천은 우두커니 서서 골짜기를 도는 바람을 맞는다. "바람이 분다. 떠나거라"고 하던 광덕 스님의 말이 산골짜기에 울렸다. 그는 허공을 향해 합장했다. 광덕은 본래 없었다. 수구암도, 유천도 없다. 다만 바람 앞에 지금의 자기 형상 하나가 서 있을 뿐이다.

바람에 너울거리는 이름 모를 잡초들을 무심히 내려다보다가 유천은 천천히 골짜기를 내려왔다. 그는 앞만 보고 걸었다. 그때 한 광덕스님의 당부대로 그는 이번에도 뒤돌아보지 않았다.

수구암을 떠난 지 석 달 만에 유천은 설악산 어귀에 있는 용대리에 도착했다. 설악산에는 한창 단풍이 불타고 있었다. 그는 길 한복판에 서서 불타는 설악을 올려다보았다. 5년 전 그 설악의 모습이 아니었다. 느낌도 달랐다. 그때는 흡사 유현의 땅처럼 느껴졌다. 설악의 기암들이 마치 마왕魔王처럼 가슴을 무겁게 짓눌렀다. 이젠 모든 인연을 끊고 출가할 수 있을 것 같은 자신감이 솟구쳤다. 5년 전 처음 이곳에 발을 디뎠을 때 그는 수구암을 떠날 때의 마음처럼 제대로 공부하지 못했다. 세속의 거센 바람을 맞으며 이곳까지 오는 동안 그는 속리산 계곡에 불던 바람을 까마득히 잊어버렸다. 한낱 몸을 피해 장래를 도모하는 미래의 영웅으로 환속했던 것이다.

유천은 하늘을 쳐다보았다. 계곡 사이로 호수처럼 파란 하늘이 조그마하게 열렸다. 그에게는 지금 파란 하늘이 우주의 모든 영역으로 보였다. 하늘의 일부분이 아니었다. 동시에 그는 자기가 서 있는 이 좁은 한 뼘 땅도 조선의 일부분이라는 생각이 들지 않았다. 일부분이 전체요, 조선이 곧 세계라고 생각했다. 광덕 스님에게 배운 깨달음이다. 일부분과 전체라는 생각은 엄청난 차이가 있다. 비록 생각은 손등과 손바닥에 불과하지만, 그 결과는 우주 하나를 얻고 잃은 것만큼 엄청나다. 어디에든 내가 서 있는 곳이 곧 세상이라는 진리를 그는 깨달았다.

이젠 참한 중이 될 수 있을 것 같았다. 광덕스님이 보았던 그 바람이 이젠 그에게도 보였다. 5년 동안 그는 바로 이 바람을 찾아 헤매었는지도 모른다. 그런데 이상했다. 그토록 또렷한 모습으로 기억되던 스님의 모습을 별안간 기억할 수가 없었다. 길거리에서 그냥 무심히 보았던 그런 승려의 모습으로만 떠올랐다. 이젠 길에서 만나도 스님인지 아닌지 분간해 낼 수도 없을 것 같았다. 정말 바람처럼 기억이 사라졌다. 스님은 정말 바람이었을까.

유천은 생각을 떨구고 천천히 계곡 안으로 걸어 들어갔다. 설악은 안으로 들어갈수록 절경이다. 연봉이 병풍처럼 둘러쳐져 있고, 계곡 사이로 맑은 물이 흐른다. 그 연봉들이 세상의 온갖 바람을 막고 있으며 빼곡히 열린 하늘의 정기가 농축된 채 그대로 계곡 안으로 쏟아진다. 한 마디로 정기가 모인 땅이다.

유천은 설악산 계곡에 난 좁은 길을 따라 안으로 깊숙이 들어갔다. 인적이라곤 없었다. 그때나 지금이나 궁벽하기는 마찬가지였다. 오직 움직이는 것은 이름 모를 새들과 유천 자신뿐이었다. 그는 기암절벽을 올려다보며 한 폭의 그림을 연상했다. 자신도 그 그림 속에 있는 하나의 정물인 듯한 착각을 일으켰다.

바람이 불어오는 쪽을 향해 유천은 계속 올라갔다. 얼마쯤 걸었을까. 계곡 위쪽에 절이 보였다. 유천은 잠시 걸음을 멈추고 절을 올려다보며 호흡을 가다듬었다.

"아니?"

백담사가 아니었다. 유천은 낯선 절 앞에 서 있었다. 백담사보다 규모도 작았다. 아무리 5년이란 세월이 흘렀지만, 이렇게 길을 잘못 들 수는 없었다. 옛날 생각을 하면서 걷다가 그리된 모양이라 생각하며, 그는 혼자 씁쓰레하게 웃었다.

그런데 도대체 여긴 어느 절이란 말인가. 절을 둘러싸고 있는 주변 경치가 빼어났다. 유천은 절보다도 오히려 그 경치에 넋을 잃었다. 산이 병풍처럼 사방을 둘러싸고 있어서 아늑한 정적이 감돌았다. 절이 있는 곳은 어디든 명당이라더니 과연 그랬다. 산속에 사람이 살고 있고 물이 나오면 그곳이 곧 명당이다.

유천은 천천히 계곡을 올라갔다. 백담사가 아니면 어떤가. 이렇게 마주친 것도 인연이다 싶은 생각으로 그는 절 마당에 들어섰다. 마당을 쓸고 있는 젊은 스님을 발견하고 그는 다가가 합장하며 인사를 건넸다.

"스님, 안녕하십니까."

"네. 어디서…… 오셨습니까?"

스님은 허리를 펴고 유천의 행색을 훑어보면서 물었다. 상투를 틀고 승복을 입은 그의 모습이 이상하게 보였던 모양이다.

"충청도 땅에서 여기까지 왔습니다."

"큰스님을 찾아오셨습니까?"

"오다가 보니 여기까지 왔습니다."

스님은 유천의 말을 잘 알아듣지 못한 모양이었다.

"주지스님을 좀 뵙고 싶습니다."

"큰스님은 어제 본사에 가셨습니다. 저녁 늦게나 돌아오실 겁니다."

유천은 절 밥을 먹어 보기는 했으나 절 사정에 대해서는 아는 게 별로 없었다. 본사가 무엇인지도 알지 못했다.

"큰스님을 뵈러 오셨습니까?"

"사실은 여기에서 좀 묵을 수 있을까 해서요."

"얼마 동안이나 계실 겁니까?"

"공부를 좀 하고 싶습니다."

"그렇습니까……?"

스님은 또 한 번 유천의 행색을 훑어보았다. 스님의 시선을 의식하고 그가 먼저 말했다.

"오다가 좋은 스님 한 분을 만나 승복을 얻어 입었습니다."

유천은 5년이라는 세월을 끌어당겼다. 스님은 시공을 초월하며 자기 곁에 있다고 느껴졌다.

"출가하시려고요?"

"예."

"바깥세상이 좋은데 뭣하러 머리를 깎습니까."

젊은 스님은 보기보다 생각이 깊었다. 말소리도 나직하면서 위엄이 있었다. 유천은 스님의 안내로 객사로 사용하는 듯한 요사채에 바랑을 풀어 놓고 함께 마당을 쓸었다.

"먼 길을 오셨는데 그냥 편히 쉬십시오."

"밥값은 해야잖겠습니까."

"그런데 무슨 연유로 출가하려 하십니까?"

"공부를 좀 하고 싶습니다."

"절에서야 염불밖에 더 배웁니까?"

"염불 속에 우주가 있다는 말을 들었습니다."

스님은 그 말을 듣고 씩 웃었다. 웃음이 몹시 앳되어 보였다. 유천은 그가 입은 승복에서 생경한 냄새를 맡았다. 아마 출가한 지 얼마 안 되는 듯해 보였다. 처음 마주쳤을 때처럼, 스님은 또 유천의 행색을 훑어보며 조심스럽게 물었다.

"절밥을 좀 드신 듯합니다만……?"

"오갈 데 없어 몇 달 의탁하고 있었습니다. 저는 유천이라고 합니다. 충청도 홍주에서 왔습니다."

"소승은 지우입니다. 머무를 지자에 집 우잡니다."

스님은 자구까지 일러주었다. 유천은 그제야 조금 전에 염불 속에 우주가 들어 있다는 말을 했을 때 그가 웃은 이유를 알았다. 그의 법명이 우주를 품고 있었다.

"오세암은 어떻게 알고 오셨습니까?"

"예에?"

유천은 소스라치게 놀랐다. 그는 그제야 '五歲庵(오세암)'이라는 현판이 붙어 있는 법당을 올려다보았다. 그러면서 속으로 "오세암, 오세암, 오세암." 세 번 외웠다. 인간 세상의 일들이 참 다양한 인연을 맺는다 싶었다. 눈 속에서 다섯 살 아이가 부처님 은덕으로 살았다고 해서 암자 이름이 오세암이다. '5세 신동'이라 불리던 매월당 김시습이 이 암자에 머물렀다니, 이 인연은 어디에서 온 것인가. 그리고 또 그 자신이 바람 따라 이곳에 왔다.

"왜 그러십니까?"

유천은 스님의 말이 들리지 않았다. 그는 백담사에 머무를 때도 이곳 오세암을 까마득히 잊었다. 스님으로부터 매월당 김시습이 머물렀던 곳이라는 말 한마디에 백남사까지 오기는 했지만, 눈 속에 묻혀 한 해 겨울을 나면서 오세암을 까마득히 잊었다. 정말 신기한 인연이다. 무의식중에 그는 오세암으로 왔다. 마치 눈을 감고 제 집을 찾아온 기분이었다. 잠시 정신을 가다듬은 그는 스님에게 물었다.

"사실은 백담사로 가려다가 이곳으로 오게 되었습니다."

"백담사는 여기에서 조금 내려간 곳에 있습니다. 이 암자의 본사지요."

유천은 잠시 난감한 표정으로 서 있었다.

"혹 백담사에 아는 스님이 계십니까?"

"아닙니다. 5년 전에 지나는 길에 잠깐 묵은 일이 있습니다. 눈에 파묻혀 한 해 겨울을 났습니다."

"설악의 눈은 유명하지요. 짐승도 사람도 모두 백설 속에 갇히게 됩니다."

"혹시 이곳이 매월당 김시습 선생께서 머물렀다는 바로 그 오세암입니까?"

"설잠스님을 아십니까? 스님은 바로 이 오세암에서 머무르셨지요."

"그렇군요……."

백담사인 줄 알고 찾아온 곳이 매월당 김시습이 머물렀던 오세암이다. 설잠雪岑은 김시습의 수계 법명이다. 유천은 또 광덕 스님을 떠올렸다. 보통 인연이 아니라는 생각을 다시 한번 했다. 그는 매월당 김시습과 광덕, 그리고 자기 모습을 함께 떠올려 보았다. 그러면서 그는 정말 자신이 전생에 중이 될 인연을 맺고 태어났는지도 모른다는 생각까지 하였다.

"설잠스님을 좋아하시는 걸 보니 공부를 많이 하신 듯합니다."

"웬걸요. 그저 겨우 앞가림할 정도일 뿐입니다."

"설잠스님은 이곳에다 칡넝쿨로 움막을 짓고 기거하셨습니다. 그

때는 오세암이 아니라 관음암이었지요."

그때였다. 산자락을 쩌렁쩌렁 울리는 듯한 목소리가 들렸다.

"주둥이는 염불할 때나 쓰는 게야!"

지우와 유천은 동시에 소리가 들리는 쪽을 돌아다보았다.

지우가 놀라며 먼저 합장하고 고개를 숙였다.

"아니, 스님. 벌써 돌아오십니까?"

"일찍 와서 탈났느냐?"

"아니, 그런 게 아니라……."

유천은 그가 주지스님이라는 걸 눈치챘다. 얼른 뒤로 한 걸음 물러나며 같이 합장했다.

"네 녀석은 누구냐?"

"유천이라고 합니다."

"껍데기 이름을 물은 게 아니다."

"……?"

"뭣 하는 녀석이냐?"

"충청도에서 왔는데, 방금 도착해서 마당을 쓸고 있습니다."

주지스님은 유천을 한동안 물끄러미 바라보다가 말했다.

"그놈, 말대답은 잘하는구먼."

혼잣말처럼 내뱉고는 절 안으로 들어가 버렸다. 주지스님의 모습이 보이시 않사 유천이 지우 스님에게 물었다.

"주지스님의 법명이 무엇입니까?"

"법성입니다. 속성은 이씨구요."

"성질이 무섭습니까?"

"겉으로만 그렇지, 속내는 인자하십니다."

유천은 스님한테 한번 겪은 경험이 있어서 별로 마음 쓰이지는 않았다. 어차피 벼슬을 하기 위해 여기까지 온 것은 아니다. 밥 얻어먹으며 공부하려면 쓴 눈물 정도는 흘려야 한다. 그는 그런 각오가 되어 있었다.

마당을 다 쓸고 나서 유천은 지우스님의 안내를 받아 법성스님의 방을 찾았다. 지우스님은 그를 방문 앞까지만 안내하고 돌아가 버렸다.

유천은 방문 앞에서 지우스님의 뒷모습을 바라보았다. 비록 오늘 처음 만났으나 백년지기처럼 우정이 생겼다. 순박하고 인정이 많아 보였다.

법성스님은 방 안에 사람이 들어오든 말든 가부좌를 틀고 앉아 미동도 하지 않는다. 눈도 지그시 감고 있었다. 유천은 큰절을 세 번 올리고 꿇어앉았다. 그래도 스님은 꼼짝도 하지 않았다. 얼마나 시간이 흘렀을까. 아마 2, 30분은 지난 듯싶을 때였다. 스님이 입을 열었다.

"마당은 다 쓸었느냐?"

"예."

"이놈아, 중옷만 입으면 다 중이 되는 줄 아느냐? 마음 구석구석에 쓰레기를 뭉쳐 놓고 무슨 중이 되겠느냐!"

유천은 그제야 마당을 쓸었느냐는 질문의 의미를 깨달았다. 그는 얼른 자세를 가다듬으며 말했다.

"죄송합니다. 오갈 데 없어 속리산에 있는 암자에서 잠시 묵었던 적이 있습니다. 이 옷은…… 갈아입을 게 없어 그때 얻어 입었을 뿐입니다."

"쯧쯧쯧······."

법성스님은 유천을 지그시 바라보며 혀를 끌끌 찼다.

"여긴 왜 왔느냐?"

"스님의 가르침을 받고 싶어서입니다."

"날 아느냐?"

"오늘 처음 뵈었습니다."

"내 속에 든 게 똥인지 오줌인지도 모르면서 무얼 배우고 싶다는
게냐?"

"똥오줌이 있어야 농사를 지을 게 아닙니까?"

순간 법성스님은 놀란 표정을 지으며 유천을 쏘아보았다.

"이름이 무엇이라고 했느냐?"

"유천이옵니다."

"오늘부터 열심히 마당을 쓸어라."

"고맙습니다."

"절에서 공밥은 안 먹인다. 밥값을 해야 하느니라."

"명심하겠습니다."

유천은 그날부터 지우스님과 같은 방에서 묵게 되었다. 지우스님
은 유천과 나이가 그와 비슷했다. 하지만 그는 이미 사미계를 받은
엄연한 승려다. 아직은 불목하니에 불과한 유천과는 신분 자체가 달
랐다. 비록 같은 방에서 생활하고 있긴 하지만 상하로 따지자면 당
연히 지우스님이 위다. 따로 묵을 방이 없어 할 수 없이 한방에서 묵
게 된 것이다. 유천은 지우스님과 같은 방에서 지내게 된 것을 매우

만족하게 여겼다. 그만큼 법성스님이 자신을 신임하고 있다는 증거
라 생각했던 것이다.

　지우스님은 선배의 티를 조금도 내지 않았다. 유천에게 깍듯이 존
칭어를 사용했다. 유천은 주지스님 보기에 민망하다며 그러지 말라
고 요구했지만, 그는 그런 것에 전혀 개의치 않았다. 처음에는 그의
그런 태도가 매우 몰인정해 보였으나, 지나고 보니 그것이 오히려
상대방을 편하게 한다는 사실을 유천은 깨달았다. 서로 별개의 한
인간으로, 개체를 인정한다는 사려 깊은 행동이기도 했다. 세속 인
연은 이미 출가할 때 모두 끊었다. 산중에 와서 또다시 새 인연을 맺
는다는 것은 부질없는 짓이다.

　유천은 스님에게서 느꼈던 것과 마찬가지로, 지우스님에게서도
불교의 깊고 오묘한 이치를 보았다. 자기도 어서 공부를 하고 싶었
다. 그러나 아무리 마음이 급해도 유천은 아직 강원講院에 들어갈 자
격이 없었다. 강원은 본사인 백담사에 있다.

　유천의 이러한 마음을 헤아린 지우스님이 자신이 보던 불경을 보
라며 주었다. 오세암은 조그마한 암자이지만 팔만대장경 1,300권을
비롯한 수많은 경전을 소장한 장경각이 있었다. 유천은 틈나는 대로
대장경을 읽었다.

　불경을 줄줄 읽는 유천을 보고 지우스님이 깜짝 놀라며 말했다.

　"부럽습니다. 나는 천자문을 겨우 떼고 출가했는데, 경문 읽기가
어려워 따로 또 글공부합니다. 제게 글을 좀 가르쳐 주지 않겠습니
까?"

　"예? 무슨…… 나 같은 불목하니한테, 그런 당치도 않은 말씀

을……."

뜻밖의 제의에 유천은 몸 둘 바를 몰랐다.

"아니오. 수염이 댓자라도 배워야 한다고 하지 않았습니까. 대신
나는 불경을 가르쳐 드리리다."

"당치 않은 말씀입니다. 별로 배운 글도 아닌데……."

"아니오. 자신을 너무 낮추는 것도 예의가 아니오."

"알겠습니다. 아는 건 많지 않지만, 아는 것만이라도 함께 학습하
지요."

"그리고 한 가지 부탁이 있소이다."

"무슨 부탁을요?"

"우리 불가에서는 세속 나이를 묻지 않는 게 예의오만, 보아하니
나와 세연이 비슷한 듯합니다. 앞으로는 계명인 지우로만 불러주시
오."

"스님이신데 어찌……."

"괜찮습니다. 도반끼리는 그렇게 부릅니다."

이리하여 유천은 지우와 도반처럼 편하게 지냈다. 그는 지우에게
한문을 가르치고, 지우는 그에게 불경을 설명해 주었다.

"지우께서는 언제 입산하셨습니까?"

"이제 겨우 두 살입니다."

"무슨 연유로 입산하셨습니까?"

"글쎄요, 아직 그 해답을 찾지 못하였습니다."

지우는 입가에 잔잔한 미소를 띠었다. 유천은 지우의 그 말을 이
해하지 못했다. 세속과 인연을 끊고 승려가 되면서 아무런 동기가

없었다는 데 그로서는 이해되지 않았다. 그는 지우의 미소 속에 그 깊은 뜻이 숨겨져 있으리라 짐작하며 더 이상 묻지 않았다.

지우가 물었다.

"큰스님께서 무어라고 말씀하셨습니까?"

"아무 말씀도 안 하셨습니다."

"제자 받는 일에 몹시 인색하신 분입니다. 그러나 염려 안 하셔도 될 듯합니다. 절에 묵도록 한 것만으로도 마음을 허락하신 것이니까 요."

"출가하자면 어떻게 해야 합니까?"

"구족계具足戒를 받아야 합니다. 비구의 경우에는 250계를 지켜야 합니다. 스무 살 전과 나이가 차서 세속 때를 많이 묻힌 뒤에 출가하면 우선 10계를 받아 사미가 되지요. 소승도 사미계를 받았습니다. 계를 받으면 속세와 인연을 끊어야 합니다. 이름과 나이도 버리고 법명과 법랍(출가한 나이)으로 따집니다. 또 승가에서는 계율 외에 따로 지켜야 하는 규약이 많습니다. 이를 갈마羯磨라고 하지요. 이것들을 모두 지킬 각오를 해야 합니다."

유천은 잠시 자신의 모습을 내려다보았다. 나이가 차고 세속 때를 많이 묻힌 사람은 사미계를 먼저 받아야 한다는 지우의 말을 되뇌어 보고 있었다. 결혼까지 하고, 온갖 풍란을 겪었으니, 자신은 사미계를 받아야 한다. 지우를 바라보았다. "소승도 사미계를 받았습니다" 고 하던 지우의 말이 마음에 걸렸다. 머리를 깎기는 하였지만, 스무 살은 넘어 보였다. 그럼 그도 결혼하고 출가하였다는 말인가. 그러나 그런 질문을 할 수는 없었다.

유천은 지우에게 물었다.

"그럼 계를 받으려면 어떻게 해야 합니까?"

"때를 기다리면 됩니다."

"때라니요?"

"불법 인연이지요."

지우의 말뜻을 유천은 알아듣지 못해 그를 바라보기만 했다. 지우가 유천의 그런 마음을 헤아린 듯 말했다.

"모든 일에는 다 인연이 있는 법입니다."

"그 인연은 어떻게 생깁니까?"

"저절로 생겨납니다."

마치 안개 속에 서 있는 듯한 기분이었다. 유천은 분명 그와 마주 앉아 질문과 대답을 하고 있었지만, 말 가닥은 오리무중이었다. 그때 문득 그는 법성스님이 하던 말이 생각났다.

"이놈아, 중옷을 입으면 다 중이 되는 줄 아느냐? 마음 구석구석 쓰레기를 뭉쳐 놓고 무슨 중이 되겠느냐!"

가슴 깊은 곳에서 한 줄기 희열이 솟구쳐 오르는 것을 느꼈다. 유천은 마치 비가 온 뒤처럼 온 세상이 청명하게 맑아지는 듯 보였다. 인연은 멀리 있는 것이 아니었다. 바로 자기의 가슴속에 들어 있었다.

무명초를 자르고

그날부터 유천은 열심히 일했다. 출가하겠다는 욕심마저 버리고 마당을 쓸고 나무를 해오는 등 충직한 불목하니가 되었다. 자신이 지금까지 배우고 닦은 학문은 하나의 방편이었지 결과가 아니라는 사실도 깨달았다. 나라의 장래를 위하겠다는 웅지도 어찌 보면 쓸데없는 자존심이 만들어 내는 허세인지도 몰랐다. 자기 자신이 무엇인지도 모르면서 세상을 구하겠다고 생각하는 것 자체가 잘못되었다. 경전 읽기도 게을리하지 않았다.

이는 유천에게 있어서 대단한 변화였다. 지금까지 알고 있던 모든 가치 기준을 버리고 새롭게 태어나고자 하는 준비였다. 말하자면, 마당에 널려 있는 낙엽을 쓸어내는 게 아니라 마음속에 있는 티끌을 쓸어내는 새로운 세계를 담으려면 묵은 그릇을 비워야 한다.

첫눈이 내리던 날이다. 깊은 산중이라 겨울이 유난히 빨리 찾아왔다. 홍주에서는 아직 가을이 깊어 가고 있을 절기였는데 설악에는 벌써 눈이 내렸다.

그날 밤 유천은 유난히 잠을 설쳤다. 까마득히 잊고 있던 집 생각이 다시 가슴 한가운데서 꿈틀거렸다. 깨끗이 쓸어놓은 마당에 자꾸만 티끌이 떨어지고 있는 듯하여, 그는 생각을 떨구려고 안간힘을 쓰며 초조하게 자신의 마음을 붙들고 있었다.

그는 홀로 시를 읊었다.

　　　寒燈未剔紅連結(한등미척홍연결)
　　　百髓低低未見魂(백수저저미견혼)
　　　梅花人夢化新鶴(매화인몽화신학)
　　　引把衣裳說故園(인파의상설고원)

　　　심지를 안 따도 등잔불 타는 밤
　　　온몸은 자지러지고 넋 또한 나가
　　　꿈꾸니 매화가 학 되어 나타나
　　　옷자락 당기면서 고향 소식 얘기하네

유천이 조심스럽게 몸을 뒤척이는 걸 보고 곁에서 자던 지우가 조용하게 말했다.

"인연을 아직 다 못 떨친 모양이군요."

"……?"

"첫눈은 사람의 마음을 흔들어 놓지요."

"안 주무셨습니까?"

"눈이 오기 시작하면 내년 봄까지 이곳에 갇힙니다."

"설악엔 눈이 많이 오지요?"

"나도 저 눈에 갇혀 해동하기를 기다리다가 그냥 이곳에 눌러앉았습니다."

유천은 지우 쪽으로 돌아누웠다. 미소 속에 숨긴 그의 얘기가 풀려나올 듯한 예감이 들었다. 그러나 지우는 엉뚱한 말을 했다.

"잠도 오지 않는데 우리 예불이나 올립시다."

"지금 말입니까?"

"산중에는 때가 없습니다."

그러면서 지우는 일어나 한쪽에 잘 포개놓은 승복을 입는다. 유천은 놀란 표정으로 지우를 바라보다가 엉거주춤 따라 일어났다.

"내키지 않으면 그냥 계셔도 됩니다."

"아닙니다. 함께 가고 싶습니다."

혼자 누워 있으면 어쩌면 이 절에서 뛰쳐나갈지도 모른다는 두려움이 유천의 가슴에 일렁였다. 눈에 갇혀 출가했다는 지우의 말이 마치 화두처럼 그의 귓가에서 맴돌았다.

법당에 불을 밝히고 향을 피웠다. 환하게 밝은 법당 안에 향연饗宴이 춤추듯 퍼져나간다. 한유찬은 조금 열린 법당문 사이로 비집고 들어오는 짙은 어둠을 보았다. 법당이 밝아질수록 그 어둠은 더 짙어진다. 세상을 짓누를 듯 덮는 적막이다. 그 적막이 사방을 감싸듯 장막을 쳤다.

하늘을 찌를 듯한 설악의 연봉에 갇힌 오세암 법당에 유천과 지우가 정물처럼 앉아 있다. 이럴 때는 말이 필요 없다. 때론 침묵이 더 깊은 언어가 될 수 있다. 묵언默言이다. 이윽고 지우가 목탁을 치기 시작했다. 목탁 소리가 마치 물방울 떨어지는 소리처럼 청아하게 들린다. 유천은 귀를 열고 그 목탁 소리를 좇았다. 법당 전체가 하나의 음관音管이다. 아니, 설악 전체가 거대한 음관이다. 목탁 소리는 법당을 맴돌아 산자락을 타고 적막을 한번 휘감은 뒤, 솜털처럼 부드럽게 어둠 속으로 퍼져나갔다.

"계향, 정향, 해탈향, 해탈지견향…… 광명운대 주변법계, 공양 시방 무량불법승……."

지우가 경건하게 예불을 시작했다. 염불을 할 줄 몰라 유천은 합장한 채 그냥 앉아 있었다. 가까이에서 하는 예불 소리가 아득히 먼 곳에서 들여오는 듯했다. 도대체 삶이란 무엇이란 말인가, 그는 이 생각을 그림 그리듯 눈앞에 그렸다. 멀쩡한 장정 두 사람이 세상의 모든 걸 버리고 이 깊은 산속에 들어와서 이렇게 앉은 모습이 언뜻 이해되지 않았다. 제 발로 걸어들어왔는데 답이 없다. 생각할수록 오리무중이다. 머릿속이 복잡하게 얽히기 시작하자 그는 얼른 생각을 떨구어 버렸다. 목탁 소리를 타고 지우의 염불 소리가 다시 들려온다. 그때 그는 한 가지 의문을 떠올렸다. 바로 곁에 앉아 있으면서 그는 지우의 염불 소리를 잠시 듣지 못했다. 지우가 염불을 중지한 것도 아니다. 자기의 청각이 이상을 일으킨 것도 아니다. 같은 자리에서 같은 사람이 앉아 있는데, 소리가 들렸다가 안 들렸다가 했다.

"……!"

순간 유천은 가슴 뭉클한 기쁨을 맛보았다. 스스로 그 해답을 얻은 것이다. 그는 귀로 지우의 예불 소리를 들은 게 아니라 마음으로 들었다. 일체유심조一切唯心造다. 모든 건 마음이 만들고 마음이 푼다. 안이비설신의眼耳鼻舌身意, 눈·귀·코·혀·몸·의식을 비롯한 모든 감각 기관과 그것을 거르고 다듬는 생각들을 모두 마음이 하고 있다. 그는 날듯이 기뻤다. 지우의 염불 소리를 듣고 싶으면 듣고, 듣고 싶지 않으면 듣지 않을 수가 있다. 마음먹기에 따라 자유자재할 수 있다. 마음만 있으면 우주 만물도 한꺼번에 볼 수 있을 것 같았다. 그렇다면 이 마음은 어디에 있는가. 유천은 목을 움츠렸다. 열린 문으로 들어온 어둠이 차갑게 그의 목덜미를 짓눌렀다. 도대체 어떻게 생긴 물건인가. 오장육부를 아무리 더듬어 봐도 그는 마음이라는 물건이 들어 있는 곳을 찾지 못했다. 깨닫는 것만으로는 소용이 없다. 그걸 활용하려면 마음의 실체를 보아야 한다.

"깊은 선정에 들었는가 봅니다."

"……?"

흠칫 놀라며 유천은 지우를 바라보았다. 지우가 예불을 끝내고 입가에 엷은 웃음을 띤 채 그를 바라보며 서 있다. 그는 겸연쩍은 표정을 지으며 얼른 자리에서 일어났다.

"예불이 끝났군요."

"이게 화둡니다."

"예?"

"마음을 비우지 못할 때는 반대로 채우면 되지요."

"……?"

"비워서 새것을 담는 일이나, 무엇이든 가득 채워 놓는 일은 모두 같습니다. 더 이상 다른 걸 못 담게 하는 행위로는 둘 다 마찬가지 아닙니까."

113

"……."

"참선 때 화두를 주는 건 그것으로 마음을 빈틈 없이 채우라는 뜻입니다."

"죄송합니다. 아직 세속의 때를 다 벗지 못해 온갖 잡념이 일었습니다."

"차츰 나아집니다."

"그렇게 될까요?"

"누구나 그렇게 되는 것이니까요."

알 듯 모를 듯한 지우의 말에 유천은 멍한 표정을 지었다. 나이는 비슷했으나 그는 지우의 말을 얼른 알아듣지 못할 때가 많았다. 학문으로는 빠지지 않는다고 자신하지만, 사람의 말을 알아듣지 못한다는 건 충격이다. 지금도 그는 지우의 말뜻을 알아듣지 못했다. 그가 말귀를 못 열면 지우는 반드시 해답까지 말해 주었다.

"죽으면 모든 걸 다 잊어버리지 않습니까."

그제야 유천은 지우의 말뜻을 알아차렸다.

"노력하면 죽기 전에 하루라도 더 그것을 알고 살게 됩니다."

유천은 지우를 향해 합장했다. 그는 지우가 이미 자기와 다른 경계에 있는 사람으로 인정했다.

법당 밖은 아직도 어둠이 짙게 깔렸다. 산그늘 때문인지 산속의 밤은 유난히 어두운 듯했다. 어두우면 어두울수록 세상도 그 두께만큼 침묵 속에 갇힌다. 간간이 들려오는 풍경 소리가 적막을 깨운다.

"돌바람 소리를 듣는 거군요."

"예?"

"새벽 예불을 하고 나오는 내게 큰스님께서 그렇게 말씀하시더군요. 물론 나도 그땐 무슨 말인지 못 알아들었지요."

"혹 풍경을 돌이라고 하나요?"

"이름은 그다지 중요치 않아요. 어차피 사람이 지은 거니까요. 경磬 자에 돌[石]과 소리[聲]가 들어가 있어요. 이 돌덩어리가 내는 바람 소리를 제대로 들어야 귀가 뚫린다고 하셨습니다. 여전히 나는 쇳소리밖에 안 들려 답답합니다."

풍경 소리를 바람 소리로 들어라. 유천은 지우의 말이 무겁게도 가볍게도 들렸다. 이 역시 마음 가는 대로 보고 들으라는 건가. 한자 자구를 보면 먼 옛날 사람들조차 그리 들었다는 게 유천은 그저 놀랍기만 했다.

두 사람이 법당 마당을 가로질러 돌아오고 있을 때 기침 소리가 들렸다. 방금 지우로부터 풍경 소리를 마음 소리라고 들은 탓인지 유천은 그 기침 소리조차 가까운 듯 먼 듯 종잡을 수 없었다.

"……?"

기침 소리를 무심히 듣고 지나치던 유천은 문득 걸음을 멈추었다. 그의 머릿속에 한 폭의 빼어난 산수화가 펼쳐졌다. 속리산 수구암에서 광덕 스님이 불태우라고 했던 바로 그 그림이다. 깎아지른 기암 절벽 사이로 유유히 흐르는 물줄기 위에 한 사람이 배 위에서 앉았다. 태우기 전에 잠깐 본 것에 지나지 않지만, 그림을 보면서 그는 걸림 없이 오간 붓과 자유분방한 호기가 배어 있다는 느낌을 받았다. 그 그림이 불현듯 머릿속에 떠올랐다. 그것도 마치 눈앞에 펼쳐놓은 것처럼 선명하다. 느낌이 새롭다. 필치나 구도 같은 외형적인 조화가 아니라 그림에 담겨 있는 이야기가 안개처럼 피어오른다. 그는 물 위에 뜬 배를 유심히 바라보았다. 물도 우거진 소나무 숲도 모두 종이 위에 있는 정물에 불과하고, 움직이는 거라곤 오직 사람을 싣고 가는 그 배다. 그가 의아하게 여기는 건 그림 가운데 움직이는 유일한 정물이 배라고 생각한 점이다. 따지고 보면 배도 움직이지 않는 정물에 불과하다. 움직이는 정물로 치면 배가 아니라 미동이 없으나 배 위에 앉은 사람이다. 그런데 유천은 움직이는 정물로 배를 점 찍었다. 배는 흐르는 물과 배 위에 앉은 사람 사이를 이어주는 매개체여서다.

걸음을 멈추고 서 있는 유천을 보고 지우가 물었다.

"왜 그러십니까?"

"잠깐 다녀올 데가 있습니다. 먼저 들어가십시오."

지우는 의아한 표정으로 유천을 바라보았다. 이미 유천은 오던 길을 되짚어 저만큼 걸어간다. 그는 칠흑 같은 어둠 속을 더듬어 기침 소리가 들려온 방을 정확하게 찾았다. 그는 그림 속에 있는 배를 찾아온 것이다. 자기가 타고 갈 배가 거기 있었다.

방문 앞에서 유천은 두어 번 기침 소리를 냈다. 방 안으로부터 기다렸다는 듯이 쩌렁쩌렁한 음성이 들려왔다.

"들어오너라!"

망설임 없이 유천은 방문을 열고 들어갔다. 법성스님은 움직이지 않았다. 마치 돌로 만든 불상처럼 미동도 없이 가부좌를 틀고 있었다.

삼배를 올린 유천은 꿇어앉은 채 기다렸다. 얼마나 시간이 흘렀을까. 발이 저려 견딜 수 없어 할 무렵에 법성스님이 침묵을 깼다.

"마당은 다 쓸었느냐?"

"매일 쓸고 있습니다."

"언제 다 쓰는고?"

"매일매일 다 쓸고 있습니다."

"다 쓴 마당을 왜 매일 다시 쓰느냐?"

"바람 때문에 티끌이 매일 쌓여서입니다."

"바람은 어디서 오는고?"

"인연 따라 옵니다."

"그 인연 끊을 수 있느냐?"

"예."

"네 이놈!"

법성스님의 천장이 무너질 듯한 호령에 유천은 화들짝 놀랐다.

"네놈이 부는 바람을 어찌 멎게 한단 말이냐!"

그 서슬에 유천은 몸 둘 바를 모르며 당황했다. 법성스님이 마당을 쓰느냐고 물은 걸 선문답으로 받아들인 게 건방져 보였던 걸까. 그는 마당을 마음으로 생각했다. 딴에는 법성스님의 혜안을 뚫어보았다는 자신감으로 대답했다. 더구나 기침 소리를 찾아 이곳으로 왔으며 스님 또한 그를 기다리는 듯 보였다. 마치 하나의 경계를 넘은 기쁜 마음으로 그는 스님의 질문에 자신 있게 대답했다. 그는 정신이 얼얼했다. 섣불리 아는 체한 게 몹시 부끄러웠다. 당장이라도 이 방에서 쫓겨나갈 것만 같았다. 바로 그때다. 그는 한 생각을 떠올리고 재빨리 대답했다.

"스님께서 그 바람을 자를 가위를 주신다면 능히 끊을 수 있습니다."

법성스님이 눈을 크게 뜨고 그를 바라보았다. 안광이 날카롭게 빛났다. 말을 또 잘못했는가 싶어 그는 조금 전보다 더 당황했다.

법성스님의 다음 말은 의외로 부드러웠다.

"중이 되고 싶다고 하였느냐?"

"예."

"무엇 때문인고?"

"큰일을 하려고 세상에 나왔는데, 문득 나 자신이 무엇인지도 모른다는 걸 깨달았습니다."

"그럼, 큰일은 포기하였느냐?"

"제게는 우선 저 자신이 무엇인지부터 아는 게 더 큰 일입니다."

법성스님은 한참 동안 유천을 바라보다가 입을 열었다.

"홍주에서 왔다고 하였느냐?"

"예."

"가족은?"

유천은 집안 내력을 죽 이야기했다. 자신이 창의군에 들어갔던 이야기며, 처음 속리산 절을 찾은 것은 숙식을 해결하기 위해서였다는 사실까지도 모두 말하였다.

유천의 이야기를 묵묵히 듣고 난 법성스님이 단호하게 말했다.

"너는 중이 될 수 없다."

유천은 놀란 얼굴로 법성스님을 바라보았다.

"큰 죄를 짓고 있어서다."

큰 죄라는 말에 유천은 흠칫 놀랐다. 죄라면 창의군에 있을 때 국고 천 냥을 훔친 일이 있다. 그밖에 자신도 모르는 사이에 지은 죄가 있을 수 있겠지만, 특별히 죄라고 기억될 만한 행동을 한 적이 없다. 아마 창의군에서 호방 창고를 턴 일로 그러는 모양이라 생각했다.

법성스님의 의중은 다른 데 있었다.

"여자와 인연을 맺었으면 책임을 져야지."

갑자기 마음이 흔들리기 시작했다. 유천은 아내의 얼굴이 떠오르면서 가슴이 미어질 듯 아팠다. 심한 갈등이 생겼다. 정말 큰 죄를 지은 것처럼 온몸이 죄어들었다. 잠시 그러고 나서 그는 곧 정신을 가다듬었다. 여기에서 마음이 흔들리면 아무것도 이룰 수가 없다. 그는 문득 불경에서 읽은 상구보리上求菩提 하화중생下化衆生이라는 글이 떠올랐다. 위로는 깨달음에 이르고 아래로는 고통받는 중생을 구한다는 대승 불교의 이타행利他行이다.

"석가모니께서도 상구보리 하화중생라 하시지 않았습니까. 작은 인연을 끊고 큰 인연을 만나고 싶습니다."

"상구보리 하화중생? 무슨 뜻이더냐?"

"위로는 보리의 지혜를 구하여 닦고, 아래로는 중생을 교화 제도하는 일 아니오니까."

"보리가 무엇인지도 아느냐?"

"정각의 지혜입니다."

"지우에게 배웠느냐?"

"예. 경전도 몰래 훔쳐보았습니다."

법성스님은 잠시 유천을 물끄러미 바라보다가 말했다.

"중이 되는 게 얼마나 어려운 일인지 알고 있느냐?"

"쉽지는 않겠지만, 노력하면 될 수 있는 일이라 생각합니다."

"세상에는 노력해도 안 되는 일이 있느니라."

"되는 길만 찾겠습니다."

법성스님은 눈을 지그시 감고 토하듯 나무 관세음보살을 염송했다. 유천은 마음이 흔들리지 않기 위해 머릿속에 낙엽 쌓인 절 마당을 가득 채워 넣었다. 그것을 빗자루로 쓸었다. 또 낙엽을 채웠다. 마음을 비우지 못할 때는 무엇이든 가득 채워 넣으라고 하던 지우의 말이 생각났다. 그에게는 그게 화두였다.

유천이 마당을 거의 다 쓸어 갈 무렵 법성스님의 말이 떨어졌다.

"백담사로 내려갈 준비를 하거라. 지우도 함께 갈 것이니라."

"예?"

"이왕 바람을 잘를 바엔 큰 마당을 쓸어야 하지 않겠느냐."

법성스님의 말은 그뿐이었다. 스님은 다시 눈을 지그시 감고 미동도 하지 않았다. 유천은 일어나 삼배를 하고 방을 물러나왔다.

절 마당으로 막 나왔을 때다. 쩌렁쩌렁 설악을 울리는 법성스님의 말이 들렸다.

"마당을 열심히 쓸어야 하느니라!"

유천은 방문 쪽을 향해 합장했다.

곧이어 지우가 법성스님에게 불려갔다가 돌아왔다. 지우의 얼굴이 환하게 펴졌다. 그는 상기된 얼굴로 유천에게 말했다.

"어쩌면 좋은 일이 있을 듯싶습니다. 강원에서 공부하게 될지도 몰라요."

"그렇습니까. 참 잘 되었습니다."

유천은 아직 승려 신분이 아니라서 강원에 들 자격이 없다. 조금 전 법성스님이 백담사로 가자고 한 것은 강원에 공부하러 가는 지우를 따라 백담사에 가서 불목하니 노릇을 하라는 건가. 그는 부러운 눈으로 지우를 바라보았다.

그날 아침 공양을 마치자마자 유천은 지우와 법성스님께 인사를 올리러 갔다. 그때 유천은 이상한 기분이 들었다. 잠시 다녀오는 게 아니라 스님과 이별하는 듯 느껴졌다. 강원에 드는 지우를 따라 머슴살이하러 가는 것뿐인데, 마치 스님과 헤어질 때와 같은 기분이 들었다. 그는 주제넘은 생각을 했다며 자신을 꾸짖었다.

유천의 생각이 빗나갔다. 지우와 함께 삼배를 올리고 나서도 한참 동안 미동도 않던 법성스님이 부드러운 목소리로 말했다.

"나도 함께 간다."

"예에?"

지우도 전혀 예상하지 못했던 듯 눈을 크게 뜨며 놀란다.

"오늘 사시에 유천이의 머리를 깎느니라."

유천은 자신의 귀를 의심했다. 흡사 꿈속인 듯한 기분이었다. 그때 지우가 그의 무릎을 찌르면서 나직하게 말했다.

"삼배를 올리세요."

그제야 유천은 법성스님을 향해 큰절을 올렸다. 그는 날 듯이 기뻤다.

"과욕을 버려야 하느니라."

"명심하겠사옵니다."

"내려갈 준비를 하거라."

유천은 돌아서서 또 한 번 합장을 하고 지우와 함께 법성스님 방을 나왔다.

어둠을 걷으며 아침이 희뿌옇게 밝아온다. 유천에게는 깎아지른 듯 솟아 있는 설악 연봉들이 오늘따라 더욱 높아 보였다. 하늘과 맞닿은 경계가 마치 면도날로 자른 듯 선명하다.

지우도 매우 반가워했다.

"정말 축하합니다. 유천께서는 전생에 불법을 만난 인연이 있는 분 같습니다. 예사롭지 않다는 생각이 들어요."

"과찬의 말씀입니다. 주제넘은 행동이었다면 용서하십시오."

"아닙니다. 진심으로 한 말입니다."

"그런데 머리를 깎는 절차는 어떻습니까? 아무것도 몰라 두렵습니다."

"머리를 깎는 것은 세속과 인연을 끊는 첫발입니다. 일주문을 들어서는 것이지요. 계율을 받아 몸에 지니고 다니는 겁니다."

"계율이 무엇입니까?"

"부처님의 제자로서 지켜야 할 길이지요. 제일계 불살생. 즉 이 세상의 생명 있는 모든 것을 죽이지 말라는 것입니다. 벌레는 물론이고, 풀 한 포기의 생명도 귀히 여기라는 뜻입니다. 제이계 불투도, 내 물건이 아니면 가져서는 안 된다는 것입니다. 제삼계 불사음, 남녀의 음행은 생사의 근본임으로 출가한 자는 그 인연을 끊으라는 것입니다. 제사계 불망어, 거짓말을 하지 말라는 것입니다. 제오계 불음주, 술을 마시지 말라는 것입니다. 이것은 우바새, 우바이가 받는 계율입니다. 우바새 우바이는 일반 남녀 신도를 말하는 것이지요. 사미는 여기에서 다섯 계를 더 받습니다. 꽃다발을 쓰거나, 향수를 바르지 말 것. 노래하고 춤추며, 풍류 잡히지 말고, 가서 구경하지도 말 것. 높고 넓은 큰 평상에 앉지 말 것. 때 아닐 적에 먹지 말 것. 제 빛인 금이나, 물들인 은, 그리고 다른 보물을 갖지 말 것 등입니다. 그러나 구족계를 받는 비구는 250계, 비구니는 348계를 받습니다."

지우는 계속 이야기했다. 그러나 유천은 지우의 말이 귀에 들어오지 않았다. 그는 머리를 깎아 세속과 인연을 끊는 절연의 순간이 감회보다는 두려움이 컸다. 바라던 일이나 막상 눈앞에 다가오니 눈시울이 뜨거워졌다. 어머니와 아내의 얼굴이 떠오른다. 그는 얼른 생각을 떨구었다. '너는 중이 될 수 없다'고 하던 법성스님의 일갈이 머릿속을 때렸다.

법성스님의 안내로 유천은 백담사에서 연곡스님을 만났다. 연곡스님은 법랍이 높은 노스님이었으나 글을 읽을 줄 몰랐다. 산중에서 염불만 하면서 오도悟道에 이르렀다.

"유천이는 앞으로 연곡스님을 뫼시고 여기에서 공부하여라."

"예……."

그날 백담사 대웅전에 설계단說戒壇이 마련되었다. 사시 예불 중에 치러지는 것이기는 하지만, 그날 예불은 순전히 유천의 출가를 축원하는 행사처럼 되었다. 계사戒師는 영제선사가 맡았다.

삭도削刀로 머리를 미는 소리가 사각거리며 들릴 때마다 유천은 어금니를 꽉 물었다. 지금까지 쌓았던 모든 속세 인연을 끊는 칼날 소리를 들으면서 그는 도리어 그 많은 인연을 떠올렸다. 부모의 얼굴이 떠올랐고, 아내의 얼굴이 떠올랐다. 그 밖에 자기와 인연을 맺었던 사람들의 모습이 낱낱이 스쳐 갔다. 이 순간부터 그들은 이제 타인으로 존재해야 한다. 그는 눈자위가 아려왔다. 어젯밤 잠을 설치면서 홀로 다짐했으나 인간의 정은 어쩌지 못했다. 그는 계속 나무 관세음보살을 염송했다.

유천은 봉완奉玩이라는 수계명을 받았다. 불가에서는 특별한 일이었다. 인연을 맺은 지 얼마 되지 않았으나 법성스님이 유천의 인물 됨됨이를 그만큼 크게 본 것이다.

법성스님이 봉완을 따로 불러 당부했다.

"가위를 얻었으니, 이제 어디 바람을 한번 잘라 보거라."

"스님, 명심하겠습니다."

"허나……."

"……."

"가위는 마당에 던져 놓았다. 네 스스로 그 가위를 찾아야 하느니라."

"……?"

"보았느냐?"

봉완은 눈을 지그시 감았다. 법성스님의 의중을 알아차렸다. 그는 망망대해에 홀로 떠 있는 듯 한 잎 낙엽이 된 듯 왈칵 외로움이 밀려왔다.

"그 가위로 나와의 인연도 끊거라."

"스님."

"이놈아! 무명초까지 자른 놈이 무엇을 또 걸치려고 미련을 두는 게야!"

봉완은 법성스님의 일갈에 주춤했다.

"연곡스님께서 법문을 하신다. 잘 들어라."

곧이어 연곡스님의 법문이 이어졌다.

"오늘 세속 인연을 끊고 출가하였으니, 능히 한 경계를 넘었다. 찰나의 깨침이 우주를 얻는다. 부처님이 말씀하시기를, 우주 만물 가운데 사람으로 태어나는 것은 맹구우목盲龜遇木이요, 그 가운데 불법을 만나는 인연은 침개상투針芥相投라 하셨다. 맹구우목은 북해에 사는 눈먼 거북이 천년에 한 번씩 물 밖으로 목을 내미는데, 남해에서 바람에 밀려온 나무의 뚫린 구멍을 통하여 밖을 본다는 뜻이다. 침개상투는 도솔천에서 바늘 하나를 던졌는데, 그게 땅 위에 떨어져 있는 겨자씨에 꽂힌다는 뜻이다. 이처럼, 이 세상에 사람의 몸으로 태어나기도 어렵거니와 사람으로 태어나도 불법과 만나는 인연을 맺기란 더더욱 어려운 일이다. 오늘 너는 이 두 가지를 다 얻었으니 능히 상구보리 하화중생하도록 정진하여라."

이제 유천은 봉완奉玩스님이 되었다.

그날 밤, 봉완은 밤새 잠을 이루지 못했다. 마음의 갈등이 일어서가 아니었다. 깎은 머리에서 찬바람이 일었다. 맨머리에 익숙지 못해 선뜻선뜻 찬바람이 일어 잠을 이룰 수가 없었다. 그렇다고 머리를 싸매고 잘 수도 없었다. 세속의 모든 걸 버리는 순간인데 어찌 이만한 변화도 없을 것인가. 아직은 사미에 불과하지만, 열심히 공부하여 일찍이 석가모니가 깨달았던 생로병사를 초월한 인간의 실체를 찾으리라. 봉완은 그렇게 마음으로 다짐하였다.

봉완은 지우와 함께 백담사에 머물면서 강원에서 불경 공부를 하는 한편 탁발을 나가기도 하였다. 양식을 얻으러 다니는 탁발도 중요한 수행 가운데 하나다. 사미 시절에는 궂은일을 도맡아 해야 한다. 탁발하고, 나무를 해 오고, 공양을 준비하는 일 등을 모두 사미가 한다. 이러한 울력은 아직도 채 떨쳐내지 못한 세속의 마지막 때를 씻는 공부도 되었다.

하루는 지우와 함께 탁발을 나갔다가 돌아오는 길에 원통의 어느 마을을 지나게 되었다. 마침 그들은 물동이를 이고 물 길으러 가는 한 처녀를 뒤따라가게 되었다. 처녀는 얼추 열대여섯 살쯤 되어 보였는데, 엉덩이가 유난히 봉긋이 도드라져 있었다. 자꾸만 그 처녀의 뒷모습에 시선이 향하고 있어 봉완은 얼른 고개를 돌렸다. 엉덩이를 보는 순간 자기도 모르게 잠자던 색정이 꿈틀거렸다. 계율을 지키겠다고 머리를 깎으면서 다짐했지만, 이렇게도 간단히 음심淫心에 허물어지는 자신의 마음에 세차게 죽비를 휘둘렀다. 그러고는 백골관白骨觀을 화두로 던졌다. 아리따운 처녀의 모습을 썩은 시체로 보면서 앙상한 백골을 연상하는 수행 방법이다.

소용없었다. 한번 끌린 눈길은 마치 자석에 붙은 것처럼 봉안은 이내 또 처녀 쪽으로 시산이 향했다. 이번에는 물동이를 잡느라 당겨 올라간 저고리 아래로 드러난 겨드랑이 살을 그는 유심히 보고 있었다. 얼굴이 화끈거리고 가슴까지 두근두근했다. 아내와 잠자리

하던 생각까지 일어나 그는 속으로 나무 관세음보살을 계속 염송하며 재빨리 허공을 쳐다보았다. 마땅히 시선을 둘 곳이 없었다.

그때 지우도 처녀의 엉덩이를 뚫어지게 바라보면서 말했다.

"공즉시색보다 색즉시공이 낫군요."

봉완은 그를 돌아보았다. 지우는 처녀 엉덩이에서 시선을 떼지 않은 채 빙긋이 웃었다.

'색즉시공色卽是空 공즉시색空卽是色'은 『반야심경』에 나오는 구절이다. 색이 즉 공이고, 공이 즉 색이다. 물질[色]이 곧 공空이고, 공이 곧 물질이라는 뜻이다. 이는 물질의 실체가 있고 없음이 없다는 불교의 무한사상을 이르는 말이다.

아무리 생각해도 지우가 그런 뜻으로 한 말은 아닌 듯했다. 말 그대로 받아들이자면 모두 부질없는 짓이라는 건데 지금 지우의 태도는 그와 정반대였다. 그도 처녀의 엉덩이를 바라보며 즐거워하고 있었다.

"아!"

봉완은 하마터면 감탄의 소리를 지를 뻔했다. 그는 지우의 기지와 해학에 탄복했다. 봉완은 처녀의 엉덩이를 보는 것이 민망스러워 하늘을 보고 있었다. 그러나 그의 머릿속에는 여전히 처녀의 엉덩이가 어른거렸다. 바로 공즉시색이 아닌가. 반대로 지우는 하늘을 보는 대신 처녀의 엉덩이를 보고 있었다. 처녀의 엉덩이를 보고 있지만 시선을 피하려 하늘을 보는 봉완과 다르지 않은 행동이다. 색즉시공이다. 지우는 색色을 물질이 아닌 음淫으로, 공空을 빈 것이 아닌 하늘로 정의하며 말한 것이었다. 보이는 그대로 생각이 이는 그대로 말하고 행동했다.

그제야 지우의 말뜻을 알아차리고 봉완은 민망했으나 함께 빙그레 따라 웃었다.

지우는 선문답을 하고 있었다. 색을 피하려 하늘을 보지만 그 색을 피하지는 못한다. 차라리 색을 보면서 그게 빈 하늘임을 알라고 일러준 것으로 재해석했다. 그래서 색즉시공 공즉시색이 아니라, 뒤집어서 공즉시색보다 색즉시공이 낫다고 한 것이다.

봉완은 죽비로 등을 세차게 한 방 얻어맞았다. 정신이 번쩍 들었다. 지우를 돌아다보며 말했다.

"놀랐습니다."

"무얼 말이오?"

"사형의 불법을 따르자면 아직 먼 듯싶습니다."

"쓸데없는 생각을 했군요. 다 잡념이지요."

봉완은 도무지 지우의 생각을 헤아릴 수가 없었다. 평소에는 흉허물없이 지내다가도 별안간 이렇듯 무겁고 진지한 면모를 보이고는 했다.

"그냥 농담한 것이오. 나도 갑자기 색정이 발동해서 말이오."

지우는 봉완을 돌아다보며 웃는다.

"사형께서도 처자의 엉덩이를 보고 있었다는 말씀입니까?"

"중 옷을 입고 있으니 내가 처자 엉덩이를 보고 있는 줄 남들이 모를 것 아니겠소?"

봉완은 먼 산을 바라보았다. 잠시 꿈은 꾼 듯 허망했다. 결국 승僧도 속俗도 한 공기를 마시며 산다. 어쩌면 출가의 의미도 세상을 버리고 숨는 게 아니라 승속을 넘나드는 자유를 구하기 위해서다. 봉완이 그런 생각을 하고 있는데 지우가 느닷없이 말했다.

"몽정을 해보았소?"

"예?"

봉완은 혹시 자기가 잘못 듣지나 않았나 해서 놀란 표정으로 지우를 바라보았다. 지우는 아무렇지도 않게 말했다.

"나는 가끔 몽정을 해요."

봉완은 당혹스러웠다. 승려도 사람이다. 어찌 생리적인 활동이 없겠는가. 그러한 일이 있었다고 해도 그것을 입 밖으로 내놓기가 민망하다. 태연하게 지우는 몽정하였다고 말한다.

"눈 뜨고도 나를 묶지 못하는데 꿈속 일을 어찌 붙들 수 있겠소. 그것보다 내가 곤란을 겪는 건 어떨 때는 일부러 그런 일이 또 있길 기다리는 것이오."

뭐라고 대답할 말이 없어 봉완은 그냥 가만히 듣기만 했다.

"나는 중이 될 팔자가 아닌가 보오."

"절에 와서는 아직 그런 일이 없었지만, 저도 그럴 수 있는 것 아닙니까?"

"나는 유독 심한 것 같소."

"다른 스님네들은 말하지 않으니까 그렇겠지요."

봉완은 지우의 심경에 무슨 변화가 일고 있다는 느낌을 받았다. 여태 그가 이렇게 자조적인 모습을 보인 적이 없었다.

"우리 절에 불공을 드리러 온 처녀가 있었어요. 자태가 참 아름다운 처녀였소."

봉완은 긴장했다.

"일주일을 묵고 갔는데, 난 내내 그 여자를 화두로 색정을 탐하고 있었어요. 생각을 떨치려고 철야 정진을 하기도 했지만 소용없었지요. 얼마나 절절했으면 그녀와 동침하는 꿈까지 꾸었겠습니까. 놀라 잠에서 깨니 몽정했더군요. 난 그 일로 오랫동안 고민했어요. 새벽에 일어나면 곧장 혼자 예불을 드리는 건 그 때문입니다."

이럴 때는 무슨 말을 해야 좋을지 몰라 봉안은 난처했다. 그러고 있는데 지우가 엉뚱한 말을 했다.

"정말 놀랍소."

"무엇이 말입니까?"

"봉완의 깨우침이 말이오."

"깨우침이라고 하셨습니까?"

"봉완은 지금 나보다 한 경계 위에 서 있어요."

"네에?"

봉완은 눈을 크게 떴다. 지우가 어떤 말을 하려고 이리 진중하게 말길을 트는지 그는 불안했다.

"그래서 내 말을 못 알아들은 거요."

"그랬다면 죄송합니다만, 조금 전 그 말씀은 듣기 거북스럽습니다."

"아니오. 정말 놀랐소. 몇 년 동안 절밥을 먹으면서도 나는 아직 색과 공을 구별 못 하는데 봉완은 처녀 엉덩이를 보고 그 경계를 헤아렸으니 놀랄 일 아니오?"

"아닙니다. 전 지금 제가 무슨 말을 했는지조차 모를 정도로 얼떨

떨할 뿐입니다. 그냥 생각나는 대로 말했는데…….”

“고향에 아내가 있다고 하질 않았소?”

지우를 돌아다보았다. 봉완은 울컥하고 치받아 오르는 화를 안으로 삼켰다. 이미 인연을 끊은 사람이다. 그렇지 않아도 가끔 생각이 떠오를 때마다 곤혹스러웠다. 잊고 있던 사람을 들먹거리는 것에 그는 신경이 거슬렸다. 더구나 색정을 화제로 이야기를 나누던 끝이다.

“나도 고향에 아내가 있어요.”

봉완은 눈이 동그래졌다. 사미계를 받았다고 했을 때, 나이로 보아 혼사를 치렀을지도 모른다는 생각했지만, 출가한 사람에게 그러한 인연을 묻는 게 예의가 아니어서 가만히 있었다. 지우의 고향이 어디인지 봉완은 알지 못했다. 지우는 자기에 대해 이야기한 적이 없다. 오늘 이 이야길 꺼내는 이유가 뭔지 봉완은 궁금했다.

그뿐이었다. 지우는 더 이상 이야기를 하지 않았다. 왜 아내를 버리고 머리를 깎았는지 그 사연은 말하지 않았다.

이미 처녀는 어디론가 가고 없었다. 두 사람은 마을을 빠져나와 절로 향했다. 해 전에 돌아가자면 부지런히 걸어야 했다.

병 속을 빠져나온 새

　설악산의 가을은 단풍으로 시작된다. 내장산 단풍이 빈틈없이 꽉
찬 불타는 색깔로 이름을 날린다면, 설악산 단풍은 여백의 아름다움
으로 이름을 날린다. 기암절벽 사이사이에 한 마리 학처럼 서 있는
단풍나무를 보고 있으면 마치 한 폭의 동양화 앞에 서 있는 듯한 착
각에 빠지기도 한다.

　설악산이 단풍에 물들고 있다. 봉완이 설악산에 들어온 지도 어언
한 해가 흘러갔다.

　그해 가을이 깊어 가던 어느 날이다. 지우가 홀연히 백담사를 떠
났다. 그가 절을 떠난 사실을 봉안은 아침이 되어서야 알았다. 눈을
뜨니 곁에서 자고 있어야 할 지우의 모습이 보이지 않았다. 그때까
지만 해도 봉완은 그가 떠났다는 생각은 하지 못했다. 법당에 갔겠
거니 했다.

　아침 공양 시간까지 그는 모습을 나타내지 않았다. 공양을 마친

봉완은 절 구석구석을 뒤지며 찾았지만 그의 모습은 끝내 발견하지 못했다. 봉완은 불현듯 그와 탁발 나갔던 그날 일을 떠올렸다. 그제야 어쩌면 그가 절을 떠났을지도 모른다는 예감을 하였다.

봉완은 곧장 방으로 돌아와 그의 소지품을 살펴보았다. 소지품이래야 갈아입을 승복 한 벌과 내의, 발우, 그리고 불경 몇 권 정도였다. 물건들은 그대로 있었다. 봉완은 그가 다시 돌아올 것이라는 예감은 버리지 않았다. 마음이 흔들렸던 것처럼 또 마음이 바뀌어 그가 돌아올 것 같았다.

"……?"

봉완은 지우의 사물 가운데 불경이 아닌 낯선 책들이 끼어 있는 걸 발견했다. 그는 책들을 뒤적여 보았다. 『영환지략瀛環志略』 『채근담』 등이 있었다. 『영환지략』은 청나라 사람 서계여徐繼畬가 1848년에 지은 책으로서, 아편 전쟁 이후 서양의 근대 과학 문명의 우수성을 깨닫고, 중국의 전통 가치는 지니되 서양 문명을 받아들여야 한다는 양무론에 의해 씌어진 것이다. 서양의 지리와 역사를 자세히 소개한 일종의 지리서였다. 역관譯官 오경석이 청나라에서 들여와서 유대치 김옥균 박영효 등에게 개화사상을 불어넣어 준 바로 그 책이다.

지우의 학문이 의외로 깊음을 알고 봉완은 깜짝 놀랐다. 더구나 한학에 국한하지 않고 새로운 서양의 학문과 사상에도 조예가 깊었다. 봉완은 그를 놓친 걸 크게 후회했다.

봉완은 지우가 두고 간 책들을 읽었다. 특히 『영환지략』은 그에게 매우 큰 감동을 주었다. 세계의 중심이라며 스스로 자기 나라를 중화中華라 높여 부르던 중국에서 새로운 세계관에 눈뜨고 쓴 책이다. 그 책을 읽으면서 그는 자신이 우물 안의 개구리였음을 자각했다. 외세가 물밀듯 밀려오면서 조선 이외에 넓은 세상이 또 있다는 걸 막연하게 알고는 있었다. 그것은 조선을 둘러싸고 각축하는 몇몇 나라라는 정도로만 알고 있었을 뿐 세계 전체를 조감한 것은 아니다.

지우가 남기고 간 책을 읽은 뒤부터 봉완은 마음이 흔들리기 시작했다. 불교의 진리를 깨우치는 것도 자신에게는 중요하지만, 그것보다 우선 자신이 발을 딛고 사는 땅 위에 있는 모든 것을 아는 일도 중요했다. 세상만 알고 자기 자신을 모르는 것도 안 되지만, 자기 자신은 알되 세상을 모르는 일 역시 미혹이다. 봉완은 마음의 갈등을 억누르지 못했다. 자기 생각이 옳은지 잘못된 건지 판단할 수가 없었다. 은사 스님께 의논해 볼까도 생각해 보았으나 불호령이 떨어질 것 같아 용기를 내지 못했다. 아직 속세에 대한 미련을 버리지 못해서 이러한 갈등이 일어나는지도 모른다는 생각도 했다.

자신을 이겨 내기 위해 봉완은 경전뿐만 아니라 선사들의 수행 예문과 행적을 적은 글들도 열심히 읽었다. 독서삼매에 빠져 수시로 일어나는 갈등을 물리치려 했다. 무無자 화두의 벽을 뛰어넘으려고 참선에 들기도 했다. 별 소용이 없었다. 노력이 깊으면 깊을수록 갈등의 골 또한 더욱 깊게 파여만 갔다.

그러던 어느 날이다. 조사문의 덕산 선감선사와 떡 파는 노파가 나눈 법거량(선승들이 나누는 치열한 선문답)을 읽고 크게 감동하였다.

하루는 덕산이 수행 행각 중 점심때가 되어 길가에서 떡 파는 노파에게 다가갔다.

"그 떡 하나에 얼마요?"

그러자 노파는 대답 대신 덕산에게 엉뚱한 질문을 했다.

"스님, 짊어진 그 걸망 속에 무엇이 들어 있소?"

덕산스님은 잠시 멍한 표정으로 노파를 바라보았다. 떡 사 먹을 돈이 없을 것처럼 보여서 그러는 모양이라 생각하며 그는 퉁명스럽게 대답했다.

"금강경이오."

"그럼 내가 질문을 하나 할 테니 대답해 보겠소? 답을 알면 떡을 그냥 드리겠소. 대신 대답 못 하면 그 책을 내게 주시오."

"좋소이다. 어디 한번 물어보시오."

덕산은 속으로 웃었다. 금강경이라면 한 자도 놓치지 않고 줄줄 외울 자신이 있었기 때문이다.

노파의 질문은 엉뚱했다. 전혀 예상 밖의 질문을 했다.

"금강경을 읽으면 과거 현재 미래의 마음을 모두 얻을 수 있다고 하였는데, 지금 요기하려는 스님의 마음은 그중 어느 것인지 한번 점 찍어 보겠소?"

덕산은 노파의 질문에 말문이 막히고 말았다. 금강경을 그렇게 줄줄 외웠지만, 노파가 묻는 자신의 마음이 무엇인지 찾을 수 없었다. 그제야 덕산은 예사 노파가 아님을 알아차렸다. 그는 노파에게 합장하면서 말했다.

"내가 졌소이다. 이 금강경을 받으시오."

덕산이 바랑을 벗으려 할 때 노파가 말했다.

"떡 파는 주제에 금강경이 뭣에 필요하겠소. 그대나 가지고 가서 더 공부하시오."

덕산은 우두망찰 서 있다가, 한 번 더 합장하며 물었다.

"보아하니 근방에 훌륭한 선지식이 계신 듯하오. 나에게 그분을 좀 소개해 주시오."

"용담원에 계시는 숭신선사를 찾아가시오."

"고맙소이다."

덕산은 그 길로 용담원으로 가서 숭신선사를 만났다.

덕산이 숭신선사와 밤늦도록 법거량을 하고 객실로 돌아가려고 뜰에 내려섰을 때였다. 숭신선사가 종이 심지에 불을 붙여 덕산에게 내밀었다. 덕산이 그 심지를 막 받으려고 할 때 숭신선사가 혹하고 불을 꺼 버리는 것이었다. 바로 그 순간 덕산이 크게 깨쳤다.

숭신선사가 준 불[火]은 바로 마음[佛]이었다. 그 불을 끈 것은 깨친 마음에는 불이 필요 없다는 뜻이다. 떡 파는 노파에게 합장했을 때 덕산은 이미 자신의 마음을 보았다. 그것을 숭신선사가 간파했다.

봉완은 잠시 눈을 감았다. 가슴에서 한 줄기 바람이 일었다. 맑고 청정한 바람이다. 색깔도 모양도 없는 바람이다. 바로 그 순간이다. 그 바람이 한 바퀴 회오리를 일으키며 그를 사정없이 내리쳤다. 정신이 번쩍 들었다. 떡 파는 노파가 덕산에게 던진 질문이 방 안 가득히 메아리친다.

"금강경을 읽으면 과거 현재 미래의 마음을 모두 얻을 수 있다고 하였는데, 지금 요기하려는 스님의 마음은 그중 어느 것인지 한번 점 찍어 보겠소?"

봉완은 무릎을 쳤다. 바로 이것이다. 마음은 없다. 과거의 마음도 현재의 마음도, 또 미래의 마음도 없다. 덕산이 떡을 먹으려고 한 것은 배가 고팠기 때문이다. 배고프면 먹어야 하는 그 마음에 진리가 있었다. 멀리 돌아서 고매하게 생각하고 분석하여 깨닫는 게 아니라 지금, 바로 이 순간에 진리가 있다. 마음이란 바람 같은 것이다. 바람은 모양이 없다. 흔들리는 물체가 없으면 바람은 보이지 않는다. 그래서 사람들은 안 보이는 바람 대신 흔들리는 물체를 보고 바람이라 믿고 있다. 마음이 이와 같다. 실체가 없으니 볼 수가 없다. 그래서 사람들은 자신을 움직이는 의지, 그것이 곧 마음이라고 여긴다. 따지고 보면 사람들의 행동은 우주에 날아다니는 미세한 먼지 같은 것이다. 사람들은 그 먼지를 보고 우주를 보았다고 말한다. 가만히 있으면 그 먼지는 제힘으로 있는 듯 없는 듯 떠다닌다. 바람이 일면 그 먼지는 곤두박질치며 소용돌이친다.

이것은 '점심點心'의 유래 이야기다. 옛 중국 사람들은 아침과 저녁, 하루 두 끼 먹었다. 『고려도경』에 보면 우리나라도 하루에 두 끼 먹었다는 기록이 있다. 경작지가 적어서이기도 했겠지만, 백성들은 대부분 수확량을 지배자에게 바쳐야 했기 때문에 그랬을 것이다. 특히 탁발해야 하는 절에서는 더욱 그래야만 했다. 긴 하루를 지나면서 대중들은 음식을 먹은 것으로 여기는, 마음에 점 하나를 찍고 끼니를 지나친 것이다. 그래서 점심이다.

봉완은 두 팔을 치켜들고 시원하게 기지개를 한 번 켰다. 머리끝에서 발끝까지 온갖 잡스러운 찌꺼기가 한꺼번에 빠져나가는 듯한 상쾌한 기분을 느꼈다. 뭔가 어깨에 힘이 붙는 듯한 자신감도 생겼다.

평상심시도平常心是道. '일상생활의 모든 게 곧 도다.' 이것은 선문禪門의 중심 사상을 나타낸 선종의 유명한 공안公案이다. 신앙생활과 일상생활을 하나로 본 것이다. 따라서 일상생활을 떠난 종교 생활은 별 의미가 없다. 깊은 산중에 들어와 있되, 그것도 하나의 생활일 뿐이다. 혼자 면벽 참선하며 구름 잡는 일만이 수행이 아니라는 뜻이다. 그러한 수행 과정은 일념을 깨치기 위한 하나의 방편이지, 그것이 곧 모두라는 뜻은 아니다.

봉완은 평상심시도라는 화두를 던진 마조스님 문하의 남전 보원선사와 조주 종심선사의 선문답을 떠올렸다.

어느 날, 조주가 스승 남전에게 물었다.

"도가 무엇이옵니까?"

"평상심이니라."

남전은 간단하게 대답했다.

그 말을 얼른 이해하지 못한 조주가 다시 물었다.

"그러면 평상심에 이르는 방법이 따로 있사옵니까?"

"도는 그대로가 길이다. 애써 이르려고 하면 이미 다른 길로 들어선 것이다."

여전히 조주는 남전의 말을 이해하지 못했다. 문답은 계속되었다.

"노력이 없다면 어떻게 도에 이를 수가 있습니까?"

"도는 배움과 관계없는 곳에 있다. 앎이나 모름과 관계가 없다. 유식함은 곧 미망을 나타내는 것이며, 무식함은 혼란을 이르는 것이다. 만일 네가 의심치 않고 도를 깨친다면, 너의 지식과 견문은 일체 걸림 없는 무한 공간에 서게 될 것이니라. 광활한 그 공간에서는 옳고 그름을 그릴 수가 없다."

봉완은 선종 제3조祖 승찬스님의 말을 떠올렸다.

"지극한 도를 찾는 일은 어려운 게 아니다. 도는 멀리 있는 게 아니라 가까운 곳에 있다. 애써 이르려는 간택을 버려라. 미움과 고움의 간택을 없애면 앞이 트여 환하게 밝은 빛을 보게 될 것이니라."

지도무난至道無難. 도를 깨치는 일이란 손바닥 뒤집기보다 더 쉽다. 항상 지닌 마음이 곧 도라는 뜻이다. 이 말을 떠올린 봉완은 조금씩 자신의 마음을 정리했다. 이런 사유가 피안에 이르는 깨달음이라 여기진 못했으나 생각과 행동을 하나의 경계로 보는 의미는 잡은 셈이다. 지금까지는 사고를 행동으로 옮길 때 의식의 여과를 거쳤다. 이렇게 해서 되는가, 저렇게 하면 안 되는가 하고 조건을 따졌다. 그는 지금 그 의식이라는 필터가 앎이라는 허상이요 미망임을 안 것이다. 도道란 '먹고 싶으면 먹고, 자고 싶으면 자고, 똥 누고 싶으면 똥 누는 것'이라던 선지식의 말씀을 그는 이제야 조금 이해할 수 있을 것 같았다.

『영환지략』을 다시 한번 읽은 봉완은 '그래 넓은 세상을 살펴보자' 다짐했다. 그는 세계 여행을 해야겠다는 엄청난 포부를 꿈꾸기 시작했다. 마음이 곧 우주라지만, 그래도 사람은 땅을 딛고 살아야 한다. 그 넓은 땅을 두루 밟아 보지 않고서는 인간 세상을 이야기할 수가 없다. 삼장 법사도 서역에 가서 불경을 얻은 것보다 만유漫遊 그 자체에서 얻은 진리가 더 컸으리라. 따지고 보면 그가 이곳까지 온 것도 산속에 묻혀 도나 닦자는 건 아니다. 무지한 백성들에게 사상을 심고, 하나의 생각으로 조선을 지키게 하는 것이 목적이었다. 조선이 열강의 침입을 받은 것도 그들보다 세상을 모르고 있었던 탓이 크다. 먼저 세상을 알고 나서 다시 공부하자. 그는 자신에게 그렇게 다짐했다.

설악산의 겨울은 혹독했다. 한번 눈이 내리면 보통 허리까지 잠기는 폭설이다. 쌓인 이 눈은 이듬해 봄이 되어야 녹는다. 봉완은 세상을 향해 날아가는 꿈에 부푼 채 눈 녹기만을 기다렸다.

이듬해 2월, 겨우 길 위에만 겨우 눈이 녹았다. 아직도 매서운 추위가 산골짜기를 휘저었으며 눈과 얼음이 온 세상을 두껍게 덮었다. 그러나 양지바른 곳에는 눈이 제법 녹아 길이 뚫렸다.

행장을 꾸린 봉완은 연곡스님을 찾아갔다. 그는 문 앞에서 숨을 크게 한 번 들이마신 뒤 방으로 들어갔다. 봉완이 삼배를 올리자 연곡스님은 입을 굳게 다문 채 눈을 지그시 감았다. 그가 찾아온 이유를 이미 알고 있는 듯한 표정이다.

"스님, 잠시 바깥세상을 구경하고 오겠습니다. 허락해 주십시오."

"……."

스님은 아무 말도 하지 않았다. 잠시 뜸을 들인 뒤 봉완은 다시 말했다.

"조선 바깥의 세상을 보고 싶습니다."

이윽고 연곡스님이 눈을 뜨고 봉완을 바라보았다. 안광이 무섭게 빛났다. 봉완은 몸을 움츠렸다. 만약 스님이 허락하지 않으면 어떻게 할 건가. 이대로 다시 눌러앉으면 만사가 끝난다. 그렇다고 스님의 말을 거역하고 절을 뛰쳐나가는 건 지금까지 쌓은 노력이 모두 헛것이 된다. 진퇴양난이다. 그는 문득 바람처럼 떠나 버린 지우가 생각났다.

그때 연곡스님의 목소리가 들렸다.

"바람은 한 자리에 머물지 않느니라."

봉완은 눈을 크게 뜨고 연곡스님을 바라보았다. 스님은 언제 그런 말을 했느냐는 듯 다시 눈을 감는다. 그는 벌떡 일어나 스님께 삼배를 올렸다. 자기도 모르게 눈물이 주르륵 쏟아졌다. 이별의 정으로 흐르는 눈물이 아니다. 막힌 감정이 뚫리면서 저절로 흘러내리는 감격의 눈물이었다. 그건 기쁨도 슬픔도 아니었다.

방문을 나서는 봉완에게 연곡스님의 말이 떨어졌다.

"힘들 때는 언제나 관음보살을 찾거라."

조용히 합장하고 봉완은 돌아섰다.

행장을 꾸린 봉완은 백담사 일주문을 나섰다. 행장이라야 등에 걸머진 바랑 하나가 고작이다. 바랑에는 『금강경』과 여벌로 넣은 낡은 승복 한 벌, 버선 한 켤레, 그리고 누룽지 한 주먹이 들어 있다.

일주문 밖에서 봉완은 오세암 쪽을 올려다보며 선 채로 삼배를 했다. 법성스님은 지금 건봉사에서 동안거冬安居를 마친 뒤 계속 그곳에 머무는 중이다. 생각 같아서는 건봉사로 찾아가 인사를 올리고 싶었지만, 겨울 길이라 그냥 떠나기로 하였다. 오세암에서 백담사로 내려올 때 지우와 함께 올린 인사가 결국 하직 인사가 된 셈이다.

음력 2월 초순이지만 아직도 설악산 골짜기에서 불어오는 바람은 칼날처럼 매섭다. 골짜기 곳곳에는 녹지 않은 눈이 수북이 쌓여 있었다.

봉완은 우선 한성으로 가기로 하였다. 세계를 구경하려는 마당에 조선 사람으로 태어나 자기 나라의 서울을 보지 못했대서야 남의 나라를 구경한들 무슨 소용 있을까 싶었다. 조선은 이제 대한제국으로 나라 이름이 바뀌었다. 임금도 황제가 되었다. 청나라에만 황제가 있는 줄로 알았는데, 이젠 조선도 황제의 나라다. 청나라의 간섭으로부터 독립하겠다는 의지를 내보인 것이다. 조선을 청나라로부터 떼어내 놓은 뒤 통째로 차지하려는 일본의 야망이 뒤에 감추어져 있다. 섬나라인 저희도 천황이 있는데 독립국이 조선이 왜 왕이냐며 일본이 개화 대신들을 부추겼다.

마침내 일본은 그 야망을 여지없이 드러내었다. 무력을 앞세워 한일의정서를 교환하고, 을사늑약까지 맺었다. 봉완은 백담사로 들어올 때 이러한 소식들을 희미하게 들었다. 나라 꼴이 어떻게 돌아가고 있는지 산중에 처박혀 있는 그로서는 알 길이 없었다. 작년에 노일전쟁이 일어나 일본이 승리하였다는 소식을 인편으로 들었다. 기고만장해진 일본이 무소불위로 설칠 게 분명하다. 승복 소매를 홀홀 걸어 올린 그는 걸음을 재촉했다.

한성으로 가기로 마음을 먹고 나니 봉완은 문득 홍주 주막에서 만난 강대용과 이지룡이 생각났다. 어쩌면 강대용은 이미 배락운이라는 미국 선교사의 도움을 받아 미국으로 갔을 것이다. 어쩌면 역관 출신인 이지룡을 한성에서 만날 수 있을지 모른다. 강대용이 미국으로 갔다면 그의 주소라도 알고 싶었다. 운이 좋으면 미국에서 강대용을 만나 볼 수도 있다.

이번에는 창의군에 함께 있은 이항 생각이 났다. 생사고락을 같이 한 사람이다. 관군에게 쫓겨 함께 결성면까지 왔다가 헤어졌다. 한성으로 가라고 했지만 그가 한성으로 갔는지는 알 길이 없다. 관군에게 붙잡혀 요절이 나지 않았는지 걱정되었다. 어디에선가 살아 있다 해도 다시 만날 수 없는 사람이 되어 버렸다. 인생의 허망함이 새삼 봉완의 가슴을 짓눌렀다.

산길을 20리쯤 걸어 가평천에 이르렀다. 봉완은 흐르는 물을 바라보자 그만 숨이 컥 막혔다. 산골짜기에 쌓였던 눈 녹은 물이 모여 들어 큰 강을 이루었다. 눈 녹은 물은 얼음장보다 더 차갑다. 물이 많이 흘러 평소와 달리 강폭이 한 마장은 족히 되어 보인다. 바짓가랑이를 걷고 얼음장같이 차가운 물을 건널 엄두가 나지 않았다.

한참 동안 봉완은 차가운 물을 내려다보았다. 조선의 무지가 새삼 원망스러웠다. 이웃 나라들은 군함을 만들어 타고 남의 나라에 쳐들어오는데, 아직 제 나라 안에 다리 하나 놓지 못하는 게 한심스러웠다. 나라에서는 길을 닦고, 다리 놓는 일을 함부로 하지 못하게 했다. 풍수지리를 좇아 자연을 훼손하지 않으려는 탓도 있으나 더 큰 이유는 외적이 쉽게 쳐들어오지 못하게 하기 위해서다. 뱃속이 곯아 터지는데 손가락에 상처 나는 걸 걱정한다. 그러다가 결국은 안방까지 남에게 내주는 수모를 당했다.

흐르는 강물을 향해 합장을 한 번 하고 나서 봉완은 바짓자락을 걷어 올렸다. 물이 아무리 차갑기로서니 이까짓 물길 앞에서 대의를 꺾을 수는 없었다. 발을 담그자마자 그는 어금니를 꽉 깨문다. 물이 무릎까지 올라왔다. 물이 차갑다 못해 종아리를 잘라낼 듯 아팠다. 게다가 계곡의 돌들이 모두 둥글둥글했다. 그 돌에 이끼까지 끼어 발을 제대로 딛지 못할 정도로 미끄러웠다. 힘주어 버티면서 그는 조심스레 한 걸음 한 걸음 앞으로 나아가 중간쯤까지 건너갔다. 발은 이미 상처투성이가 되었다. 차가운 물살이 스치면서 상처가 에듯 아팠다. 시간이 지나면서 이젠 그 아픔조차 사라질 정도로 감각이 없다. 오금까지 얼어붙어 발을 내딛기조차 힘들었다. 그는 두 손으로 허벅지를 붙들고 겨우 걸음을 내어 딛는다.

냇물 한복판에서 봉완은 걸음을 멈추었다. 정신이 혼미했다. 걸어가야 한다는 의지가 다리에까지 제대로 전달되지 않았다. 심호흡하면서 정신을 가다듬으려고 했으나, 어금니를 꽉 문 입이 열리지 않았다. 정신의 명령을 육체가 이행하지 못할 정도로 감각이 마비되어 버렸다. 그러나 이젠 오던 길을 되돌아갈 수도 없는 노릇이었다. 돌아가는 길이 더 멀었다. 물에 주서앉을 수도 없다. 어떻게든 물을 건너는 도리밖에 없었다.

백척간두 진일보百尺竿頭進一步. 봉완은 홀연히 이 말을 떠올렸다. 맨주먹으로 세계 여행을 떠나고 있다. 외국어 한마디 할 줄 모르고 동서남북이 어딘지도 모른 채 떠난다. 어떠한 곤란도 견뎌낼 각오를 한 사람이 여기에서 주저앉을 수는 없었다. 앞으로 부딪칠 고생은 이보다 더할지도 모르는 일이다. 인내력이 부족하면 견뎌낼 수가 없다. 그는 자신을 이겨내기 위하여 보행선步行禪에 빠져 보기로 했다. 걸어가면서 행하는 선이다. 그는 자신의 육신을 무시해 버렸다. 육신을 허망하게 내던지자, 마비된 다리가 움직이기 시작했다. 혼미하던 정신이 맑고 강하게 살아나면서 선정禪定에 든다.

무사히 가평천을 건넜다. 발을 내려다보니 발등과 발가락이 찢어져서 피가 흘렀다. 신경이 마비되었는지 얼얼하기만 할 뿐 아픔이 느껴지지 않았다. 봉완은 바랑에서 마른 수건을 꺼내어 발을 닦고 두 손으로 주물렀다. 핏기가 돌면서 마비되었던 신경이 살아나는지 상처가 몹시 쓰렸다. 마음에 여유가 생기자, 그는 온 길을 바라보았다. 정신이 아뜩했다. 어떻게 저 물을 건너왔는지 자신도 의심스러울 지경이었다. 그는 니르바나를 떠올렸다. 이것이 바로 열반이 아닐까 하는 생각과 함께 그는 아름다운 환영幻影을 보았다. 차안此岸에서 피안彼岸에 이르는 다리처럼 가평천에 가로놓인 아름다운 무지개를 본 것이다.

막 버선을 신고 있는데 낯선 사람이 봉완에게 다가왔다.

"말 좀 묻겠소."

봉완은 고개를 들었다. 30세가량 되어 보이는 남자였다. 그 옆에는 20대 중반쯤으로 보이는 여자가 함께 서 있었다. 행색이나 행동으로 보아 동행하는 사람은 아닌 듯싶었다. 여자가 놀란 얼굴로 한 걸음 다가서면서 봉완에게 물었다.

"아니, 이 물을 건너오셨어요?"

"예."

"얼마나 깊습디까?"

"별로 깊지는 아니합니다. 그냥 건널 만합니다."

"물이 많이 차지요?"

"예, 조금 찹니다."

남자가 그 말을 듣고 물에 손을 담가보더니 얼른 빼내며 얼굴을 찡그린다.

"어이쿠! 손 떨어져 나가겠네. 차서 도저히 못 건너겠어. 차라리 돌아가야지."

다른 사람이 뭐라고 할 사이도 없이 그는 강둑을 거슬러 올라갔다. 그 모습을 보고 여자가 혀를 끌끌 차면서 말했다.

"돌아가면 언제 가게."

여자는 짚신과 버선을 벗어든 뒤 한 손으로 치마를 걷어쥐고는 물에 뛰어들었다. 발을 담그자마자 여자는 제자리에 선 채 차가움을 참느라고 진저리를 치면서 얼굴을 찡그렸다. 그녀는 혼자 뭐라고 중얼거리면서 물을 걸어간다.

그 광경을 봉완은 남의 일 보듯이 바라보았다. 용기 없는 사내와 비교가 되어 그는 여자의 당찬 모습에 혀를 내찼다. 여자가 무사히 내를 건너갈까 염려되기도 했다.

기대는 곧 무너졌다. 찬물에 다리가 마비되었는지, 아니면 미끄러운 돌을 디뎠는지, 여자가 짧게 비명을 지르면서 몸을 기우뚱거리다가 그만 내 한가운데서 벌렁 넘어지고 말았다. 몇 번 물속을 뒹굴다가 겨우 몸을 가눈 여자는 내 한가운데에서 오돌오돌 떨며 서 있다. 물을 건너갈 수도, 다시 돌아올 엄두도 못 낸 채 어쩔 줄 몰라 했다. 아무래도 다시 쓰러질 듯 위태로워 보였다.

　버선을 신은 채로 봉완은 물에 뛰어들었다. 그대로 두면 여자는 또다시 물에 넘어져 일어나지 못할 것 같았다. 그는 이것저것 생각할 겨를 없이 여자를 업었다. 여자는 제정신이 아니었다. 이미 등에 업혔는데도 놓치지 않으려는 듯 두 팔로 그의 목을 휘감으며 꽉 붙들었다. 그는 숨이 막혀 여자의 팔을 잡아당겨 느슨하게 풀었다. 버선을 신어서 그런지 아까처럼 물이 차지도 않았고, 미끄러운 돌을 딛기에도 편했다. 문제는 등에 업힌 여자였다. 꿈틀거릴 때마다 육체의 곡선이 신경을 건드렸다. 더군다나 물에 젖은 옷이다. 젖은 옷이 몸에 착 달라붙어서 움직일 때마다 뭉클거리는 여체의 굴곡이 그대로 등에 감지되었다. 그는 관세음보살을 염송했다. 그래도 자꾸만 신경이 등 쪽으로 쏠렸다. 지우와 탁발 나갔을 때 처녀의 엉덩이를 보던 일도 별안간 떠오른다. "공즉시색보다 색즉시공이 낫습니다" 하던 지우의 말을 떠올리며 그는 빙그레 웃었다.

　봉완은 여자를 업고 무사히 내를 건넜다. 여자를 냇가에 내려놓고 무심히 돌아서던 봉완은 흘끔 뒤돌아보았다. 여자가 오돌오돌 떨면서 숨을 몰아쉰다. 아직 놀란 정신이 제대로 돌아오지 않았는지 눈빛이 멍했다. 속살이 그대로 내비칠 정도로 옷을 입고도 몸을 수습할 생각도 못 하고 있다. 그대로 두면 찬바람에 얼어 죽을지도 모른다는 생각이 스쳐 갔다. 그는 산비탈로 올라가서 마른 검불과 나무토막들을 주워 와서 냇가에다 불을 피웠다.

"이 불에 옷을 말리시오."

여자가 황급히 불 곁으로 다가왔다. 체면이고 뭐고 생각할 여유
도 없었다. 그녀는 연신 손을 비벼가며 몸을 녹였다. 몸을 움직일 때
마다 풍만한 속살이 꿈틀거리며 내비쳤다. 봉완은 시선을 산 쪽으로
돌리고 속으로 계속 염불을 했다. 시선은 산을 향하고 있었지만, 그
의 머릿속에는 여자의 모습이 지워지지 않았다.

여자는 그제야 정신이 드는지 곁에 서 있는 봉완을 보다 말고 몸
을 움츠렸다. 여자가 정신을 차린 것을 확인하고 봉완은 돌아섰다.

몇 걸음 옮기는데 여자가 봉완을 불러세운다.

"스님."

걸음을 멈춘 채 봉완은 가만히 서 있었다.

"스님도 젖은 옷을 말리셔야지요."

그제야 봉완은 바짓가랑이를 내려다보았다. 젖은 바지가 꽁꽁 얼
어 움직일 때마다 버스럭거리는 소리가 났다. 바지를 추스를 사이도
없이 물에 뛰어들었다. 말려 봐야 무슨 소용 있겠는가. 또 물을 하나
건너야 한다. 말려도 건너가서 말려야겠다 생각하며 다시 발걸음을
옮겼다.

옷을 말리라는 여자의 마음을 바람결에 날려 버리면서 막 물에 발
을 들여놓는데, 여자가 황급히 달려왔다.

"스님."

"……?"

"이거…….."

봉완은 뒤돌아보았다. 여자가 끼고 있던 은반지를 빼서 봉완에게

내밀었다.

"달리 생각 마시어요. 시주라고 여기고 요긴한 데 쓰시면……."

"마음 쓰지 않아도 괜찮습니다."

그냥 뒤돌아서서 봉완은 물에 발을 담갔다. 여자가 봉완의 승복을 얼른 잡는다.

"스님, 이걸 받으셔야 제 마음이……."

여자에게 잡힌 승복 자락을 조용히 빼면서 봉완은 말했다.

"나는 중이오. 뜻 없이 한 행동이니 마음 쓸 것도 없소. 갈 길이나 무사히 잘 가도록 하시오. 나무 관세음보살……."

봉완은 빠른 걸음으로 물을 건너기 시작했다.

인연의 끝을 떨치며

봉완은 마침내 한양 동대문 밖에 도착하였다. 그는 '興仁之門(홍인지문)' 현판을 오랫동안 올려다보았다. 아침 햇살에 반사된 단청이 오색찬란했다. 안평대군의 호방한 기개가 그대로 드러난 필치가 그를 더욱 감개무량하게 했다. 붓을 놓은 지도 꽤 오래다. 조선인으로서 도성에 처음으로 발을 딛으려는 순간이다. 그 누구든 가슴 벅찬 감회에 젖지 않을 수 없을 것이다. 그에게는 그런 일반인들과 또 다른 감동이 있었다.

승려들에게 도성 출입이 다시 허용된 건 불과 10여 년밖에 안 된다. 조선이 억불 정책을 고수하면서 인조 때 승려들을 도성 밖으로 내쫓은 이후 1895년에 처음으로 출입을 허용하였다. 승려에게 도성 출입이 허용되었다는 사실은 환영하나 그 과정이 치욕스럽다. 우리나라 승려들의 염원으로 이루어진 게 아니라, 일본이 조선 불교를 장악하려는 흉계에서 나온 것이다. 일본 일련종日蓮宗 승려인 사에쓰토무의 상소로 인조 이래 270여 년 동안 닫혀 있던 승려의 도성 출입 금지가 해제되었다. 여기에는 일본의 조선 침략을 위한 정략이 숨겨진 불순한 동기가 있다.

"나무아미타불 관세음보살……."

봉완은 합장한 채 조용히 나무 관세음보살을 염했다. 그는 맑게 갠 하늘을 올려다보았다. 문득 비명에 죽은 형이 하던 말이 떠올랐다.

"사람은 태어나면 한양으로 가야 하고, 말은 제주도로 보내야 한다."

봉완의 형은 과거를 보아 관직에 나가기 위해 열심히 학문을 닦았다. 그러나 어지러운 시국에 휘말려 제대로 그 뜻을 펴지 못했다. 그는 형과 아버지의 극락왕생을 빌었다.

많은 사람이 성문을 드나들었다. 옷차림도 각양각색이다. 서양 양복을 입은 사람이 있는가 하면 갓을 쓰고 담뱃대를 입에 문 사람도 있으며 지게에 나뭇짐을 진 사람, 머리에 보퉁이를 인 아낙네, 등짐 진 보부상 등 봉완에게는 모두 낯설어 보이는 차림들이었다. 마치 낯선 세계의 풍물을 보는 듯한 환상에 빠지기도 했다. 조선인으로서, 더구나 학문을 닦은 사람이면 누구든 한 번은 이곳을 다녀가고 싶을 것이다. 갑오개혁으로 과거 제도가 폐지되기 전에는 봉완도 그런 꿈에 부풀었다.

봉완은 자신의 옷차림을 훑어보았다. 승복이 남루할 대로 남루해져 있었다. 여벌이 한 벌밖에 없어 떠날 때 입은 옷 그대로 다녔다. 삭발한 머리는 한 뼘이나 자랐고, 수염도 덥수룩하게 자랐다. 자신이 보기에도 승도 속도 아닌, 그야말로 험악한 행색이다.

강대용과 이지룡을 떠올렸다. 혹시 그들을 이곳에서 만날 수 있을까. 배락운이라는 선교사와 함께 다녔으니 수소문하면 거처를 알아볼 수 있을지 모른다. 혹 미국에 갔다고 해도 강대용의 주소를 알아두면 이번 여행에 큰 도움이 될 듯했다. 하지만 어디 가서 그들을 찾는다는 말인가. 아무리 표가 나는 외국인이라고 하지만 종로에서 김서방을 찾는 꼴이다. 그때 봉완은 한 가지 생각을 떠올렸다. 십자가가 달린 건물을 찾으면 혹 그들의 행방을 모른다.

이런저런 생각을 하던 봉완은 도성 안으로 들어갔다. 오는 동안 그는 자신이 여행할 길을 대충 만들어 보았다. 우선 한성에서 원산으로 간다. 거기에서 배로 해삼위(블라디보스토크)로 간다. 그곳에서 육로로 하바로프스크와 모스크바를 거쳐 상트 페테르부르크로 간 뒤, 그곳에서는 교통편이 닿는 대로 계속 유럽으로 향할 작정이다. 유럽을 거쳐 다시 배를 타고 미국으로 간다. 그렇게 돌아 일본을 거쳐 귀국하기로 계획을 잡았다.

봉완은 주위를 두리번거리면서 십자가가 세워져 있는 건물을 찾았다. 얼른 눈에 띄지 않았다. 기독교가 들어왔으나 아직은 선교사들이 전국을 돌며 선교하러 다니고 있는 형편이었다. 교회가 그렇게 흔하게 세워져 있을 리가 없었다. 설혹 발견하였다고 하더라도 배락운이 그 교회에 있을지도 의문이었다.

동대문을 지나 얼마쯤 걸어가다가 봉완은 길에서 연을 날리는 한 아이를 보았다. 방패연이 공중에서 한바탕 재주 넘기를 한다. 그는 걸음을 멈추고 잠시 그 광경을 지켜보았다. 고향 홍주에서 학문을 가르치던 아이들을 생각했다. 그는 아이들에게 엄하게 학문만 가르치려고 하지 않았다. 때로는 아이들에게 자유가 무엇인지도 가르쳤다. 겨울에는 연날리기 시합도 시켰다. 책을 앞에 두었을 때는 그렇게도 엄숙한 표정을 짓던 아이들이 천진난만하게 깔깔거리는 것을 보았다. 비로소 아이들의 본래 모습을 발견했다. 아이들은 그렇게 천진난만해야 한다. 아이들은 어른이 아니다. 그는 그 아이들의 얼굴을 하나하나 떠올려 보았다. 그는 천천히 연 날리는 아이 곁으로 다가갔다.

봉완을 본 아이가 갑자기 얼레를 땅바닥에 팽개친 채 도망쳤다. 그는 난감한 표정으로 도망가는 아이를 바라보았다. 얼른 그는 자신의 옷차림을 내려다보았다. 아마 승복을 보고 그러는 것 같았다. 더구나 먼 길을 오느라 옷이 남루했고, 수염도 더부룩하게 난 것에 아이가 놀란 모양이었다.

공중에 뜬 연이 제멋대로 건들건들 난다. 잘못하다가는 그대로 곤두박질칠 것만 같았다. 봉완은 얼른 얼레를 집어 들고 연을 바로 잡았다. 그러고는 얼레에 실을 감기 시작했다.

그때였다. 길 가던 한 중년 남자가 황급히 달려와 봉완에게 소리쳤다.

"무슨 짓을 하는 게요!"

"……?"

봉완은 동작을 멈추고 남자를 돌아다보았다.

"아니, 스님께서 연을 날리고 있는 겝니까?"

"아니오. 웬 아이가 연을 날리다가 방금 달아났습니다. 아마, 내

행색이 무서워 그랬던 모양이오. 그래서 내가 챙겨 주려는 것이오."

"그냥 내버려 두고 얼른 갈 길을 가십시오. 관에서 알면 경을 칩니다."

"그게 무슨 말씀이오? 관에서 알면 경을 치다니요?"

봉완은 금시초문이었다. 하기야 설악산에 틀어박혀 있다가 한성 땅을 처음 밟는 그로서는 모든 게 다 금시초문일 수밖에 없었다. 한성이라고 불러야 하는지 한양이라고 불러야 하는지도 모른다. 연을 날리는 것은 예부터 내려오는 풍습이다. 악습이라면 모르나 건전한 민간 놀이를 못 하게 한다는 게 이해가 되지 않았다. 필시 무슨 곡절이 있을 듯했다.

"왜 못 날리게 합니까?"

"전화선에 연이 걸려 고장이 나기 때문이랍니다."

"전화가 무엇이오?"

"저기 줄이 보이잖소."

봉완은 그 사람이 가리키는 곳을 바라보았다. 나무 기둥을 길가에 죽 이어 박아 놓았는데, 그 기둥끼리 빨랫줄처럼 서로 줄을 이어 놓았다.

"저게 무엇입니까?"

"저 줄 속으로 사람들의 말이 번개처럼 지나간답니다."

봉완은 무슨 말인지 얼른 이해가 가지 않았다. 줄을 타고 사람의 말이 오간다는 사실이 믿어지지 않았다. 그러나 그는 문명을 어렴풋이 이해하고 있었다. 활 대신 총을 쏘고 있고, 조랑말 대신 기차를 타고 다니는 세상이 있다는 것을 알고 있었다.

"저것은 어느 나라 사람들이 설치한 것입니까?"

"모르오. 일본 사람들이라기도 하고 미국 사람들이라고도 하는데, 우리 같은 사람이야 알 바 아니지요."

그러는 사이에 연줄을 모두 다 감았다. 봉완은 연을 가만히 내려다보았다. 연을 날리다가 기계를 고장 내어서도 안 되겠지만, 그렇다고 아이들에게 연을 못 날리게 하는 것도 잘못하는 일이었다. 전화를 이용하는 사람은 몇 되지 않을 것이다. 그 몇 안 되는 사람들을 편하게 하자고 어린이들의 즐거움을 빼앗는 관리들의 행패에 그는 분노를 느꼈다.

"스님은 어디에서 오시었소?"

"백담사에서 왔습니다."

"백담사는 어디에 있는 절입니까?"

"강원도 설악산에 있습니다."

"강원도는 여기에서 이수가 멉니까?"

"쉬엄쉬엄 오기는 했습니다만, 스무 날이 걸렸습니다."

그에게 말하면서도 봉완은 연신 전선을 올려다보았다. 어느 나라 사람이 설치했건 알 바 아니라고 하던 남자의 말도 마음에 걸렸다. 남의 나라 사람이 자기 땅에 들어와 말뚝을 박고 마음대로 이용하는데도 알 바 아니라고 말하는 게 한심하다 못해 답답했다. 아이가 제 나라에서 마음대로 연을 날릴 수도 없게 되었는데도 모두 무관심하게 여긴다.

봉완은 얼레와 연을 어떻게 하지 못해 머뭇거리다가 그 남자에게 주었다.

"어디 사는 아이인지 모르오만, 이 연을 좀 맡아 주시오."

"나도 여기 사는 사람이 아닙니다. 그냥 내다 버리시지요. 아무 데나 두면 이웃 사람들이 벼락 맞습니다요. 어제도 어떤 아이가 연을 날리다가 제 아비가 잡혀가서 경을 치고 나오는 걸 제 눈으로 보았어요."

봉완은 난처했다. 연을 날리지 못하도록 했으니 그럴 법도 한 일이다. 그렇다고 아이가 가지고 놀던 것을 내다 버릴 수도 없었다. 이러지도 저러지도 못하고 있는데 남자는 이미 저만큼 걸어간다. 그때 봉완은 골목 한쪽에서 아이가 머리를 빼꼼 내밀다가 도로 쏙 집어넣는 것을 보았다. 그는 빙그레 한번 웃고는 연을 골목에 그대로 놓아두고 가던 길을 걸었다.

얼마쯤 그렇게 돌아다녔을까. 봉완은 마침내 교회 하나를 발견했다. 언덕배기에 있는 한 초가지붕에 십자가가 세워져 있다.

마치 운수 행각을 하다가 절을 발견한 듯 그는 기쁨에 봉완은 헐떡거리며 그 집을 향해 올라갔다. 그러나 그는 그 집 문 앞에서 전혀 예상하지 못한 봉변을 당했다. 한 늙수그레한 여자가 물을 퍼부으며 고래고래 소리를 지른 것이다.

"헛쉐! 사탄아, 물러가라!"

깜짝 놀라 봉완은 뒤로 주춤 물러났다. 다행히 물벼락을 용케 피했다. 물을 퍼부은 여자가 무섭게 그를 노려보며 또 소리를 질렀다.

"중이 어디 함부로 교회에 들어오려고 해!"

"……?"

봉완은 머리를 한번 흔들면서 정신을 차렸다. 그는 황당했으나,

여자의 무례한 행동을 이해했다. 그들은 오직 하나뿐인 하느님을 믿는다. 함부로 승려를 교회 안에 들여놓지 않으려는 것은 당연했다.

"나무아미타불……."

봉완은 합장하면서 그녀에게 예를 갖추었다.

"남의 에미인지, 니 애비인지 알 바 없다. 여기에는 니가 찾는 에미 애비가 없으니 다른 데 가서 찾아라."

여자는 그에게 또 물을 퍼부었다. 이번에는 미처 피하지 못해 옷이 흠뻑 젖었다. 젖은 옷을 내려다보며 그는 난처한 표정을 지었다. 승복을 입지 않았다고 하더라도 여자를 붙들고 싸울 수는 없었다. 그렇다고 이렇게 어렵게 찾아왔는데 그냥 돌아서는 것도 허망했다. 그는 여자에게 조용히 말했다.

"화나게 해서 미안하오. 사람을 찾으러 왔으니, 여기서 그냥 말이나 좀 물어봅시다."

"오, 하느님. 이 죄인을 용서하소서."

여자는 갑자기 하늘을 올려다보며 두 손을 맞잡고 하소연한다. 그때 안에서 단발에 한복을 입은 남자가 걸어 나왔다.

"무슨 일입니까?"

"아, 글쎄 중이 교회에 들어오려고 하지 않아요."

남자가 그제야 대문 밖에 서 있는 봉완을 발견하고 그 역시 놀라는 얼굴을 했다. 봉완이 재빨리 말했다.

"오해하지 마십시오. 나는 사람을 찾으러 왔을 뿐이외다."

"누굴 찾소?"

"서양 사람이외다."

"여기는 서양 선교사가 없소이다."

별로 기대하고 온 건 아니지만 온몸에 맥이 빠졌다. 괜한 생각을 했다는 자책감도 생겼다. 어차피 맨몸으로 떠났다. 모처럼 얻은 이 자유를 스스로 구속하려는 자신이 오히려 바보스러워 보였다.

"큰 실례를 하였습니다. 나무아미타불……."

봉완은 얼른 합장하고는 돌아섰다. 내리막길로 몇 걸음 내려오는데, 등 뒤에서 남자가 말했다.

"그분 이름을 알고 있소?"

걸음을 멈추고 봉완은 뒤돌아보았다.

"외국인 선교사요?"

"그렇습니다."

"이름이 무엇이오?"

"배락운이라고 하였소이다."

"배…… 락운이라……."

남자가 고개를 갸웃거렸다.

"청나라에 계시다가 오신 듯했소이다."

순간 남자의 표정이 밝아지는 듯했다.

"그분을 어떻게 아시오?"

"사실 내가 찾는 사람은 그분이 아니라, 그분과 함께 다니던 조선인이오. 혹시 이지룡이라는 사람을 아시오이까? 역관을 지내시던 분이오만……."

"이지룡……? 그분은 모르오."

"그럼, 그 서양 사람은 혹시……?"

"브라운 목사님이시오."

"계신 곳을 알고 있습니까?"

"지금 해주에 계시오."

"해주라 하셨소이까?"

"배오개 예배당에 계시다가 작년 가을에 해주로 가셨습니다."

"고맙습니다."

봉완은 발걸음을 돌려 다시 동대문 쪽으로 향했다. 한성에는 더이상 머물 이유가 없어졌다. 세계 여행에 도움이 되는 정보라도 얻을 수 있을까 들렀지만, 이지룡을 만나지 못한다면 그것도 소용없는 일이었다. 장님 코끼리 다리 만지듯이 돌아다녀 봐야 노독만 더할 것 같았다. 오랫동안 승려의 출입 금지로 도성 안에는 그가 묵을 만한 절도 없었다. 주막도 시골처럼 조용하지 않을 것이다. 그러한 번잡 속에서 고생하기가 싫었다.

한성에서 지방으로 향하는 간선도로는 4대문을 기점으로 출발한다. 춘천과 원주 지방은 동대문, 개성과 평양 지방은 서대문, 철원과 원산 지방은 동소문, 수원 이남 지방은 남대문을 통하고 있었다.

사실 봉완에게는 길이 큰 의미가 없다. 어디로든 가고자 하는 곳으로 가면 그뿐이다. 길이 곧 도道다. 남이 닦아 놓은 길로 가는 것보다는 스스로 길을 만들어 떠나는 게 더 큰 의미가 있다. 그래서 길을 도라 하는 것이다. 구덩이가 있는지, 돌부리가 있는지, 스스로 살피고 더듬어 걸어간 곳이 바로 길이다. 사람은 자신의 머릿속에 바로 그러한 길을 뚫어야 한다.

도성을 빠져나오기 전에 봉완은 잠시 길가에 있는 평평한 돌 위에 앉아 쉬었다. 서쪽 산마루에 지는 해를 붙잡는 듯이 낙조가 붉게 불타고 있다. 한 무리의 이름 모를 새들이 그 낙조 속으로 빨려 들어가듯 날아간다. 그는 어금니를 지그시 깨물었다. 가슴에 돌을 얹어 놓은 것처럼 무겁고 답답했다. 도성 안에 외국인들이 들어와 주인처럼 행세하고 있는데, 정작 주인은 감각조차 잃은 사람들처럼 무덤덤하다. 마치 주인이 객이 되고 객이 주인이 된 듯하다.

문득 그는 휴정선사의 삼몽시三夢詩를 떠올렸다.

主人夢說客(주인몽설객)
客夢說主人(객몽설주인)
今說二夢客(금설이몽객)
亦是夢中人(역시몽중인)

주인이 나그네에게 꿈을 말하고
나그네가 주인에게 꿈을 말하니,
이제 두 꿈을 말하는 저 나그네들
어즈버 그들 또한 꿈속의 사람이로다.

모두 속이 비었다. 사상이 없었다. 조선을 지탱하는 사상이 없으면 국력을 길러 봐야 무슨 소용이 있는가. 조선인의 사상이라고는 오직 임금에게 충성하는 것밖에 없다. 충성하던 임금이 힘을 잃은 이 마당에 백성이 홀대받는 건 어쩌면 당연한 일일지도 모른다. 몇몇 소수의 양반 지배 계층에게 빌붙어 사는 백성의 입장으로는 누가 조선의 주인이 되든 문제가 될 것도 없었다. 그래서 백성들은 나라가 외국인에게 야금야금 먹혀들어 가는데도 저렇듯 태평스러울 수가 있는 것이다.

조선인에게 하루속히 사상을 불어넣어야 한다. 이것만이 조선을 지키는 힘이 될 수 있다. 지금은 총칼보다도 이 일이 더 중요하다. 사상이 없는 사람들에게 총칼을 준다고 한들 무슨 소용이 있겠는가. 몸은 있으되 정신이 없으면 소용없는 일이다. 모두 꿈속에서 헤맬 뿐이다.

봉완은 가슴이 답답했다. 아직은 자기도 조선을 구할 그 사상의 실체가 형성되어 있지 않았지만, 사상을 만든다고 해도 어떻게 백성들에게 알릴 수 있을지 그것이 더 걱정스럽다. 교육 제도가 제대로 뿌리 내린 것도 아니다. 전국을 순회하면서 강연회를 열 수도 없는 노릇이다. 아무리 고민해 봐도 그 역할을 할 수 있는 것은 결국 불교밖에 없었다. 불교는 삼국 이래로 이 땅에 뿌리를 내렸다. 비록 조선에서는 억불 정책을 폈지만, 고려는 국교로 삼기조차 하지 않았는가. 곳곳에 절이 있고, 전국에 신도들이 있다. 이를 바탕으로 자유 평등 사상을 펴자. 신분과 빈부의 격차가 없는 부처님의 정토국을 만들자. 그의 생각은 다시 원점으로 돌아왔다. 그러기 위해서 우선 세계를 두루 돌아보고 그들이 어떻게 살고 있는지 살펴보아야 한다. 그 사상을 오롯하게 정립하지 못하면 이런 발상도 환상일 수밖에 없다.

그때였다.

"아니, 스님. 여기서 또 만나는군요."

"……?"

봉완은 고개를 돌려 바라보았다. 아까 연실을 감을 때 만난 그 사람이다. 비록 길을 오가며 만난 사이기는 하지만, 한성 땅에서 유일하게 자신을 아는 사람이다. 그는 오랜 지기처럼 반가웠다. 그는 자리를 털고 일어나며 말했다.

"어디 출타하시는 길이오이까?"

"웬걸요. 조그마하게 장사를 하는데, 수금하러 다닙니다."

"예에……."

"스님께선 어딜 가시는 길입니까?"

"원산으로 가는 길입니다."

"원산을요?"

"왜 그러십니까? 혹시 못 갈 일이라도……?"

"아, 아닙니다. 여기서 이수가 얼마나 되는 줄 아십니까?"

"글쎄요."

"걸어서 가시겠다는 겁니까?"

"그럼 달리 가는 방법이라도……?"

그는 잠시 난감해하는 얼굴빛을 했다. 난감하기는 봉완도 마찬가지였다. 달리 가는 방법이 있을 턱이 없었다. 기껏해야 조랑말을 빌려 타고 가는 도리밖에 없을 것인데, 아마 승복을 입고 말을 타고 가는 모습을 상상하면 난감해하는 것도 당연했다.

"여러 날이 걸리겠군요?"

"아마 그러겠지요. 바쁜 일로 가는 게 아니니까 아무런들 상관없습니다."

"혹시 장안에 아는 사람이라도 있습니까?"

"한 사람 있기는 있습니다만…… 본 지 오래돼서 어디에 사는지를 모르외다."

"무얼 하는 사람입니까?"

"역관입니다."

"역관이라면…… 어느 나라 역관입니까?"

봉완은 잠시 머뭇거렸다. 말하고 보니 이지룡은 이미 벼슬아치에서 물러난 사람이니 역관이 아니다. 청나라 말을 통역하는 사람이나 미국 선교사를 모시고 다녔다. 그래서 미국 역관이라고 말해야 좋을지, 청나라 역관이라고 말해야 좋을지 그는 대답하기가 애매했다.

"청나라 역관을 지냈는데, 몇 년 전에 미국 선교사와 함께 다녔습니다."

"혹시 함자가 어떻게 되는지?"

"이, 지자, 룡잡니다."

"이, 지자, 룡자라고 하셨습니까?"

"이 사람을 알고 있습니까?"

"알다마다요. 제가 모시고 있는 주인입니다."

"그래요?"

봉완은 정신이 번쩍 들었다. 이지룡을 다시 만날 수 있다는 데 대한 반가움이 컸지만, 어쩌면 강대용에 대한 소식을 알 수 있을지도 모른다는 기쁨이 더 컸다. 이 사람이 주인이라고 하는 것으로 보아 장사를 크게 하고 있음이 분명했다. 역관으로 있을 때도 청나라와 밀무역을 하였으니, 사업에도 소질이 있는 사람이다.

"어디서 무슨 사업을 합니까?"

"동대문 밖에서 건어물상을 합니다."

봉완은 고개를 끄덕였다.

"저는 이순덕이라고 합니다. 그 어른 조카뻘 되지요. 가만있자, 여기에서 이럴 게 아니라……."

이순덕은 주위를 두리번거리면서 쉴 만한 곳을 찾았다. 건너편에 주막이 하나 눈에 띄었다.

"우선 저 주막으로 가서 잠시 쉬고 계시지요. 한 곳만 더 들르면 일이 끝나는데, 곧장 뵈시겠습니다."

"걱정 말고 볼일을 보고 오십시오. 여기 앉아서 잠시 오가는 사람이나 구경하고 있겠습니다."

"그럼……."

이순덕은 쏜살같이 가던 길을 내닫는다. 봉완은 아까처럼 다시 돌위에 걸터앉아서 오가는 사람을 구경했다. 노자 한 푼 없이 바랑 하나 짊어지고 떠난 여행인데 팔자 좋게 주막에서 음식을 사 먹을 게 재가 되지 못했다. 그래도 홍주에서 무작정 집을 나왔을 때와 비교하면 여간 마음이 든든한 게 아니었다. 승복을 입고 있어서 탁발하기도 쉽다.

아무리 생각해도 봉완은 기이한 인연이라는 느낌을 지울 수가 없었다. 홍주에서 무작정 집을 나와 주막에서 우연히 만난 사람이다. 이 너른 한성에서 또 이렇게 우연히 그를 만나게 될 줄은 꿈에도 생각하지 못했다. 그는 길 가는 사람들을 바라보면서 어쩌면 이항도 이렇게 우연히 여기에서 마주칠지도 모른다는 기대를 해 보았다.

잠시 뒤, 이순덕이 볼일을 마치고 헐레벌떡 달려왔다.

"많이 기다리셨지요."

"아닙니다. 특별히 때를 정해 놓고 움직이는 사람이 아니라서 이것저것 구경하고 있었습니다."

"가시지요."

봉완은 그를 따라 이지룡이 경영하는 건어물 상회로 갔다. 이지룡은 외국 문물에 밝은 사람답게 한 걸음 앞서 세상을 내다보았다. 처음 만났을 때도 그들은 단발에 서양 양복 차림이었다.

상회는 제법 컸다. 온갖 건어물들이 산처럼 쌓여 있었다. 봉완은 이지룡을 첫눈에 알아보았다. 그때나 지금이나 별로 변하지도 않았다. 코끝에 안경을 걸고 있는 것도 그대로였다. 그러나 그는 봉완을 금방 알아보지 못했다. 머리를 깎고 승복을 입었으니 알아보지 못하는 건 당연했다. 유천이라고 속명을 대어도 그는 고개를 갸웃거리기만 했다.

"절 몰라보시겠습니까?"

"글쎄올시다…… 누구신지?"

곁에 서 있는 이순덕이 더 난처한 표정을 지었다. 혹시 엉뚱한 사람을 잘못 데리고 온 것은 아닌가 하고 불안해했다.

"왜, 충청도 홍주 주막에서…… 강대용 선생하고 뵈었잖습니까."

"강대용 선생을 아십니까?"

오히려 이지룡이 질문을 한다.

"배락운이라는 서양 선교사와 함께……."

"아, 가만있자!"

그제야 이지룡은 기억이 살아나는지 정색하며 반겼다.

"그럼, 그때 그분이……."

이지룡은 봉완이 입고 있는 승복을 아래위로 훑어보았다.

"그렇습니다. 그때의 뵀던 유천입니다."

"정말 오랜만입니다."

이지룡은 봉완의 손을 덥석 잡으면서 백년지기를 만난 것처럼 반가워했다.

"그런데 언제 출가했습니까?"

"그때 헤어진 뒤 곧장 산으로 갔습니다. 여기저기 산속을 헤매며 불목하니 노릇하다가, 연전에 다시 설악산으로 들어가 머리를 깎았지요."

"이렇게 승복을 입고 있으니까 전혀 다른 사람으로 보입니다. 그래, 어느 절에 계십니까?"

"설악산에 있는 백담사에 적을 두었습니다."

"설악산이면 꽤 먼 이순데……. 그래, 한성에는 어떻게?"

"바깥바람을 좀 쐬려고 나왔어요."

"아무튼 반갑습니다. 가만있자, 가게가 누추해서……."

이지룡은 이순덕을 돌아다보며 말했다.

"이봐, 내 이 귀한 손님을 뫼셔야 하니, 자네가 가게를 좀 보게나."

"알겠습니다. 다녀오십시오."

"이러지 않아도 됩니다. 이렇게 얼굴을 뵌 것만 해도 부처님의 가피를 입은 듯싶습니다."

"무슨 말씀을. 오다가다 만난 인연이긴 하지만 그냥 헤어질 수는 없지요."

이지룡은 그를 데리고 가까운 곳에 있는 요릿집으로 갔다. 으리으리한 기와집이었다. 그는 솟을대문 앞에서 잠시 걸음을 멈추고 집 안을 두리번거리며 살폈다. 어느 지체 높은 대감이 살던 집이 분명한 듯했다. 일반 백성이 이런 집에 살 리는 만무했다. 그런데 어찌하여 요릿집으로 바뀌었는지, 마치 급변하는 조선의 정세를 보는 듯하여 그는 잠시 상념에 젖었다.

"어서 들어오시지요."

봉완은 생각을 떨치고 그를 따라 안으로 들어갔다. 방에 들어가 자리를 잡자, 이지룡이 말했다.

"이 집은 원래 참판댁 별장이었는데, 낙향하면서 팔았지요. 내 친구가 사서 지금 요릿집을 합니다. 세상 참 많이 변했어요. 우리 같은 중인이 참판댁 집을 차지하다니요."

이지룡을 방이 쩌렁쩌렁 울릴 정도로 크게 소리 내어 웃었다.

"그렇군요. 어쩐지 대궐 같다는 느낌이 들었습니다."

"동대문 쪽에는 강원도 지방에서 오는 물산이 거쳐 가는 곳이지요. 춘천, 의정부를 거쳐 이리로 들어오게 됩니다."

그의 말을 들으면서 봉완은 왜 도성 안에 들어가 사업을 하지 않는지가 궁금했다. 아무리 물산이 모여드는 곳이라고는 하지만 그래도 성 밖이다. 주변에는 허름한 농가가 흩어져 있고 지방에서 올라오는 길손들이 묵는 주막이 더러 있을 뿐이었다. 상회가 아무리 커도 여기서는 잠시 물산을 보관하는 창고 역할밖에 하지 못할 것 같았다. 그런 생각을 하는데 그가 마치 봉완의 속을 들여다본 듯 설명했다.

"도성 안에는 지금 왜놈 상인들이 판을 치고 있어요. 조선 상인들은 제대로 발붙일 수가 없지요. 그래서 여기에서 미리 물건을 거둬들여 성안에 있는 조선인들에게 보냅니다."

"예에……."

봉완은 그제야 의문이 풀렸다. 그러나 그 말을 듣는 그는 더할 수 없이 가슴이 답답했다. 일본은 이미 이 땅에 뿌리를 내리고 있었다. 그때 한복을 곱게 차려입은 처녀가 방으로 들어왔다.

"어머, 사장님 오셨어요? 아니, 웬 스님께서……."

"인사 올려라. 가만있자…… 그러고 보니 나도 스님의 법명을 여쭙지 못했군요."

"봉완입니다."

여자는 봉완에게 다소곳하게 고개 숙이며 인사했다.

"추월이옵니다."

봉완은 그녀에게 합장으로 답례했다. 여자와 이렇게 가까이에서 마주 앉아 보는 것이 몇 년 만이던가. 그는 가슴이 가볍게 술렁거렸다. 비록 승복을 입었지만 20대의 뜨거운 가슴이다. 순간 그는 자신이 남자라는 사실을 떠올렸다. 승복을 입으면 남녀라는 성 개념이 자연히 무뎌진다. 용기를 내어 그는 여자를 자세히 바라보았다. 미인은 아니었지만 순박하게 생겼다. 그는 고향에 있는 아내를 떠올렸다. 어딘가 닮은 데가 있는 듯 낯이 익었다.

이지룡이 여자에게 술과 음식을 시켰다. 그 바람에 봉완은 제정신을 차렸다.

여자가 방을 나가자, 이지룡이 말했다.

"그래 절 생활은 어떻습니까?"

"지낼 만합니다."

"잘 생각하신 일인지도 모릅니다."

봉완은 그의 말뜻을 알아듣지 못했다. 그걸 눈치챘는지 그가 말을 덧붙였다.

"일본은 강합니다. 비록 일본에 지기는 했지만, 러시아도 만만치 않아요. 거기에다 미국과 독일까지 끼어들었어요. 이들 나라에 비하면 조선은 너무 힘이 없습니다. 어쩔 수 없어요. 그저 돈을 벌어 부자가 되는 길뿐인 듯싶습니다."

봉완은 그를 뚫어져라 바라보았다. 오랜만에 만났는데 왜 이런 말부터 하는가. 봉완은 그의 의중을 살펴보았다. 그때 만났을 때도 주로 시국에 관한 이야기가 많았다. 아마 산속에 있어서 그동안의 세상 물정을 잘 모를 거라고 짐작하고 그러는지도 모른다.

이지룡의 말이 봉완에게는 어쩐지 기분 좋게 들리지 않았다. 조선의 지식인들이 이렇듯 자기 눈앞의 이익만 생각한다면 앞길이 정말 암담했다. 봉완은 여기에서 그와 토론하고 싶은 생각은 없었다. 그럴 정도로 깊이 사귄 것도 아니지만, 자기 자신도 뚜렷한 목표를 세우지 못하고 있기 때문이다.

"강대용 선생은 미국으로 가셨습니까?"

"예. 떠난 지 벌써 삼 년이 가까이 되었습니다. 나성(로스엔젤레스)으로 갔답니다."

그때 술상이 들어왔다. 말 그대로 산해진미가 상다리가 부러지도록 가득하다. 대부분 봉완이 난생 구경도 못 해본 음식들이었다.

"어쨌든 세상은 참 좋아졌습니다. 나라님밖에 못 먹던 음식들을 돈만 주면 이렇게 먹어볼 수 있으니까 말입니다."

"그럼 이게 수라상에 오르던 음식이란 말입니까?"

"궁궐 안에서 일하던 사람들이 부엌에서 일하고 있어요. 자, 날씨도 추운데 곡차 한 잔 받으시지요."

봉완은 망설이다가 잔을 받아 들었다. 이 자리에까지 와서 계율을 핑계로 거절하는 게 오히려 모양이 이상하다. 일체유심조라고 하지 않았는가. 술로 마시면 술이요, 물이라 여기면 곡차가 되는 것이다. 술잔을 비우자 더 난감한 일이 기다렸다. 아까 추월이라고 인사를 한 그 여자가 술주전자를 들고 봉완에게 술을 따르려고 했다. 봉완은 잔을 든 채 머뭇거렸다. 그걸 보고 이지룡이 빙긋 웃으면서 말했다.

"어떻습니까, 한 잔 받으십시오. 가까이 지내는 스님 한 분이 계시는데, 그 스님은 곡차를 참 잘하십니다."

"술도 먹는 음식이니, 과하지만 않으면 나쁠 게 없지요. 금하는 것은 대개 과하면 안 좋은 것들이라 그렇습니다."

"어서 잔을 받으셔요. 제 팔 떨어지겠사옵니다."

"그럼, 예의로 한 잔만 받지요."

봉완은 잔을 내밀어 그녀가 따르는 술을 받았다. 분위기가 좀 어색하기는 했지만, 일부러 거절하는 것보다는 그는 훨씬 마음이 가벼웠다.

그녀로부터 술을 받고 난 이지룡이 그녀에게 말했다.

"됐다, 이제 너는 그만 나가 보아라."

"……?"

"스님과 단둘이서 긴히 나눌 이야기가 있어서 그런다."

"그럼……."

그녀는 다소곳이 인사하고 방을 나갔다.

"아무래도 우리끼리 있는 게 편할 듯싶습니다."

"배려해 주셔서 고맙습니다."

"헌데, 한성까지 오신 길입니까?"

"사실은 세계를 만유를 하고자 길을 나섰습니다."

"세계 만유라고 하셨습니까?"

"왜 놀라십니까?"

"아, 아닙니다. 어디 어디 가보실 생각입니까?"

"우선 해삼위(블라디보스토크)로 갔다가 서백리아(시베리아)를 거쳐 유럽으로 갈 예정입니다. 거기에서 미국으로 갔다가, 일본을 거쳐 돌아오려고 합니다."

이지룡은 술잔을 입으로 가져가다가 말고 멈칫하며 놀라는 표정을 지었다. 봉완은 가볍게 미소 지었다. 놀라는 이지룡에게 보내는 화답이었다. 승복을 입고, 말도 통하지 않은 외국에 나간다면 누가 보아도 놀랄 것이다.

"해삼위로 가시자면 원산으로 가서야겠군요."

"예. 가는 길에 한성 구경 한번 하려고 들어왔습니다. 혹 두 분을 뵐 수 있을까 하는 기대도 했지요. 마침 야수교 교회당이 보이길래 들어가 물어봤는데, 배락운이라는 선교사만 알더군요. 이렇게, 정말 꿈같이 뵙게 되었습니다."

"여행이 쉽지는 않으실 겁니다. 우선 말이 안 통하면 움직일 수가 없어요. 음식도 입에 맞지를 않고, 풍토병도 있어서 고생을 좀 하실 겁니다. 저야 남의 나라라고 해봐야 청나라에만 드나들었지만, 중국말을 모르는 사신들은 대개 객사에서 꼼짝을 안 합니다. 청나라에서는 그래도 필담이 가능한데도 말입니다."

"말을 모르는 거야 조선 안에서도 마찬가지 아닙니까?"

"예?"

이지룡은 봉완의 말을 알아듣지 못해 눈을 크게 뜨고 바라보았다.

"말이 안 통하기 때문에 나라가 이 모양이 되었지요."

그제야 이지룡은 고개를 끄덕였다.

"속명이 한, 유자, 천자라고 하셨지요?"

"그렇습니다."

"당사자를 앞에 두고 이런 말을 해서 뭣하지만, 그때 처음 봤을 때 예사 분이 아니라는 느낌을 받았어요. 이건 나만의 생각이 아니고, 강대용 선생도 그랬습니다. 치하포에서 일본 장교 쓰지다 중위를 살해하고 도망 다니고 있는 자기 친구 김창수(김구)하고 닮은 데가 많다고 했습니다."

"하하하…… 무슨 과분한 말씀입니다. 그저 떠돌아다니는 중일 뿐입니다."

"사실은 저도 해삼위나 상해로 갈까, 생각하는 중입니다."

"왜요?"

"지금 한성에는 이상한 소문이 나돌고 있어요."

"이상한 소문이라니요?"

"조선과 일본이 합병한다는 말이 떠돌고 있습니다."

봉완은 깜짝 놀랐다. 조선이 일본의 간섭을 받는 건 진작 알고 있었다. 강대용으로부터 조선이 일본의 속국이 될지도 모른다는 말까지 들었다. 그러나 그건 어디까지나 서로 힘 겨루기하는 외국 공사들 사이에서 주도권을 잡기 위한 과잉 행동 정도로 봉온은 이해했다. 이러다가 자칫 잘못하면 나라를 송두리째 뺏기는 건 아닐까 하는 막연한 불안감은 있었지만, 합병되리라는 생각은 추호도 하지 않았었다. 설마 한 나라가 그렇게 간단히 허물어지랴, 봉완은 그런 불손한 생각을 한 자신을 나무랐다.

"지금 조선에는 일본 상인들이 많이 들어와 있어요. 저도 원산에 조그마한 도매상을 가지고 있습니다만, 그쪽에도 일본 상인들이 주도권을 잡고 있어요. 병자수호조약이 맺어지면서 개방이 되었는데, 원산항의 가장 좋은 자리 삼십만 평을 일본 돈으로 단돈 오십 원을 주고 사용하고 있지요. 입항세도 배 한 척에 이 원밖에 안 냅니다. 그뿐만 아닙니다. 원산항을 통하여 조선 쌀을 마구 실어 가고 있는데, 일본에 가져가서는 한 가마니에 일 원 삼십 전이나 이익을 내고 있어요. 왜놈들한테 다 뺏기기 전에 먼저 챙겨서 가지고 나가는 게 좋을 듯싶습니다."

"집안이 시끄럽다고 집을 뛰쳐나가면 그 집은 누가 돌봅니까?"

"이미 조선은 누가 돌보는 것으로 국운을 회복할 수는 없어요."

봉완은 이지룡을 바라보았다. 아직도 그는 이지룡의 속을 헤아리지 못했다. 단순한 상인인지, 아니면 우국 지사인지 언뜻 판단이 서지 않았다. 그러고 있는데 이지룡이 다시 말을 이었다.

"집안이 송두리째 뿌리뽑히기 전에 세간살이를 빼돌려 놔야 재기라도 하지 않겠습니까?"

"……?"

"지금 정국으로 봐서 조선은 틀림없이 일본에 합병되고 말아요. 국외로 조선의 힘을 옮겨 놔야 합니다. 그래야 만일의 경우 그것을 불씨 삼아 국운을 되살릴 수 있어요."

봉완은 눈을 크게 떴다. 미처 거기까지는 생각이 미치지 못했다. 이지룡은 단순한 상인이 아니었다. 역사를 앞질러 볼 줄 아는 혜안을 가지고 있는 인물이었다.

"지금 사정으로는 조선이 일본을 이기기 힘듭니다. 조선에는 주인이 없기 때문이지요."

"그게 무슨 말씀이십니까? 조선에 주인이 없다니요?"

"허면, 봉완스님께선 조선에 주인이 있다고 생각하십니까?"

그 물음에 봉완은 얼른 대답하지 못했다. 조선에 주인이 없다는 그의 말에 순간 분노했으면서도 누가 주인인지 대답하지 못했다.

"조선의 모든 땅은 황제와 양반 관료들이 여태 차지하고 있었어요. 갑오개혁으로 세상이 반짝 개화되기는 했습니다만, 미처 이를 추스를 사이도 없이 외세가 들어와 자리를 잡고 말았지요. 어쩌면 갑오개혁은 그들을 위해 만든 각본일지 모릅니다."

마치 물 흐르듯 이지룡의 말은 장강처럼 도도하게 흘러나왔다. 그렇다. 황제가 조선의 주인일 수는 없다. 조선의 주인이라 믿었던 황제는 러시아 영사관에 파천하며 자신의 영달에만 급급했다. 그러면 조선의 조정이 주인인가? 조선 조정은 외세를 등에 업고 수없이 부침을 거듭한다. 아니면 조선 백성이 주인인가? 오랫동안 양반 관료에게 착취의 대상이었던 백성들은 하루 세 끼 밥 먹고 지내는 것 외에는 관심이 없다. 누가 나라를 다스리든 백성들은 그저 배불리 먹을 수 있으면 만족한다. 과연 이 조선 땅을 지키려는 주인은 누구인가? 봉완은 갑자기 머리가 지끈거리며 아팠다.

"왕정이 서서히 무너지고 있어요. 프랑스 시민 혁명에 대해 들어보셨습니까?"

"글쎄요, 그게 뭡니까?"

"백성들이 자주권을 얻기 위해 왕권에 도전한 싸움입니다. 그 혁명으로 백성이 주인이 되었지요."

무슨 사건인지 알지는 못했지만, 봉안은 그 저의는 짐작했다. 왕조 시대의 반정反正과는 또 다른 혁명이다. 반정은 왕정 자체를 무너뜨리는 건 아니다. 조선을 개국한 역성혁명과도 다르다. 비록 왕족이 아닌 자가 혁명을 일으켰지만, 결국은 새로운 왕조를 세웠다. 왕계만 바뀐 것이다. 뒤에 정도전이 의욕적으로 신민臣民 정치를 일으키려 했으나 실패했다. 이지룡이 말하는 시민 혁명의 실체가 무엇인지 모르지만, 봉완은 그것이 새로운 통치 형태를 말한다는 정도로 추측했다.

"우리 조선에는 그러한 과정이 없었어요. 이게 문젭니다. 왕정이무너지면서 백성이 주인이 되는 그런 정치 변화 과정이 한 번도 없었다는 말입니다. 왕정이 곧 나라의 실체라고 믿었던 조선 백성들이그 구심점을 잃은 게지요. 말하자면, 조선은 임자 없는 배처럼 되었습니다. 전국에서 의병들이 일어나 외세에 대항했으나 어찌 보면 그건 복벽復辟 운동에 지나지 않습니다. 솔직히 말하면 왕정복고 운동이지요."

자기도 모르게 봉완은 이지룡의 손을 덥석 잡았다.

"놀랍습니다! 그 깊은 속을 미처 헤아리지 못했어요."

"아니올시다. 한낱 장사꾼에 불과하오이다. 다만, 이 땅의 자본으로 이 땅의 물산을 키우려는 장사꾼이 되고 싶은 거지요. 궁극으로 보면 내 재산을 지키기 위한 하나의 방편일 수도 있습니다."

봉완은 이지룡의 손을 여전히 잡고 있었다. 그는 빙그레 웃는다. 가슴 깊은 곳에서 뜨거운 기운이 꿈틀거리고 있음을 봉완은 감지했다. 자기 재산을 지키는 방편일지도 모른다는 그의 말이 너무나 인간적으로 들렸다. 구국 운운하는 것보다 얼마나 진솔해 보이는가. 자기의 재산을 잘 지키고 부풀리는 것이 곧 나라 살림을 위하는 일 아닌가. 그는 나이로 보아서도 봉완에게는 맏형 뻘 된다. 역관으로 일찍이 청나라에 드나들며 신문물을 접하기도 했다. 밀무역하면서 상술에도 탁견을 지녔다. 또 한성 땅에서 이 나라 정치사를 직접 목격했다. 어디로 보나 봉완보다 세상을 보는 안목이 앞섰다. 이것만으로 봉완이 그를 신뢰하는 건 아니다.

봉완은 지금까지 숙제로 안고 있던 자기 행동에 뚜렷한 방향이 보였다. 지금까지는 실체도 없이 막연하게 조선의 장래를 그렸다. 실체가 없는 사상, 그는 지금까지 조선의 장래를 걱정하면서도 구름 위에 앉아 있기만 했다. 이제 그 길이 보였다. 조선의 사상을 만들자. 그는 자신에게 다짐했다. 이 다짐을 그는 이지룡에게 다시 한번 확인했다.

"절에 들어가 참선하면서 저는 조선의 사상을 만드는 일을 과제로 삼았습니다. 교육은 백년지대계라고 하였는데, 하루아침에 그 숙제가 이루어질 수는 없을 겁니다. 더구나 조선은 개국 이래 유교 사상이 깊이 뿌리내려 왔어요. 일부 양반 관료들의 전유 사상이기는 합니다만, 그 밑에서 살아온 백성들에게도 은연중에 물이 스며들어 있어요. 왕정 자체가 유교 지배 사상 아닙니까? 이 선생의 말씀처럼, 왕정이 무너지면 유교 사상도 무너지게 됩니다. 그 자리를 메울 대체 사상이 필요하다고 생각했지요. 그걸 어떻게 백성들에게 주입하느냐 하는 게 저의 숙제였습니다. 불교를 바탕으로 그 사상을 전파하기를 꿈꾸어 왔습니다."

술잔을 비우면서 이지룡이 고개를 끄덕였다.

"정말 훌륭하신 생각입니다. 미국에 간 강대용 선생도 바로 그런 꿈을 품고 계신 분입니다."

"아직 저는 수양이 부족해요. 뜻은 있되 그 뜻을 담을 그릇이 모자랍니다. 세계 만유를 꿈꾼 것도 참한 그릇을 만들기 위한 공부라고 여겼기 때문입니다."

"좋은 생각입니다. 아무튼 강대용 선생이나 봉완스님 같은 분이 자꾸 나와야 합니다. 조선을 회복하기 위해서는 시간이 필요하겠지요. 그러려면 조선의 경제를 나라 밖에 숨겨 둘 필요가 있는 겁니다. 지금 만주와 노령 쪽에 조선 사람들이 많이 나가 있어요. 어윤중 대감이 서북 경략사로 회령 등지를 순회할 때 '월강죄인불가진살越江罪人不可盡殺'을 중앙 조정에 보고한 뒤부터 청나라 길림성과 조선 사이에 '조길 통상 장정'이 체결되었어요. 서보강 지역 등지를 상부지商埠地로 지정하고, 이곳에 월간국越墾局이 설치되면서 조선인의 북간도 이주가 증가하였습니다. 또 북경조약으로 연해주가 러시아 영토가 되면서 노령 쪽에도 많이 건너가 있습니다. 해삼위와 우수리 지방에도 우리 백성들이 나가 살아요. 이들 재외 조선인들을 기반으로 새로운 힘을 길러야 합니다. 조선 안에서는 자칫 잘못하다가는 싹도 없이 밟히게 됩니다. 언제가 될지는 모르나 우리 같이 힘을 모아 봅시다. 싹을 키워서 좀 더 큰일을 해야 할 사람들 아닙니까."

봉완은 이지룡의 박학다식함에 새삼 고개를 숙였다. 한편 봉완은 그가 강대용을 알게 된 경위가 궁금했다.

"강대용 선생은 어떻게 알게 되었습니까?"

"그분도 봉완스님을 만나듯이 알게 되었지요. 내가 해주와 강계 쪽에서 장사할 때 만났습니다. 강대용 선생은 남만주 김이언 의병 부대에서 활동하였는데, 저한테 군자금을 부탁했어요. 나는 직접 싸울 용기가 없었고, 가진 게 돈밖에 없어서 자금을 대주었지요. 그분은 해주가 고향입니다. 의병 운동 때문에 집안이 풍비박산이 났어요. 무사한 사람들은 만주로 뿔뿔이 흩어졌는데 서로 연락이 닿지 않는가 봅디다. 다행히 집안이 야수교를 믿는 통에 배락운 선교사를 알게 되어 강대용 선생은 일신을 피할 수가 있었지요. 내가 배락운 선교사 통역을 맡은 것도 그런 인연입니다. 그때는 일본의 입김이 강하게 작용하던 때라 조정에서 조선인들의 밀무역을 금하면서 일본인들에게는 유리하게 특혜를 주어 장사를 제대로 못 할 때였어요."

강대용이 미국으로 간 게 어쩌면 이지룡의 영향이리라 어렴풋이 짐작했다. 국내 창의군 활동이 무력하다는 걸 그도 알고 있었을 것이다. 왕정에 충성하는 창의 활동으로는 대세를 바로잡을 수 없다는 걸 깨닫고 그는 새로운 길을 모색하기 위해 미국으로 떠났으리라.

그러는 사이에 술이 비었다. 마음을 거둘 사이도 없이 봉완도 몇 잔이나 거푸 비웠다. 오랜만에 마시는 술이라 그는 얼굴에 불그레하게 취기가 돌았다.

"곡차를 좀 더 하시지요."

"아닙니다. 오랜만에 마시니까 무릉도원 문전까지 온 기분입니다."

"만유를 하자면 꽤 많은 시일이 걸릴 테지요?"

"그렇겠지요. 일정을 잡고 떠난 게 아니라서, 어떻게 될지 장담할 수는 없어요. 가다가 지치면 내일이라도 돌아오게 될지 알 수 없지요. 그저 막연한 꿈을 가지고 떠나 보는 겁니다."

"놀랍습니다. 어찌 세계 만유를 다 작정하셨습니까?"

"만용일지도 모르지요."

"아닙니다. 서양 나라들이 강대한 건 세계를 일찍 알았기 때문이오. 청나라가 일본에 무릎을 꿇은 것도 따지고 보면 대국이라는 아집으로 바깥을 내다보지 않으려 했기 때문 아닙니까? 세계를 아는 게 곧 힘입니다."

"산속에서만 산 무지렁이라 겁 없이 만용을 부려 봅니다."

"밤이 깊었습니다. 어디 거처는 정하셨습니까?"

"먹물 옷을 입은 우리 같은 중이야 하늘이 지붕이고 머무는 곳이 고향이지요."

"허면 오늘은 여기에서 주무시지요."

"여기에서요?"

"예. 우리 집은 좀 떨어져 있기도 하지만, 들어온 물건 때문에 나는 가게에서 잡니다. 조카하고 함께 지내지요."

"불편하지 않으시다면 가게에서 하룻밤 재워 주시는 것도 큰 영광입니다만……."

"가게에는 임시로 만든 방이라 누추하기도 하고 협소해요. 왜요, 이곳이 마음에 들지 않습니까?"

"그런 게 아니라……."

승복을 입은 채 요리집에서 묵는다는 게 봉완은 선뜻 마음이 내키지 않았다. 그가 얼른 눈치채고 말했다.

"괜찮습니다. 요릿집이기는 하지만 그렇게 상스러운 곳은 아닙니다. 참, 바로 강대용 선생 누이가 이 집에서 경리를 보고 있어요."

"그래요?"

"올해 열여덟입니다. 집안이 그러는 통에 혼기를 놓쳤지요. 마땅히 의탁할 곳이 없어 강대용 선생이 나한테 누이를 부탁하고 떠났는데, 보시다시피 나도 장사꾼이라 한곳에 붙박여 있지를 못해요. 그래서 친구가 운영하는 이 집에 경리로 있게 한 겁니다. 나가면서 내 잘 일러둘 터이니 괘념치 말고 편히 쉬세요. 나는 내일 아침 떠나기 전에 들르겠습니다."

이지룡은 돌아가면서 강대용의 누이동생을 불러 봉완에게 소개하였다. 양장 옷차림에 머리를 뽀글뽀글하게 파마한 그녀는 이름이 강연실이었다. 강대용의 영향을 받아서 그런지 생각이 깊고 사상도 개화했다. 한 번 만난 것에 불과하지만 자기 오라버니를 안다는 사실 하나만으로 매우 반가워했다. 그녀는 잡일 하는 늙은 여자와 함께 방에까지 따라와 이것저것 잠자리를 살펴보아 주었다.

"누추한 곳이지만 뫼시게 되어 영광이옵니다."

"고맙습니다. 본의 아니게 폐를 끼치게 되었습니다."

"조선 땅에서 오라버니를 아는 사람이 이제 아무도 없는가 싶어 늘 가슴 아파하고 있었어요."

"강대용 선생은 이렇게 오다가다 한 번 만났던 인연밖에 없지만, 내가 가장 어려울 때 도움을 받았습니다. 그런데 또 이렇게 누이 되시는 분한테까지 후한 대접을 받고 보니, 인연의 끈이 참 묘하다는 감회가 듭니다."

"혹시 불편한 일이 있으면 저기 문에 매달린 줄을 잡아당기세요."

"고맙습니다."

봉완은 문 어깨에 매달린 설렁줄을 올려다보았다. 양반댁에서 방 안에 앉아 사람을 부를 때 사용하는 초인 줄이다. 줄 끝에 요령이 달려있어서 줄을 잡아당기면 심부름하는 사람 방 앞에 있는 요령이 흔들리며 소리를 낸다.

"그럼 편히 쉬세요."

그녀는 다소곳하게 고개를 숙이며 인사하고 물러갔다.

봉완은 방바닥에 가부좌를 틀고 앉아 선정禪定에 들었다. 짧은 기간에 일어난 일들이 그에게는 감당할 수 없는 충격으로 와닿았다. 잔잔한 호수에 엄청난 파문이 일었다. 그는 선정에 들면서 모든 걸

하나하나 털어 나갔다. 인연에 묶여 자신의 길을 잃어서도 안 된다는 결론을 얻어냈다. 이지룡이나 강대용, 그리고 강연실. 이들은 모두 자기에게는 과분하리만큼 훌륭한 사람들이다. 여기에다 도움까지 얻는다. 이것이 그를 부담스럽게 했다. 그들에게서 도움만 받고 아무것도 해 줄 수 없는 것에 그는 부담을 느끼고 있다. 체면 때문이 아니다. 자칫 잘못하면 자신의 의지가 퇴색할 수도 있기에 염려하는 것이다. 이지룡의 말대로 아직은 서로 각자 자기 뜻을 영글게 키우는 게 중요했다. 때가 온 뒤에 웅지를 도모하여도 늦지 않다.

봉완은 잠시 눈을 붙였다가 새벽같이 일어났다. 바랑 속에서 종이를 꺼냈다. 호리병에 담아 가지고 다니는 먹물을 찍어 글을 썼다.

'離苦得樂(이고득락)'

이고득락, 번뇌망상과 고통을 멀리하고 즐거움을 가지라는 뜻이다. 세상에서 가장 슬픈 일은 홀로 남겨진 것이라 했다. 혈육과 생이별하고 홀로 살아가는 그녀에게 가장 위안이 되는 말일 듯싶었다. 그리고 이지룡에게도 자신의 뜻을 글로 남겼다. 인연 따라 만나고 헤어지는 것이니, 인연이 있다면 언젠가 또 만나게 될 것이다.

봉완은 행장을 꾸려 그 집을 나섰다. 분에 넘치는 융숭한 대접을 받고 인사 한마디 없이 떠나는 게 마음에 걸리지만, 한편으로는 무거운 짐 하나를 벗은 듯 발걸음이 가벼웠다. 그는 불현듯 지우가 생각났다. 어느 날 문득 바람처럼 사라져 버린 그가 몹시 부러웠다. 인연의 끈을 그렇게 끊을 수 있다면 어디에서 무엇을 하든 잘살 것이다.

새벽 공기가 찼다. 봉완은 털목도리를 끌어당겨 귀밑까지 끌어올렸다. 동쪽 하늘 끝에 여명이 희미하게 밝아 오고 있었지만, 아직은 여남은 걸음 앞밖에 보이지 않을 정도로 어두웠다. 일찍 일어난 사람들이 길거리에 드문드문 다녔다. 더러 굴뚝에서 연기가 피어오르는 집도 있었다. 그는 여명이 밝아 오는 동쪽 하늘을 바라보며 시조 한 수를 읊었다.

사나이 되었으니
무슨 일을 하여 볼까
밭을 팔아 책을 살까
책을 덮고 칼을 살까
아마도 칼 차고 글 읽는 것이
대장부인가 하노라

봉완은 관세음보살을 염송하면서 발길을 재촉하였다.

무상은 바람을 타고

마침내 철령을 넘어 봉완은 안변군 신고산에 이르렀다. 원산은 이제 지척에 있다. 그는 이곳까지 와서 명찰인 석왕사를 보지 않는대서야 세계 여행이 무슨 소용이 있으랴 싶었다. 오는 길목에 있는 금강산에도 들어가 보고 싶은 충동이 일었지만 참고 지나쳤다. 한가롭게 관광 여행 나온 게 아니다. 다만 그는 석왕사에는 꼭 가보려고 한다. 석왕사는 조선 개국 왕 태조 이성계가 장차 임금이 될 꿈을 꾼 곳으로 유명하다. 그 꿈을 해몽한 무학 대사를 위해 세운 절이다. 어떻게 생긴 땅이기에 한 왕조의 탄생을 예시하였는지가 궁금해서다. 이미 산그늘이 내려온 터라 오늘은 이곳에서 묵고 아침 일찍 석왕사에 가기로 했다.

하룻밤 쉬어갈 허름한 주막을 찾기 위해 봉완이 이리저리 길을 헤매고 있는데, 저만큼 앞에서 바랑을 걸머진 승려 두 사람이 걸어온다. 그는 걸음을 멈추고 그들을 바라보았다. 여기까지 오는 동안 길거리에서 승려와 마주친 건 이번이 처음이다. 그는 마치 한 식구를 만난 것처럼 반가웠다. 마주 걸어오던 두 승려도 봉완을 발견하고는 잠시 걸음을 멈춘다.

봉완이 먼저 그들 쪽으로 다가가 합장했다.

"나무 관세음보살……."

그들도 합장으로 화답하고는 물었다.

"어느 절에 계시오이까?"

"설악산 백담사에 있습니다."

"백담사요?"

그 가운데 한 승려가 깜짝 놀라며 되물었다.

"백담사를 아시오니까?"

그 승려는 대답 대신 봉완을 뚫어지게 바라본다. 봉완도 그를 의아한 표정으로 마주 바라보았다. 혹시 어디에서 한번 만난 인연이 있는지 더듬었으나 기억에 없다. 승려들은 머리를 깎고 똑같은 승복을 입어서 한두 번 본 인연으로는 얼른 기억하기 힘들었다.

"백담사라고 하셨소?"

"예."

"나도 백담사에서 왔는데……?"

"그래요?"

그제야 봉완은 한 걸음 더 다가서며 반가운 표정을 지었다. 반가워하기는커녕 그는 뜨악한 표정을 지으며 퉁명스럽게 물었다.

"어느 암자에 있었수?"

그의 행동거지가 불쾌했지만, 이곳에서 같은 절 식구를 만났다는 기쁨이 앞서 봉완은 내색하지 않았다. 자세히 보니 그의 볼이 불콰하다. 추위 때문만은 아닌 듯하다. 바람결에 곡차 냄새가 솔솔 풍겼다.

"사실은 사미계를 받은 지 얼마 되지 않습니다. 연곡스님께서 무명초를 잘라주셨지요. 오세암과 백담사에서 불목하니 노릇하며 동냥 중질하느라 스님들을 자주 뵙지 못하였습니다. 미처 알아보지 못한 점 용서하십시오."

"나는 봉정암에 있었소."

"그렇습니까."

봉정암은 오세암처럼 백담사에 딸린 한 암자다. 암자에는 대개 공부하는 스님들이 머물고 있어 특별한 일이 없으면 바깥출입을 하지 않는다. 봉완의 경우도 아직은 공부하고 있는 터라 다른 암자에 출입할 사이가 없었다.

그가 봉완에게 물었다.

"그럼, 지우를 잘 알겠군요?"

"지우스님을 아십니까?"

"같은 날 머리를 깎은 도반이우."

"지우스님과는 같은 방을 쓰고 있었습니다."

"봉완 도반이시우?"

"예, 제가 봉완입니다."

그는 입맛을 쩝쩝 다시며 고개를 끄덕였다.

"지우가 먹물 짙은 중이 하나 들어왔다고 자랑하더니 바로 여기에서 만나는군. 나는 자운이오."

"지우스님이 과찬을 한 모양입니다."

"백담사에서 왔다길래 첫눈에 혹시나 했지. 지우가 얼마나 자랑하던지 그러잖아도 한번 뵙고 싶었수."

"아직 불법의 맛도 채 보지 못한 사미에 불과합니다. 듣기가 민망합니다."

"참, 인사를 나누시오. 이쪽은 금강산 마하연에 있는 혜관스님이오."

"뵙게 되어 영광입니다."

"먼 길을 오셨군요."

"그런데 봉완스님께서는 이곳까지 어인 일이시오?"

"객기를 좀 부리고 있습니다."

"운수 중이시오?"

운수雲水는 운납雲衲이라고도 하는데, 선승이 구름이나 물과 같이 떠돌아다니는 수행 방법을 말했다.

"아닙니다. 아직 납자衲者가 되기에는 부족합니다. 세계 만유를 계획하고 해삼위로 가는 길입니다."

"해삼위요?"

"세계 만유를 좀 해보려고 겁 없이 길을 나섰지요."

세계 만유라는 말에 자운도 혜관도 눈이 동그래졌다.

"젊은 기운으로 그저 한번 집을 나서 보았습니다."

"혼자서요?"

"예."

"정말 대단한 배포시오."

"헌데, 스님께서는 이곳까지 어쩐 일이십니까?"

"나도 사연이 많수다. 여기에서 이럴 게 아니라, 우리 어디 가서 잡설 공양이나 합시다. 어디 묵을 곳은 정하였수?"

"주막을 찾는 중입니다."

"그럼 잘 되었소. 우리가 얻어놓은 방이 있으니 그리로 가시는 게 어떻겠소?"

난데없이 길에서 두 스님을 만나 봉완은 그들이 거처로 정한 주막으로 갔다. 행장을 풀 사이도 없이 자운은 술과 고기와 안주를 시킨다. 봉완이 어리둥절한 표정을 짓자, 자운은 웃으면서 말했다.

"세계 만유를 하려면 아무거나 가리지 않고 잘 먹어야 해요. 특히 서양 사람들은 고기와 빵을 주식으로 한답니다. 여기서처럼 풀만 찾아 먹으려다간 세상 구경도 하기 전에 굶어 죽소. 미리 고기 먹는 법을 익혀 두는 게 불경 하나 외는 것보다 나을 거요."

자운이 먼저 고기 한 점을 입 안에 집어넣고 우적우적 씹어먹었다.

"음, 맛이 괜찮군. 자 한 잔 받으시오. 여독을 푸는 데는 곡차보다 더 좋은 약이 없지."

봉완은 엉거주춤한 자세로 술잔을 받았다. 같은 절에서 온 사람이라는 데서 혈육 같은 정을 느꼈으나, 봉완은 마음 한구석에 낀 찜찜한 기분을 떨쳐 버리지 못했다. 이들의 실체를 알 수 없어 더욱 그랬다. 그러나 이곳은 객지이다. 아무리 수도자이긴 하지만 지금은 한낱 여행객에 불과하다. 안방처럼 이것저것 가릴 여유가 없다. 그들 말대로 외국에 나가서 음식을 가려 먹을 수는 없다. 조선 안이라고 하더라도 절집만 다니는 게 아니다. 고기 먹는 집에 가서는 고기를 먹어야 한다. 얻어먹는 주제에 새 밥을 지으라고 할 수도 없는 노릇 아닌가. 어쩌면 이들이 더 현명한지 모른다. 봉완은 천천히 막걸리를 한 모금 마셨다.

"하하하······."

봉완이 술을 마시는 것을 보면서 자운이 호방하게 웃었다.

"······?"

봉완은 술잔을 입에서 떼면서 그를 바라보았다.

"계율이라는 게 참 묘한 것이오."

"······?"

"무애 자유를 얻으려고 머리를 깎았는데 그 자유는 고사하고 철삿줄로 사람을 꽁꽁 동여매기만 하니 백 년이 간들 창공을 나는 새를 잡을 수 있겠수? 아니, 그러다가는 나는 새가 아니라 죽은 새도 못 볼게요."

그때 혜관이 참견을 한다.

"또 그 땡초 철학을 시작하려나? 집어치우시게나. 오늘은 봉완사미의 노독이나 풀어드리세."

"아니, 괜찮습니다. 저를 너무 개의치 마십시오."

"아아, 우리 이러지 말고 서로 말을 트는 게 어때? 나도 사미요. 승복을 벗으면 똑같은 물건을 달고 사는 사내들인데, 억지로 점잔 뺄 것 뭐 있어. 안 그래, 봉완스님?"

자운은 전주前酒가 과했던 듯 몇 잔 술에 이미 혀가 꼬였다. 눈동자도 조금 풀어져 있었다. 거북살스럽기는 했지만, 봉완은 자리를 어색하지 않게 하려고 환하게 웃었다.

"오히려 제가 영광입니다."

"그럼 됐어요. 아니, 참한 중이 될 자격이 있어. 자, 한 잔 더……."

자운은 봉완의 잔에 술을 가득 따른다. 봉완은 잔을 든 채로 물었다.

"참, 지우 스님 소식을 아십니까?"

"허어, 거참. 무거운 말 짐을 계속 지고 있군."

봉완은 그의 말뜻을 알아듣지 못했다.

"마군이 아니라 언변 말이야. 먹물이라 유식하게 말해야 알아듣는군."

"아, 예."

봉완은 자세를 고쳐 앉았다. 말을 트자고 했는데, 계속 존댓말을 쓰니까 핀잔을 주는 것이었다. 투덜댔지만, 자운의 행동이 별로 밉지 않았다. 말귀를 못 알아듣자, 마군[馬君]이 아니라 언변言辯이라고 기발하게 풀어 주었다.

"지우 말이오? 계집 꿰차고 살림 차렸지."

"예?"

"왜 놀라나?"

"……."

봉완은 얼른 술을 한 모금 마셨다. 그가 환속했다는 게 놀라운 일은 아니다. 이미 조금은 짐작했던 일이다. 환속한 마당에 장가든 일이 새삼스러울 것도 없다. 봉완이 궁금해하는 건 그가 여자 때문에 환속했을 거란 예감이다. 출가하기로 한 그 모진 마음을 무너뜨린

여자가 대체 누구일까도 궁금했다. 불공하러 온 그 처녀일까. 지우
는 그 처녀와 꿈에서 동침하고 몽정까지 하였다고 했었다. 아니면,
탁발을 나갔을 때 보았던 그 처녀일까. 속으로 궁금해할 뿐 봉완은
그에게 묻지 않았다. 어디에 살고 있는지 어떤 여자인지 궁금해하는
것 모두 부질없는 짓이다. 의문은 의문스러운 채로 놔두는 게 더 신
비롭다.

"봉완스님도 장가들고 싶은 게지?"

"예……?"

"설마하니 못 쓰는 물건을 달고 다니는 건 아니겠지?"

"무슨 말씀을……?"

"하하하…….."

자운은 별안간 너털웃음을 한바탕 웃는다. 그리고 나서 그는 말을
계속했다.

"내가 땡초 설법 하나 하지. 쉽게 말해 개소리라고 하는 거야. 어
떤 사람이 물에 빠져 떠내려가는데 목숨이 경각에 달렸어. 물살이
세어 아무도 그를 구해 줄 엄두를 못 내는 거야. 그 때 통나무 하나가
떠내려와. 물에 빠진 사람은 그 통나무를 붙잡고 겨우 목숨을 구했
지. 그런데 그 사람은 목숨을 구해 준 그 통나무를 은물로 삼아 평생
어깨에 떠메고 다녔다는 게야."

봉완은 정신이 번쩍 들었다. 술에 취해 멋대로 떠드는 듯하던 자
운의 그 말은 곧 법어였다. 인연의 너울을 과감히 벗어 던지지 못하
는 미혹한 중생의 모습을 그려 보였다. 봉완은 자운을 바라보았다.
왜 그가 갑자기 그런 이야기를 했을까. 음탕한 소리를 하던 끝에 나

191

온 말이라 더더욱 궁금했다.

"지우는 그 통나무를 내박쳤지."

"……?"

"그 통나무는 계율 계야."

가슴을 치며 지나가는 바람을 봉완의 그제야 보았다. 날카로운 바람이 그의 가슴을 스쳐 갔다.

"계율로 사람이 되었으면, 그 계율을 벗어야 신선이 돼. 지우는 지금 신선놀음을 하는 중이지. 신선놀음."

봉완은 천천히 곡차를 마셨다. 자운의 말에서 그는 오늘의 조선 불교의 모순을 보았다. 계율을 강조만 했지, 그 계율을 파괴할 줄은 모르고 있다. 산중에 들어앉아 날개 없는 학으로 살아가는 게 불법을 지키는 일이라 여긴다. 무애 자유의 경지를 말하면서 계율로 인간을 꽁꽁 묶는다. 스스로 계율 속으로 뛰어들었으나 깨닫고 나면 그 계율로 인해 구속된 자신을 발견하고 실망한다. 체면 하나 지키려고 계율을 붙들며 무겁게 간다.

술잔을 내려놓으며 봉완은 화제를 바꾸었다.

"자운스님께서는 여기에 어떻게 오셨습니까?"

"구름 따라 바람을 따라오다가 보니 여기까지 흘러왔소."

혜관이 끼어들었다.

"해삼위에 다스포를 구하러 가는 길이오이다."

"다스포가 무엇입니까?"

자운이 호탕하게 웃었다.

"하하하…… 백담사 촌 중이 다스포를 알 리가 없지."

혜관이 설명했다. 다스포는 음식 맛을 내는 재료로 해삼위에서 싼 값에 사 와 이곳에서 팔면 이익이 많이 남는다는 것이다. 말하자면 이들은 다스포 장사꾼이었다. 다스포가 음식 맛을 살리자 나중에는 함경도 지방에서는 요리사를 다스포라고 부르기도 했다.

봉완은 어이가 없었다. 승복을 입고 돈벌이를 한다. 더구나 음식 맛을 내는 물건을 팔고 있다. 봉완은 이들을 어떻게 이해해야 좋을 지 잠시 정신이 멍해졌다.

밤이 이슥했다. 혜관이 이부자리를 펴는 동안 자운은 봉완을 보며 빙그레 웃었다.

"객고를 한번 풀어볼 테야?"

"목욕 말이오이까?"

"허어, 여전히 말 짐을 못 벗는군. 할 수 없지. 힘 좋은 사람은 들고, 힘 약한 사람은 놓지 뭐. 객고도 몰라?"

"......?"

봉완은 전혀 그의 말뜻을 알아듣지 못했다. 이부자리를 펴던 혜관이 혼자 쿡쿡 웃었다. 그러자 자운이 혀를 끌끌 차며 말했다.

"선문답만 하다가 왔으니 저잣거리 말을 못 알아듣는 게군. 술과 고기를 먹고 난 뒤의 여육 맛은 기가 막히지."

그래도 봉완은 그의 말을 알아듣지 못했다. '여육'이 무슨 고기인 가. '여'자로 시작하는 고기 이름을 찾다가 여어鱧魚가 생각났다. 가 물치과의 민물고기로 대형 물고기다. 보통 사람들이 잘 모르는 물고 기라 이걸 말하지는 않았을 듯했다. 그는 다시 먹을 여茹자를 먼저 떠올렸다. '썩을 여' 자라고도 한다. 그래서 여어茹魚를 떠올렸다. 썩은 고기이다. 썩은 고기 맛, 억지로 만든 말이지만 선문답하던 승려들인지라 그런 생각까지 했다. 그는 자기도 모르게 무릎을 탁 쳤다. 썩힌 홍어를 떠올린 것이다. 여육鱷肉이라는 말이 기가 막힌 은유라고 그는 감탄했다. 홍어는 남도 음식이다. 이곳 북쪽 지방에서도 홍어를 썩혀 먹고 있다면 놀라운 일이다.

"여기서도 썩힌 홍어를 먹습니까?"

"홍어?"

이번에는 자운이 놀란 표정을 짓는다.

"여육이라면 썩힌 홍어가 아닙니까?"

"이건 또 무슨 귀신 씻나락 까먹는 소린가?"

"……?"

이야기가 엉뚱하게 삐쳐 나갔음을 봉완은 직감했다. 그때 자운과 혜관이 배꼽을 잡고 방바닥을 뒹굴며 웃었다.

"여자와 썩힌 홍어라……."

"거 참 기발하고 절묘한 비유로다. 만만한 게 홍어 지읏이라고, 아무 데나 다 써먹는 거지 뭐."

그제야 봉완은 아차 했다. 여육이란 여자를 이야기한 것이었다. 그는 몸 둘 바를 모를 정도로 얼굴이 붉어졌다. 자운이 웃음을 멈추고 봉완의 무릎을 탁하고 친다.

"그래, 썩힌 홍어 맛은 좀 보았소?"

"……?"

"어느 고장 홍어가 제일 맛있었소?"

"그, 그게 아니라……."

"어때, 괜찮아."

어색한 기분을 감추려고 봉완은 속으로는 계속 관세음보살을 염송했다. 그때 자운이 지금까지의 태도와는 전혀 다르게, 심각한 표정으로 말했다.

"조선 불교가 지금 썩힌 홍어 아닌가."

"……?"

"안으로 고여 있으니까 썩을 수밖에 더 있어."

봉완은 눈을 동그랗게 떴다. 땡초라 여겼던 자운에게서 법화法華 향기가 스며 나왔다.

"석가모니가 집을 나오고 여자를 버렸다고 해서 모두 다 그래야만 도를 닦는다고 산속에 처박혀 있으니 한심한 노릇이지. 그건 꼭 두각시놀음이야. 일본 조동종曹洞宗을 봐라. 머리 기르고 장가들고 하잖아? 그 사람들은 불교가 아니고 물교냐? 석가모니는 깨달음의 방편을 이야기한 것이 아니고, 깨달음을 보여 줬어. 그렇다면 방편이야 어떠하든 깨달음에 이르는 결과가 중요한 거 아냐? 조선 불교는 방편에만 매달려 있어. 그러니까 알맹이를 못 볼 수밖에. 석가모니가 열 계집을 두고 깨달았으면, 조선 불교에서도 아마 열 계집 두자는 계율을 만들었을 거야."

자운의 말은 할[喝]이었다. 봉완은 죽비로 등줄기를 한 대 세게 얻어맞은 것처럼 정신이 번쩍 들었다. 경전 몇 줄 읽은 안목으로 아직 불교를 뭐라고 말할 수는 없었지만, 불교를 하나의 철학으로 보면 그에게도 문제로 떠오르는 게 한두 가지 보였다. 이 모순을 신앙이라는 힘으로 제어하고 있다면 언젠가는 문제로 곪아 터진다.

엄격히 말해 불교는 논리적인 종교여야 한다. 관념적인 신앙으로 묶으면 불교의 존립이 의미가 없어진다. 불교는 무신론이다. 인간의 존재 가치에 의미를 둔다. 현세를 통하여 내세를 보는 것이지, 내세를 위하여 현세가 존재하는 건 아니다. 윤회설에서 전생의 행위를 중요시함은 내세의 삶을 위한 게 아니라, 현생을 중요시하기 때문이다. 서양 종교는 유일신을 믿는다. 불교는 서양 종교처럼 신을 통해 이해하려는 것이 아니라, 자신을 통해 우주를 이해하는 종교이다. 따라서 불교에서는 자기 몸과 마음이 렌즈 역할을 한다. 그 렌즈를 통해 세상을 보는 것이다. 수행은 바로 렌즈의 배율을 자유자재로 움직일 수 있게 하여 어느 각도 어느 위치에서든 세상을 잘 보려는 데 있다.

봉완은 머리가 무거웠다. 문제는 있되 아직 그 해결 방법을 모른다. 더 깊이 생각하지 말자. 그는 자운을 돌아다보았다.

"저는 아직 미혹해서……."

"하하하……."

봉완이 미처 말을 끝맺기도 전에 자운은 너털웃음을 웃었다.

"미혹인 줄 아는 것을 보니 이사의 경계를 아는 게군."

봉완은 다시 말문이 막혔다. 이理와 사事의 옳고 그름을 구별할 줄 모르는 게 미혹이다.

"원산에 가면 아는 인물을 만나게 될지 모르오."

자운은 술기운이 조금 가시는지 아까보다 말이 또렷했다. 그는 서로 말을 트자고 한 사실도 까마득히 잊어버린 듯 다시 존칭어를 쓰기 시작했다.

"봉완스님도 보면 놀란 것이오."

"저를 아는 사람이라는 말씀입니까?"

"그렇소."

순간 봉완의 머릿속을 스쳐가는 사람이 있었다. 혹시 지우가 아닐까, 틀림없이 지우일 것 같았다. 자운과 그가 동시에 알 수 있는 사람은 지우밖에 없었다. 그는 심장이 뜨겁게 뛰었다. 어쩌면 그는 계戒를 받은 연곡스님보다 지우에게서 더 큰 영향을 받았을지도 몰랐다. 지우는 그에게 산 밖으로 눈을 돌리게 한 장본인이었다. 지우가 여자를 데리고 살림을 살고 있다는 소식만으로도 그에게는 가슴 벅찬 충격이었다.

봉완은 자운에게 그가 지우냐고 묻지 않았다. 흔들리는 감정을 가라앉혀야 했다. 그가 지우든 누구든 그저 지나가는 바람으로 흘려보내야 한다. 지우를 처음 만나던 인연과 그가 홀연히 절을 떠나던 인연이 크게 다르지 않다. 그런 생각을 하면서 그는 일렁이는 마음을 다잡았다. 자운도 그의 갈등을 이해하고 있는지, 그가 누구라는 걸 말하지 않았다.

"자 이제 눈 좀 붙입시다. 아침 일찍 떠나려면 조금 자두는 게 좋을 거요."

잠자리에 들기 전에 봉완은 미리 바랑을 정리했다. 오다가 갈아신은 젖은 버선도 꺼내어 따뜻한 아랫목에 깔았다.

"?"

금강경을 꺼내려고 바랑 속으로 손을 집어넣던 봉완은 깜짝 놀랐다. 딱딱하고 차가운 쇠붙이가 손끝에 닿았다. 그는 조심스럽게 그것을 집어 보았다. 반지다. 그는 얼른 주위를 돌아다보았다. 자운과 혜관은 벌써 이부자리 위에 드러누워 눈을 감고 있었다. 그는 조심스럽게 그것을 꺼내 보았다. 정말 반지였다. 은백색의 은반지였다. 이게 왜 바랑 속에 들어있는가. 그는 가슴이 쿵쿵 뛰기 시작했다. 아무리 생각해도 이해할 수 없었다. 여자와 지척에 마주친 일이라고는 주막집 주인이나 탁발할 때 본 아낙들이 고작이다. 그들이 바랑 속에 반지를 집어넣었을 리 만무했다.

"……?"

봉완은 한성에서 하룻밤 묵었던 요릿집을 생각했다. 강대용의 동생 강연실을 떠올린 것이다. 혹시 그녀가 노자에 보태라고 몰래 넣었을까. 그는 고개를 저었다. 그럴 틈이 없었다. 그녀는 잠자리 방을 안내할 때 잠깐 나타났을 뿐이다. 그렇다고 하더라도, 그런 행동은 보통 떠날 때 하는 게 상례다. 그녀에게 알리지 않고 몰래 그곳을 떠났으니 그럴 틈이 없었다.

곰곰이 생각하던 봉완은 그제야 백담사를 나와 가평천을 건널 때 만난 여인이 생각났다. 그녀를 업고 내를 건네주었다. 돌아설 때 그녀가 승복을 잡아당기며 반지를 내민 사실을 떠올린 것이다.

"달리 생각하지 마시어요. 시주라고 생각하고 요긴한데 쓰시면……."

그녀의 호의를 끝내 사양하고 돌아섰다. 봉완은 그녀가 그 반지를 기어이 바랑 속에 넣어 준 게 틀림없다고 생각했다. 왜 그 생각을 하지 못했을까.

"그게 뭐요?"

봉완은 화들짝 놀라 은반지를 손아귀에 꽉 거머쥐었다. 언제 일어났는지, 자운이 곁에 바싹 다가와 반지를 바라본다.

"하하하, 염려 마시오. 빼앗으려는 게 아니니까."

봉완은 겸연쩍게 웃었다. 빼앗길까 봐 그런 건 아니었다. 반지를 손에 든 행동이 어색해서였다. 그는 천천히 손을 펴서 자운에게 보여주었다.

"은반지 아니오?"

"네."

"웬 반지요?"

"글쎄요. 나도 지금 그걸 생각 중이오."

자운이 빙그레 웃었다.

"긴한 사연이 있는 것 같수다?"

"전혀 기억에 없는 일이라, 나도 어리둥절합니다."

"이런 걸 두고 꿩 먹고 알 먹는다고 하는 게요."

자운은 여전히 느글느글하게 웃는다. 봉완은 강을 건네준 여인에 대해 이야기하려다가 그만두었다.

"봉완스님도 보기보단 걸쭉한 물건이오."

자운의 말을 곁으로 흘리며 봉완은 자리에 누웠다.

이튿날, 새벽같이 세 사람은 원산으로 향했다. 석왕사를 보고 가려 했던 봉완의 뜻은 자연히 무산되었다. 그는 이제 이 정도의 욕심은 바람 속으로 날려 버릴 여유가 생겼다. 붙들면 무거운 욕망이요 놓아버리면 자유롭다.

봉완은 그들을 따라 원산 시내로 들어갔다. 원산은 한성에야 비길 수 없지만 그가 지금까지 보아온 그 어느 고을보다 번성한 대처였다. 사람이 사는 집들이야 대개 비슷비슷하나 이곳에는 상가 건물이 많다. 또 다른 게 있다면, 거리에 들어서자 비릿한 갯내음이 풍겼으며 청나라와 일본 상인들이 득시글거렸다. 하오리 차림에 딸깍거리는 나무 신발을 신은 일본 상인들이 거리를 활보하고 다녔다. 봉완은 일본인들이 상권을 독점하고 있다고 열변하던 이지룡을 떠올렸렷다.

자운이 봉완의 어깨를 툭 치며 말했다.

"저들은 특권층이오."

"저 사람들은 여기서 무슨 장사를 하지요?"

"대개 미곡상들이오. 건어물도 많이 내가지요."

"가져가면 대신 뭘 가져와야 할 것 아닙니까?"

"잡동사니들을 가져오지요. 주전부리나 옷감, 화장품 따위입니다."

"그건 있는 사람들에게나 필요한 것들 아닙니까?"

"건어물 같은 것이야 어차피 백성들이 구경하기 힘든 것들이니 없어진들 괜찮지만, 미곡은 양식 아니오. 우리 입에 들어갈 것을 거둬 가는 셈이지요."

봉완은 기가 막혔다. 조선 땅 여기저기에 먹을 게 없어 굶어 죽는 사람이 속출하고 있는 마당에 미곡을 일본으로 실어 간다는 게 도무지 말이 되지 않았다. 아무리 상인들이라고는 하지만 할 짓 못 할 짓은 가려야 한다. 청나라가 무너진 것도 아편을 사고팔았기 때문이 아닌가. 이러다가는 조선도 미곡 때문에 무너질지 모른다는 위기감을 느꼈다. 이미 조정은 이걸 막아 낼 힘이 없다. 그는 그제야 이지룡의 말이 실감 났다. 원산항의 목 좋은 자리를 일본 상인들이 헐값에 차지하고, 입항세도 특혜를 받아 조금밖에 내지 않는다고 했었다.

"봉완스님은 무슨 생각이 그리 많아요?"

"아, 아닙니다."

"그 반지를 끼고 있던 여인이오?"

"예에?"

봉완은 정색했다. 그 모습이 어색했던지 자운이 씩 웃는다.

"그냥 농을 한 게요."

"사실은 반지를 팔 생각하였습니다."

"그건 정표 아니오?"

"원 별말씀을. 사실은 어떤 분이 노자에 보태쓰라고 주신 겁니다."

"그래요? 그럼 팝시다."

자운은 사연에는 별로 관심을 두지 않는다는 듯 선뜻 그러자고 말했다. 일행은 금은방을 찾아갔다. 일본인이 경영하는 상점이다. 언제 배웠는지, 혜관이 더듬거리며 일본말을 했다.

블라디보스토크로 가는 배는 내일 아침에 출항한다. 봉완은 일행과 함께 반지 판 돈으로 블라디보스토크로 가는 배표를 샀다. 배표를 보면서 나서 그는 혼자 빙그레 웃었다. 자기는 그 여인을 업고 가 평천을 건네주었는데, 그 여인이 자기를 배에 태워 바다를 건네주고 있다. 서로 물을 건네주며 주거니 받거니 은혜를 갚는다. 세상만사가 모두 인과응보의 도량道場이다.

"가만있자…… 시간이 많으니, 잠깐 어디 한 곳에 들렀다 옵시다."

자운의 말에 봉완은 귀를 바짝 세웠다. 이내 그의 심장이 빠르게 뛰었다. 어제저녁 자운이 그에게 원산에 가면 놀랄 사람을 만난다고 하던 말이 떠올랐다. 혹시 지우를 만나러 가는지 모른다.

영문도 모른 채 일행은 자운을 따라 어디론가 갔다. 낯선 서양식 건물로 된 상점들이 죽 늘어서 있었다. 봉완은 북적거리는 청나라와 일본 상인들 사이에 혹시 이지룡이 보이지 않나 하고 주위를 두리번거렸다. 이지룡도 이곳에 가게를 하나 두고 있다고 했다. 봉완은 이곳저곳 들르면서 세월 가는 것에 개의치 않고 왔으나, 곧장 왔다면 이지룡은 벌써 이곳에 와 있을지도 몰랐다. 돈 있는 사람들은 조랑말을 타고 다니니까 한결 걸음이 빠르다.

어느 음식점 앞에서 자운이 걸음을 멈춘다. 지금까지 보아온 주막과는 다르다. 평상을 펴놓은 그런 주막이 아니라 사각 테이블에 의자가 놓여 있는 서양식 식당이었다.

"정구업진언 수리수리 마하수리 수수리 사바하……, 어흠, 소승 탁발 나왔소이다."

노래처럼 경을 한 자락 한 뒤 자운이 가게 안을 향해 큰소리로 외쳤다. 그러자 카운터에 앉아 열심히 주판알을 퉁기던 젊은 남자가 고개를 들고 씩 웃으며 맞받는다.

"땡초 스님 오셨소?"

"여기 보시게. 귀한 손님이 함께 왔으니까."

그제야 주인은 표정이 굳어지며 봉완을 뚫어지게 바라본다. 봉완도 그를 살펴보았다. 단발 머리에 동저고릿바람인데 코끝에 안경이 얹혀 있다. 아무리 뜯어 보아도 그가 누군지 알아볼 수가 없다. 지우의 모습이 아니었다. 하기야 머리를 깎고 승복을 입은 모습밖에 본 적이 없으니 유발한 지우의 모습이 생소할 수도 있다. 그렇게 생각해서인지 어렴풋이 지우의 모습이 보이는 듯도 했다.

주인이 천천히 일어나 일행 쪽으로 다가왔다. 그가 가까이 다가왔을 때 봉완은 소스라칠 듯이 놀랐다. 지우가 맞았다. 예상하지 않은 일은 아니었지만, 머리를 기르고 평복을 입은 그를 보는 순간 봉완은 잠시 충격을 받았다. 그런 봉완을 보며 지우가 겸연쩍게 웃었다.

"오랜만이오, 봉완스님."

"여기서 뵙다니, 놀랍습니다."

봉완은 얼른 그를 향해 합장했다. 지우는 합장한 봉완의 손을 감싸듯이 꼭 잡는다.

"여기서 이렇게 봉완스님을 뵙다니, 정말 뜻밖입니다."

"아니, 봉완만 사람이고 우린 걸중으로 보는 거야?"

"자들, 앉으시오."

지우는 일행에게 의자를 내주며 허둥댔다. 일행이 자리에 앉자 지우는 주방 쪽을 향해 소리 질렀다.

"이봐, 임자! 여기 따뜻한 국물하고 곡차 좀 올려."

"예, 알았어요."

봉완은 여자의 목소리가 들리는 주방 쪽으로 고개를 돌렸다. 아낙네 하나가 부엌에서 음식을 만들고 있다. '이봐, 임자!'라는 지우의 말이 무척 낯설게 들렸다. 머리를 기르고 평복을 했지만, 봉완에게는 아직도 지우가 머리를 깎고 승복을 입은 채로 보였다. 지우가 손을 덥석 잡는 바람에 봉완은 낯설게 보이는 그를 바라보았다.

"살다가 보니 또 만나는구려. 정말 질긴 인연이오."

"아마 전생에 업을 지은 게지요."

이상했다. 봉완은 전처럼 지우가 그렇게 가깝게 느껴지지 않는다. 승복을 입었을 때와 지금의 지우가 전혀 다른 사람으로 보였다. 우선 호칭에서 말이 막혔다. 스님이라고 부를 수도 없다. 지우는 법명이다. 아직 그의 속명이 무엇인지 모른다. 안다고 하더라도 속가 이름을 부르기도 어색할 것 같다.

"그래, 봉완스님은 여기까지 어쩐 일이오?"

"세상 구경 나왔습니다."

봉완은 자초지종을 이야기하였다. 그때 자운이 지우에게 묻는다.

"어때? 다스포를 쓰니까 손님이 줄을 잇지 않아?"

"중이 염불은 하지 않고 장삿속에만 마음을 두고 있으니, 원 참."

"장삿속이 곧 평상심 아닌가."

봉완은 그 말의 의미를 알고는 빙긋 웃었다. 상도商道와 상도常道가 발음이 같은 것을 들어 자운이 그렇게 둘러댄 것이다.

"누가 뭐랬어? 공연히 저 혼자 뒤가 구린 게지."

지우는 봉완을 돌아다보며 계속 말했다.

"봉완스님은 이런 땡초와 환속한 속물을 첨 보는 소감이 어떻소?"

"아직 중 맛도 세상 맛도 다 잘 모릅니다."

"헌데, 어떻게 서로 만난 겁니까?"

자운이 또 거든다.

"중이야 바람 따라 만나고 바람 따라 헤어지는 게 아닌가."

"머릿속이 꽉 찬 중은 무거워서 바람에 날리지도 않아. 저 돌 중은 젖혀 놓고 우리끼리 이야기합시다."

지우는 봉완 쪽으로 돌아앉았다.

"길에서 우연히 만나게 되었습니다."

"정말 묘한 인연들이군요."

그때 주방에서 여인이 술과 김이 무럭무럭 나는 국을 가지고 나왔다. 자운과는 이미 구면인 듯 그녀는 그쪽을 향해 고개 숙여 인사한다.

"오셨어요."

자운이 그녀에게 농을 걸었다.

"보살님은 곶감 나이를 가지셨어?"

"예?"

"나이를 야금야금 빼먹었는지, 어째 볼 때마다 한 살씩 젊어지는 것 같소이다."

여인은 얼굴이 발개지며 얼른 돌아선다. 주방으로 가는 그녀를 지우가 불러세웠다.

"임자, 인사하구려. 봉완스님인데, 백담사에서 나와 한솥밥을 먹던 분이오."

여인이 돌아서서 다소곳하게 봉완을 향해 고개를 숙였다. 봉완은 엉거주춤 일어나서 합장했다. 아까부터 '임자'라고 부르는 것으로 보아 지우의 부인이라는 건 알고 있었지만, 봉완은 그녀가 어떤 여인인지 궁금했다. 탁발할 때 마주친 그 여인을 떠올렸으나 그가 알 턱이 없다.

그때 지우가 봉완을 툭 치며 불쑥 말했다.

"누구인지 모르겠소?"

"……?"

"자세히 보시오."

봉완은 여인을 자세히 바라보았다. 허드렛옷을 입어서 그렇지, 얼굴은 무척 앳되다. 아무리 뜯어보아도 그가 아는 여인일 리가 만무했다. 그런데 지우가 왜 그런 질문을 했을까. 봉완이 의문을 떨치지 못하고 있는데 지우가 말했다.

"색즉시공 공즉시색이로다."

"……?"

그러는 사이에 지우의 부인은 이미 부엌으로 들어가 버렸다.

"색이 곧 하늘이오, 하늘이 곧 색이로다. 이래도 모르겠소?"

"……?"

봉완은 눈을 크게 떴다. 그제야 그의 말뜻을 알아차리고 이미 모습이 보이지 않는 부엌 쪽을 바라보았다. 백담사에 있을 때 그와 함께 탁발 나갔을 때 보았던 바로 그 여인이었다. 물동이를 이고 가는 그녀의 엉덩이에 한눈 팔려서 어색해할 때 지우가 그 말을 했었다. 도깨비에 홀린 기분이었다. 그 당시 봉완은 지우의 깊은 수양에 감탄했으며 그로 인해 봉완은 깨달음의 진리에 한 걸음 더 다가섰다. 그런데 정작 지우는 이렇듯 여인과 사랑을 속삭일 계략을 꾸미고 있었다니. 거기에다 미련 없이 승복을 벗어 던졌다.

정신을 가다듬은 봉완은 웃으면서 말했다.

"생불이 되신 거군요."

"후한 점수를 주십니다, 그려."

생불生佛은 말 그대로 살아 있는 부처라는 뜻이다. 출가의 경계에서 깨달은 지혜를 속세에 나와 행동으로 실현한 것을 빗대어 한 말이었다.

"아니, 이 좋은 음식을 앞에 두고 두 분만 법거량하시는가?"

자운이 두 사람을 보고 일갈했다. 그 말에 지우가 얼른 술병을 들고 잔을 돌렸다.

"미안하이. 너무 반가운 손님이라 무슨 이야기부터 해야 좋을지 몰라 그랬어. 자 한잔들 합시다."

"방 하나 비워 두게. 오늘 밤 신세 좀 져야겠어."

"안방을 내어 주지."

그날 밤, 봉완은 그곳에서 또 한 사람 귀한 인물을 알게 되었다. 방으로 자리를 옮기고 나서 지우는 서른 두엇 되는 한 남자를 데리고 와 일행에게 소개했다.

"봉완스님에게 꼭 소개하고 싶은 분이오. 우선 서로 인사를 하시지요. 이분은 박, 영자, 근자 선생이십니다. 이쪽은 봉완스님이시오."

지우는 돌아가며 그를 일행에게 소개했다.

"사실 나는 봉완스님을 예사로운 분이 아니라는 걸 진작 알았어요."

"무슨 말씀을 하시려고⋯⋯?"

"홍주에서 창의군에 있었다는 말씀을 들었소이다."

봉완은 놀랐다. 그 사실은 법성스님만 알고 있는 일이다. 아마 지우가 법성스님에게 들은 모양이었다. 지금까지 지우는 한 번도 그런 기색을 내보이지 않았다.

"법성스님이 가위를 던져 주신 것도 그 때문이오."

"그럼, 연곡스님도 알고 계시겠군요."

"틀림없이 불사를 크게 일으킬 인물이라고 하셨습니다."

기쁘기에 앞서 봉완은 자기 눈이 아직도 자기 안에서만 벗어나지 못했다는 자성自省이 앞섰다. 자기 주변 사람들의 마음도 파악하지 못하는 주제에 세상을 이해하려고 한 자신의 식견이 새삼 부끄러워지기도 했다.

"박영근 선생은 한성에 계시다가 얼마 전에 이곳으로 오셨습니다. 한성에 계실 때 황국협회 일에 관여하신 분입니다. 부언하자면 제 종형 되시기도 합니다."

황국협회니 독립협회니 하는 말이 봉완은 생소했다. 지우가 그런 봉완의 마음을 읽었는지 자세히 설명했다.

황국협회는 전국 보부상 조직을 이용하여 독립협회를 견제하기 위해 만든 단체다. 법무부 민사국장이던 이기동이 회장이 되어 조정의 지원을 받으며 활동하던 어용 단체였다. 황국협회는 한성 운종가雲從街에서 만민공동회를 여는 등 자강운동을 벌이며 왕권에 도전하던 독립협회를 폭력 탄압하였다. 독립협회는 조선의 새로운 개혁 물결의 정신적 지주로 삼고 있는 서재필이 주도하던 단체였다. 서재필은 1896년에 독립신문을 창간하고, 독립공원을 만들어 독립문을 세웠으며, 독립협회라는 단체를 만들었다. 독립협회가 자주민권자강운동自主民權自强運動을 펴자, 이기동과 조병식 등은 독립협회가 황제를 물리치고 공화국을 건설하기 위해 역적모의를 한다는 벽보를 내붙여 독립협회를 해산케 하였다. 박영근은 바로 이 황국협회에 몸담고 있었으며, 독립협회가 해산되면서 대항 단체인 황국협회도 결국 해산당하고 말았다.

봉완이 물었다.

"그러면 독립협회는 올바른 단체가 아니었습니까?"

지우가 씩 웃었다.

"그게 요술이라는 게지요. 정치란 바로 요술입니다. 백 년 묵은 여우를 아리따운 관세음보살로 보이게 하는 게 바로 정치 장난이지요."

봉완은 영문을 알 수가 없었다. 왕권에 도전하였다면 역모가 되는 것이기는 하지만, 그가 왕이 되고자 하는 욕심이 없었다면 역모는 아니다. 백성들을 개화시키고, 국가를 자강하자고 일으킨 진보적인 활동이다. 그것을 황벽파皇僻派들이 부수어 버렸다는 것은 불행한 일이었다. 그런데 지우는 그게 정치 요술이라고 하였다. 봉완은 지우의 속성이 박씨라는 걸 처음 알았다.

잠시 뒤, 봉완은 박영근으로부터 실로 놀라운 사실을 알게 되었다. 그것은 바로 봉완의 사상 진로를 수정하는 중요한 계기가 되기도 했다. 이야기가 무르익을 즈음 박영근이 독립협회의 실체를 털어놓기 시작했다.

"독립협회는 이 나라를 팔아먹는 전위 단체입니다."

자운이 눈을 크게 뜨며 짧게 말했다.

"뭐라구요?"

좌중은 물을 끼얹은 듯 조용해졌다.

"아니, 독립협회가 매국 단체였다니요?"

그동안 자운은 독립협회를 가장 개화된 신문화의 상징으로 받아들였다. 그런 그에게 박영근의 말은 충격이었다.

"독립문이 뭡니까? 바로 영은문을 헐고 세운 것입니다. 영은문은 중국의 사신을 맞던 문입니다. 여기에 독립문을 세운 것은 겉으로 보기에는 매우 자주적인 행동으로 보입니다. 그러나 그 일을 앞장선 사람이 누굽니까? 서재필입니다. 그 사람은 필립 제슨이라는 미국 사람입니다. 겉은 조선인이지만, 법적으로 미국 사람이지요. 정신도 미국 사람이 되어 있어요. 독립협회를 설립했으면서 자신은 협회의 고문으로 앉았습니다. 조선인이 아니라, 미국인이기 때문이지요. 평소 그는 황제께 '나는 조선 사람이 아닙니다'하고 말해 왔어요. 서재필은 김옥균 등이 일본군의 힘을 업고 갑신정변을 일으킬 때 주역으로 가담했던 인물입니다. 정변이 청나라군대의 개입으로 삼일천하로 끝나자, 그는 일본 공사와 함께 김옥균 박영효 서광범 등과 일본으로 도망쳤습니다. 그 바람에 그의 동생은 참살당하고, 부모와 형제들은 모두 자살했어요. 갑신정변을 제압한 게 청나라 군사들 아닙니까. 서재필에게는 청나라가 철천지원수일 수밖에 없습니다. 아니, 조선도 원망의 대상일 수 있지요. 그는 그 후 미국으로 건너가 스무 살에 미국인이 되고, 미국 여자를 부인으로 맞아들였습니다. 그가 영은문을 헐고 독립문을 세운 것은 이러한 맥락으로 이해할 수 있습니다. 서재필에게는 일본이 생명의 은인입니다. 이 점도 소홀이 보아서는 안 됩니다. 일본은 조선이 청나라 간섭으로부터 독립하기를 가장 바라고 있는 나라입니다. 청나라가 간섭하고 있는 한 조선을 쉽게 넘볼 수가 없어서지요. 따라서 조선이 청나라로부터 독립하는 것은 일본에는 더없이 기쁜 일이 됩니다. 대한제국으로 나라 이름을 고치고. 칭제 건원한 것은 조선의 자주적인 의지라기보다, 일본의 이러한 흉계가 뒤에 숨어 있었던 겁니다. 친일파인 이완용이 독립협회 위원장을 맡았던 것만 보아도 알 수 있는 사실 아닙니까. 또 실제로 독립협회에 일본인 회원도 있었어요. 독립신문의 사시社是가 뭔지 아십니까? '조선이 청국을 배척하고 일본에 붙자'는 것입니다. 독립신문 15호에 실린 '독립 노래'에 이런 구절이 나옵니다. '합심하고 일심되야, 서세동점 막아보세.' 이게 무슨 뜻입니까? 서세동점西勢東漸은 영국·독일·청나라 등 서쪽 세력이 동으로 밀려오는 것을 막자는 겁니다. 그러면 동쪽 세력인 일본과 미국이 서쪽으로 밀려오는 동세서점東勢西漸도 막아야 할 것 아닙니까? 더더욱 통탄할 일은 독립협회 초대 회장 윤치호가 독립문이 새겨진 은찻잔을 이토 히로부미에게 기념으로 선사까지 하였어요. 정말 기가 막히는 노릇입니다."

갈증이 나는지 그는 술로 목을 축이고 나서 다시 말을 이었다.

"물론 옳은 일 한 게 전혀 없는 것은 아니지요. 개화하고 백성이 눈을 떠 스스로 권익을 찾자는 것은 칭찬할 만합니다. 허나 이를 빙자로, 엉뚱한 일을 저지르고 있었던 겁니다."

그제야 봉완은 그의 말을 알아들었다. 그러잖아도 대한제국으로 국호를 고치고, 칭제 건원稱帝建元한 것이 일제의 흉계라고 믿어온 그로서는 박영근의 말이 매우 설득력 있게 들렸다. 그러나 그렇다고 독립협회가 곧 친일 단체라는 논리는 성급한 결론이다.

"그렇지만 그건 일본의 간악한 흉계이지, 서재필이 계획적으로 그런 것은 아닐지도 모르잖습니까? 또 서재필이 사전에 그런 생각을 가졌다고 하더라도, 이상재를 비롯한 다른 많은 회원들은 올바른 일을 하려고 했을지 모르는데 독립협회를 싸잡아 욕하는 것은 좀 지나치신 듯합니다."

봉완은 그의 생각이 너무 과격하게 앞지른다는 인상을 받았다. 사람의 행동에는 다양한 색깔이 있다. 긍정으로 바라보면 자기가 좋아하는 색깔만 보이고, 부정하게 보면 싫어하는 색깔만 보인다. 박영근이 황국협회에 몸담고 있어서, 자기가 싫어하는 색깔로 봤을 수도 있다.

박영근은 봉완의 질문에 이맛살을 찌푸렸다.

"서재필 주변 사람들도 일본에 속고 있다 이 말씀 아닙니까?"

"이를테면 그럴 수도 있겠다 싶군요. 왜냐하면 그들도 서구 세력을 물리치려고 하지 않았습니까. 러시아뿐만 아니라 일본 세력도 반대했지요."

"모르시는 말씀입니다. 이 땅에는 지금 많은 외국 영사관이 들어왔어요. 그 가운데 내정을 적극적으로 간섭하는 나라는 청나라·러시아·일본입니다. 청나라와 러시아는 지정학적으로 우리 조선과 붙어 있어서 강력한 영향을 미치는 나라입니다. 일본은 섬나라 아닙니까. 청나라와 러시아에 맞서기에는 여러 가지 어려움이 많습니다. 이를테면 병력으로 맞서더라도 배로 싣고 와야 해요. 어찌 보면 우리나라 땅에서 청나라와 러시아, 그리고 일본이 서로 으르렁거리고 싸우는 겁니다. 이미 청나라는 일본에 졌지요. 이제 러시아가 남았습니다. 이러한 일본으로서는 조선의 독립협회가 외세를 물리치자는 운동을 쌍수를 들고 적극 지지합니다. 그런 다음에 조선을 집어삼키겠다는 속셈을 숨긴 거지요. 서재필은 일본에 속아서 안 되는 인물입니다. 내각의 부탁으로 이 나라에 와서 개화 운동을 하는 인물입니다. 그가 속고 있다는 건 곧 이 나라 내각이 속고 있는 거지요. 내각은 나라와 백성을 위해 존재하는 기관인데, 나라와 백성을 내다 버리는 정책을 하고 있대서야 어디 말이나 됩니까? 또 설사 속고 있다고 하더라도, 그들이 속는 건 말이 안 됩니다. 개화하겠다는 이상을 가진 사람들입니다. 권력과 명예만을 추구하는 인물이 아니라면 절대로 속지 않아야 할 인물들입니다."

"……?"

"독립협회의 실체가 드러남에 따라 작년에 해산 명령이 내려졌어요. 이상재, 남궁억 등이 검거되면서 서재필에게는 추방 명령을 내렸습니다. 서재필은 미국인이기 때문에 정부에서 마음대로 처단할 수가 없었지요. 그러자 그는 정부에 2만 4,400원(미화 14,400달러)을 내놓으라고 요구했습니다. 이 계산이 나온 걸 듣는 순간 억장이 무너졌어요. 당초에 요구한 액수는 그가 조선 정부의 고문관으로 십 년간 일하기로 계약하고 왔는데 아직 칠 년 십 개월이 남았으니, 그 기간에 대한 월급 2만 8,200원과 미국으로 돌아갈 여비 육백 원, 도

합 2만 8,800원이었습니다. 이 가운데 독립신문 창간할 때 조선 정부로부터 빌린 돈 4,400원을 제한 나머지 2만, 4,400원을 내놓으라는 겁니다. 독립신문은 서재필 개인 것이 아닙니다. 조선 정부 소유지요. 독립신문을 창간할 당시 시설비 4,400원과 서재필이 국내에서 거주할 집값 1,400원은 국고에서 지원하였습니다. 사옥으로 쓴 건물도 나라에서 내어 준 것이지요. 이 돈은 당시 내부대신이던 유길준이 미국에 있는 서재필에게 부쳐 주었어요. 그러니까 신문사는 당연히 조선 정부 소유입니다. 그런데 서재필은 창설비만 갚으면 내 것이라 우기고 보상금을 요구한 겁니다. 주한 미국 공사를 앞세워 억지를 부리는 바람에 하는 수 없이 정부는 그의 요구를 다 들어주었어요. 그만한 돈을 가져가면서 신문사도 자기 소유로 만들어 버린 겁니다. 앞으로 그가 독립신문에 대한 권리를 계속 주장한다면, 조정은 다시 돈을 주고 되사와야 하는 처지가 되었어요. 서재필은 미국에서 생활하고 교육받아서 그런지 몰라도 합리적이고 법리적으로 따졌을 겁니다. 인정으로만 살아온 우리는 그런 셈법에 익숙하지 않아요. 풍전등화 앞에 놓인 조국에 대한 봉사 개념으로 본다면 이 행동은 절대 용납하기 어렵습니다.”

좌중에는 침묵이 흘렀다. 박영근의 노도와 같은 웅변에 모두 눌려 숨소리조차 삼갔다. 봉완은 술을 한 모금 마셨다. 그의 말을 듣고 그는 너무나 놀랐다. 그의 말이 사실이라면 조선은 이미 조정에서부터 정신이 썩어들고 있었다. 사람으로 말하면 척추에 병이 들고 있는 형국이었다. 겉만 멀쩡했지 속은 이미 곪았다. 그는 정치가 요술이라던 지우의 말을 떠올렸다.

"독립신문이 친일 앞잡이라는 사실은 유길준이 일본 유학 1호며, 서재필이 2호라는 사실에서도 드러납니다. 이들은 신사유람단으로 일본을 시찰한 뒤 그곳에 눌러앉아 공부했던 인물들입니다. 을미사변 후 들어선 김홍집 친일 내각은 갑신정변의 실패로 일본으로 도망갔다가 미국으로 가서 미국인이 된 서재필, 아니 필립 제슨을 외부협판(외무부 차관급)에 임명했고, 유길준을 내각총서內閣總書에서 내부협판(내무부 차관)으로 임명한 것만 보아도 명약관화한 일이 아닙니까. 이때 유길준이 필립 제슨에게 돈을 부쳐 주며 와서 신문을 만들라고 했던 겁니다. 필립 제슨은 일본에 잠시 머물다가 이듬해 정월 초하룻날 한성에 들어왔어요. 그로부터 한 달 뒤 김홍집 내각이 무너졌지요. 김홍집은 분격한 민중에게 맞아 죽고, 유길준은 일본으로 달아났어요. 이러한 색깔은 독립신문 논조에서도 드러납니다. 일본에 맞서 싸우는 의병들을 독립신문에는 비도匪徒로 표현하고 있어요. 떼 지어 다니며 살인 약탈하는 무리라는 겁니다. 정부를 전복하려는 반란군이 아니라, 정부를 억압하는 외세에 항거하는 의병을 비도라고 한 것입니다. 조선 조정의 국고로 설립한 신문이 조선 조정을 위해 싸우는 의병을 살인 도적이라고 합니다. 억장 무너질 일이 아닙니까? 이게 독립신문의 논조입니다."

그는 속이 타는지 술을 단숨에 들이켰다.

"물론 황국협회를 두둔하려는 건 아닙니다. 황국협회도 문제가 많은 단체입니다. 충군 애국忠君愛國하자는 취지는 좋지만, 백성들의 권리를 생각하지 않고 절대 왕권을 부르짖은 것은 잘못입니다. 협회의 핵심 인물들이 수구 세력의 사주를 받은 탓입니다. 사실 나도 독립협회의 실체를 파악하고 황국협회에 들어갔다가 여기서도 오장육부가 뒤집혀 뛰쳐나와 버렸지요. 어느 쪽도 다 이 나라의 장래를 도모하기에는 문제가 많은 집단이었어요. 한강 물에라도 뛰어들 생각도 하였습니다만, 아직은 이 작은 불씨나마 이 나라를 위해 던질 때가 있으리라 여기고 떠돌아다니다가 여기에까지 흘러왔습니다."

봉완은 박영근의 손을 굳게 잡았다. 너무나 큰 충격으로 봉완은 아무 말도 할 수 없었다. 그의 끓는 의지가 가슴으로 전해 오는데도 봉완은 얼어붙은 듯 말문이 열리지 않았다. 시골 산속에 파묻혀 지내는 동안 세상이 너무 많이 변했다. 정신을 가다듬은 뒤 봉완은 조용히 물었다.

"그럼 조선은 앞으로 어떻게 되는 겁니까?"

"이제 조선이 아니라 대한제국입니다. 대한이라고 줄여서 부릅니다. 우리 대한은 이미 자주성을 잃었습니다."

"……?"

"일본의 힘, 다시 말해 무력과 개화 문명 앞에 책임 있는 대신들이 모두 무릎을 꿇었어요. 미구에 일본은 대한을 속국으로 만들 것입니다."

자운과 혜관이 바싹 다가앉았다.

"조선이, 아니 대한이 일본의 속국이 된단 말입니까?"

"내 예상이 빗나가기를 빌 뿐입니다."

"……?"

"조정에는 이미 그들의 힘이 강력하게 작용하고 있어요."

"그럼, 우린 앞으로 어떻게 해야 합니까?"

"싸워야지요."

"창의군을 일으켜야 한다는 말입니까?"

박영근은 고개를 흔들었다.

"달걀로 바위를 치는 격입니다. 일본은 우리가 생각하는 것보다 훨씬 더 강한 나라입니다. 바다 건너 이 땅에 신식 군대를 내보낼 정도로 군사력이 강합니다."

"그러면 어떻게 싸워야 합니까?"

"백성 모두가 함께 일어나야 합니다."

"······?"

"관리와 일부 지식인들을 제외한 대부분 백성에게는 주권 사상이 없어요. 이들은 일본이 이 나라를 지배하든 크게 관심이 없습니다. 워낙 수탈과 업신여김당하던 일에 진저리를 치니까요."

봉완이 얼른 말을 받았다.

"그건 주권 사상이 없어서 그런 게 아니질 않습니까? 눈과 귀가 막혀 있어서 그럴 겁니다. 지금 일본이 들어오는지, 러시아가 들어오는지 알지 못해요. 죽을 때까지 도성 구경 한 번 못 해 본 백성들이 얼마나 많습니까. 그저 자기 마을 하늘만 바라보며 땅을 일구며 사는 사람들입니다."

"그렇습니다. 그들에게 조선의 본래 모습을 보여주는 싸움을 해야 하는 겁니다. 지금 백성들은 조선의 주인이 누구든 관심이 없어요. 황제가 주인이든 일본이 주인이든 아니면 청나라가 주인이든, 그저 배부르게 먹을 수 있도록 해주면 좋다고 생각합니다. 이러한 백성들에게 자신이 이 땅의 주인이라는 정신을 심어 주어야 해요. 우리 백성들에게 그러한 마음이 스며들어 있어야만 외세의 총칼을 이겨낼 수 있는 강력한 힘이 생깁니다."

봉완은 박영근의 말대로 독립협회가 일본에 속아 놀아났는지 어땠는지 알 수는 없다. 서재필이 그러한 불순한 동기로 독립문을 세우고 독립협회를 만들었는지, 그의 가슴속에 들어가 보지 않아서 알 수도 없다. 그러하다 하더라도 독립협회가 표방한 자주·자강운동은 백성들에게 주인 의식을 심어 주는 좋은 일이다. 서재필이 독립문을 세운 동기가 박영근의 말처럼 그렇게 불손했다고 치더라도 이 땅의 백성들에게 그러한 운동을 전개한 일만은 옳다. 봉완은 일본의 흉계를 바로 볼 수 있는 지혜를 전해야 한다. 조선의 장래를 위해서 그러한 단체는 꼭 만들어져야 한다. 그러한 단체가 아니면 백성들을 깨우치는 사상을 심을 길이 없다.

"그것은 하루아침에 이루어질 수 없는 일 아닙니까?"

"그래도 해야 합니다. 지금으로서는 그 길밖에 다른 도리가 없습니다."

자운이 물었다.

"그렇다면, 일본의 지배를 막지 못한다는 말씀 아닙니까?"

박영근은 갑자기 입을 꾹 다물고 천장을 올려다본다. 봉완은 그의 얼굴에 나타나는 어두운 그림자를 읽었다. 그 어둠이 곧 이 나라가 앞으로 겪어야 할 운명처럼 느껴지기도 했다. 그때 박영근이 주먹을 불끈 쥐며 절규하듯 말했다.

"그래도 우리는 그 일을 해야 합니다!"

"그러시면, 선생께서는 무슨 계획 같은 것이라도?"

봉완은 조심스럽게 물어보았다.

"이미 해삼위와 간도 쪽에서 결사를 도모하는 중입니다."

"결사요?"

"네, 국내에서도 그러한 운동을 전개해야 합니다. 물론 국내에서 활동하기에는 많은 제약이 있습니다. 첫째 조정이 이를 불법으로 다스릴 겁니다."

자운이 이해할 수 없다는 표정을 지었다.

"아니, 나라를 구하자는 일을 조정이 반대한다는 겁니까?"

"황제께서 이 나라를 움직이는 힘을 이미 잃었어요."

봉완은 숨을 크게 들이쉬었다. 가슴속에 맴돌던 막연한 의문들이 조금씩 그 모습을 드러냈다. 그는 왕조에 충성하는 싸움만으로는 나라를 구할 수 없다는 결론을 내렸다. 이미 왕조는 기울었다. 그걸 제대로 읽지 못하고 왕조에 충성을 쏟아부어서 창의 운동이 실패했다. 백성을 위하는 싸움, 그것이 곧 나라를 위하는 싸움이다. 조정이나 양반 관료들도 그러한 시대의 흐름을 읽지 못하였기에 오늘과 같은 국난을 겪는다. 박영근이 나라를 위한 결사를 조정에서 불법으로 다스린다는 것도, 그마저도 왕조에 저항하는 행위로 보기 때문이다. 백성을 하나로 하는 실체가 필요하다. 이것이 조선의 사상이다. 조선의 사상을 만들자. 봉완은 가슴 벅찬 희열을 맛보았다. 절에 들어가겠다고 마음먹었을 때 그는 이미 조선의 사상에 대해 막연하게나마 바라고 있었다. 이제 그는 자신의 그런 의지를 확고하게 굳혔다.

봉완은 박영근을 바라보았다. 어쩌면 그가 새로운 조정을 세우는 일을 꿈꾸는지 모른다. 독립협회에 대항하여 싸우는 황국협회에 들어가기는 했지만, 독립협회의 자강운동을 욕하지는 않았다. 또 절대 왕권을 부르짖는 황국협회의 취지가 싫다고 뛰쳐나온 사람이다. 그는 왕조를 중심으로 한 조정이 아니라, 백성들이 주인인 그런 조정을 만들 희망을 품고 있는 듯 보여졌다. 만약 그렇다면 그건 혁명이다.

봉완은 박영근에게 그걸 묻지 못했다. 아직은 그런 대화를 주고받을 사이가 아니다. 지금은 봉완 자신도 어떤 단체나 결사에 참여할 마음의 준비가 되어 있지 않았다. 견문을 넓히고 사상을 정리하는 일이 지금 그에겐 더 중요했다. 영글지 않은 열매는 먹을 수 없다. 나무에 달린 열매는 저절로 익는 것이 아니다. 박영근이 다시 말을 잇는다.

"이를테면 황제는 허수아비고 주변에 행세하는 대신들이 이 나라 장래를 주무르고 있어요. 또 그 대신들을 배후에서 움직이고 있는 게 일본입니다. 서재필을 끌어들인 내무대신 유길준이 일본 유학파 1호, 서재필이 2호입니다. 이들에게 일본 사상이 배어 있음은 아무도 부인하지 못합니다. 개화하자는 일은 나도 반대하지 않습니다. 나도 단발령이 내려졌을 때 제일 먼저 상투를 자른 사람이지요. 그런데 그 개화사상을 앞세운 권력에 눈먼 사람들이 있어서 문제입니다. 그렇게 눈이 머니까 뒤에서 군침 흘리는 나라의 검은 마음을 읽지 못하는 게지요. 개화라는 이름으로 저질러지기 때문에 이들의 작태가 겉으로는 미화되고 있어요. 미혹에서 눈을 뜨자는 사상 때문에 이들이 마치 선구자들처럼 보이기도 해요. 보세요. 결국 일본은 기

어이 한일의정서를 주고받으며 을사조약을 맺었어요. 이 나라를 강점하려는 흉계를 노골적으로 내보이고 있지 않습니까?"

한쪽에서 혼자 묵묵히 술을 마시던 혜관이 불쑥 말을 던진다.

"댁도 벼슬아치 아니었수?"

"맞소. 한때는 그랬었지요."

"왕조 이래 벼슬한다는 것들은 모조리 백성을 소나 돼지처럼 부려먹었는데, 이제 갑자기 무슨 뚱딴지같은 소리요?"

박영근의 표정이 일순 굳어졌다. 나머지 사람들도 모두 그쪽으로 고개를 돌렸다.

"내 말 틀렸수?"

"글쎄요……."

"왕조가 무너진다느니, 외세가 어떻다느니 하는 것은 말짱 개수작이오. 백성들은 말이오. 솔직히 왕이 누구든 아무런 관심이 없소. 어차피 등 터지게 일하고 누군가에게 얻어먹어야 하는 팔자 아니우? 주인이 황제가 됐든 왜놈이 됐든 아니면 양귀든 무슨 상관이오? 산천에 뛰어다니는 들짐승에게는 산 임자가 누구든 관심이 없소. 제힘으로 먹이를 찾아 먹으며 살다가 어차피 인간에게 잡아먹힐 팔잔데, 왜놈 밥상에 올라가든 돼놈 밥상에 올라가든 그게 무슨 상관이겠수?"

"그게 무슨 당치도 않은 말씀이오?"

"잔뜩 고혈을 빨아먹다가 위급하니까 백성들이 어떻고 나라가 어떻다는 말을 어떻게 하시오? 그런 선각자가 있었으면 진작 좀 나와 그래 줬으면 이 꼴 안 당할 것 아니겠수. 쓸데없는 걱정들을 마슈.

궁즉통이라고 했수. 답답하면 뚫는 지혜가 나옵니다. 백성들도 저 살 궁리를 할 줄 안다 이 말이외다."

이야기가 이상하게 흘러가자 지우가 재빨리 끼어든다.

"혜관의 말도 일리가 있군. 허나, 오늘은 먼 길을 온 우리 봉완스님도 계시고 하니 편하게 곡차나 듭시다."

이리하여 좌중은 가까스로 정리가 되었다. 박영근도 더 이상 시국에 관한 이야기는 하지 않았다. 봉완은 그에게 몇 가지 의문스러운 사실을 더 물어보고 싶었지만 참을 수밖에 없었다.

블라디보스토크를 향하여

이튿날 일행은 원산항에서 블라디보스토크로 가는 배를 탔다. 지우와 박영근이 부두에 나와 일행을 전송해 주었다.

배를 타는 순간부터 봉완은 새로운 문물을 경험한 충격에 잠시 얼이 빠졌다. 그가 탄 배는 500톤 정도의 작은 증기선이다. 지금까지 나룻배나 재래식 목선밖에 타 보지 못한 그로서는 이건 대단히 큰 배였다. 더구나 동력으로 움직이는 배는 난생처음 보았다. 그는 혼자서 배 안을 돌아다니며 이곳저곳을 구경했다. 조타실 앞에서 방향키를 돌리는 조타수를 한참 동안 넋이 나간 듯 바라보았다. 사방 검푸른 물밖에 보이지 않는데 열심히 키를 잡고 돌리는 그가 신기해 보였다. 그 옆에서 한 선원이 망원경을 들고 바다 저쪽을 열심히 살펴본다.

그 모습을 보던 봉완은 문득 저 망원경으로 어디까지 볼 수 있을까 궁금했다. 이 세상에서 가장 먼 곳은 어디일까. 그는 깜짝 놀랐다. 세상에서 가장 먼 곳은 바로 자기 뒤통수였다. 거울이 없다면 사람들은 자기 뒤통수를 영원히 볼 수가 없다. 거울은 대상을 비추기만 할 뿐 멀리 보는 물건이 아니다. 거울이 아니면서, 앞을 보면서 자기 뒤통수를 볼 수 있는 물건은 딱 한 가지다. 망원경으로 보는 것이다. 망원경은 멀리 보는 기계다. 지구가 둥글기 때문에 둥근 지구의 지표를 따라 굴절되게 볼 수 있는, 가장 멀리 볼 수 있는 망원경이 있다면 자기 뒤통수가 보일 것이다. 과학적으로 타당한 생각인지 어떤지 증명할 길은 없었지만, 가장 멀리 보는 게 결국 자기 자신을 보는 일이다. 불교에서 자신의 마음을 보라는 것도 따지고 보면 멀리 보는 망원경을 만드는 일과 다르지 않다. 자기 자신의 모든 걸 볼 수만 있다면, 그건 곧 우주를 보는 눈을 가지게 되는 일이다. 그는 주먹을 꽉 움켜쥐었다.

봉완은 갑판 난간을 잡고 넘실거리는 바다를 바라보았다. 내륙에서만 자라 바다를 한 번도 보지 못한 그는 처음 보는 바다가 신기하기보다 두려움으로 다가왔다. 이 바다가 얼마나 깊을까. 자칫 잘못하여 해난 사고라도 나면 살아남을 수 있을까. 불길한 생각도 들었다. 또 저 수평선 너머로 가면 어느 나라가 나올까. 그때였다. 굵직한 음성이 들렸다.

"저 수평선을 넘으면 태평양으로 빠질 수 있지요."

양복 차림에 콧수염을 기른 낯선 남자가 봉완의 뒤에 서서 수평선을 바라본다. 외모로 보아서는 조선인 같지 않았으나, 조선말을 유창하게 해서 봉완은 어리둥절했다.

"좋은 시간을 방해해서 죄송합니다."

"아닙니다. 그냥 바다를 구경하는 중이지요."

"조선서 오셨습니까? 아 참, 원산에서 출항했으니 모두 조선서 타신 분들이군요. 어디까지 가십니까?"

봉완은 잠시 망설였다. 대강 계획을 잡고 떠나는 여행길이라 뚜렷하게 댈 목적지가 없다. 그때그때 사정에 따라 갈 곳을 정할 셈이었다. 그런데 생각하고 보니 길 나선 사람이 목적지가 없다는 것도 이상했다. 그때 봉완은 아까 조타실에서 가장 멀리 볼 수 있는 망원경을 들고 열심히 바다 저쪽을 보던 그 선원이 떠올랐다. 가장 먼 세계 만유 길에 올랐지만 결국 최종 목적지는 조선이다. 그렇다고 이 사람에게 조선까지 간다고 말할 수는 없다.

"우리 조선이 어떻게 생겼는가 구경하는 중입니다."

"예?"

그가 봉완의 말뜻을 알아들었을 턱이 없다.

"산속에서는 산을 볼 수가 없지 않습니까. 산을 보기 위해 난 지금 산 밖에 나와 있는 겁니다."

"하하하…… 그렇군요. 헌데, 여기서는 조선 땅이 안 보이잖습니까?"

"내 눈에는 보입니다."

"그래요?"

그는 조선 쪽 수평선을 향해 목을 길게 빼고 바라본다. 수평선밖에 아무것도 보이지 않는다는 것을 확인한 뒤, 그는 봉완을 이상한 눈으로 바라보았다.

봉완은 태연하게 말했다.

"망원경을 들고 보면 보입니다."

그는 여전히 놀란 표정이다. 혹시 망원경을 들고 있는가 싶었던지 봉완의 손을 힐끗 내려다보기도 했다.

"마음에 망원경을 하나 품으면, 그리하면 조선이 보입니다."

"그래……요? 스님들 말씀이라 이해할 수가 없군요."

"그런데 손님은 조선 사람 같소이다만……?"

"예. 그렇습니다."

"해삼위에 가십니까?"

"상트페테르부르크까지 갑니다."

"상트페체부……크……?"

처음 듣는 지명이었다. 봉완은 되묻다가 혀가 뒤엉켰다.

"상트페테르부르크, 러시아의 서울입니다."

"그렇습니까. 거기까진 무슨 일로?"

"나는 그곳에서 십 년을 살았어요. 이번에 러시아인을 조선까지 안내하고 다시 돌아가는 길입니다."

"그래요?"

봉완은 그를 자세히 바라보았다. 길 안내까지 할 정도면 러시아 지리에도 해박한 사람임이 분명했다.

"사실은 나도 지금 세계 여행을 떠나는 길입니다. 서백리아를 거쳐 유럽으로 갔다가, 거기에서 미국으로 건너가 볼 생각을 하고 있지요."

"아, 그렇습니까? 정말 멋진 여행입니다."

그는 봉완의 위아래를 살펴보며 연신 감탄했다. 승복 차림으로 세계 여행을 하는 게 좀 신기해 보였던 모양이다.

"그럼 해삼위도 잘 아시겠군요?"

"그럼요. 이번에 함께 온 러시아인은 측량 기사입니다."

"측량 기사라니요?"

"예. 러시아에서 조선에 이르는 철도 건설을 꿈꾸고 있어요. 시베리아 횡단 철도 건설에 참여한 사람이지요."

"아니, 그러면 러시아와 조선 사이에 철로를 깐다는 말씀이오?"

"아마 그럴 계획인 모양입니다. 러일전쟁에서 패배하여 잘 이루어질지는 모르겠지만……."

종잡을 수 없이 변하는 조선의 주변 정세에 봉완은 정신이 혼미해질 지경이었다. 러시아와 조선 사이에 철도를 건설한다면 그 목적이 무엇이겠는가. 러시아의 물자를 조선으로 실어 오기 위함은 아닐 것이다.

잠시 심호흡을 가다듬은 봉완은 화제를 돌렸다.

"해삼위는 어떤 곳입니까?"

"아름다운 도시이지요. 중국과 조선, 그리고 일본 사람들이 북적거리는 국제 항구입니다. 그뿐만 아니라 러시아는 이곳을 군항으로 매우 중요하게 여기고 있어요."

"……?"

"러시아에서 동양으로 빠져나오는 유일한 부동항이기 때문입니다."

"부동항이라니요?"

"러시아는 추운 지방입니다. 대부분 항구가 겨울에는 얼어붙어서 배가 드나들 수 없어요. 이 해삼위, 러시아 지명 블라디보스토크가 러시아에서는 유일하게 얼지 않은 항구입니다. 이름도 재미있잖습니까. 블라디보스토크란 말은 러시아어로 '동방을 제어하라'는 뜻입니다. 단점은 안개가 짙다는 겁니다. 타타르 해협에서 한류를 몰아오는 연해주의 리만 조류가 이 해안으로 흘러들기 때문이지요. 또 십일월 말부터 이듬해 삼월까지는 결빙합니다. 하지만 안개가 늘 끼는 것이 아니고, 얼음도 쇄빙선이 있어서 해결 못 하는 난관은 아닙니다. 그러고 보면, 어쨌든 블라디보스토크는 러시아에서 가장 훌륭한 항구임에 틀림없어요."

"⋯⋯?"

"일본과의 전쟁에서 져서 비록 만주 점령의 꿈을 잃었지만, 러시아는 대단한 나라입니다. 지난번 이곳에 들렀을 때 헨리히 프러시아 황태자가 와 머물렀어요. 그는 유럽에서 군사 동맹을 맺으며 세계 제패를 꿈꾸고 있습니다. 그가 이곳에 머물렀다는 건 그만큼 블라디보스토크가 중요한 곳이라는 뜻이지요. 블라고베시첸스크나 하바로프스크에서처럼 여기에서도 건설 붐이 한창 일어나고 있어요. 우리 조선인들도 많이 와 살고 있습니다."

그는 헨리히 황태자에 대해서 장황하게 설명했다.

프러시아 황태자 헨리히 호헨출레른은 금년 서른일곱 살, 빌헬름 2세의 동생이다. 1897년 교주만胶州湾을 점령하고 산동성의 중국인들을 가혹하게 박해했던 독일 원정대를 지휘했다. 그는 독일 제국주의가 태평양 제국으로 영토를 확장하는 데 앞장선 장본인이다. 1898년에 북경에서 독청 조약이 체결되어 산동성은 사실상 독일의 지배 아래 들어갔다. 또 독일은 필리핀을 장악할 음모로 미국과 스페인이 군사 행동하는 것을 직접 간섭했다. 그래서 러시아의 협조를 구하기 위하여 추파를 던지며 제정 러시아의 극동 팽창주의를 은근히 부추겼다.

"헨리히가 블라디보스토크에 와서 머물고 있는 건 이러한 국제 정세를 뒷받침하는 증거입니다. 조선도 이러한 국제 정세를 빨리 읽었어야 했어요. 이에 대해 캄캄했기 때문에 러시아가 조선에서 채광권을 장악하는 등 횡포를 부렸고, 이에 일본은 러시아의 남하 정책에 제동을 걸기 위해 러일 전쟁을 일으킨 거지요."

그때 배가 바다 한가운데에서 멈추어 섰다. 영문을 모르는 봉완은 놀란 표정으로 그에게 물었다.

"배가 왜 서는 거지요?"

"연해에 수뢰水雷를 묻어 두어서 배가 함부로 드나들 수가 없어요. 여기에서 신호하면 수뢰를 피해서 들어갈 수 있는 항로를 아는 러시아인이 배에 올라와서 운전하게 됩니다."

봉완은 그 말을 듣고 감탄했다. 수뢰를 묻어 놓고 반드시 자기 나라 사람이 배를 입항시킨다. 한번 전쟁에 패배한 쓰라린 경험이 있어서이기도 하겠지만, 봉안은 자기 나라를 지키는 방책의 치밀함에 놀란 것이다. 조선의 경우와 비교하면 놀라지 않을 수가 없었다. 갑오경장 이전에 조선은 군사가 고작 5,700여 명이었다. 삼면이 바다로 둘러싸인 조선으로서, 그만한 병력으로 나라를 지킨다는 게 얼마나 한심한 일이었던가. 병마兵馬는 형식적이었고, 조정은 태평연월에 빠져 있었다.

"저어기 블라디보스토크가 보입니다."

봉완은 그가 가리키는 곳을 바라보았다. 항구와 근처의 집들이 희미하게 보였다. 배가 몇 번인가 고동을 울리자, 소형 증기선 한 척이 살 같이 달려왔다. 러시아인이 배에 오르고 나서 배는 다시 움직이기 시작했다.

"배가 곧 항구에 정박할 겁니다."

"잠깐 실례하겠습니다. 일행이 선실에 있어서 잠깐 내려가 봐야겠어요."

"그러시지요. 저도 일행들에게 가 봐야겠습니다."

봉완은 다시 선실로 내려왔다. 모두 내릴 준비를 하느라고 분주했다. 그 틈바구니에서 자운과 혜관은 세상 모르게 쿨쿨 잔다. 지난밤에 거의 뜬눈으로 밤을 새운 탓이리라. 봉완은 그들을 흔들어 깨웠다.

배가 항구에 그대로 들어가 부두에 정박하였다. 승객들이 배에서 곧바로 육지에 하선하는 것이었다. 봉완에게는 그것도 놀라운 모습이다. 조선은 원산항같이 큰 부두에도 축항築港을 하지 않아 기선은 바다 한가운데 떠 있고 작은 배로 사람과 짐을 육지에 옮긴다. 그런데 이곳에서는 크거나 작거나 배들이 모조리 육지에 곧바로 선체를 댄다. 또 하나 놀라운 사실은 하얀 색칠을 한 장갑함과 크고 작은 수뢰정들이 수없이 항구에 정박해 있었다. 러시아의 강력한 해군력에 봉완은 눈이 둥그레졌다. 저런 해군력으로도 일본에 졌다. 그렇다면 도대체 일본의 군사력은 얼마나 강할까. 갑자기 뒷목이 당겨 봉완은 고개를 몇 번 돌렸다.

봉완은 배에서 내리면서 사람들 사이를 두리번거렸다.

"아니 뭘 그렇게 찾소?"

"아, 아닙니다."

봉완은 아까 갑판에서 만난 그 조선인을 찾은 것이다. 그는 이미 하선했는지 보이지 않았다. 승객들은 대부분 상인과 노동자 차림이었다. 머리를 빡빡 깎은 사람은 봉완 일행과 또 두 사람이 더 있었다. 그들은 일반인 복장이다.

부두 앞에서 자운이 봉완을 돌아다보며 말했다.

"우리는 여기서 이틀 묵고 다시 원산으로 돌아가는데, 봉완스님은 어떻게 하실 작정이오?"

"글쎄요……."

밑도 끝도 없이 봉완은 말을 얼버무렸다. 마침내 나라 밖으로 나왔으나, 자운과 혜관이 곁에 있어서인지 봉완은 외국에 나왔다는 사실을 그다지 실감하지 못했다. 앞으로는 이들과 헤어져 혼자 움직여야 한다고 생각하니 갑자기 막막했다. 어차피 혼자 나온 몸이다. 이들과 헤어지는 게 겁나는 건 아니다. 블라디보스토크에 몇 번 온 경험이 있는 이들과 함께 있으면 첫발을 디딘 이국의 서먹한 감정에 익숙해지는 데 도움이 될 것 같았다. 이들이 묵게 되는 이틀 동안만이라도 함께 있고 싶었다.

"두 분이 계실 동안만이라도 해삼위에 함께 있고 싶군요. 이곳 지리에 익숙하실 터이니 구경이라도 좀 하고 싶습니다."

"그럽시다. 사실 우리도 이곳에 몇 번 드나들기는 했지만 제대로 구경은 하지 못했거든요."

일행은 조선인이 모여 사는 개척 마을로 향했다. 러시아 말이 서툰 조선인들은 자연히 그곳으로 모여든다고 했다.

변두리는 더럽고 지저분한 인상은 풍겼으나, 어딘지 모르게 블라디보스토크는 강인한 힘 같은 걸 느끼게 했다. 붉은 벽돌로 지은 고층 건물과 크고 작은 공장들이 즐비하게 늘어섰다. 지붕들은 모두 아연 철판으로 촘촘하게 이어져 있어 조선의 집들과 달랐다. 이국의 풍물을 물씬 풍긴다.

부두를 막 벗어날 때였다. 길가에 모여 서성거리고 있던 조선인들이 아까부터 봉완 일행을 이상한 눈초리로 바라보았다. 그러면서 저들끼리 뭐라고 수군대었다. 봉완은 그들의 행동이 이상하여 곁눈질로 흘끔흘끔 살펴보았다. 그러자 그들은 얼른 시선을 외로 꼬면서 아무 일도 없었던 척 딴청을 피웠다.

봉완은 그들이 왜 그러는가 곰곰 생각해 보았다. 그러다 그는 자기 머리를 손으로 쓱 문질렀다. 아무래도 머리를 박박 깎은 승려들이어서 그런 것 같았다. 그는 자운과 혜관을 돌아다보았다. 아니면 자기가 쓰고 있는 모자를 보고 이상히 여기는지도 모른다. 봉완은 승려들이 겨울에 쓰는 모자의 일종인 복주감투를 쓰고 있었다. 담요(毯)으로 둥글게 만든 것인데, 평소에는 양옆을 접어 올렸다가 추운 날에는 펴서 볼까지 감쌌다.

도심으로 깊이 들어갔다. 우아하고 화려한, 그리고 웅장한 건물들이 빼곡히 늘어섰다. 조선에서 가장 큰 도시인 한성도 여기에는 비할 수 없었다. 도심에는 일반 가옥은 별로 눈에 띄지 않았고, 대부분 사무실이 들어있는 큰 빌딩과 상가들이 있는 복합 건물이었다. 국제 항구답게 거리에는 중국인, 조선인, 독일인, 군인, 선원 등으로 득시글거렸다. 그 가운데 중국인들이 가장 많았다. 중국인들은 청색 저고리에 폭이 넓은 청바지를 입고 있었다. 바짓자락 끝을 양쪽 발목에 잡아매었고, 두꺼운 모毛 펠트를 두 겹으로 댄 신발을 신었다. 그들은 후두음이 많이 섞인 중국말로 시끄럽게 떠들어댔다. 대부분 땅에 닿을 정도로 머리를 길게 땋아 내렸는데, 머리가 짧은 사람은 댕기로 이어 놓기도 했다. 조선인들은 국내에서와 별로 달라 보이지 않았다. 상투를 튼 채 짧은 담뱃대를 입에 물고 천천히 걸어간다. 조선인들은 어디에 가도 여유로운 정신을 버리지 않는 모양이다. 서양인들 가운데는 깨끗한 옷차림으로 성장을 한 멋쟁이들이 많았다. 귀부인과 장교들이 산책하는 모습도 보였고, 여러 대의 경마차가 거리를 오간다.

"저것이 유명한 태평양 호텔이오."

봉완은 자운이 손가락으로 가리키는 곳을 쳐다보았다. 대단히 큰 건물이다. 건물에는 '太平洋(태평양)'이라는 글씨는 전혀 보이지 않고 러시아 글자와 영어가 함께 씌어 있다. 호텔 근처에는 여기저기에 건축 공사가 한창이다. 노동자들은 대부분 중국인이다. 신기한 듯 관심 있는 표정으로 거리를 두리번거리는 봉완을 보고 자운이 설명했다.

"여긴 중국인들이 많소. 북경조약이 맺어지기 전에는 이곳 연해주가 청나라 땅이었으니까요. 중국인들은 주로 석공이나 하역부, 또는 머슴 노릇을 하지요. 일본인들은 공장이나 회사의 직공으로 일합니다. 이곳에서도 중국과 일본인들이 상권을 독점하고 있어요. 러시아인들은 주로 운송업 같은 것에나 주도권을 잡고 있을 뿐이오."

"어디를 가나 외국인이 밀려오는군요."

"그래도 조선과는 달라요. 조선은 어쩔 수 없이 외국인을 받아들이지만, 이곳에서는 자유롭게 능동적으로 외국 상인을 받아들여요."

잠자코 따라오던 혜관도 한마디 했다.

"이 거리가 해삼위에서 가장 번잡한 중심가 스베트란스카야 거리요. 이 아래로 블라디보스토크만이 있지요."

"가만있자. 어디 가서 요기나 좀 하고 갑시다. 이곳에 왔으니 러시아 요리라도 맛보아야지 않겠소?"

봉완은 노자가 넉넉지 못해 그들에게 자꾸 얻어먹는 게 미안하여 엉거주춤한 자세를 취하였다. 노자라야 은반지를 판 돈 가운데, 배삯을 내고 남은 것이 고작이다. 그것이 없어지면 그야말로 무전 탁발해야 한다.

자운과 혜관은 벌써 길가에 있는 식당으로 들어간다. 재빨리 봉완도 뒤따라 들어갔다.

혜관이 러시아 말로 뭐라고 한참 떠들었다. 봉완은 무슨 말인지 전혀 알아들을 수 없었으나, 더듬거리며 같은 말을 몇 번이나 반복하는 것으로 보아 러시아 말이 그다지 능숙하지 않은 듯했다. 대충 알아들었는지 러시아인이 고개를 끄덕이며 주방 쪽으로 돌아갔다.

자운도 러시아 말은 못 하는지 혜관에게 물었다.

"뭘 시켰어?"

"전복, 새우, 숭어, 그리고 땅감을 시켰지."

봉완은 전복, 새우, 숭어는 알겠으나 땅감이라는 말은 처음 들었다. 그것도 바다에서 나는 해산물의 일종이겠거니 하고 물어보았다.

"땅감이 무엇입니까?"

"토마토라는 서양 채소요."

봉완은 토마토란 말은 더 생소했다.

봉완이 못 알아듣는 표정을 짓자 자운이 설명해 주었다.

"땅에서 나는 감이오. 우리 감은 나무에 열리지만, 이놈은 한해살이풀에 달리지요. 한번 먹어보시오."

이윽고 시킨 요리가 나왔다. 전복은 손바닥만큼이나 컸다. 새우도 엄청나게 컸다. 개울이나 못에서 잡히는 조그마한 새우만 보았던 봉완은 저절로 눈이 동그래졌다. 이 나라에서는 땅덩어리에 걸맞게 무엇이든지 큰 모양이다. 토마토는 물컹거려 감이라는 느낌이 전혀 나지 않았다. 술도 조선의 청주와는 생판 달랐다. 물처럼 투명했지만, 독하기는 이루 말할 수가 없었다. 봉완은 한 모금 입에 물다가 기겁하고는 잔을 내려놓았다.

일행은 러시아 식당에서 나와 곧장 조선인 마을로 갔다. 가옥 구조가 낯설었다. 조선 전통 가옥 모습이 조금 배어 있기는 했으나, 전혀 생소한 모습이다. 자운이 조선과 만주 가옥의 혼동식이라고 설명해 주었다. 가옥 구조가 불규칙하고 환경도 비위생적이다. 이곳에 사는 조선인들의 생활 수준을 짐작하게 하였다.

그들은 길가에 있는 허름한 여관에 여장을 풀었다. 방에 들어가 다리를 뻗고 앉아서 피로를 풀고 있는데, 여관 마당에 사람들이 웅성거리며 모여들었다. 봉완은 왠지 그들의 행동이 미심쩍고 불안했다. 아까 길에서 보았던 그 조선인들처럼, 저희끼리 모여 뭐라고 수

군거리면서 방 안에 있는 봉완 일행을 힐끔힐끔 쳐다보는 것이었다. 봉완은 예의가 없는 사람들이라며 그들의 행동을 무시해 버렸다.

여관에서 지어 주는 저녁밥을 먹고 나자 이내 황혼이 깃들었다. 자운과 혜관은 여독이 풀리지 않았는지 편한 자세로 드러누워 쉬고 있고, 봉완은 가부좌를 틀고 앉아서 오랜만에 선禪에 들었다.

바로 그때였다. 여관 밖에 사람들이 우르르 몰려가는 소리가 요란스럽게 들려왔다. 뭐라고 큰소리로 떠들어대기도 했다. 누워 있던 자운과 혜관이 벌떡 일어났다.

"무슨 일이지?"

"글쎄……?"

"무슨 난리가 난 듯한데?"

여관 마당에 웅성거리며 모여 있던 사람들도 밖으로 우 몰려 나갔다.

"아무래도 무슨 일이 일어난 게 틀림없군."

"우리완 상관없는 일이니깐 그냥 푹 쉬세."

자운과 혜관은 다시 드러누웠다. 봉완이 가부좌를 풀며 그들에게 물었다.

"이곳에서는 외국인들끼리 싸움을 하는 모양이지요?"

봉완은 조선인과 외국인이 싸움하는 것으로 생각했다.

"인간이 사는 곳이니까 쌈질도 하겠지요."

잠시 뒤 밖으로 몰려나갔던 사람들이 마당으로 들어서며 웅성거렸다. 들리는 소리가 무척 사납다.

"또 죽이러 나가네그려."

"이번에는 몇 놈이던가?"

"둘일세."

"이번 배에서 내린 사람이야?"

"그렇겠지, 뭐."

"참, 사람 많이 죽네그려."

그 소리에 봉완은 정신이 번쩍 들었다. 영문은 알 수가 없었으나 사람을 죽이러 나간다는 말은 또렷하게 들렸다. 더구나 이번 배에서 내린 사람을 죽이러 나간다고 했다. 봉완은 방문을 열고 마당에서 서성거리고 있는 사람 중에 아까부터 이상한 행동을 하던 사람을 불렀다.

"사람을 죽이러 나간다니, 대체 그게 무슨 말이오?"

그가 봉완을 빤히 쳐다보았다. 다른 사람들도 그 사람 주위에 슬금슬금 모여들었다.

"우리는 괜찮은 사람이니 말해 보시오."

"예, 여기에서는 조선에서 머리를 깎은 사람이 들어오면 잡아다 죽이지요. 오늘도 배에서 내린 두 사람을 죽이러 갔답니다."

그 말을 듣고 봉완은 눈에서 불이 번쩍할 정도로 몹시 놀랐다. 누워 있던 자운과 혜관도 그 소리를 듣고 기겁하며 벌떡 일어나 앉았다. 둘은 동시에 자기 머리를 쓰다듬어 본다. 봉완은 놀라움이 가시지 않은 얼굴로 물었다.

"머리 깎은 사람을 왜 죽입니까"

"일진회 회원이라고 무조건 죽인답니다."

"일진회 회원들은 머리를 깎습니까?"

"왜놈들이 머리를 깎으니까 따라서 그러는 모양이지요."

봉완은 속으로 '이거 큰일났다'는 생각을 먼저 했다. 오해가 생기면 풀 길이 없는 낯선 땅이다. 아까 배에서 내릴 때 머리를 깎은 두 사람을 보았다. 그리고 길거리에서 자기들을 힐끔힐끔 훔쳐보던 조선인들의 모습도 다시 떠올랐다. 그들의 행동을 봉완은 그제야 눈치챘다. 자신들의 신변도 이제 안전하지 못하다.

"누가 그들을 죽이나요?"

"조선인들이지요."

"무엇 하는 사람들이오?"

"글쎄요……, 그냥 일하는 사람들이지요. 먼저 이곳에 와서 러시아에 입적한 사람들이 주로 그러지요."

"그럼, 재판해서 죽이나요?"

"재판이 다 무엇입니까. 덮어놓고 죽이는 거지요."

"어떻게 죽이나요?"

"어떻게 죽이다니요, 그냥 바다에 던져 넣어 죽이지요."

봉완은 어이가 없었다. 이들이 조선에서는 승려들이 머리를 깎는다는 사실을 모르고 있는 듯했다. 아니, 알지만 전후 사정을 조사할 수 없으니까 자기 마음 내키는 대로 죽일 수 있었다. 사람을 죽이는데 전후 사정을 알아보는 재판도 하지 않고 죽인다니, 너무나 어처구니가 없었다. 일본을 미워하는 것까지는 좋지만, 야만인처럼 행동해서는 안 된다. 이것도 다 백성들이 무지해서 오는 결과인 듯하여 봉완은 가슴이 쓰렸다.

"여기에서는 사람을 함부로 죽여도 아무 말썽이 없소?"

"아무 일 없지요."

"아무 일 없다니요? 여기에는 경찰도 없고 법도 없다는 말이오? 사람을 함부로 죽인대서야 어디 마음 놓고 살 수가 있소?"

"경찰이 있기는 하지만 귀찮아서 그냥 내버려 두는 게지요. 여기에서는 하루에도 수없이 길바닥에 사람이 죽어 나가요. 더구나 조선인끼리 서로 죽이는데 그 사람들이 아는 체할 까닭이 없지요."

"그래, 지금까지 머리 깎은 사람을 대체 얼마나 죽였소?"

"제법 죽였지요. 들어오기만 하면 모조리 죽이니까요."

"머리 깎은 사람들이라고 해서 조사해 보지도 않고 다 죽이면 어찌 되오. 정말 큰 일이군."

"지금 조선 사람들 가운데 일진회 회원이 아니고서 머리를 깎은 사람이 어디 있소? 그러니까 다 죽이는 게지요."

봉완은 눈을 크게 뜨고 물었다.

"그럼 우리는 어찌 가만히 놔두는 게요?"

"글쎄요……, 그건 알 수 없어요. 아직 더 두고 보아야지요."

봉완은 어이가 없었다. 마치 양산박에 들어온 기분이었다.

"도대체 그게 무슨 소리요?"

"뒷일은 나도 모르오."

"정말 낭패로군요. 머리 깎은 사람들이라고 해서 무조건 잡아다 죽인다니……."

봉완은 문을 닫고 자운과 혜관에게 바싹 다가앉았다.

"큰일 났습니다. 우리도 일진회 회원으로 오해받을지도 몰라요."

"아니, 지금까지 몇 차례 드나들었어도 이런 일은 금시초문이오?"

"아마 그동안 운이 좋았던 게지요. 관세음보살님이 도와주신 모양입니다. 그러나 이번에는 아무래도 조짐이 좋지 않은 듯하오."

"그럼, 대관절 이 일을 어떻게 해야 좋다는 말이오?"

"글쎄요……, 나도 어떻게 해야 좋을지 모르겠소. 러시아 말도 할 줄 모르는 데다가, 이곳 지리도 잘 모르지 않소."

"이거, 여기에서 꼼짝없이 죽게 되었군그려."

혜관이 굳은 표정으로 물었다.

"우리도 죽인다는 게 확실하오?"

"아직은 모르겠으나, 같이 내린 그자들을 죽이는데 우리라고 가만 놔둘 리 있겠어요?"

"봉완스님은 머리를 깎은 그자들을 보았소?"

"예. 보았습니다."

"중입니까?"

"평복을 하여 알 수가 없어요."

"그럼, 그놈들은 일진회 회원일지도 모르겠군. 우리야 승복을 입었지 않소. 괜한 걱정을 하였군."

"아니요. 저자들이 말하는 품으로 봐서 조선에 중들이 있다는 것을 모르고 있는 듯하오. 눈치를 보니 밖에 있는 저자들이 우리를 감시하고 있는 것 같습니다."

"우리를 감시해요?"

"아까 시내에서부터 쭉 우리를 살피는 눈치였습니다."

밖에는 이미 어둠이 깔렸다. 바다로 나가지 않으면 이곳은 도망칠 곳도 없었다. 도망쳐 봐야 이 블라디보스토크 안에서 돌아다녀야 할 텐데, 그들의 손에서 벗어날 수도 없다. 낯선 이국땅에 발을 딛자마자 목숨이 풍전등화에 놓이게 되었다. 그러나 죽을 줄 뻔히 알면서 이대로 앉아서 당할 수만은 없었다. 생각 끝에 봉완은 해결이 나든 안 나든 우선 러시아 경찰에 찾아가서 구원을 요청하는 게 좋을 것 같다고 생각했다.

"내가 한번 나가 봐야겠소."

"어디를요?"

"러시아 경찰에 가서 보호를 요청해야겠어요."

"아니, 러시아 말도 모르지 않소?"

"같은 인간인데 손짓 발짓 하면 뜻이 통하겠지요."

"그건 그렇다지만 아직 전후 사정도 모르지 않소. 그러다가 무슨 봉변이라도?"

"죽을 때 죽더라도 사람이 모여 있는 곳에서 죽는 게 낫소. 여기에서 잡혀 죽으면 정말 쥐도 새도 모르게 되오. 보는 사람들이 많아야 살 방도도 나오는 법이오."

자운과 혜관은 자신들도 별 대안이 없음을 알고 더 이상 만류하지 않았다. 두 사람 모두 겁에 질려 덜덜 떨고 있었다.

봉완이 막 밖으로 나가려고 할 때였다. 문밖에서 갑자기 여러 사람의 발소리가 들리더니, 양복을 입은 청년 10여 명이 신발을 신은 채로 방 안으로 뛰어들었다. 그들은 봉완 일행을 빙 에워쌌다. 모두 손에 몽둥이를 하나씩 쥐고 있었다. 그것은 나무로 만든 것이 아니라, 철사를 여러 겹 꼬아서 만든 무기였다. 마치 염라국에서 온 저승사자들처럼 가운데에 앉아 있는 세 사람을 노려보았다.

자운과 혜관은 겁에 질려 덜덜 떨었다. 봉완은 순간 생각했다. 기가 죽지 않아야 변명하더라고 설득력이 있다. 살든 죽든 당당해야 한다.

창의군에서 싸워본 경험이 있는 봉완은 의외로 담담했다. 봉완은 그들을 본체만체하고 가부좌를 튼 채 턱을 괴고 앉았다. 그중 우두머리 같아 보이는 사람이 앞으로 나와 봉완 앞에 쭈그리고 앉는다. 그는 큰 눈을 한번 부라리며 굴리더니 물었다.

"너희들은 다 무엇 하는 것들이냐?"

"우리는 중이오."

봉완은 턱을 괴었던 손을 내리면서 대답했다.

"중은 무슨 얼어 죽을 놈의 중이야. 중이 절에서 염불은 안 하고 여길 왜 드나들어? 일진회원이지?"

"아니요. 우리 의관과 행장을 보면 알 일 아니오."

"변장하고 정탐하러 온 줄 우리가 모를 줄 알고? 그런 허튼수작은 우리한테 안 통한다."

"아니요. 본국 사원으로 조사를 해 보면 알 것이오."

"중놈이 아닌 게 분명하다. 중이라면 우리가 들어오는 데 다리를 포개고 가만히 앉아 있을 리가 없지."

"다리를 포갠 것은 나쁜 일이 아니라 수행이오."

"뭐라구? 이놈아! 중놈이라면 우리가 들어오는 걸 보면 으레 일어나 공손히 절을 해야지, 동그마니 앉아 본체만체한단 말이냐? 일진회 회원이 변복하고 온 게 틀림없다."

그는 철사 몽둥이를 치켜들어 내리치려고 했다.

봉완은 어이가 없었다. 조선조의 숭유 억불 정책으로 천대와 멸시를 받아 온 불교의 초라한 위상이 목숨이 경각에 달린 지금 이 자리에까지 미치고 있다. 승려들은 인조 때부터 도성 출입까지 금지당한 채 8천민賤民 가운데 하나로 멸시를 받았다. 1880년 개화승인 이동인과 유대치 등이 불교의 자유 포교를 조정에 건의하기도 했으나 별로 개선되지 않았다. 그러던 중 1885년에서야 비로소 '승니 도성 출입 금지'가 풀렸다. 그것도 일본 일련종의 승려에 의해서 해금된 것이다. 그러나 아직도 유생들의 천시와 모멸은 여전히 없어지지 않았고, 그 때문에 불교 신도들끼리도 서로 신도임을 밝히는 것을 꺼렸다. 지금 이들이 중이면 으레 일어나서 절을 해야 한다고 말한 것도 그런 구습이 사라지지 않았기 때문이다.

봉완은 이들의 감정을 건드려서 이로울 게 없다는 생각으로 이들을 설득해 보았다.

"다리를 포개고 앉은 것은 상좌를 하기 위해 그런 게 아닙니다. 불상에 가부좌란 게 있어요. 공부하는 중이 하는 자세인데, 보통 사람들이 다리를 포개는 것과는 다르오. 이것을 보시오."

봉완은 그에게 보이면서 두 발끝을 양쪽 오금 사이로 조금씩 걸어 넣어 보였다. 그들이 가부좌가 무엇인지 알 리가 없다. 청년은 눈만 멀뚱멀뚱 굴리다가 버럭 소리를 질렀다.

"그럼, 중이라는 표시가 있어야 할 게 아니야. 그걸 꺼내 보아!"

그런 게 있을 턱이 없었다. 조선조 초기에 잠시 승과를 두고 도첩度帖을 준 적이 있었으나, 그 후 억압을 받으면서 오히려 불가에서 그러한 제도를 감추어 버렸다. 신분을 숨기려는 이유이기도 했지만,

승려란 그러한 표식에 연연하지 않아야 한다는 선문 수행 자세 때문이기도 했다. 특히 승려들이 각 가문 중심으로 출가 수행하게 되면서부터 그런 증표가 별 소용이 없었다. 그리하여 사찰끼리 횡적인 연결을 하는 제도적인 장치가 없어진 것이다. 조선 안에서는 승려끼리 만나면 절 이름이나, 계사戒師의 법명을 대면 서로 신분을 확인할 수가 있다.

봉완은 난처했다. 무지한 이들에게 승단의 유습을 이해시킨다는 건 절에서 고깃국 얻어먹기를 바라는 것보다 더 힘든 일이었다.

청년이 또 소리를 질렀다.

"보따리를 모두 끌러!"

봉완이 먼저 자기 바랑을 집어 들고 속을 뒤집어 보였다. 금강경 1권, 가사 1령領과 버선 두 켤레가 있을 뿐이었다. 별것이 나오지 않자, 그는 자운과 혜관에게도 보따리를 풀 것을 명령했다. 자운과 혜관은 아직도 공포로 얼굴이 하얗게 질려 있었다. 봉완은 그들을 안심시키면서 보따리를 풀라고 권했다.

"아무 일 없을 거요. 안심하고 시키는 대로 따르시오."

그제야 그들은 각자 자기 보따리를 풀었다. 거기서도 별것이 나오지 않았다. 다만 혜관의 보따리에서 나무 혹으로 만든 표주박 하나가 나왔다.

청년이 그것을 재빨리 빼앗아 들었다.

"이건 뭐야?"

"예, 그건 금강산 혹이오."

"뭐어?"

그 바람에 긴장감이 감돌던 방 안에 갑자기 웃음이 터져 나왔다. 혜관이 겁에 질린 나머지 금강산 나무 혹으로 만든 표주박이라고 말한다는 걸 그만 '금강산 혹'이라고 말해 버린 것이다. 마치 염라대왕 앞에서 심문받는 듯 질려 있던 자운과 혜관도 피식 웃음을 터뜨렸다. 봉완도 소리 없이 웃었다. 그는 생사의 경계가 백지장 하나 사이를 두고 왔다 갔다 하는 걸 보았다.

"개수작 마!"

청년이 철사 몽둥이를 치켜들고 소리를 지르는 통에 방 안은 또다시 찬물을 끼얹은 듯 조용해졌다.

"우리한테 도깨비라고 속이려는 수작이 틀림없지?"

"아니요, 엉겁결에 말을 잘못한 것이오."

혜관은 다급하게 다시 금강산 마하연 뒷산에서 구한 나무 혹으로 만든 물병이라고 설명했다. 그 일은 일단 그렇게 해서 넘어갔으나, 그들은 한사코 봉완 일행이 일진회 회원일 것이라는 의심을 버리지 않았다.

"너희들이 중이라는 사실은 너희들밖에 모른다. 그걸 누가 믿을 수 있느냐? 일진회 회원들도 잡히면 모두 중이라고 했으니까 말이다."

혜관이 재빨리 제의했다.

"그러면 염불을 한번 해 보이면 믿겠소?"

"염불 같은 소리 작작해. 일진회 회원들도 모두 염불을 잘했어!"

봉완은 더 이상 어떻게 할 방도가 없었다. 그들이 일진회 회원이라고 죽인 사람 가운데는 정말 승려도 있었을 것이다. 죽기 전에 승

려임을 주장하기 위해 할 수 있는 모든 행동을 다 해 보였을 게 아닌
가. 그러니 이들 앞에서 승려라고 우기면 우길수록 더욱 의심만 살
뿐이다.

"오늘은 밤이 깊었으니, 너희들은 내일 처치하겠다."

봉완은 눈을 감고 나무 관세음보살을 염송했다. 어려울 때 관세음
보살을 찾으라던 연곡스님의 말을 떠올렸다. 자운과 혜관은 가뜩이
나 창백한 얼굴이 초주검이 되어 있었다.

청년은 여관 주인을 불렀다.

"이놈들이 도망치지 못하게 잘 감시하시오."

"알았습니다."

"없어지면 대신 주인장 목을 내놔야 할 것이오."

으름장을 놓은 그들은 그래도 못 믿겠는지 청년 두엇을 감시하도
록 떨구어 놓고 돌아갔다.

그들이 돌아가자, 감금된 몸이기는 하지만 방 안에서만은 자유롭
게 되었다. 세 사람은 머리를 맞대고 온갖 궁리를 도모해 보았으나,
그들이 스스로 풀어 주지 않는 한 해결 방법이 전혀 없었다. 항구를
봉쇄하면 바다로는 절대로 나갈 수 없다. 시베리아 벌판으로 도망친
다고 해도 늑대 밥이 되지 않으면 얼어 죽거나 굶어 죽을 것이다. 진
퇴양난이란 이런 경우를 두고 말하는 것이리라.

그래도 봉완은 조금은 여유를 가지고 있었다. 여러 차례 생사를
오가는 경험을 이미 했다.

"보아하니, 이자들은 살인하는 것 같은데…… 사람을 죽이려면
대명천지보다 야밤중이 더 나을 게 아니겠소? 그런데 내일 날이 밝

으면 처치하겠다는 것으로 보아 어쩌면 풀어 줄지도 모르겠소. 아무래도 저희끼리 생각할 여유를 가지려는 듯도 보이오."

"그렇지만 일부러 그럴지도 모르지 않소?"

"일부러 그러다니요?"

"대만의 생번들이 사람을 죽이는 것을 영예로 삼듯이, 이들도 백주 대로에서 만인 환시에 우리를 죽이려고 그러는지도 모른단 말이오."

봉완은 깊게 숨을 들이쉬었다. 그 말을 듣고 보니 그럴 수도 있다는 생각이 들었다. 생번生蕃이란 대만의 고산족으로 교화되지 않은 원시족이다. 이들의 행동도 그들과 조금도 다르지 않았다. 사람을 잡아다 놓고 한바탕 광란의 축제를 벌일지도 모르는 일이었다. 세 사람은 사형 집행 시간을 받아놓은 사형수처럼 대책 없이 뜬눈으로 밤을 새웠다.

날이 밝자 봉완은 여관 주인을 불렀다. 죽을 때 죽더라도 누구 손에 죽는지는 알고 죽어야 한다. 그들 쪽에서 보면 무지하나마 나라에 충성하는 행동이 되지만, 죽는 쪽에서 보면 무의미한 개죽음이다.

"어제 왔던 자들의 우두머리가 대체 누구요?"

"엄인섭이란 사람이오."

"무엇 하는 자요?"

"노령에서 자라 러시아 교육을 받고, 군대에 들어가 많은 공을 세웠어요. 훈장도 받아서 이곳에서는 매우 후한 대우를 받고 있습니다. 조선인들은 그의 말에 꼼짝 못 합니다."

"그럼 러시아군이오?"

"지금은 퇴역했으나 여기에선 군인 대우를 받소."

봉완은 이제 다른 도리가 없었다. 그가 저승사자가 아니라 엄연히 이름이 있는 사람이다. 사람이라는 걸 안 이상 할 수 있는 데까지는 부딪쳐볼 작정이다.

"주인장, 나를 그 사람 집으로 좀 안내해주시오."

"예에?"

주인은 눈을 크게 뜨고 놀라는 표정을 지었다. 자운과 혜관도 무슨 영문인가 하고 봉완과 여관 주인을 번갈아 바라보았다.

"보시다시피 우리는 중이오. 아무리 시국이 어수선한 때이기로서니, 이렇게 억울하게 죽을 수는 없지 않소?"

"그렇지만 댁이 이 여관에서 한 걸음이라도 나가면 내 목이 달아납니다."

"걱정하지 마시오. 나는 도망치려는 게 아니오. 내가 죽으면 죽었지 다른 사람을 대신 죽게 하지는 않소. 나를 믿으시오."

"안 됩니다. 곧 그 사람이 올 텐데, 그때 가서 말하면 될 것 아니오."

"이미 죽이기로 작정하고 온 사람에게는 무슨 말을 하여도 믿지 않소. 내가 먼저 그 사람한테 가서 단둘이 사태를 따져 보려는 것이오."

그래도 여관 주인은 거절했다. 봉완은 하는 수 없이 여관 주인을 협박했다.

"생각해 보오. 당신네 여관에 들었던 사람이, 그것도 한 사람도 아니고 세 사람이 억울하게 죽소. 그 귀신들이 누구한테 원한을 갚으려 들겠소? 지금 주인장의 행동에 따라 우리가 살 수도 있고 죽을 수도 있단 말이외다."

이리하여 봉완은 여관 주인을 앞세우고 엄인섭이란 자의 집을 찾아갔다. 그는 아직 잠자리에서 일어나지 않았다.

여관 주인은 겁에 질린 채 떨면서 말했다.

"여기서 일어날 때까지 기다립시다."

봉완은 그를 한번 돌아본 뒤 못 들은 체하고 엄인섭의 방문을 두드렸다. 엄인섭이 잠옷 차림으로 방문을 열고 내다보았다. 그는 봉완을 보자 화들짝 놀라는 표정을 지었다.

"무슨 일이야?"

대뜸 반말로 소리를 질렀다.

"할 말이 있어서 찾아왔소이다."

"잠깐 기다려."

그는 방문을 도로 쾅 닫아 버렸다. 봉완은 여관 주인을 돌아다보았다. 여관 주인은 심성이 본래 착한 사람인 듯, 겁에 질려 떨고 있으면서도 도리어 봉완을 안심시켰다.

"아마 옷을 갈아입는 모양이오."

잠시 뒤 엄인섭이 옷을 갈아입고 다시 방문을 열었다.

"들어와."

엄인섭은 아랫목에 점잖게 자리를 잡고 앉아 있었다. 봉완은 그의 맞은편에 어젯밤처럼 가부좌를 틀고 앉았다. 어젯밤 가부좌에 관해 설명했으니, 일부러라도 그렇게 앉아야 몸에 밴 자세라는 걸 이해하리라 생각했다.

엄인섭이 목에 잔뜩 힘을 준 채로 호령하듯 말했다.

"무슨 할 말이 있는가?"

"죽기 전에 유언이라도 남겨야겠기에 왔소."

"유언? 무슨 유언인가?"

그는 잔뜩 의심하는 눈빛으로 봉완을 쏘아보았다. 봉완은 우선 그의 마음을 움직이는 일이 중요하다고 생각했다. 어쨌든 같은 조선 민족이 아닌가. 그의 행동이 나라를 위한 우국충정에서 나왔다면 무뢰한과는 어딘가 다른 점이 있을 것이다.

"다른 게 아니오. 들은 바에 의하면, 당신들은 사람을 바다에 내던져 죽인다고 하는데, 나는 그러지 말고 그냥 죽이시오. 그리고 내가 죽으면 백골을 수습하여 고국에 가져가 묻도록 해 주시오."

엄인섭은 입을 굳게 다문 채 실눈을 뜨고 봉완을 한참 동안 바라보았다. 봉완은 그의 마음이 흔들린다는 걸 알아차렸다. 나라를 배반한 일진회 회원이라면, 죽어서까지 고국에 묻히기를 염원하지는 않을 것이다.

이윽고 엄인섭이 말문을 열었다. 표정도 많이 누그러졌으며 어투도 바뀌었다.

"여기는 왜 왔소?"

"『영환지략』이라는 책을 읽다가 문득 세계 만유를 하고 싶어 여기까지 온 것이오."

봉완은 자기가 여기까지 온 연유를 자세하게 이야기했다. 이야기를 다 듣고 난 엄인섭은 자리에서 벌떡 일어나면서 퉁명스럽게 말했다.

"날 따라오시오."

봉완은 여관 주인과 함께 그를 따라 어디론가 갔다. 엄인섭은 그의 집에서 그리 멀지 않은 곳에 있는 어느 집 앞에서 걸음을 멈추었다.

"여기서 잠시 기다리시오."

엄인섭은 두 사람을 문밖에 세워둔 채 자기 혼자 집 안으로 들어갔다.

봉완은 여관 주인에게 물었다.

"여기가 어디오?"

"이 노야의 집이오."

"노야는 또 뭣 하는 사람이오?"

여관 주인은 노야에 대해 자세하게 설명해 주었다.

노야老爺는 이장과 같은 역할을 하는 사람이다. 노령으로 이주한 조선인들은 개척촌을 만들고 조선에서와 같은 자치 기관을 만들었다. 각 마을에서는 나이 많은 사람을 대표로 선출하고 이를 풍장風長이라 하였는데, 풍장에게 사소한 사건이나 분쟁 해결을 담당하게 하였다. 또 러시아 관헌의 지시를 전달하는 말단 행정 임무도 수행하였다. 그러자 러시아 관청에서는 풍장을 중국의 전통 마을 통치 제도인 노야 제도로 알고, 이들 풍장을 도노야都老爺와 촌노야村老爺로 구분하여 임명하였다. 도노야에게는 여러 마을의 노야들을 총괄하고, 조선족 전체에 대한 징벌권을 부여하였다.

잠시 뒤 엄인섭이 나오더니 두 사람에게 안으로 들어오라고 하였다. 노야는 장죽을 입에 문 채 아랫목에 좌정하고 있었다. 봉완은 그에게 가볍게 합장 인사를 하고 마주 보고 앉았다. 노야는 이곳에 와서 지금까지 보았던 어느 조선인보다 장자로서 기품이 있어 보였다.

"조선에서 왔소?"

"예."

"어느 절에 유하시었소?"

"강원도 백담사에 있었습니다."

"음⋯⋯."

그는 담배 연기를 한 모금 빨아 천천히 뱉어내며 봉완을 물끄러미 바라보았다. 그는 이미 엄인섭에게 자세한 이야기를 들어 전후 사정을 알고 있는 듯 더 이상 질문하지 않았다. 담뱃대만 뻑뻑 빨고 있던 노야가 한참 만에 나지막하게 말했다.

"아무 일 없을 테니 돌아가 일을 보시오."

봉완은 그를 쳐다보았다. 바로 눈앞에 죽음을 맞이했던 절박한 사정에서 너무 쉽게 헤어나온 것 같아서 오히려 믿어지지 않았다.

엄인섭이 말을 거들었다.

"여관으로 돌아가 계시오. 나도 곧 그리로 갈 것이오."

노야의 집을 나온 봉완은 제일 먼저 하늘을 올려다보았다. 이국의 하늘이기는 하지만, 마치 고향 하늘을 쳐다보는 것처럼 감회가 새삼스러웠다. 죽음과 정면 대결하여 승리한 개선장군 같은 감격이 그 하늘에 가득하게 차 있었다. 험한 여행길에서 처음으로 맞는 시련이었고, 그것을 자력으로 해결하였다는 데 대한 자신감도 솟구쳤다. 비록 승복을 입고는 있지만, 20대 청년으로서 기백이 한껏 부풀어 있음을 확인한 셈이었다.

봉완은 여관으로 돌아와 자운과 혜관에게도 이 사실을 알리고 안심을 시켰다. 너무 혼쭐이 난 탓인지, 그들은 처음에는 봉완의 말을 믿으려 하지 않았다. 두 사람은 하룻밤 사이에 생판 딴사람이 되었다. 얼굴도 반쪽이다.

아침 식사를 마치고 조금 지나서 엄인섭이 여관으로 왔다. 그는 어젯밤 일에 대해서 먼저 사과했다.

"이곳 노령에 있는 조선족이 항일 운동을 한다는 소문이 있어 일본 밀정들이 수없이 드나들고 있어요. 그들은 조선족들을 이간질하여 단합하지 못하도록 하는 술책을 쓰고 있어요."

"모든 게 오해에서 빚어진 일이오. 아무튼 일이 잘되어 다행스럽소이다."

"해삼위에서 하바로프스크까지는 모두 위험 지대입니다. 아직 개척 단계에 있고, 중국과 만주 쪽에서도 유민이 많이 들어와 있어요. 치안이 미치지 않은 곳이라 언제 어떤 사태가 발생할지 모르오. 차라리 해삼위 항구나 구경하고 조선으로 돌아가는 게 좋을 것이오."

"고맙소이다."

"항구를 구경하는 것도 위험할지 모르오."

엄인섭은 자신의 명함을 꺼내 뒷면에다 이들을 보호해 주라는 글을 써서 봉완에게 주었다.

"이걸 넣고 다니시오."

"정말 고맙소이다."

그러고 나서 엄인섭은 돌아갔다.

"다스포고 뭐고 당장 돌아가야겠어. 잘못하다간 목숨도 못 부지할 위험한 곳이야."

혜관이 생기가 도는 얼굴로 투덜거렸다. 자운도 여유를 되찾았는지 농담했다.

"중이 죽는 것을 두려워하다니. 예끼, 이 돌중아!"

셋은 서로 마주 쳐다보며 소리 없이 웃었다.

봉완은 어찌 되었든 이왕 이곳에 왔으니 구경하고 돌아가고 싶었다. 그러나 두 사람은 간밤에 뜬눈으로 지새운 데다, 죽음의 공포와 싸우느라 중병 앓은 사람처럼 축 늘어졌다.

"혼자 갔다 오시오. 우린 잠이나 자야겠소."

봉완은 혼자 밖으로 나왔다. 걷다가 보니 항구 앞 바닷가 모래밭까지 갔다. 지난밤 사건으로 인해 매사가 조심스럽고 두렵기는 했지만, 주머니 속에 들어 있는 엄인섭의 명함이 마치 호신부護身符처럼 마음 든든했다.

태평양을 향해 끝없이 펼쳐져 있는 블라디보스토크만을 하염없이 바라보고 있는데, 조선 청년 대여섯 명이 다가왔다.

"이 봐."

그들은 대뜸 반말로 험악하게 말했다. 어젯밤 한번 혼이 난 뒤끝이라 봉완은 바싹 긴장했다.

"어제 배에서 내린 사람이지?"

"그렇소."

봉완은 그들의 정체가 심상치 않음을 낌새챘다. 그는 얼른 주머니에 넣어둔 엄인섭의 명함을 꺼내 그들에게 내밀었다. 그들은 명함을 잠시 들여다보더니 그만 발기발기 찢어서 모랫바닥에 내던져 버렸다. 그와 동시에 두 사람이 달려들어 봉완의 팔을 잡고 뒤로 꺾어 비틀었다.

"아니, 이게 무슨 무례한 짓이오?"

"잔말 말어."

봉완이 완강하게 버티자, 나머지 사람이 함께 우 달려들어 봉완을 바다 쪽으로 밀고 갔다.

"왜들 이러시오? 나는 중이오."

봉완이 계속 소리치면서 사정했으나 그들은 막무가내였다. 봉완은 위기를 느끼고 구원해 줄 사람들을 찾느라 두리번거렸지만, 주위에는 막막한 바다와 모래밖에 없었다. 봉완은 있는 힘을 다해 그들을 뿌리쳤다. 팔을 잡고 있던 두 사람이 모래밭에 나뒹굴었다. 비록 체구는 작달막했지만, 고향에서도 완력으로는 봉완을 당할 자가 없었다.

"이놈 봐라?"

"같은 조선족들끼리 왜들 이러시오. 나는 정말 조선에서 온 중이오."

"이놈이 어디서 반항이야? 그냥 잡아 죽여!"

그 소리를 신호로 청년들이 한꺼번에 달려들었다. 모래밭 위에서 일대 격투가 벌어졌다. 봉완도 필사적으로 대항하였다. 싸움에서 지는 것은 곧 죽음이다. 비록 숫자는 많았지만, 사력을 다해 대항하는 봉완을 그들도 쉽게 제압하지 못하였다.

그때였다. 멀리서 이 광경을 구경하고 있던 중국인 한 사람이 다가왔다. 그 중국인은 조선어를 유창하게 하였다.

"왜들 싸우시오?"

그 바람에 잠시 싸움이 멈추었다. 봉완은 구세주를 만난 것처럼 반가워서 재빨리 사정을 말하였다. 그러자 그 중국인은 조선 청년들을 설득하였다.

"보아하니 중요한 일도 아닌 듯한데, 남의 나라에까지 와서 같은 동족끼리 싸워서 뭣하오. 그만들 두시오."

그러나 청년들은 그 말을 들은 체도 하지 않고 다시 덤벼들었다. 잠시 중단되었던 싸움은 다시 불이 붙었다. 그러자 그 중국인은 러시아 말로 부두 쪽을 향해 뭐라고 큰소리로 외쳤다. 곧이어 러시아 경찰관 두 명이 달려왔다. 러시아 경찰관은 중국인과 뭐라고 말을 주고받더니, 달려와 격투를 제시시켰다. 경찰관은 러시아 말로 호통을 치며 봉완에게 달려들던 청년들을 쫓아 버렸다. 경찰관은 봉완에게도 뭐라고 떠들었으나, 그는 무슨 말인지 한 마디도 알아듣지 못했다.

경찰관이 돌아가자 중국인이 봉완을 위로하면서 말했다.

"무슨 일로 이곳에 왔는지 모르지만, 속히 돌아가는 게 좋을 것 같소. 이곳 조선인들은 허구한 날 저희끼리 싸워요. 나라가 백척간두에 놓였는데 눈앞의 이익 때문에 싸움질이나 하고 있어요. 그로 보면 조선이나 중국은 지금 같은 처지에 놓여 있지요."

봉완은 모랫바닥에 주저앉아 큰 소리로 엉엉 울었다. 거대한 배가 한쪽으로 기울고 있는데도 배 안에서는 먹이를 놓고 아귀다툼하고 있다. 몇몇 사람이 기우는 배를 일으킨다고 혼신의 힘을 기울이나 바로 세우기에는 역부족이다. 분통이 터지기도 하고 슬프기도 하여 그는 울음으로 감정을 토해 놓았다.

이제 이곳에 더 이상 머물 이유가 없어졌다. 봉완은 여관으로 돌아온 즉시 행장을 꾸려 조선으로 돌아갈 차비를 서둘렀다. 그런데 또 문제가 발생했다. 정신없이 소란을 겪는 틈바구니에 자운과 혜관이 소지하고 있던 러시아 돈을 분실한 것이다. 어디에서 어떻게 잃었는지 알지도 못했다. 봉완은 난감했다. 은반지를 판 돈으로 자기 혼자 겨우 돌아갈 수가 있을 뿐, 세 사람이 움직이기에는 턱없이 모자랐다. 그렇다고 이들을 남겨 두고 혼자 떠날 수도 없었다.

"봉완스님 혼자라도 먼저 떠나시오. 무슨 수가 나겠지요."

"그럴 수는 없어요. 다른 방도를 찾아봐야겠어요."

말은 그렇게 했으나 무슨 수로 방도가 나오겠는가. 그 말을 하고 나니 봉완은 앞이 캄캄했다. 그렇게 고민하던 차에 여관 주인으로부터 포시에트까지만 배로 건너가면, 거기에서는 노보키예브스크를 거쳐 육로로 조선까지 갈 수 있다는 사실을 알게 되었다. 노보키예브스크는 옌치우(煙秋, 연추)라고도 하는데, 블라디보스토크에서 조선으로 가는 도중 엑스페지치에 만 북쪽에 있다. 조선으로 가는 수많은 여행객과 지리 탐사대들의 출발점 역할을 담당하는 곳이다. 그곳에서 두만강까지는 그리 멀지 않은 거리다.

마침 항구 쪽에서 축제가 벌어졌다. 사람들에게 무슨 일이 있는지를 물으니, 한 해 한 번씩 열리는 자선 오락회라고 한다. 봉완은 자신도 모르게 씁쓸한 웃음이 배어 나왔다. 신변의 위험을 느끼고 쫓겨

가는 신세라 자선 오락회조차 심드렁하다.

오락회는 하루 종일 계속되었다. 군중은 대부분 중국인이다. 그들은 복권을 사 들고 서로 견주어 보기도 했으며, 일본제 불꽃을 터뜨려 놓고 고래고래 소리를 지르기도 했다. 또 종이로 만든 인형과 장난감들을 공중에 쏘아 올리고는 그것이 떨어지는 장소를 향해 우르르 달려가기도 했다.

쓸쓸한 귀국길

봉완 일행이 탄 배는 서서히 블라디보스토크만을 빠져나갔다. 연안에는 안개가 옅게 깔려 있었다. 후미진 만을 따라 철로가 놓여 있었고, 그 위로 시커먼 연기를 내뿜으며 기차가 달려간다. 봉완은 기차를 난생처음으로 구경하였다. 조선에서도 지금 노량진과 제물포 사이에 경인선이 개통된 이래 경부선 경의선을 개통했다고 하나, 그는 아직 한 번도 기차를 보지 못했다.

블라디보스토크 항구가 점점 멀어진다. 산과 집들도 안개 속에 희미하게 묻혔다. 봉완은 갑판 위에서 오래도록 멀어지는 항구를 바라보았다. 생전에 두 번 다시 오지 못할 땅인지도 모른다고 생각하니 왠지 가슴이 뭉클한다.

해변의 좁은 물길 때문에 아직도 시야는 트이지 않았다. 배는 해협 사이의 섬들을 피해 조심스럽게 빠져나간다. 해변 곳곳에 흙더미와 은폐물들이 보였는데, 모두 해안 경비 부대의 포대砲臺였다. 봉완은 항구에 정박해 있던 장갑함들이 떠올라, 블라디보스토크가 난공불락의 요새임을 새삼 깨달았다.

"정말 우습군요."

자운이 오랜 침묵을 깨고 말했다. 봉완은 그를 돌아다보았다.

"뭐가 말입니까?"

"우리가 노령에서 조선 사람들에게 쫓겨가다니 어이없다는 생각이 들어요."

"그래도 낫잖습니까?"

"낫다니요?"

"러시아나 중국 사람한테 쫓겨났다면 더 서러웠을 게 아닙니까. 그래도 같은 조선 사람한테 쫓겨나왔으니 다행이지요."

"고래로 우리 조선족은 저희끼리 싸우고 죽이는 업을 타고났나 봅니다."

봉완은 이맛살을 찌푸렸다. 속에서 신트림이 올라왔다.

"정변으로 살육하지 않으면 당파 싸움을 하고, 외국 군대를 끌어다가 국모까지 시해하는 민족이라니…… 정말 어처구니가 없고 한심합니다."

"어느 나라 건 다 그러한 난리를 겪는 법입니다. 역사가 혼란스러우면 그런 거지요. 탓은 위정자가 올바로 나라를 다스리지 못했기 때문입니다. 민족성 탓은 아니지요."

자운은 그래도 분이 삭여지지 않은 모양이었다. 두만강을 건너서 조선으로 간다고 하더라도 발이 부르트도록 걸어야 한다. 순조롭게 간다면 몇 달이 걸리겠지만, 또 어떤 장애가 있을지 아무도 장담하지 못하는 여행이다. 더구나 다스포를 사러 갔다가 노자까지 몽땅 잃고 빈손으로 돌아가는 길이다. 어차피 인생은 빈손이다 싶어 봉완은 자운을 보며 빙그레 웃었다.

배는 어느새 러시아 마지막 만灣인 포시에트에 들어가는 중이다. 출렁이던 물결도 고요해지고, 잔물결이 햇빛을 받아 반짝 윤슬을 만든다. 곧이어 바위로 둘러싸인 섬이 하나 나타났다. 그 섬 위에 이상하게 생긴 새들이 무리 지어 돌아다닌다. 머리가 괴상하게 생겼고, 부리는 흡사 자루처럼 생겼다. 뱃고동 소리에 놀라 목을 길게 빼고 사방을 두리번거리다가 겁먹은 듯 푸드득 하늘로 날아오른다. 그러다가 이내 다시 바위 위로 내려앉는다. 지우가 사다새라며 알려준다.

배가 부두에 정박하자 일행은 배에서 내려 시내로 들어갔다. 노브키예브스크까지는 여기서 30리 정도 떨어져 있다. 포시에트는 규모가 블라디보스토크보다 작았지만, 거리와 건물들은 오히려 더 깨끗했다. 여기서도 건설 붐이 한창이다. 일본인, 중국인, 그리고 조선인이 북적거리는 블라디보스토크나 마찬가지였다. 다른 점은 거리에 군인들이 더 많다는 점이다. 국경이 가까워서 그런 것 같다.

30리 길이라지만 이미 석양이 비끼고 있어 노브키예브스크까지 가기에는 무리일 듯싶었다. 조선에서라면 얼마든지 더 걸을 수 있다. 여기는 낯선 외국이고 한 번 경을 친 뒤끝이라 일행은 이곳에서 묵고 이튿날 떠나기로 하였다.

"여기도 조선인 촌이 있을까요?"

봉완이 자운을 돌아다보며 물었다. 자운은 놀라 펄쩍 뛰며 반문했

261

다.

"조선인 촌에서 묵으려고요?"

"러시아 사람들이 우릴 재워 줄까요?"

혜관이 중간에 끼어들었다.

"일단 변두리로 나가봅시다. 시내에는 여관 같은 게 있어서 민가에서는 공짜로 안 재워 줄 것 같수."

일행은 내륙 쪽으로 더 깊숙이 들어갔다. 이 집 저 집 헤맨 끝에 다행히 아버지 대에 노령으로 왔다는 한 조선인 집에 묵을 수가 있었다.

나이가 서른 안팎으로 보이는 주인은 콧수염을 길렀다. 그는 하바로프스크에서 태어났으며, 그의 선친은 1858년에 하바로프스크가 군사 기지로 개발할 때 노동자로 참여했다고 한다. 그 후 그가 20세 되던 해에 그의 가족 모두 아무르강 연안의 중국 땅에 금을 캐러 갔다가, 청나라와 러시아 토벌 군대에 쫓겨 다시 이곳으로 흘러왔다고 했다. 그러는 중에도 어떻게 공부했는지 말하는 품으로 봐서 매우 유식해 보였다. 그들 가족이 중국과 러시아 땅에 살게 된 것은 할아버지 대부터인데, 어떤 연유로 흘러왔는지 이유는 알지 못한다고 했다. 그는 노령에서 태어났으나 조선말을 유창하게 잘했다. 이름은 조치구라고 소개했다.

비록 계획했던 세계 만유는 실패하였으나, 봉완은 이번 여행이 더할 수 없는 좋은 공부가 되었다. 변경에 사는 조선 사람들의 생활 실태를 직접 목격하는 건 중요한 체험이다. 조정뿐만 아니라, 조선 사람 누구나 변경에 사는 사람들을 관심에 두지 않는다. 아예 이런 형편을 모르는 사람이 대부분이다. 이것이 큰 잘못이다. 이들은 바로 인접한 외국과 접촉하며 살아가는 사람들이다. 양국의 풍물을 이해하고 있으며, 상대국의 변화를 누구보다도 빨리 피부로 느끼며 산다. 이들을 팽개치고 온전한 국방 정책을 수립할 수가 없다. 그런데도 조정은 오랫동안 이들이 어떻게 흘러 다니며 살고 있는지 그 실상을 알려고도 하지 않을 뿐만 아니라 대책을 세우려고 하지도 않는다. 러시아가 변경 수비를 철저히 하고 있고 변경 도시들을 특별히 개발시키는 것을 보면서, 봉완은 조정의 그러한 실책을 더욱 실감했다.

봉완은 방 안 벽에 걸려 있는 청동으로 된 십자 모양의 장식을 바라보았다. 푸른 녹이 슨 걸 보면 꽤 오래된 물건 같았다.

"저기 벽에 걸려 있는 저것은 무엇입니까?"

"예, 저것 말입니까? 발해 유물입니다."

"발해 유물이라고요?"

"이곳 포시에트는 발해 때의 항구입니다. 발해가 일본과 교역하던 유일한 항구였지요. 이곳 연해주 하산 지방에 크라스키노라는 곳이 있습니다. 여기에서 가깝지요. 이 크라스키노에서 십 리쯤 되는 곳에 발해 육십이 州주 가운데 하나인 염주의 중심지 터가 있습니다. 지금은 원형으로 세워진 성만 남아 있는데, 조금 허물어지기는 했지만, 아직 제모습을 갖추고 있어요. 동쪽, 북쪽, 남쪽으로 각각 성문이 하나씩 나 있어요. 그 옆으로 야니치 강이 흐르고 있고, 크라스키노 성은 강 오른쪽 습지에 세워져 있습니다. 저것은 바로 그 성에서 주워 온 것이지요. 시간이 있으면 한번 구경해 보시지요. 뭣하면 내가 안내해 드릴 수도 있습니다."

봉완은 그 청동 조각품을 다시 쳐다보았다. 이곳이 발해 땅이다. 발해는 고구려 유민들이 세운 나라가 아닌가. 지금은 비록 러시아 땅이 되어 있지만, 이곳이 우리 민족이 살던 땅이라고 생각하니 가슴이 뭉클했다.

그날 밤, 봉완은 여행의 피로도 잊은 채 독한 러시아 술을 마시며 조치구와 밤새워 이야기했다. 자운과 혜관은 그런 이야기에 별 흥미가 없는지 마주 앉아 주거니 받거니 술을 마시고는 일찌감치 잠자리에 들었다.

"젤투가 공화국에 대해 들어보신 적 있나요?"

"젤투가 공화국?"

"네, 황금 공화국이라고도 하지요."

"금시초문입니다. 사실 나는 노령에 대해서는 아는 게 아무것도 없습니다. 러시아 근처에 있는 나라입니까?"

"가상의 나라죠."

"가상의 나라라뇨?"

"청조淸朝가 북경에 도읍을 잡은 이후 만주 땅은 유형지처럼 비어 있었습니다. 이곳 아무르강과 젤투가강 부근도 마찬가지지요. 러시아가 상트페테르부르크에 자리 잡고 있어 이곳은 치안이 미치지 않은 황무지가 되었어요. 젤투가 공화국은 아무르강의 중국 쪽 연안에 있었는데, 금이 무진장 매장되어 있어요. 청나라와 러시아 정부가 이것을 모르고 있는 사이에 만주인과 러시아인들이 금을 캐기 위해 이곳으로 모여들었습니다. 그때가 1883년이었는데, 주민은 한때 일만 이천 명으로 늘어났었죠. 그래서 주민 열 사람에 반장 한 사람을 두었고, 이들이 모여 우두머리 총대장을 뽑아 통치하게 된 겁니다. 말하자면 청나라와 러시아의 치안이 미치지 않은 곳에 임의의 자치 공화국이 만들어진 겁니다. 주민들은 탈주한 유형수, 학생, 관리, 선원 등 각양각색이었어요. 보통 한 사람이 하루에 금을 약 85그램 캤으니까, 매장량이 엄청났던 겁니다. 우스운 것은 금 캐는 데만 정신이 없었지, 사실 다른 경제 구조는 엉망이었어요. 마른 빵 사백 그램을 순금 사백 그램과 맞바꾸었을 정도니까요. 그곳에는 금만 흔했지 먹을 것이 그만큼 귀했습니다. 어쨌거나 주민들은 비명을 지르며 금을 캐냈지요. 그렇게 뜨내기들이 모여들어 살고 있었지만, 사실 치안은 잘 유지되었어요. 캐낸 금을 허름한 창고에 그냥 두어도 가져가는 사람이 없었습니다. 치안법이 그만큼 엄했어요. 살인하면 똑같이 사형을 집행했고, 물건을 훔치면 체형을 가한 뒤 추방했어요. 그곳에서 추방당하는 건 곧 지옥으로 떨어지는 일이었습니다. 황금이 쏟아지는 젤투가에서 쫓겨나면 먹을 것도 없는 황무지거든요."

"조선족도 많았나요?"

"많지는 않았지만, 북만주와 함경도 쪽에 살던 조선족들이 소문을 듣고 더러 들어왔습니다. 등 터지게 농사지어 봐야 곡물세 바치고 나면 뭐 양식이나 제대로 되었나요. 그래서 전답을 버리고 금을 캐러 모여든 것이지요."

봉완은 고개를 끄덕였다. 한성에서 이지룡에게 변경에 사는 조선 사람들이 만주로 노령으로 월경한다는 소리를 들었었다. 관에서 월경을 금했지만, 강 하나를 넘으면 빈 들판이 지천으로 널려 있었다.

통치력이 미치지 않은 유휴지에서 마음껏 농사짓고 싶은 유혹이 간절했으리라. 더구나 황금이 쏟아지는 땅이 있다는 데야 누가 달려가지 않겠는가.

"그런데 영화는 오래 가지 않았어요."

"……?"

"한창 부자가 되는 꿈에 부풀어 있는데 청나라 정부가 이 사실을 알고 특수 부대를 파견하여 소탕한 것입니다. 대부분 러시아 땅으로 도망쳐 왔으나, 그곳에서 끝까지 미련을 못 버리고 남았던 사람들은 모두 학살당했습니다. 만주 사람들처럼 변발하면 살려 줄지도 모른다는 소문을 듣고 그렇게 했으나, 결국 다 죽었답니다. 불과 3년 만에 젤투가 공화국은 풍비박산이 나 버린 거지요. 지금 그곳에는 이홍장이 기계 장치를 하여 금을 캐고 있답니다."

"청나라 이홍장 장군 말이오?"

"그가 자신의 군대를 파견하여 주민을 학살하고 금을 캐고 있는 거지요."

봉완은 마치 호랑이 담배 피우던 시절의 이야기를 듣고 있는 듯한 착각에 빠졌다. 이홍장이라면 청나라 장군으로 조선 조정에도 많은 영향을 끼친 인물이다. 남의 나라 땅도 아니다. 러시아에서 들어온 사람들을 내쫓는 건 당연하겠으나, 자기 나라에서 자기 나라 사람들까지 모조리 죽이고 금광을 빼앗았다니, 일국의 실권자로서 취할 태도가 아니다. 기우는 청나라의 내정을 들여다보는 것 같아 씁쓸했다.

이홍장은 이미 오래전에 사망했다. 조치구는 그가 세상을 떠난 사실을 아직 모르고 있는 듯했다. 아니면 그의 후손이 아직 젤투가 공화국을 장악하고 있는지도 모른다.

"그때 움켜쥐고 온 금 덕분에 이나마 살고 있는 겁니다."

"아무튼 장하십니다. 이국에서 열심히 사는 걸 보니 내 일처럼 마음 든든하군요."

"돈이 있으면 뭣합니까."

"무슨 말씀이오?"

"지금은 러시아 정부가 이쪽에 군침 흘리고 있어요. 버려두었던 땅에 소수민족이 터전을 개척해 놓으니까, 러시아인들이 들여보내기 시작한단 말입니다."

"아직은 사람의 발길이 닿지 않은 황무지가 많으니, 사람들이 모여드는 게 낫지 않습니까?"

"아닙니다. 변방 수비를 목적으로 러시아인들을 대량 이주시키고 있어요. 그들이 터를 잡고 살 수 있도록, 이곳에 사는 소수민족을 모두 내륙 오지로 강제 이주시킨다는 소문이 나돌고 있습니다."

봉완은 눈을 크게 떴다. 젤투가를 개척해 놓으니까, 이홍장이 쳐들어와 차지해 버린 것처럼 황무지였던 이곳 연해주에 소수민족이 옥토로 개척해 놓으니까 러시아인들이 차지해 버리겠다는 것이다.

"오시면서 보았을 것이오. 곳곳에 러시아 군대가 진을 치고 있습니다."

"그럼 어떻게 하시겠소?"

"글쎄올시다. 버틸 때까지 버텨 봐야지요."

봉완은 재산을 정리하여 조선으로 들어가자고 말하려다가 멈칫했다. 이지룡이 하던 말이 생각났다. 그는 있는 재산을 정리하여 상해나 연해주 쪽으로 빼돌려야 한다고 했다. 그는 일본이 나라를 차지하는 것을 기정사실로 보고 있었다.

봉완은 갑자기 가슴이 답답해졌다.

일행은 이튿날 그곳을 떠나 노브키예브스크로 향했다. 조치구는 가다가 먹으라며 삶은 감자와 말린 옥수수를 바랑에 넣어 주었다. 그는 헤어지는 것이 못내 섭섭한지, 가족들까지 모두 나와 일행의 모습이 보이지 않을 때까지 집 앞에 서서 배웅했다.

봉완은 코끝이 시큰한 감정을 속으로 삭였다. 이별로 치자면 가족을 버리고 출가한 것보다 더 큰 게 있겠는가만, 봉완은 그 어느 이별보다도 가슴이 미어지는 듯했다. 다시는 보지 못할 사람들이기에 더 애틋했다.

포시에트 시가를 완전히 벗어났을 때 자운이 씩 웃으며 한마디 했다.

"난 중 될 소질이 애당초 없었던 모양이오."

"⋯⋯?"

"이별이 가슴 아프니 말이오."

"인지상정 아니겠소. 중도 사람이지 않소."

노브키예프스크까지 오는 동안 길가 여기저기에 러시아 보병과 포병들이 주둔하고 있는 게 눈에 많이 띄었다. 국경이 가까워오고 있다는 증거다.

노브키예프스크는 포시에트와는 또 달랐다. 군사 중심지였다. 이곳에서도 여기저기에 건설 붐이 일고 있었지만, 소도시의 면모를 잘 갖추었다. 조선인, 중국인, 일본인들이 길거리에 많은 것은 지금까지 보아온 어느 도시나 마찬가지였다.

포시에트에서 하룻밤 묵었으므로 일행은 노브키예브스크는 그냥 지나치기로 하였다. 일행은 조선 국경이 있는 크라스노예를 향해 계속 갔다. 포시에트 만을 끼고 지평선이 보였다. 주위에 야트막한 산들이 마치 톱니처럼 이어져 있다. 일행은 해변을 끼고 계속 걸었다. 간간이 초가집이 눈에 띄었다. 짚 대신 갈대로 이엉을 얹고 새끼줄로 꽁꽁 엮어 매었다. 집 집마다 굴뚝을 높이 세웠으며 집 주위에 삼[大麻]밭과 수수밭이 펼쳐져 있었다. 바람이 많이 불고 논농사 대신 밭농사를 주로 짓는 모양이다.

봉완 일행은 마침내 러시아 국경을 넘어 만주 땅 한시 마을에 도착했다. 한시 마을은 항구 도시로 연해주 국경에 있는 엑스페지치예만 서안에 있다. 예부터 이 마을은 동만주 주민들이 동해로 밀항하는 출구로 이용해 왔다. 만주의 모든 밀무역은 이곳 항구를 통해 이루어졌다. 이곳에도 조선족이 많이 살고 있다. 주민은 대부분 함경도에서 건너온 농부들이었다. 여기에서 두만강까지는 그리 멀지 않다.

이미 날이 어두워 봉완 일행은 그중 한 집을 찾아갔다. 마침 늙수그레한 노파가 집을 지키고 있었다. 옷은 남루할 대로 남루했으며 얼굴은 주름투성이에 시커멓게 그을었다. 한눈에도 몹시 고생한 흔적이 역력했다. 노파는 승복 입은 세 사람을 보고는 놀란 표정을 지었다.

노파의 마음을 진정시키기 위해 봉완은 얼른 합장하며 인사하고 도움을 청했다.

"우리는 조선에서 온 중들이오. 하룻밤 묵어갈 수 있을는지요?"

노파는 입을 굳게 다문 채 일행을 노려보다가 걸걸한 쉰소리로 말했다.

"조선에서 왔다고?"

"예, 해삼위에 왔다가 돌아가는 길이오."

노파는 이맛살을 찌푸리며 일행을 차례로 훑어보고 나서 다시 말했다.

"먹을 것은 없는데······?"

"괜찮습니다. 잠을 잘 수 있는 것만도 큰 은혜입니다."

봉완은 바랑 속에 들어 있는, 포시에트에서 조치구가 준 감자와 마른 옥수수로 저녁을 때울 생각을 했다.

"들어와."

노파는 처음부터 아예 반말이다. 자운과 혜관은 뭔가 못마땅한 표정이었다. 장사꾼이라 입에 맞는 음식과 좋은 잠자리 맛을 알고 있어서 그런 모양이라며 봉완은 속으로 웃었다. 더구나 포시에트에서 후한 대접을 받은 뒤끝이라 더욱 그랬을 것이다.

봉완은 방으로 안내받고 나서야 하필 점찍어 찾아든 곳이 궁핍할 대로 궁핍한 집이라는 걸 그제야 알았다. 방 벽이 군데군데 허물어져 있는데도 손질도 하지 않았다. 방바닥에 깐 갈대 자리도 다 떨어져 바닥 흙이 옷에 묻을 정도였다. 자운이 참고 있던 불만을 터뜨렸다.

"어찌 이런 집에 들어왔어?"

"이곳 사람들은 모두 이렇게 사는 모양이지요."

"봉완 스님은 못 봤소? 기장밭이 딸린 집이 얼마나 많았소?"

"그래도 별 보고 자는 것보다야 낫지 않소. 자, 우선 요기나 합시다."

봉완은 바랑 속에 있는 감자와 말린 옥수수를 꺼냈다.

"그런데 이 집에는 저 노파밖에 안 사는 모양이오?"

"글쎄요……?"

봉완도 그제야 의아하게 여겼다. 저녁이 되었는데도 집 안에 사람들이 없었다. 들에 일하러 갔어도 지금쯤은 돌아왔을 텐데, 노파 혼자 집을 지키고 있는 것이 이상했다.

"양수척들인지 모르오."

"양수척이 무엇이오?"

봉완은 생전 처음 듣는 말이었다.

"무자리라고도 하는데, 국경 지방에서 떠돌아다니던 천민들이지요. 고려 이전부터 있었수. 여진족들과 어울리기도 하며, 짐승을 잡아 팔거나 고리짝 같은 것을 만들어 팔아 생계를 꾸려 가던 집단이우."

"혜관 스님께서 그걸 어떻게 아셨소?"

"들어오다가 보니 키와 고리짝이 있습디다."

"그건 일반 농가에서도 사용하지 않소이까?"

"먹을 것도 없는 사람들이 그런 것을 사둘 리가 있겠소이까. 보아하니 사용하던 게 아니라, 아직 새것이었소. 또 집 안에 농사짓는 흔적도 없잖수?"

봉완은 그의 관찰력에 놀랐다. 북쪽에서 생활한 사람이라 그들을 생태를 잘 아는지도 몰랐다.

"양수척 여자들은 몸도 팔지요."

봉완은 눈을 크게 떴다.

자운이 구미가 바짝 당기는지 옥수수를 씹다가 말고 밝은 소리로 말했다.

"잘하면 오늘 저녁 객고를 한번 풀겠네."

혜관이 시큰둥하게 대꾸했다.

"주머니에 든 게 있어야지……."

"남녀 유정이 꼭 돈으로 팔고 사는 것도 아니질 않는가. 일체유심 조일세."

봉완은 그들의 말을 못 들은 척하고 감자 하나를 꺼내 한입 베물었다.

좁은 조선에도 사람 사는 모습이 이렇듯 다름에 그는 놀랐다. 일찍이 연암 박지원이 이것을 조선의 문제점으로 주장하기도 했다. 바닷가 사람들은 감이 무엇인지 모르고, 내륙 사람들은 젓갈이 무엇인지 모르고 있다고 했다. 길이 발달하지 못하여 물산이 제대로 움직이지 않고 있다는 것이다. 한쪽에서는 썩어 내다 버리는 물건이 있는가 하면, 어느 지방에서는 먹을 게 없어 굶어 죽는 사람도 속출하는 게 조선의 실정이다. 그래서 연암은 『열하일기』 속에 「허생전」이라는 이야기를 만들어 넣기도 하였다.

사람들은 여행을 잘 모른다. 그러니 자기 고장 밖의 사정을 알 리가 없다. 견문이 좁으니 식견조차 좁을 수밖에 없었다. 이번 여행을 통하여 만난 사람들에게서 그런 특징이 더욱 두드러졌다. 강대용, 이지룡, 박영근, 블라디보스토크로 가는 배 안에서 만난 그 조선인 그들은 모두 세상을 보는 눈을 가졌다. 또 하나, 이들의 공통점은 모두 이곳저곳을 떠돌아다니는 사람들이다.

얼마쯤 지났을 때였다. 갑자기 밖이 왁자지껄 소란스러웠다. 가족들이 돌아오는 소리였다.

"누가 왔어요, 할매?"

"으음, 중들이 왔어."

"중들이라니, 무슨 중이요?"

"조선서 온 중들인데, 해삼위에서 오는 길인 모양이야."

"이잉, 중들은 가진 게 없는데……."

"아래 연장은 차고 다니겠지 뭐."

"이년아, 러시아 놈들한테 여태 들쑤시고도 아직 모자라?"

"엄니는? 중들은 여자를 굶어서 힘이 좋을 텐데……."

"중들은 돈이 없다고 했잖아. 방값도 제대로 받을 수 있을지 모르겠다."

"어머니는 그런 사람을 왜 들여봐요, 글쎄."

"방값은 주겠지. 설마하니 그냥 갈라구……."

봉완은 등줄기에 찬바람이 쏴 하고 지나갔다. 들려오는 목소리로 보아 밖에 나갔다가 들어온 두 여인은 모녀간인 듯했다. 집 안에 있던 노파는 들어온 여인의 시어머니다. 그런데 그냥 재워 주는 게 아니라 방값을 받을 작정인 모양이다. 말하는 품새로 보아 아까 혜관이 말하던 대로 몸 팔러 다니는 사람들이 틀림없다.

정말 낭패였다. 아침에 방값을 주지 못하면 또 한바탕 소란이 벌어질 것이다. 이렇게 마구잡이로 굴러다니며 먹고 사는 사람들이니 성질도 보통이 아닐 것이다. 블라디보스토크에서 당한 봉변을 떠올리면서 그는 어깨를 한번 추슬렀다.

자운은 혼자 신이 난 듯 들떴다.

"오늘 빈대깨나 돌아다니겠는데?"

"빈대가 있어요?"

봉완은 벽쪽을 살폈다.

"쯧쯧쯧…… 봉완스님은 보기보다 참 벽창호요."

"……?"

"중이 고기 맛을 보면 빈대도 안 남긴다는 말 못 들었수?"

봉완은 그래도 무슨 말인지 알아차리지 못했다.

"저 여자들 뭐라 그랬소? 중은 힘이 좋다고 말했잖소. 딸인 모양인데, 뭘 알기는 아는 모양이군……."

자운이 입가에 음흉한 웃음을 흘렸다. 그제야 봉완은 자운의 의중을 알아차리고 어이없는 표정으로 웃었다. 당장 방에서 쫓겨나게 생겼는데 그는 엉뚱한 생각을 했다.

"아무래도 잘못 들어온 것 같소이다."

"아니, 잘못 들어오다니요. 호박이 넝쿨째 들어왔는데!"

"아무래도 방값을 받을 모양이오."

"무슨 걱정이오. 어차피 방 안에 들어와 있는데. 설마하니 여자들뿐인 것 같은데 힘으로 우릴 쫓아낼 수야 없겠지요."

"쫓겨나는 게 문제가 아니라 봉변을 당하게 생겼소."

"까짓거 봉변 좀 당하면 어떻습니까. 다시는 안 올 땅인데."

봉완은 어이가 없었다. 그가 농담으로 그러는지 진담으로 그러는지 분간도 되지 않았다. 태평스러운 그의 성격이 부럽기도 했다. 지금까지 행동에 비추어 그는 승속僧俗을 자유자재로 넘나든다. 매사 조금도 걸림이 없어 보였다. 무애행인가 방탕인가. 그것은 오직 자운 본인만이 알 일이다. 봉완은 문득 경허 대선사의 무애행이 떠올랐다.

경허 스님은 곡차를 즐기고 여색을 밝혔다. 어느 날, 외출을 나갔던 스님이 옥색 저고리에 다홍치마를 입은 한 여인을 데리고 돌아왔다. 스님은 눈을 휘둥그렇게 뜨는 대중들을 아랑곳하지 않고 그 여인을 방으로 데리고 들어갔다. 경허 스님은 그 여인과 함께 공양하고 잠까지 잤다. 방 밖으로 나오는 일 없이 며칠 동안 그렇게 함께 기거하는 것이었다. 며칠이 지나도록 그러고 있자, 시봉하던 스님은 은근히 걱정되어 경허 스님 방으로 들어가 보았다.

방문을 열자 썩는 냄새가 코를 찔렀다. 시봉 스님이 코를 움켜쥐고 보니 정말 해괴한 풍경이 벌어졌다. 경허 스님이 여인을 꼭 껴안고 자고 있었다. 여인의 얼굴을 들여다보던 시봉 스님은 기겁하였다. 그녀는 코도 눈도 분간할 수 없었고, 손까지 문드러진 한센병 환자였다.

시봉 스님은 코를 움켜쥔 채로 밖으로 뛰쳐나오고 말았다.

봉완은 경허 스님의 깊은 뜻을 되새겨 보았다. 대승 보살행이다. 자기 같으면 그런 여자와 잘 수 없을 것 같다. 경허 스님은 색욕에 빠져 그런 게 아니다.

자운이 씩 웃으며 말했다.

"나를 위해 염불하고 계시오?"

봉완은 자운을 돌아다보았다. 사람의 마음을 꿰뚫어 보는 지혜가 참으로 뛰어나다. 잠시 정신을 가다듬은 봉완이 말했다.

"여긴 바다가 없으니 우릴 어떻게 죽일까요?"

"솥에 삶아 죽이겠지요. 팽형烹刑."

"먹을 게 없는 사람들이니 솥인들 있겠소."

"그 솥은 천하를 담고도 남소. 황제도 장군도 모두 그 솥에 삶겨 가지고 나온 것들 아니오?"

봉완은 얼굴을 붉혔다. 이젠 그 정도의 농담은 알아차릴 수 있었다. 봉완은 할 말을 잃었다. 그의 요설을 당해낼 재간이 없었다. 방값이 없어 봉변당할 일을 걱정하는데, 자운은 엉뚱한 욕망을 끓이며 농담한다.

"걱정하지 마시오. 설마하니 장정 셋이 여자한테 잡아먹히겠소? 방에 들어왔으니 일단 편하게 잡시다. 내일 문제는 내일 닥쳐서 해결하면 될 게 아니오?"

봉완은 도무지 그를 이해할 수가 없었다. 블라디보스토크에서 위기에 빠졌을 때는 해결책도 내놓지 못했었다. 오히려 겁에 질려 벌벌 떨었다. 그런데 지금은 마치 다른 사람처럼 태연하게 이야기한다. 아무리 생각해 보아도 달리 뾰족한 방도가 없다. 방값을 군이 받겠다고 작정하였다면 지금 나간다고 해서 이들이 곱게 보내 줄 리도 없을 것이다.

봉완은 자운을 돌아다보았다. 그는 이미 자리에 누워 있었다. 봉완은 속으로 웃었다. 그의 뛰어난 현실 감각에 감탄했다. 블라디보스토크에서 소극적으로 떨고 있었던 것도, 이러한 현실 감각 때문인지도 몰랐다. 함께 힘을 모아 부딪쳐 봐야 이겨낼 수도 없다. 더구나 이미 한 사람이 앞에 나서서 방도를 적극 모색하고 있는데 함께 떠들면 오히려 반감만 더 살 수 있다. 차라리 두 사람은 그렇게 떨고 있는 게 모양도 좋아 보이고, 상대방에게 기분 좋게 해 주는 결과도 될 것이다. 사실 그때의 분위기가 그랬다. 엄인섭은 세 사람을 앉혀놓고 매우 우쭐해했다. 만약 그런 뜻으로 한 행동이었다면, 자운과 혜관은 그들이 더욱 우쭐해지도록 부추긴 셈이다. 비굴하게 빈다고 해서 상대방이 우쭐해지는 건 아니다.

밤이 얼마나 깊었을까. 봉완은 들짐승들의 울음소리에 잠이 깼다. 그 짐승의 울음소리는 멀리서 가까이에서 밤공기를 타고 흐르는 듯 들려왔다. 늑대 울음 같았다.

"......?"

봉완은 무심히 옆을 돌아보다가 자운의 모습이 보이지 않은 것을 발견했다. 그가 어디에 갔을까. 잠시 의심하다가 화장실에 간 모양이라며 별스럽지 않게 생각했다.

한참 지나도 자운은 돌아오지 않았다. 화장실에 가도 몇 번을 다녀왔을 시간이다. 그제야 봉완은 걱정이 되었다. 화장실에 갔다가 혹시 들짐승한테 봉변당한 건 아닐까 불길한 생각까지 들었다. 이런 곳에는 대개 화장실이 벌판에 뚝 떨어져 있었다.

봉완은 혜관을 깨웠다.

"무슨 일이오?"

"자운 스님이 보이질 않습니다."

혜관도 눈을 비비며 옆을 돌아다보다가 어리둥절한 표정을 지었다.

"어디 갔을까요?"

"해우소에 갔겠지요."

혜관은 대수롭지 않게 화장실에 갔을 거라고 말했다. 절에서는 화장실을 해우소解憂所라고 한다. 근심을 없애는 곳이라는 뜻이다.

"꽤 오래되었는데 돌아오지 않아요."

"먹은 게 없으니, 똥 누기가 힘든 게지요."

아직 잠이 덜 깬 눈을 껌벅이며 혜관은 귀찮다는 듯이 도로 자리에 누워 버렸다.

봉완은 혼자 밖으로 나왔다. 아무래도 자운이 걱정되었다. 짐승들의 울음소리는 계속 들려왔다. 반달이 서쪽으로 떠가고 있었으나 주위는 짙은 어둠이 깔려 있었다. 벌판을 쓸고 온 흙바람이 갈대 담장에 걸려 연신 서걱거리는 소리를 내었다. 방문 앞에 서서 봉완은 화장실이 어디에 있는가 살펴보았다. 목을 길게 빼고 마른 갈대로 엮은 담장 너머를 훑어보았으나 화장실 같은 것은 보이지 않았다. 이번에는 집 안을 두리번거렸다. 그러다가 천천히 마당을 내려와 뒤꼍으로 돌아갔다. 용기를 내고는 있었지만, 어쩐지 등줄기에 써늘한 바람이 일었다. 들짐승이 사람 냄새를 맡고 불시에 달려들 것만 같은 긴장감이 온몸에 휘감겨 왔다.

그때 어디에서 거친 숨소리와 함께 사람의 목소리가 희미하게 들려왔다. 봉완은 바싹 귀를 곧추세웠다. 숨이 넘어갈 듯한 여자의 감탕질하는 소리였다. 그 소리를 듣자 봉완은 온몸이 불덩이처럼 달아올랐다. 이미 자신의 의지와는 무관하게 온몸에서 성기性氣가 내뻗고 있었다. 소리가 나는 방향을 더듬어 가까이 다가갔다. 곳간처럼 생긴 허름한 건물 근처에서 걸음을 멈췄다. 본채와 조금 떨어진 곳이다. 그곳에서 두런거리는 말소리가 흘러 나왔다.

"허어, 대도무문大道無門이요 지도무난至道無難이로다."

"그게 무슨 말이야요?"

"큰길에는 문이 없고, 길을 편안히 잘 걸었다는 뜻이야."

"여기까지 편하게 오신 모양이어요."

"이것아, 지금 네 몸 고기 맛 보고 나니 갑자기 법열이 일어 오도송을 해 본 게야."

"……?"

"그래, 러시아 사내 고기 맛은 어떻더냐?"

"그런 건 묻는 게 아니야요."

자운의 목소리였다. 여자는 누구인지 알 수 없으나, 아까 들어올 때 보았던 모녀 가운데 한 사람인 듯했다.

"농사짓는 것보다 훨씬 수입이 좋겠군."

"황무지를 개간한 땅이라 농사지어 봐야 소출도 없어요. 비가 적어 겨우 기장 농사밖에 지을 수 없어요."

"이 집 남정네는 모두 어디 간 게야?"

"부대 공사판에 일하러 갔지요."

"부대 공사판이라니?"

"러시아 군대 막사를 지으러 갔다구요."

"허 참, 알다가도 모르겠군. 여기 사는 조선 사내들은 모두 가운데 토막을 늑대한테 물린 게로다. 그래, 모녀가 함께 그 짓 하러 가도 애비가 가만 있는 게야?"

"어때요? 식구들 모두 먹여 살리는데. 굶어 죽는 것보담 낫지 않아요?"

"하기야, 죽는 것보다 낫지. 아니, 살더라도 훨씬 더 낫지."

"예?"

"고기도 고루고루 맛보아야 하는 게야. 아니면, 평생 러시아 사내 맛 볼 수 있겠어?"

"원, 별소릴 다 듣네요."

봉완은 이맛살을 찌푸렸다. 대화의 내용이 무엇인지 알아들었다. 그런데 자운이 여자와 어떻게 만나 함께 있는지가 궁금했다. 안방으로 들어가 꼬드기지는 않았을 것이다. 노자 한푼 없이 주머니가 비어 있는데, 돈으로 여자를 유혹했을 리도 없었다. 혹시 일행 몰래 꿍쳐 둔 돈이 있었을까. 그러고 있는데 갑자기 또 두 남녀의 거친 숨소리가 들려왔다.

"그래도 역시 육질은 조선 황소가 젤이지."

"아…… 이러다 나…… 죽는 게…… 아닌지…… 모르겠어요. 아아…… 나 죽네!"

"그렇게 요분질을 해대면 너 죽는 게 아니라 나 죽겠다. 에라 모르겠다. 이건 빗장거리라는 거다."

"아이고, 엄니, 나 죽네."

"이것아, 아무리 아래위가 없기로서니 여기서 니 엄니 찾으면 어쩌자는 게냐. 어랍쇼! 이것이 감투거리도 다 아네?"

여자의 숨넘어가는 소리가 들리자, 봉완은 얼른 돌아섰다. 속으로 염불을 하는데도 걸음을 옮겨놓기 힘들 정도로 바지 앞이 불쑥 올라와 있었다.

방으로 돌아온 봉완은 달아오르는 마음을 가라앉히기 위해 가부좌를 틀고 앉았다. 그러나 머릿속에는 곳간 안에서 엉켜 뒹구는 남녀의 모습이 꽉 찬 채 좀처럼 빠져나갈 생각을 하지 않는다. 그는 가부좌를 풀고 자리에 누웠다. 안 되는 좌선坐禪 대신 차라리 와선臥禪을 해야겠다 생각했다. 잠도 쉽게 올 것 같지도 않았다.

얼마쯤 시간이 흘렀을까. 방문이 열리면서 자운이 들어왔다. 봉완은 모른 척하고 그냥 누워 있었다.

그는 혼잣말을 중얼거렸다.

"거참 먹은 게 없어 똥 한번 누기 몹시 힘드는군."

그 소리를 듣고 봉완은 어둠 속에서 혼자 빙그레 웃었다. 아까 혜관이 같은 소리를 하던 게 생각나서였다. 그러다가 봉완은 깊은 잠 속으로 빠져들었다.

얼마나 지났는지 모른다. 봉완은 잠결에 누가 깨우는 통에 눈을 떴다. 자운이 행장을 갖추고 앉아 두 사람을 깨웠다.

"빨리 떠납시다."

"아직 밖이 어두운데……?"

"지금 안 떠나면 영원히 못 떠날지도 몰라."

"……?"

눈을 크게 뜨고 봉완은 자운을 바라보았다. 하룻밤을 자도 만리성을 쌓는다더니, 간밤에 난정亂情을 나눈 그 여자가 자운의 바짓가랑이에 매달릴지도 모른다는 말로 들었다. 사실은 그게 아니었다.

"이 집 사내들이 새벽에 돌아왔는데, 방값을 못 내면 우릴 잡아 죽일지도 모른다는 말이오."

픽 웃으며 봉완이 무심결에 말했다.

"방값이 아니라 해웃값이겠지요."

"……?"

자운이 놀라는 눈빛을 했다. 놀라기는 봉완 자신도 마찬가지였다. 해웃값이라는 말을 하자, 갑자기 혜관과 자운이 똥 누기 힘든다고 한 말이 떠올랐다. 하마터면 봉완은 웃음을 크게 터뜨릴 뻔했다. 절에서 화장실을 해우소라고 하는 것도 어쩌면 그런 뜻이었는지도 모른다. 성性을 억제해야 하는 젊은 비구와 비구니들에게 그것보다 더 큰 근심은 없을 것이다. 화대花代를 다른 말로 해웃값이라고 하지 않은가. 근심을 풀기 위해 해웃거리를 한 대가다.

이내 놀란 표정을 풀면서 자운은 아무렇지도 않은 듯 말했다.

"저자들이 눈 뜨기 전에 이, 삼십 리 정도를 가야 못 따라오오. 안 그러면, 들판에 살아서 걸음이 빠른 저들에게 금방 덜미를 잡히오."

봉완도 일어나 바랑을 걸머졌다. 일행은 야반도주하듯 그 집을 나와서 잰걸음으로 정신없이 걸었다. 10리 길은 좋게 왔다고 여겨질 무렵, 자운이 봉완의 귓가에 대고 조용히 말했다.

"육보시를 좀 했소이다."

"똥을 눈 게지요."

"고기도 집짐승보다 들짐승 게 맛이 훨씬 낫지요."

"……?"

"왜 그런지 아시오?"

봉완은 묵묵부답으로 그의 말을 들었다.

"집짐승은 가둬놓고 키우기 때문에 기름기만 많아요. 들짐승은 들판을 천방지축 뛰어다녀 기름기 없이 근육질이 잘 발달해 있지요."

봉완은 듣기만 했지만, 속으로는 거침없이 흐르는 자운의 요설天 舌에 감탄했다. 단순한 말장난이 아니라, 그의 말은 씹으면 씹을수록 깊은 맛이 배었다. 집짐승은 정말로 기름이 많다. 그러나 산토끼나 꿩을 잡아 푹 고아 보면 국물이 말쌍다. 그래서 산골에서는 환자를 치료할 때 산토끼나 꿩을 고아 먹는다. 그만큼 단백해서다.

"봉완 스님도 진짜 중이 되려면, 육보시도 더러 해야 하오."

"……?"

"중생의 번뇌를 모르고서 어찌 하화중생下化衆生하겠소."

"이번에 조선으로 돌아가면, 자운 스님께선 언제 백담사로 가십니까?"

"모르지요. 이 몸은 출가한 중 아니오. 집을 나선 몸이 집 걱정은 왜 합니까."

딴은 그랬다. 중이 한곳에 머물러 집지킴만 해서는 하화중생을 하지 못한다. 대승은 중생을 싣고 끝없이 돌아다녀야 하는 수레바퀴다.

봉완 일행은 마침내 두만강까지 왔다. 러시아 사람들은 두만강 강변 나루터를 그라스느쎌리스카야라 불렀다. 또 강변에 있는 마을은 포드고르스카야였다. 이곳에 사는 조선족들은 본국 사람들보다 비교적 생활이 윤택했다. 아이들을 러시아 학교에 보내 교육시킬 만큼 여유도 있었다. 러시아 학교지만 선생님과 학생은 모두 조선 사람들이었다. 조선인 선생은 월급이 15루불인데 조선 농민보다 수입이 못한 편이다. 러시아 치안 판사가 파견되어 있어서 질서도 잘 잡혀 있다. 그래서 조선과 중국 쪽에서 계속 이주자들이 몰려온다. 이미 러시아 당국에서 이주를 금지하고 있어서 불법 월강한 이들을 한곳에 모아 강제 송환했다. 조선에서는 이들을 훈계 방면하지만, 중국에서는 모조리 목을 잘라 죽인다고 했다. 그래서 중국인들은 강제 송환에 목숨을 걸고 대항하여 유혈 사태가 자주 발생했다. 본국에 강제 송환되느니, 차라리 러시아 땅에서 범죄자로 남는 게 더 낫기 때문이다. 송환되면 목이 잘리지만, 러시아에서는 살인죄를 지어도 최고 형벌이 무기징역이다.

두만강 강변에는 국경 표지가 있고, 그 옆에 조그마한 집 한 채가 서 있었다. 러시아 장교와 병사 몇 명이 살고 있는 집이다. 국경 경비 초소다. 강 건너편으로 조선 땅이 손에 잡힐 듯 들어왔다. 황혼에 비낀 산들이 아름다운 그림 같다. 강물 위에는 고깃배가 유유히 떠다니고, 상류로부터 뗏목들이 계속 떠내려왔다. 뗏목 위에 타고 있는 사람들이 부르는 노랫소리가 강 이쪽까지 들린다.

마침 강을 건너는 나룻배가 있어, 봉완 일행은 한 떼의 러시아인들과 함께 그 배를 탔다. 생각 같아서는 러시아 국경 마을에서 하룻밤 묵어가고 싶었지만, 조선 땅이 눈에 어른거려 한시바삐 강을 건너고 싶었다.

봉완은 잠시 자신들이 걸어온 여정을 돌아다보았다. 실로 꿈 같은 여행이었다. 죽을 고비를 넘기면서, 예정에도 없던 땅을 밟아 여기까지 왔다. 그동안 마주쳤던 사람들, 그들은 어쩌면 이 연해주 벌판에 부는 한 줄기 바람인지도 모른다. 광덕 스님이 보았던, 바로 그 바람이다.

배가 서서히 움직이기 시작했다. 뱃사공이 흥얼거리며 노래를 불렀다.

새 봄이 다 가도록
기별조차 없는 님
가을밤 안신(雁信)까지
또 어찌 참으라요.
두만강 눈얼음은
다 풀려 간다는데

노랫소리는 강 위를 스쳐 가는 바람에 실려 더욱 구슬프게 들렸다. 봉완은 사공에게 물었다.

"그게 무슨 노래요?"

"강 건너 만주 땅에 농사지으러 간 남편을 기다리는 조선 여인들이 남편을 기다리며 부른 노래요."

봉완은 이지룡으로부터 만주에 흘러 들어간 우리 동포들에 관한 이야기를 들었다. 강을 건너가면 월강죄로 잡혀간다. 땅이 척박하여 농사가 제대로 되지 않은 함경도 조선인들은 강 건너편 갈대가 무성한 옥토를 바라보며 한숨을 쉬었을 것이다.

"함경도 사람들은 목숨을 내놓고 이 두만강을 넘나들며 농사를 지었지요."

사공은 한숨을 섞어 이야기를 계속했다.

사람들은 기름이 흐르는 땅을 바라보면서 유혹을 떨구지 못해 관원들의 눈을 피해 두만강을 건넜다. 꽁꽁 언 강물이 풀리기 전에 강을 건너가 씨앗을 뿌렸다. 그러다가 어느새 강물이 녹아 돌아오지 못해 산속에 숨어 살며 초근목피로 연명했다. 강물에 띄울 배가 있을 턱이 없었으며 있다고 하더라도 관원의 눈을 피해 돌아갈 길이 없었다. 그들은 강물이 다시 얼기를 기다리며 고향 하늘을 향해 애달픈 노래를 불렀다.

월편(越便)에 나부끼는
갈댓잎 아지는
애타는 내 가슴을
불러야 보건만은
이내 몸 건너면
월강죄(越江罪)가 된단다.

기러기 갈 때마다
일러야 보내며
꿈길에는 그대와
늘 같이 다녀도

이 몸이 건너면은
월강죄가 된단다.

석왕사 쇠북 소리

　자운, 혜관과 헤어져 봉완은 혼자 안변 설봉산 석왕사로 향했다. 석왕사는 조선 왕조 개국과 인연이 있는 절이다. 무학대사가 설봉산 기슭에 토굴을 파고 정진하고 있을 때였다. 동북면 도원사 완산부 원군으로 있던 이성계가 하루는 꿈을 꾸었는데, 다 허물어진 집에서 서까래 세 개를 지고 나오는 꿈이었다. 이성계는 무학대사에게 그 꿈에 관해 물었다.

　그때 무학이 이성계에게 말했다.

　"왕이 될 꿈이오."

　그때까지 왕이 되겠다는 생각은 추호도 하지 않았던 이성계는 소스라칠 듯이 놀랐다. 사람이 서까래 세 개를 가로로 눕혀서 지고 있는 모습이 임금 왕王 자를 닮았다. 이때부터 마음속에는 왕이 되고자 하는 야망이 싹텄다. 무학의 말 때문에 왕이 되고자 하였는지, 정말 왕이 될 운명을 타고났는지는 그 누구도 알 수 없다. 그러나 한 가지 사실만은 분명하다. 무학은 당시 국가의 운명을 예견하였고, 또 그것을 잘 건사할 수 있는 인물로 이성계를 꼽았다. 왕은 아무나 되는 게 아니다. 힘이 있고, 권력이 있다고 해서 되는 게 아니다. 하늘에서 타고 난 인연이 있어야 한다. 그러한 인연 없는 사람이 힘만 믿고 옥좌에 앉으면 가위눌려 죽는다. 그 엄청난 인연을 감당할 수가 없는 것이다.

이성계는 그 꿈을 꾼 뒤부터 하늘에서 자신에게 왕기를 내려준 것이라고 믿게 되었다. 그 일을 무학대사가 하였다. 이성계는 이때부터 무학대사를 스승으로 삼고, 설봉산에 불사를 일으켜 절을 지은 뒤 이름을 석왕사라 했다. '왕이 될 꿈을 해석釋한 절'이라는 뜻이다.

봉완은 석왕사에 머물면서 참선 공부를 하였다. 여행에서 묻힌 먼지를 닦아 내기 위해서였다. 연꽃은 아무리 시궁창 속에 자라지만 더러운 물이 묻지 않는다. 가섭존자의 미소처럼, 연꽃은 시궁창에서도 달콤한 향기를 피운다. 봉완은 아직 자신의 영육靈肉이 솜뭉치 같다고 생각하였다. 먹물에 담그면 먹물이 배어들고, 소금물에 담그면 소금물이 배어들었다. 연꽃처럼 시궁창에 담가도 물이 묻지 않으려면 피나는 정진이 필요했다.

봉완은 여기에서 한 스님을 만났다. 박한영 스님이다. 법호는 정호, 당호를 영호라 하였다. 19세 때 전주 위봉사 금산 화상으로부터 법을 받았고, 23세 때 장성 백양사 운문암에서 김환응 스님에게 『능엄경』『기신론』『금강경』『반야경』『원각경』 등을 이수하였다. 그는 건봉사와 신계사에서 안거하기도 했으며, 그 밖에 여러 절을 돌면서 강론을 한 뛰어난 학승學僧이었다. 나이는 봉완과 아홉 살 차이가 났지만, 법랍은 18년이나 위인 대덕이었다. 그런데도 한영스님은 봉완에게 깍듯한 예를 갖추며 대했다. 비록 나이와 법랍은 까마득히 아래였지만, 그의 유학과 불법의 깊이가 예사롭지 않음을 인정해 준 것이다.

봉완은 한영스님과 많은 이야기를 나누었다. 대부분 시국에 관한 화제였다. 참선 강구하려던 작정을 까마득히 잊어버리고, 그는 한영스님과 함께 담소하며 시詩를 주고받으며 세월을 보내고 있었다.

한영스님은 특히 석왕사와 무학에 얽힌 이야기를 하였다. 이는 불교와 정치와의 인연이 어떻게 맺어졌는가 하는 본보기이기도 하였고, 역사의 유무상有無常을 동시에 보는 거시巨視이기도 한 이야기였다.

무학의 스승은 나옹화상 혜근이다. 이성계와 무학과의 만남 이전에, 무학이 나옹을 만나는 인연을 먼저 알아야 한다. 나옹은 공민왕의 왕사였다. 공민왕 치세에는 사회가 극도로 혼란하던 격변기였다. 오랫동안 원나라에 지배받아 오면서 백성들의 생활은 말이 아니었고, 권문세족이 득세하며 토지를 겸병兼併했다. 이들 가운데 원나라 황실과 끈을 대고 왕조차 우습게 아는 자들도 있었다. 여기에다 새로이 신진사대부들이 등장하여 성리학을 보급하며 새로운 세력으로 등장하였다. 이 무렵 공민왕은 신돈을 입각시켜 개혁 정치를 하였다. 권문세족들이 차지하던 토지를 몰수하여 백성들에게 나누어 주는 등, 신돈의 초기 개혁 정치는 성공적이었다. 그러나 권문세족들의 줄기찬 항거와 신진사대부들의 견제, 그리고 공민왕의 실정 등으로 개혁 정치는 물거품이 되었다. 급기야 신돈은 역모죄로 참형을 당하고, 공민왕은 내시 최사전과 자제위 홍윤의 손에 시해당하고 만다.

우왕 2년, 나옹화상은 양주 회암사에서 문수회를 열었다. 전국 방방곡곡에서 사람들이 구름 떼같이 모여들었다. 고려 조정은 겁이 덜컥 났다. 신돈에게 혼이 난 뒤끝이라, 나옹화상을 따르는 세력이 커지는 것에 지레 겁먹은 것이다. 더구나 회암사는 개경에서 가까운 거리에 있었다. 날마다 나옹을 찾는 사람들의 발길이 개경을 거쳐 양주로 향하고 있었다.

급기야 우왕은 회암사에 있던 나옹화상을 멀리 밀양 영원사로 내쫓았다. 이 소식을 들은 대중들이 몰려와 나옹이 탄 가마를 에워싸고 소리 내어 울부짖었다.

정치란 한 줌 물거품이요 한 줄기 구름 같은 것이다. 나옹 화상의 법을 이어받은 무학 대사에 의해 고려는 결국 역사의 문을 닫게 된다. 정말 신기한 인연이 아닐 수가 없다. 고려는 이미 천운을 다 하였다는 뜻일까. 무학은 그러한 고려의 기운을 읽고 이성계를 지목하였는지도 모른다.

무학과 나옹이 만난 것은 원나라 법천사에서였다. 나옹은 무학보다 5년 먼저 원나라에 와 있었다. 원나라에 가기 전에 무학은 용문산으로 가서 혜명, 법장국사에게서 『능엄경』을 공부하다가 크게 깨닫는다. '묘하고 밝은 참 마음이 곧 만법의 근본이다.'라는 『능엄경』의 구절을 보고 도통한 무학은 침식을 폐하고 용맹정진하였다. 그는 여기에 만족하지 않고 더 큰 스승을 만나기 위해 원나라에 간 것이다.

당시 원나라에는 인도 승려인 지공화상이 법원사에 머물며 선풍禪風을 크게 일으켰다. 무학은 지공을 만나 큰절을 올리면서 말했다.

"삼천팔백 리 밖에서 화상의 진면목을 친견하러 왔소."

그러자 지공화상이 물었다.

"배로 왔는가, 육지로 왔는가, 아니면 신통술로 왔는가?"

"신통으로 왔소."

"그 신통을 내게 보여 줄 수 있겠는가?"

무학은 지공 앞으로 얼른 나아가 서서 합장했다.

지공은 빙그레 웃으며 말했다.

"고려인을 모조리 죽여 버릴까 했는데, 겨우 허용하였노라."

무학은 그 말을 듣고 지공을 향해 큰절을 올렸다. 무학이 신통을 보이라는 지공의 말에 합장한 것은 자기 모습이 곧 신통이라는 뜻이다. 배움을 갈구하는 그 모습 자체가 곧 신통이다. 지공이 고려인을 모조리 죽이려다가 허용했다는 말은, 앞서 온 나옹과 무학 모두에게 깨달음의 경지를 인정한다는 뜻이었다. 나옹을 만난 뒤 무학은 중국 각지를 돌아다니며 공부하다가, 영암사에 머물고 있던 나옹을 다시 만났다.

몇 년 동안 끼니조차 잊은 채 참선하는 무학을 본 나옹이 물었다.

"죽였느냐?"

무학은 빙그레 웃기만 했다.

어느 날, 햇볕을 쬐며 쉬던 중 나옹이 무학에게 물었다.

"옛날 조주화상이 수좌와 돌다리를 건너다가, '누가 이 돌다리를 만들었는가?' 하고 물었다. 그러자 그 수좌가 답하기를 '이응이 만들었습니다.' 하고 답했다. 조주화상이 다시, '그럼 어디에서부터 시작했는가?' 하고 물었다. 수좌는 아무런 대답을 하지 못했다. 이제 네게 묻는다. 뭐라고 대답하겠는가?"

무학은 두 손으로 뜰의 돌층계를 잡으며 축대 쌓는 시늉을 해보였다. 나옹이 그걸 보면서 고개를 끄덕였다.

그날 밤, 나옹은 무학에게 말했다.

"오늘은 내가 너를 속이지 않는 줄 알아라. 서로 아는 사람이 천하에 차 있더래도 마음을 아는 이는 몇이나 되겠는가. 너와 나는 한 가문이 되었느니라."

"스님."

"사람이 도를 깨침은, 코끼리가 이빨을 감추지 못함과 같이 숨길 수가 없다. 너는 능히 중생을 이끌 힘을 가졌도다."

이로써 나옹과 무학은 사제지간이 되었다.

유등油燈이 바람에 춤을 춘다. 밤이 꽤 깊어 가는데도 한영과 봉완의 대화는 끝날 줄 몰랐다. 한영스님이 말했다.

"나옹과 무학의 법거량에는 기신론에서 터득한 중생심이 넘쳐흐르지. 조주 화상과 수좌의 선문답에서 얻지 못한 해답을 무학은 찾아냈어. 별거 아니지. 그냥 중생이 두 손으로 쌓으면 되는 일 아닌가. 물에 빠져 죽는 중생을 구하려고 다리를 놓으려는 발심이 곧 돌다리를 쌓는 시작 아니겠소?"

"……?"

봉완은 너울거리는 등잔불을 바라보았다. 불빛이 달무리처럼 피어오른다.

"멋진 인연이지요."

봉완은 한영스님을 돌아다보았다.

"한 나라를 꿀쳐 먹은 인연 아니었던가요? 불법으로 세운 나라의 군주가 불법을 겁냈으니, 그 배가 어디로 가겠어요. 허나 무학도 결국 그 배를 타지 못했어요."

한영스님이 왜 나옹과 무학대사의 이야기를 장황하게 하는지 봉완은 곰곰 생각해 보았다. 석왕사와 관련된 이야기여서 한담으로 흘려들을 수도 있다. 그러나 봉완은 한영스님의 말 속에 단단한 알맹이가 돌고 있음을 느꼈다. 그게 뭘까 하고 혼자 곰곰 생각을 뜯어보는데, 속을 헤아리기나 한 듯이 한영스님이 말했다.

"신라 이래로 불교는 백성들의 혼이었지요."

봉완의 눈이 빛나기 시작했다.

"고려가 나옹을 붙들었으면 왕업이 그렇게 스러지지는 않았을지도 모르오."

"무학 대사를 내놓았기 때문입니까?"

"세속 인연으로 보면 그렇기도 하지요. 무학은 나옹의 새끼니까. 허나, 나옹을 배척함으로써 고려는 정신을 잃은 거요. 정신 잃은 고려를 무학이 본 게지. 이성계를 보자 무학은 그가 고려를 버릴 수 있는 인물이라는 걸 안 게요. 혼이 없는 나라를 붙잡고 매달리는 것 보다, 새 부대에 중생들을 담고 싶었겠지요."

"……?"

"해서 조선이 탄생했지만……, 중은 정치를 못 하는 게요. 무학이 뒷전으로 밀리고, 정도전 등의 신진사대부들이 정치 일선에 나와 유학을 중시하고, 불교를 버렸어요."

"그러면 지금 우리나라가 이 꼴이 된 것도……?"

"딱히 불교를 배척했기 때문이라 말할 수는 없겠지요. 일부 양반들이 유학을 숭상하고 불교를 배척한 것은 곧 백성을 버린 행위가 되어 버렸소. 이게 큰 원인이오. 유학은 양반들의 전유물이었지만, 불교는 양반 상민 할 것 없이 인간 모두를 포용하지 않았소? 중들을 천민으로 만들었는데, 어찌 백성이 중 염불 소리 들으러 오겠소. 배운 것 없는 백성들이 갑자기 유학을 할 수도 없질 않소. 양반들에게는 백성들이 무식하면 무식할수록 부려먹기 더 좋았을 게요. 여기 덩달아 중들은 절간이나 지키며 밥충이로 늙어 간 게요. 이게 조선이 쇠한 원인이랄 수 있지요."

"불구덩이에 빠지면 목숨을 부지하기 위해서라도 빠져나와야 하질 않습니까?"

봉완은 천민으로 떨어진 승려들이 제 할 일을 못 한 게 아닌가 하고 물은 것이다. 중생이 없는 승려는 죽은 목숨이다. 중생이 나락으로 떨어지면 승려도 함께 떨어진다. 불은 정치이고, 목숨은 불법이다. 불법이 불구덩이 속에 빠졌는데 건질 생각들을 못 하고 있었다.

한영 스님은 봉완을 뚫어져라 바라보았다. 그는 봉완의 말 속에 숨어 있는 진의를 파악하는 중이다.

"그냥 타 죽으려는 놈들이 있지요."

"그러면 먼저 불을 꺼야 합니까 중을 건져내야 합니까?"

불을 끄는 것은 정치에 대한 저항이고, 중을 꺼내는 것은 자정自淨이다.

"꺼낼 것 없이 물을 쏟아부으면 되지요."

봉완은 속으로 '물, 물.' 하고 중얼거렸다. 그래도 실체가 잡히지 않았다.

"무학은 불을 끄려다가 불 아가리 속으로 끌려들어 간 게요."

"물이라면……?"

"중생의 목을 축이는 감로수요."

봉완은 무릎을 쳤다. 감로수로 중생을 구제해야 한다.

한영스님은 봉완에게 대승 사상을 전하고 있다. 봉완은 기뻤다. 안개가 걷히면서 앞이 환하게 내다보였다. 중생의 목을 축이는 감로수는 바로 대승 사상이었다.

새벽 예불 종소리가 들렸다. 종소리는 산자락을 치고, 다시 대들보를 때리면서 봉완의 머릿속에 와 울렸다.

봉완은 석왕사에서 동안거에 들어갔다. 안거 동안 그는 자신의 갈 길을 정리하였다. 우선 불교 내부의 정화가 필요하다는 생각을 굳혔다. 아직 조선 불교의 내부를 속속들이 다 들여다본 것은 아니다. 그러나 지나쳐 보는 눈에도 이처럼 고칠 곳이 많다면, 눈여겨보면 더욱 많을 것이 분명하다. 한영스님은 '중이 꺼낼 것 없이 물을 부으면 된다.'고 하였지만 봉완은 중이 불 속에 빠져 있는 한 중생은 불에서 헤어나기가 어렵다고 판단한 것이다.

불교의 불합리한 점을 하나하나 고쳐 나가는 일이 급선무다. 그러기 위해서는 불교를 더 공부해야 한다. 이왕 고칠 바에야 천년만년

손대지 않도록 고쳐야 한다. 쉬운 일은 아닐 것이다.

유신維新은 기존의 집을 허물어뜨리는 파괴가 따라야 한다. 파괴는 폭력을 동반하는 혁명이다. 봉완은 자기 혼자의 힘으로 과연 조선 불교를 파괴할 수 있을까 두렵기도 했다. 그러나 어차피 중생에게 감로수를 주기 위해서는 이 일을 해야 한다. 조선 불교를 파괴하자면, 더 깊이 내용을 알아야 한다.

봉완은 동안거를 끝낸 후 석왕사를 떠났다. 백담사로 돌아가 대승 경전을 더 공부해야겠다 다짐했다. 그는 나는 듯이 걸음을 재촉했다.

다시 병 안에 들어간 새

한 줄기 바람이 불어왔다. 백담白潭에 고인 맑은 물을 담고 온 바람이다.

봉완은 계곡에 있는 넓적한 바위에 걸터앉았다. 긴 여행에서 돌아온 탕자가 된 듯한 기분이었다. 비록 블라디보스토크까지만 가보았지만, 그는 세상 밖에 또 세상이 있다는 것을 알았다. 그는 석왕사에서 만났던 한영스님을 떠올렸다. 세계 만유는 실패하였으나, 이번 운수 행에서 교학에 통달한 두 스님을 만난 것이 큰 인연이었다. 그는 대승大乘이 무엇이라는 걸 희미하게 알아들었다. 여행을 통해서는 세상 밖에 또 세상이 있다는 걸 알았고, 한영스님을 만난 인연에서 세상 안에 또 세상이 있다는 것도 알았다. 그는 마음속에 더 거대한 세상 하나를 품은 것이다. 그들은 불교뿐만 아니라, 시국에 관한 안목에도 통달한 분들이었다. 실로 오랜만에 안팎으로 맺혀 있던 문제들을 허심탄회하게 토론하였다.

봉완은 한영스님을 그리며 시를 지었다.

半歲蒼黃勢欲分(반세창황세욕분)
憐吾無用集如雲(련오무용집여운)

一宵燈火喜相見(일소등화회상견)
千古興亡不願聞(천고흥망불원문)

夜樓禪盡收人氣(야루선진수인기)
異域詩來送雁群(이역시래송안군)

疎慵惟識昇平好(소용유식승평호)
禮拜金仙祝聖君(예배금선축성군)

어수선한 반 년, 나라는 날로 기우는데
손 하나 못 쓰는 우리였으니 공연한 짓.

하룻밤 등불 밑에 만나 반갑고
천고의 흥망이야 아예 말을 말자.

좌선을 마치매 인기척 없고
외국에서 시(詩) 오니 기러기 소리.

게으른 몸 태형 성세 좋음을 알아
부처님께 머리 조아려 성군의 복을 비네.

한 줄기 바람이 봉완의 볼을 스친다. 바람에 묻어온 달콤한 풀냄
새가 코끝에 배어든다. 봉완은 훌훌 옷을 벗고 풍욕風浴을 했다. 그
바람은 바로 백담에 담긴 청정수였다. 그는 백담에 뛰어들어 몸에
묻은 모든 티끌을 씻어낸 것이다.

자리를 털고 일어났다. 봉완은 오세암으로 올라갈까 마음먹었다
가 방향을 바꾸어 백담사로 향했다. 지우도 떠나고 없다. 법성 스님
이 그대로 계실지 안 계실지 알지도 못한다. 그는 우선 백담사로 올
라가 연곡스님을 뵐 작정이다.

백담사에서 봉완은 연곡스님에게 삼배를 올렸다.

"스님, 봉완이옵니다."

"……."

"스님, 봉완이옵니다."

"……."

연곡스님은 눈을 지그시 감은 채 바위처럼 미동도 하지 않는다.
묵묵부답이다.

봉완은 무릎을 꿇은 채 고개를 숙이고 기다렸다. 얼마나 시간이
흘렀을까. 이윽고 연곡스님이 방 안이 쩌렁쩌렁 울리도록 큰소리로
외쳤다.

"그래, 네놈이 찾던 바람을 잡았느냐?"

"보기만 하였습니다."

"무슨 색깔이더냐?"

여기서 말문이 막힌 봉완은 입을 다물었다. 전혀 쓸데없는 여행은
아니었다고 생각하지만 연곡스님의 물음에 마땅히 대답할 말이 떠

오르지 않았다.

"똥맛을 제대로 못 본 게로군."

"……?"

"법성은 갔다."

"예에?"

봉완은 깜짝 놀랐다. 입적했다는 말이었다.

"네놈이 바람 맛을 제대로 못 봤으니, 법성의 똥 냄새를 못 맡은 게지."

봉완은 눈을 지그시 감았다. 법성스님의 환상이 눈앞에 어른거렸다. 그는 속으로 나무 관세음보살을 끊임없이 염송했다.

"나가서 마당을 쓸어라. 낙엽이 많이 쌓여 있다."

"네, 스님. 감사합니다."

봉완은 일어나 삼 배를 했다. 승복 자락 위로 눈물이 뚝뚝 떨어졌다. 법성스님의 입적을 슬퍼하는 눈물인지, 연곡 스님이 다시 자기를 받아 준 것을 고마워하는 눈물인지 분간되지도 않았다.

그날부터 봉완은 마당의 낙엽을 열심히 쓸면서 혼자 법성스님의 백일제를 올렸다. 매일 새벽에 일어나 혼자 예불을 올리는 것이었다. 이것으로 법성스님에게 지은 불효를 씻을 수는 없겠지만, 법성스님으로부터 받은 인연을 지울 수는 있으리라 믿었다.

처음 백담사에 왔을 때와 똑같이 봉완은 나무를 하고 탁발도 했다. 노동으로 자신의 빈 마음을 채우려고 노력했다. '마음을 비우지 못할 때는 반대로 채우면 됩니다.'라고 하던 지우의 말이 문득문득 떠올랐다.

그해 겨울은 눈이 많이 내렸다. 설악이 온통 하얀 눈으로 덮였다. 계곡에는 허리까지 눈이 쌓였다. 절 마당과 계곡이 있는 곳에만 겨우 눈길을 터놓았다.

법성스님을 위한 백일기도를 마쳤다. 봉완은 마당에 우두커니 서서 백설로 뒤덮인 설악 연봉을 바라보았다. 허허 웃는 스님 모습이 보였다.

"스님……."

봉완은 나직하게 법성스님을 불러 보았다. 순간 스님은 사라지고 하얀 눈밖에 보이지 않았다. 바로 그때 그는 연곡스님의 부름을 받았다.

"목욕하고 오너라."

"……?"

봉완은 멈칫했다. 삼배를 올리자마자 연곡스님이 느닷없이 목욕하고 오라는 분부를 내린다. 무슨 의미인가. 그는 멍한 표정으로 스님을 바라보았다.

"때를 깨끗이 씻고 오너라."

"예."

그제야 봉완은 가슴에 뛰는 감격을 지그시 눌렀다. 다시 절집 식구로 받아준다는 허락이었다. 그는 밖으로 나와 눈 쌓인 계곡으로 갔다. 맨손으로 눈을 파헤쳤다. 눈이 마치 하얀 솜처럼 따뜻하게 느껴졌다. 그는 얼음을 깨고 물속에 몸을 담갔다.

목욕하고 돌아온 봉완에게 연곡스님이 조용히 말했다.

"오늘부터 다시 공부를 시작해라."

"고맙습니다, 스님."

"이놈아, 공부는 머리에 담는 것이 아니라 내뱉는 것이다. 얕은 글재주에 매달리지 마라. 진정한 글재주란 허공에다 과실나무를 심는 일과 같으니라."

"······?"

봉완은 연곡스님의 말을 잘 알아듣지 못했다.

"설악을 보아라. 벌건 바람이 분 게 엊그제 같은데, 백발이 되었지 않느냐."

봉완은 그제야 스님의 말을 알아들었다. 벌건 바람은 단풍이다. 백발은 흰 눈이다. 지식을 머리에 담아 놓으면 시시각각으로 변하는 마음으로 흐려지고, 또 백발이 되어 죽으면 아무 소용 없다는 뜻이다. 허공에 심은 과실나무는 세세생생 사람들에게 열매를 제공한다. 오가는 사람들이 열매를 따 먹을 수 있다. 학문의 실용을 말한다는 걸 그는 알아차렸다.

"마침 건봉사에서 학암스님이 오셨다. 허공에 날아다니던 학 한 마리가 눈 속에 갇힌 게다. 네놈이 그 학을 잡아먹어라. 눈이 녹으면 달아날 테니까, 부지런히 먹어 치워야 할 게다."

"명심하겠습니다, 스님."

"네가 찾아라. 산 짐승 잡기가 그리 쉽지는 않을 게다."

"······?"

봉완은 또 어리둥절한 표정을 지었다.

"나가 보아라."

연곡스님의 방을 나온 봉완은 스님이 한 말을 곱씹었다. "네가 찾

아라. 산 짐승 잡기가 그리 쉽지는 않을 게다"라고 하던 연곡스님의
말이 환청처럼 귓가에 울렸다. 낯선 스님이니까 금방 찾을 수 있다.
그러나 연곡스님이 찾으라는 것은 학암鶴庵이 아니다. 학암 속에 들
어 있는 과실나무를 찾는 일이다.

봉완이 막 법당 앞을 돌아 나오는데 뒤쪽 산비탈에서 산을 쩌렁쩌
렁 울리는 소리가 들려왔다.

"설악이 내 똥을 먹는구나!"

봉완은 소리가 나는 쪽을 바라보았다. 웬 낯선 스님이 하얗게 눈
옷을 입은 나무 밑에서 똥을 누고 있었다. 괴팍하기 이를 데 없다.
그는 이맛살을 찌푸렸다. 해우소를 두고 법당 뒤에서 냄새를 피운
다. 소리 지르며 달려가려다 말고 그는 멈칫했다. 산짐승을 찾으라
던 연곡스님의 말이 불현듯 떠올랐다. 숨을 한번 가다듬은 뒤 그는
산비탈을 달려 올라갔다.

첫눈에 그가 학암스님이라는 걸 봉완은 알아차렸다. 똥은 거름이
다. 화장실에 허투루 버리기에도 아까운 물건 아닌가. 길바닥에 앉
아 볼일을 보는 것도 아니다. 나무 아래에 누고 있다. 학암의 똥은
바로 그 나무의 양식이다. 그는 허공에다 과실나무를 심으라던 연곡
스님의 말을 다시 한번 떠올렸다. 설악에 진동하는 학암스님의 똥
냄새는 바로 선풍禪風이었다.

봉완은 허리춤을 까 내리고 그 스님 옆에 자리를 잡고 앉았다. 시
원하게 변을 보면서 그도 소리쳤다.

"그 날짐승 똥 맛 한번 좋구나!"

"그놈 똥 냄새 한번 지독하구나."

"들어가는 음식은 달라도 나오는 똥은 똑같은 것 아니옵니까?"

"웬 놈이냐?"

"봉완이라고 하옵니다."

"듣도 보도 못한 짐승이구나."

"백학 똥 주워 먹으러 왔습니다."

"음…… 내가 학인 줄 어떻게 알았느냐?"

"울음소리가 들렸습니다."

"그놈 귀 한번 밝구나."

그날부터 봉완은 학암스님에게 『기신론起信論』을 공부했다. 기신론은 대승불교의 시조인 인도 마갈타의 마명보살이 지은 『대승기신론大乘起信論』을 말한다. 대승불교란 위로는 불법을 배우면서 아래로는 중생을 깨우치는 걸 말한다. 대승은 소승小乘이 자신을 깨치기 위해 정진만 하는 것에 반하여 붙인 이름이다. 불교가 좀 더 현실적인 문제에 눈을 돌리려는 진보 교리이기도 하다.

기신론은 중국 양나라 때 광동성 시홍현에서 인도 승려 진제眞諦가 범어梵語로 된 『기신론』을 가지고 와서 한문으로 번역함으로써 동양에 전해졌다. 기신론은 대승불교를 가장 이해하기 쉽게 기술한 이론서로, 중국 전역에 불길처럼 번져나갔다. 많은 고승 대덕이 다투어 주석註釋을 달기도 했다. 그 가운데 3대 주석서로 혜원의 『기신론소』, 원효의 『기신론소』, 법장의 『기신론의기』를 들고 있다. 원효는 신라 승려이지만, 중국에까지 그의 저술이 훌륭한 주석서로 읽히고 있다.

봉완은 기신론을 한시도 손에서 놓지 않았다. 파고들면 들수록 맑은 물이 샘솟아 나왔다. 기신론은 인간을 우주 속에 있는 한 자연물로 보려 한 것이었다. 인간은 인간 이상도 인간 이하도 아니다. 그런 인간의 그 참모습을 보여 준다. 불교에서 말하는 깨달음은 시공時空을 초월하는 신비로운 경지가 아니라, 인간의 마음 그 자체라고 기신론은 역설한다. 더구나 『기신론』의 핵심 명제인 '일심一心 가운데 진여眞如와 생멸生滅이 있다'라는 말은 『주역』이 음양에 의해 만물이 생성한다는 원리와 비슷했다. 모든 사물의 현상을 마음에서 일고 있는 착시 현상으로 보았다. 흔들리는 마음을 안정시키면 맑은 마음이 보이고, 그것은 거울처럼 맑아 아무것도 보이는 게 없는 허공이다. 마치 흙탕물을 떠다가 흙을 가라앉히는 것과 같다. 나고 지는 게 없고, 있고 없음을 한마음 그릇에 담아 하나로 녹인 통일된 마음이 보인다.

봉완은 『주역』「계사전繫辭典」을 떠올렸다. 계사전은 주역이 생겨난 이유와 그 기능, 그리고 유교 및 도덕과의 관계, 경문의 해석 방법 등을 설명한 내용이다. 주역을 격조 높은 철학으로 품격을 높이는, 주역의 10개 날개[翼] 가운데 가장 의의 깊은 대목이기도 하다.

易(역) 與天地準(여천지준) 古(고) 能彌綸天地之道(능미륜천지지도)
주역은 천지의 도에 따라 만들어졌으므로, 주역에는 천지의 도가 체계적으로 담겨 있다.

一陰一陽之謂道(일음일양지위도) 繼之者善也(계지자선야) 成

之者性也(성지자성야)

　우주 변화의 근원인 도는 바로 하나의 음기이기도 하고, 하나의 양기이기도 하다. 이것을 이어받은 것이 선(善)이고, 이 선을 이루는 것이 바로 인간의 본성이다.

　잠시 책을 덮고 봉완은 명상에 잠겼다. 그는 큰 충격을 받았다. 어려서부터 한학을 공부했으며, 유학에 익숙해 있던 그로서는 충격을 받지 않을 수가 없었다. 불교의 깊은 진리가 불교만이 갖는 특수한 의미가 아니라, 유교에도 자연물 속에도 다 배어 있다는 사실에 놀란 것이다. 아니 우주 공간이 온통 그리 이루어졌다. 깨달음은 깨달은 자가 갖는 것이지만, 깨달음에 이르는 마음은 깨달은 자의 전유물이 아니라는 뜻이다. 사람뿐만 아니라 모든 생물과 무생물은 모두 나름대로 깨달음을 지녔다. 따라서 깨달음은 부처의 마음이 아니라, 중생의 마음이다. 그 중생심을 보는 행위가 깨달음이다. 불교는 깨달음에 이르는 방법을 가르쳐 주는 종교가 아니라, 모든 이의 마음속에 있는 깨달음을 스스로 보도록 하는 종교다. 석가모니에서 출발한 불교가 오늘날까지 오면서 너무 고급화, 신선화 되어 있어서 고승 대덕만이 깨달음에 이른 자로 잘못 인식되어 있다. 그래서 무지한 중생은 불상 앞에서 절만 할 줄 알았지 감히 깨달음을 얻는 일은 생각조차 하지 못한다. 깨달음에 이르기 위해서는 머리를 깎고 스님이 되어야 한다고만 생각하는 것이다.

　지금 봉완의 머릿속에는 새 한 마리가 난다. 수구암에서 보았던, 그 이름 모를 새인지도 모른다. 그는 원효가 기신론에 몰두한 원인을 이제야 알 것 같았다. 만물의 근원이 하나의 마음이고, 이 마음의 움직임에 따라 현상이 나타난다. 이것이 일체유심조一切唯心造다. 또한 마음은 모든 사물에 다 존재하는 중생심이다. 그래서 원효는 중생 속에 하나이기를 원했고, 그 안에서 정토淨土를 이루었다.

이것은 모두 기신론으로부터 나온 것이다. 기신론에는 깨끗한 부처의 마음, 세속의 명리를 좇는 범부의 마음을 모두 지닌 것이 중생심이라고 말했다. 인간에게 비둘기의 마음과 독수리의 마음이 모두 다 들어 있음을 인식한 것이다. 노장학과 주역을 깊이 연구하던 중국의 담천曇遷스님도 바로 이러한 기신론의 진리에 빠져들어 출가하였다.

마명보살은 왜 기신론을 썼는지 설명하고 있다. 깨달음에 이르러야 하는 중생들의 능력이 모두 같지 않기 때문에, 누구든 쉽게 대승의 경지에 이르도록 하려고 했다. 경전만으로는 중생이 부처님의 가르침을 알 수 없다는 것을 깨닫고, 새로운 길을 모색하다가 기신론을 제시한 것이다. 따라서 누구든 기신론을 접하면 부처님의 가르침을 알게 된다.

봉완은 감당할 수 없는 두려움을 느꼈다. 머리를 깎고 산속으로 들어가야만 깨달음을 얻을 수 있다고 여겼는데, 기신론에서는 오히려 세속의 중생 속으로 들어가야만 깨달음에 이를 수 있다고 말한다.

그날부터 봉완은 원효를 연구하기 시작했다. 『삼국유사』 남해왕 조條에 "영일현 서쪽에 운제산 성모聖母가 있어서, 가뭄 때 빌면 영험이 있다"고 씌어 있다. 운제는 남해왕 비의 이름이다. 또 이 운제산 오어사吾魚寺의 혜공스님과 원효 사이의 일화도 기록되어 있다.

혜공은 무애행으로 이름난 승려였다. 혜공은 술을 마시고 고기를 먹었으며, 삼태기를 메고 저자를 돌아다니며 광인처럼 떠들어댔다고 한다. 그를 사람들은 부궤화상이라고 불렀다. 또 우물에 들어가서 몇 달 동안이나 나오지 않기도 했고, 나올 때 보면 옷이 전혀 젖지 않았다고 한다. 그가 만년에 이 오어사에 머물렀다. 원효는 이 혜공 스님을 스승으로 모셨다. 그는 경주에서 『금강삼매경』 『기신론』을 비롯한 많은 경론에 주석을 붙였는데, 뜻이 막히면 소달구지를 타고 오어사로 와서 혜공에게 질문하고는 했다. 두 사람은 공부만 하는 것이 아니었다. 계곡을 돌아다니며 신선처럼 무애를 즐겼다. 원효와 혜공이 만나기 전 이 절 이름은 항사사恒沙寺였다.

하루는 혜공과 원효가 흐르는 계곡물에서 물고기를 잡아먹고 놀았다. 그러다가 두 스님이 물에다 똥을 누었는데, 혜공이 원효를 돌아다보며 "여분오어如糞吾魚!"라고 외쳤다. '네 똥이 내가 잡아먹은 물고기다.'라고 말한 것이다. 계곡의 물고기들은 원효가 눈 똥을 먹은 것이고, 혜공이 그 물고기를 잡아먹는 것은 곧 원효의 똥을 먹은 것이 된다. 농담처럼 던진 이 말은 그대로 선문답이었다. 원효와 혜공은 스승과 제자 사이이기는 하지만, 궁극에는 물고기와도 다르지 않은 똑같은 중생이라는 뜻이 담겼다. 그래서 절 이름이 '오어사'가 되었다.

이렇게 무애 자재하던 혜공의 영향을 받은 원효가 당나라에서 전해 온 『기신론』을 접했다. 『기신론』의 큰 줄기를 설명한 '입의분立義分'에 대승을 알기 위해서는 먼저 법法과 의義를 알아야 한다고 기록했다. 법은 사물의 됨됨이(法體, 법체), 즉 본래의 모습이다. 의는 사물의 의의, 즉 존재 가치를 말한다. 깨달음이 중생의 마음이라고 했으니, 이 말은 곧 중생이 무엇이라는 걸 알아야 함을 일깨우는 것이다. 따라서 극락은 바로 중생이 사는 세속 안에 존재한다는 뜻도 된다.

『기신론』에서는 대승의 줄기가 중생심이라고 간단히 설명하고 있다. 다시 말해 중생의 마음이 곧 대승의 경지다. 놀라운 일이 아닐 수 없다. 『법화경』 등 지금까지 보아온 모든 경전에서는 대승을 이타행利他行 즉, 남을 이롭게 하는 행동, 또는 보살의 마음이라 설명한다. 부처와 같이 깨달음에 이르러 남을 위하고 돕는 것이 대승에 이르는 길이다. 그래서 불심에 이르기 위해 출가하고, 면벽 참선한다. 그런데 『기신론』에서는 깨달음(佛心, 불심)이 부처의 마음이 아니라 중생심, 즉 번뇌하는 중생의 마음이 부처라고 했다.

봉완은 정신이 번쩍 들었다. 문득 물레방아를 떠올렸다. 물레방아는 물의 힘으로 돈다. 그 동력으로 방아를 찧고 있다. 그런데 보통 사람들은 동력은 젖혀 두고, 물과 방앗공이만 중요하게 여기고 있다. 사실 곡물을 빻는 것은 물도 방앗공이도 아닌 동력이다. 사람들은 현상만 보고 실체를 보지 못한 것이다.

누군가 지혜로운 자가 눈에 보이지 않은 힘인 동력을 보았다. 동력을 마음의 눈으로 본 것이다. 이를테면 물체를 흔드는 바람을 본 것이다. 그는 환희에 젖어 떠들었다. "세상에는 사물을 변화시키는 힘이 있다!"고 외친 것이다. 이건 대단한 발견이다. 그러나 이건 혼자만의 깨달음이다. 바로 소승의 경지로 끝날 수밖에 없다. 보통 사람들에게 동력이 어떤 것이라고 아무리 떠들어 봐야 보이지 않는 동력을 이해할 까닭이 없다. 보통 사람들이 그것을 알기 위해서는, 그것을 깨달은 사람과 똑같은 생각을 갖게 만드는 작업이 선행되어야 한다. 이것이 활용이다. 동력을 이용한 기구를 만들어 사람들에게 유익하게 해주어야 한다. 그러면 모든 사람이 동력의 실체를 인정하게 된다. 이것이 진정한 깨달음이다. 이것이 대승이다. 동력의 실체를 알게 하였다고 하더라도 활용의 경지에 이르지 못하면 아무 소용없다. 진리는 알았지만, 그 진리를 실천하는 도량을 만들지 못하는 게 안타깝다.

마명보살은 생각해 냈다. 보통 사람들의 마음속으로 들어가자. 그들도 분명히 물과 힘, 그리고 곡물이 빻아지는 모습을 보고는 있다. 그게 물이든 그 무엇이든, 힘으로 곡물을 빻는다는 것만 알면 되는 것이다. 동력을 눈으로 보지는 못하지만, 분명히 그들은 그것을 알고 있다. 그렇기에 물레방아를 만들었고, 연자방아를 돌리고, 절구에다 곡식을 찧는 게 아닌가. 그것을 아는 그들의 마음이 무엇인지 알면 문제가 간단히 해결된다.

이것이 『기신론』이 밝히는 진리이다. 마명 보살은 깨달음에 이르는 마음의 실체를 본 것이다. 부처의 마음만 마음이 아니라, 번뇌 망상하는 중생의 마음도 마음인 걸 알았다. 청정한 마음만 마음이라고 보아서는 절대로 대승의 깨달음에 이를 수 없음을 자각한 것이다.

『삼국유사』에는 원효와 의상이 동해가 내다보이는 강원도 낙산사에서 관세음보살을 본 이야기가 기록되어 있다. 의상은 관세음보살의 실상을 보았지만, 원효는 보지 못했다.

어느 날 원효가 관세음보살을 만나기 위해 낙산사로 가고 있었다. 낙산에서 가까운 들판에 이르렀을 때였다. 원효는 흰옷을 입고 벼를 베는 아리따운 여인을 발견했다. 원효는 아름다운 여인의 미모에 끌려 말을 걸었다.

"벼를 한 포기 줄 수 있겠소?"

여인은 대답 대신 미소를 지으면서 쭉정이뿐인 마른 벼를 원효에게 주었다.

원효는 머쓱한 표정을 지으며 그 마른 쭉정이를 받아 들고 낙산사로 향했다.

이번에는 개천에서 빨래를 빨고 있는 여인을 보았다. 그녀는 더러워진 개짐을 빨고 있었다. 마침 갈증을 느끼고 있던 원효는 여인에게 다가가 말을 걸었다.

"물을 좀 줄 수 있겠소?"

여인은 미소를 지으며 물을 바가지에 떠 주었다.

물을 받아 든 원효는 얼굴을 찡그렸다. 그 물은 월경月經으로 더러워진 물이었다. 원효는 그 물을 쏟아 버리고 스스로 맑은 물을 한 바가지 떠 마셨다. 그때 들판의 소나무에 앉아 있던 새가 원효를 향하여 "화상이시여, 이제 망측한 행동은 그만하소서!" 하고는 날아가 버렸다.

원효는 소나무 아래로 다가가 보았다. 한 짝은 어디로 갔는지, 짚신 한 짝만 나무 아래에 놓여 있었다.

낙산사에 도착하여 관세음보살상이 있는 동굴 앞에 이른 원효는 깜짝 놀랐다. 소나무 아래에 놓여 있던 그 짚신의 다른 한 짝이 관세음보살상 앞에 있었다. 원효는 그제야 자기가 만났던 두 여인이 바로 관세음보살이었음을 알았다. 쭉정이 벼와 월경으로 더러워진 물을 고맙게 받았더라면 관세음보살을 만날 수 있었음을 후회했다.

원효에게는 아리따운 여인에게 끌린 마음과, 쭉정이 벼와 경수經水로 더럽혀진 물을 받아 마시지 않은 마음이 함께 자리 잡고 있었다. 바로 한마음에서 일어나는 생멸심의 인연이다. 여인에게 마음이 끌린 것은 곧 중생의 청정한 마음, 즉 살아 있는 마음[生心]이다. 그 생심을 없애는 멸심滅心을 일으키지만 않으면 보리의 경지에 이를 수 있다. 승복을 입고 여인에게 마음이 끌린 게 나쁘다고만 보는 것은 소승의 관점에서 불교를 설명하는 청정심淸淨心이다. 여기에 비하면 여인에게 마음이 끌린 게 나쁜 것이 아니라, 그 마음을 없애 버리려는 마음에 무릎을 꿇지 말라고 하는 것이 대승에서 말하는 중생심이다.

어느 쪽이 더 인간적인가. 불교는 참인간을 희구하는 종교이지 인간을 신선으로 만드는 종교가 아니다. 단지 색욕에 의해 여인에게 마음이 끌렸다면, 색을 탐하는 마음이 곧 멸심이 되는 것이다. 그 멸심을 가지면 여인을 사모하는 살아 있는 마음이 남게 된다. 여인에게 말을 걸려고 하는 그 마음, 그것이 곧 『기신론』에서 말하는 대승불교의 핵심인 중생심이다. 수행을 통하여 생멸하는 마음을 다스릴 줄 알 때 인간은 성인聖仁이 되지만, 그렇지 못하면 타락하여 범부가 된다는 지혜를 가르쳐 주고 있다.

『삼국유사』를 저술한 일연스님은 '원효가 스스로 자기 이름을 원효라고 한 것은, 오직 처음으로 불일佛日을 본 걸 의미한다.'라고 하였다. 원효는『기신론』을 통하여 이를 보았던 것이다.

봉완은 한 가지 의문이 생겼다. 문자 해석으로만 보면 무슨 짓을 하든지 모두 중생심에 녹아들어야 한다. 그렇다면 무애행과 보살행을 어떻게 구별하겠는가.

봉완은 학암스님에게 달려갔다. 학암스님의 대답은 너무나 간단했다.

"기신론의 핵심은 바로 체體, 상相, 용用이다. 이걸 대승이라고 한다. 체는 본질, 즉 됨됨이라고 하였다. 상은 내용을 말한다. 용은 말 그대로 작용이다. 체를 크고 넓게, 상을 풍부하게, 용을 빼어나게 하는 것이 대승이다. 인간의 마음은 본질, 내용, 작용을 함께 지니고 있다. 이를 철학적 구조로 분석하려고 하면 기신론을 이해하지 못한다. 인간의 마음을 이 세 요소로 본 것은 단지 기신론을 이해하기 쉽도록 모양을 그린 것에 불과하다."

"체, 상, 용이 중생심이라면, 그 중생심은 어디에 있는 것입니까?"

"원효가 아리따운 여인에게 끌린 그 마음에 있다. 원효는 관세음보살은 보지 못했으나 중생의 마음은 보지 않았느냐."

봉완은 무릎을 쳤다. 원효는 관세음보살을 보기 위해 낙산사까지 갔다. 만약 원효가 중생심을 보지 못하고 관세음보살만 보았다면, 그는 영원히 소승에 머물렀을지도 모른다. 원효는 자신의 마음에 관세음을 품는 것보다 모든 중생의 마음을 자신의 마음으로 만드는 일이 더 큰 보살행이라는 걸 깨달은 것이다.

봉완은 또 한 가지 의문이 생겼다. 원효가『기신론』을 접하는 인연으로 연결된 '점찰법회占察法會'의 실체와 효용에 대한 것이었다.

점찰법회는『점찰선악업보경占察善惡業報經』을 경전으로 한 종교의 식이다. 이 경은 지장보살이 견정신 보살의 물음에 답하는 형식으로 되어 있는데, 선악과 생사고락에 따른 업을 설명하고 있다. 또 대승에 이르는 길도 설명하고 있다.

점찰법회는 신라의 원광 법사에 의해 유행되었으며, 점찰 보寶를 설치하여 법회를 항구적으로 운영하기 위한 경제 바탕까지 마련하였다. 이는 진표율사에 이르러 꽃을 피우게 되는데, 사람들은 그를 보살이 현신한 것으로 추앙하였다. 점찰법은 중국에서 건너왔다. 중국 광저우에서『점찰경』의 수행 방법의 하나인 '탐참법探懺法'을 행하는 결사 단체가 교세를 확장했다. 탐참법은 가죽으로 된 두 장의 헝겊 조각을 만들어 하나에는 '선善' 자, 또 한 장에는 '악惡' 자를 쓰고, 이를 던져서 선 자가 나오면 길운으로, 악 자가 나오면 악운으로 보던 점술이다. 또 자복법을 행하면 죄악이 소멸한다고 믿었는데, 자복법은 오체투지를 말한다. 오체투지는 팔다리와 머리를 땅에 붙이고 예배하는 것으로, 도교에서도 이 자복법이 있다. 그런데 자복법에는 '남녀합잡'이라는 것이 있는데, 남자와 여자가 한데 어우러져 행하는 것이다. 유교의 윤리관으로 보면 해괴망측한 행동이 아닐 수 없다.

유교 윤리관 안에 갇혀 있던, 인간 본능에 대한 욕망이 물꼬 터지듯 해방되어 탐참법은 불길처럼 번져나갔다. 급기야 중국 당국에서 이 결사를 해산시켜 버렸다. 이 탐참법이 광저우에서 산둥반도로 뻗어 갔고, 신라에 전해졌다.

기신론이 계율 속에서만 찾으려 했던 보리심을 중생심으로 본 것

315

과, 탐참법이 유교 윤리에 억제된 인간 본능을 해방시킨 것이라는 차원에서 서로 유사점을 읽을 수 있다. 이는 점찰경이 『기신론』을 바탕으로 만들어졌음을 나타내는 중요한 대목이다.

진표율사는 오체투지 수행 끝에 지장보살로부터 계를, 미륵보살에게서 법을 받았다. 그는 김제 금산사에 머물며 계단戒壇을 열어 포교를 시작하였다. 이에 대해 학암스님은 명쾌하게 대답했다.

"진표가 점찰에 의해 중생의 눈을 밝히려 했지만, 이는 단순히 길흉을 점치는 행위가 아니라, 중생의 마음에 담겨 있는 선악의 두 물길을 끌어내기 위해서였다. 복잡한 경전에 의한 재해석으로는 중생의 구제가 불가능하다고 보고, 새로운 의식이 필요하다고 본 게야. 바로 도솔천 미륵보살 힘을 빌린 것이지."

"그럼, 기신론과는 어떤 점이 다릅니까?"

"점찰은 중생이 제삼의 힘으로 자신의 마음을 보는 것이고, 기신론은 중생이 자신의 마음으로 자신을 보는 점이 다르다."

"기신론은 점찰의 우위에 있는 것입니까?"

"목적이 같으니, 우위도 하위도 아니다."

"그럼, 점찰이 나쁘지 않다는 말씀입니까?"

"깨달음에 이르는 길은 좋고 나쁨으로 구별하지 않는다. 점찰뿐만 아니라, 불교도 활용을 잘못하면 나쁜 짓이 될 수도 있다. 어떤 행위든 그 방편의 겉모습이 중요한 것이 아니라, 그것을 어떻게 활용하느냐 하는 게 중요하다. 진표는 점찰의 진면목을 보았던 것이고, 중생으로 하여금 정각을 이루게 하는 율전으로 삼았던 게야. 원시인간이 태양에 빌며 재앙을 물리치려던 행위를 나쁘다고 말할 수는 없지. 부처 이전에는 태양에 비는 그들의 마음이 곧 부처인 게야."

"절에서 칠성각이나 산신각을 만들어 놓고 절하는 행위도 점찰의 연장이 아니옵니까?"

"어흠!"

학암 스님은 큰기침을 한번 하면서 봉완을 노려보았다. 봉완은 자신이 질문을 잘못한 건가 하고 속으로 움찔했다. 절에서 행하는 의식을 점술 기복 행위일 수도 있다 싶어 물어본 것이다.

"아직 덜 떠진 눈으로 혀를 함부로 놀렸습니다. 용서하십시오."

"아니다."

"……?"

"잘 보았다. 돌덩어리나 그림을 보고 아무리 빌어 봐야 돌아오는 게 없다."

봉완은 깜짝 놀랐다. 자기 생각이 옳았다는 데 대한 충격보다도, 학암스님의 대답이 더 앞질러 가는 데 놀란 것이다.

"마음 밖에서 복을 가져오려고 하는 것은, 자기 마음이 어디에 있는지 모르고 있다는 게 아니냐. 불상이나 탱화가 그런 역할을 하고 있다면 똥막대기보다 못한 물건인 게지."

봉완은 학암스님의 말이 종잡을 수 없었다. 조금 전까지는 자기 말을 수용하는 듯했다. 그런데 지금 한 말은 채찍이다. 불상을 똥막대기로 끌어내리는 건 역설적으로 스님들을 똥막대기보다 못한 것으로 치부한 것이다. 봉완은 큰 잘못을 저지른 사람 모양 고개를 떨구고 있었다.

학암스님이 느닷없이 질문을 던졌다.

"정각을 이루려면 번뇌 망상을 버려야 하느냐, 지고 있어야 하느냐?"

봉완은 대답하지 못했다. 당연히 망상을 버려야 정각을 이룬다. 그래서 출가하는 것이며, 정신을 갈고 닦는 게 아닌가. 학암스님이 왜 당연한 물음을 던졌을까. 잠시 망설이다가 봉완은 대답했다.

"버려야 합니다."

"그럼, 재가在家 중생이 정각을 이루려면 망상을 버려야 하느냐 지고 있어야 하느냐?"

"버려야 합니다."

"버리게 할 수 있느냐?"

"?"

"네, 이놈! 입에서 만들어지는 소리로 대답하지 마라!"

봉완은 생각 없는 지식으로만 넙죽넙죽 대답한 것을 그제야 후회했다.

"중생에게 일어나는 번뇌 망상을 모두 없앨 수는 없느니라. 그렇다면 중생은 영원히 정각에 이룰 수 없다는 게 아니냐?"

봉완은 말문이 막혔다.

"중생은 천차만별이다. 중생을 모두 머리 깎아 중으로 만들 수는 없다. 중생의 모양을 하나로 만들어 놓고서는 세상이 존재할 수 없기 때문이다. 중생의 머릿속에 꽉 차 있는 온갖 번뇌 망상을 일시에 제거할 수는 없는 노릇이다. 소나 닭이 번뇌 망상을 제거하지 않는다고 해서 정각을 이룰 수 없는 건 아니다. 소나 닭에게도 정각에 이르게 할 수 있는 길이 있느니라. 그 길을 한번 찾아보아라."

"소승이 어찌……?"

"찾을 수 있다. 그 길을 찾거든 산신각과 칠성각을 모두 부숴버려라."

봉완은 학암스님이 『기신론』을 설법한 이유를 그제야 알았다. 학암스님이 찾으라는 길은 바로 중생심이었다. 중생심을 발견하면 산신각과 칠성각을 부수라고 한 것은, 중생을 어리석게 만들지 않기 위해서다. 바로 정각을 이룬 것이 된다. 원효가 파계하고 설총을 낳은 것이나, 평민 옷을 입고 소성거사小性居士로 시정을 돌아다니며 무애가無碍歌를 부른 것도 자신을 낮추어 중생심을 찾고자 함이었다. 『기신론』을 통하여 상구보리 하화중생의 진속일여眞俗一如 즉, 깨달음의 세계와 중생이 사는 세속이 다르지 않다는 진리를 찾아낸 것이다.

봉완은 학암스님으로부터 『기신론』뿐만 아니라, 『원각경』과 『능엄경』도 공부했다.

『원각경』은 '대방광원각수다라요의경大方廣圓覺修多羅了儀經'을 줄여서 부르는 경이다. 대승 원돈圓頓의 교리를 중심으로 설법한 경으로, 원돈이란 천태종에서 말하는 화엄경이다. 주로 대승론에 입각하여 남을 이롭게 하는 이타利他를 중심 사상으로 한다. 요의了義란 불법의 이치를 모두 다 말했다는 뜻이다. 따라서 요의라는 말을 사용하는 경은 교리가 완전함을 나타내는 것이기도 하다. 그래서 천태종을 원돈종이라고도 부른다.

『능엄경』은 『수릉엄경』을 말하는 것으로 견의보살이 부처님께 깨달음을 빨리 얻을 수 있는 길이 무엇이냐고 물은 데 대하여, 또 사리보살이 마음을 어지럽히는 마구니를 물리치는 방법을 물은 데 대하여 내린 해답을 적은 경이다. 이 두 경은 대승의 이치와 선법을 완전하게 설명한 것으로, 수행 정진에 있어 꼭 공부해야 할 중요한 경전이다.

봉완은 『기신론』『능엄경』『원각경』을 공부함으로써 비로소 불법의 진수를 조금씩 맛보고 있었다.

조용히 불경 공부에 정진하고 있던 어느 날이었다. 봉완은 밖에서 소란스러운 소리가 들려와 책을 덮고 문을 열었다. 웬 낯선 사람들이 절을 방문하였다. 수행원들이 우르르 따라온 것으로 보아 지체가 높은 사람인 모양이다. 노승과 사미 할 것 없이, 절집의 대중들이 모두 나와 허리를 굽신거리고 있었다. 그것을 보고 봉완은 이맛살을 찌푸렸다. 세상이 개회되고 있다고 하나, 아직도 지방 관리들은 승려를 천민으로 여기고 있었다. 승려들의 도성 출입을 금지한 이래 사찰은 지방 관속들의 경제 조달 창구 역할을 해야 했다. 양반이나 지방 관속이 사찰을 방문했을 때 대접이 조금이라도 소홀하면 면전에서 구타당하기도 한다. 관청에서 사용하는 메주, 산나물, 과일 등을 비롯하여, 심지어는 짚신까지 절에서 삼아 주어야 했다. 또 국난이 일어나면 제일 먼저 승병으로 징용되었다. 이러한 극단적인 대접은 많이 없어졌으나, 오늘과 같은 횡포는 아직도 사라지지 않았다. 여기에는 승려들의 태도에도 문제가 있다. 양반들이라고 해서 성직자가 우 몰려나가 영접을 하는 한 그들은 승려를 얕잡아볼 것이다.

봉완은 가부좌를 한 채 눈을 부릅뜨고 그들을 내다보았다. 말하는 품으로 보아 군수가 방문한 모양이었다. 군수가 봉완을 보더니, 험악한 인상을 하며 옆에 있는 승려에게 물었다.

"저기 앉아 있는 놈은 도대체 누구냐? 거만하기 짝이 없구나."

그 말을 들은 봉완은 대뜸 반말로 되받았다.

"왜 욕을 하느냐?"

"뭐라고? 이놈!"

"허어, 거름 냄새나는 그 입에다 호박을 심으면 잘 자라겠다."

군수는 얼굴이 푸르락붉으락하며 화를 삭이지 못했다.

"넌 도대체 누구냐?"

"나는 한봉완이다."

봉완이 계속 반말로 대들자, 군수는 성질이 있는 대로 끓어올랐다.

"너는 군수도 몰라보는가?"

"군수는 네 군수지 내 군수는 아니다."

"저, 저런 고약한 것 보았나?"

"불공드리러 왔으면 가서 부처님한테 머리나 조아릴 것이지, 감히 부처님 대접을 받으려 하다니, 무간지옥에 떨어질 것이다."

봉완이 조금도 굽히지 않자, 군수는 따라온 수행원에게 뭐라고 화풀이했다. 옛날 같으면 잡아다가 치도곤을 내렸을 테지만, 그럴 수도 없어 더 화가 났을 것이다. 영접하는 승려들도 만류하지 않았다. 오히려 시원하다는 듯한 표정으로 지켜보기만 하고 있었다.

결국 군수는 혼자 펄펄 뛰다가 돌아갔다. 도반들이 봉완에게 달려와 걱정스러운 얼굴로 말했다.

"큰스님께 야단맞으면 어떡하려고?"

"그래도 군수한테 야단맞는 것보다는 낫잖은가?"

"……?"

그때까지 주변에서 어슬렁거리며 눈치를 살피던 대중들을 향해 봉완은 소리를 버럭 질렀다.

"이 중놈들아! 그런 태도로 염불하니까 저런 놈들한테 욕을 얻어처먹지."

걱정하던 도반들이 도리어 봉완에게 욕만 잔뜩 얻어먹고는 혼비백산했다.

이 일에 대해서 큰스님들은 가타부타 아무 말도 없었다.

배는 기울고

설악의 겨울은 깊고 길다. 3월인데도 곳곳에 잔설이 남아 있다.
불경 공부에 깊이 빠져 있던 봉완은 아침 예불을 마치고 나오다가
낯선 승려 한 사람을 발견하였다. 운수 행각 중에 잠시 객사에 머무
는 승려라 여기며 말을 걸었다.

"어느 절에 계시오이까?"

"원흥사에서 왔습니다."

"원흥사라면…… 한성에 있는 수사찰을 말씀하시오이까?"

"예, 그렇습니다."

봉완은 불경 공부를 하느라 잠시 잊고 있던 바깥 사정에 대해 궁
금증이 발동했다.

원흥사는 1902년에 '전국사사통일안'에 따라 동대문 밖에 지은 중
앙 직할 절이다. 전국사사통일안은 전국 사찰을 하나의 조직으로 만
든 조처로, 원흥사 안에 조선불교 총종무소를 두고, 각 도에 한 개의

수사찰을 두어 이곳에서 관장했다. 이는 일본 불교 제도를 본떠 만든 제도다. 지금까지 각 사찰이 독립 가문 중심으로 운영되던 조선 불교에 일대 혁신을 가져왔다.

봉완은 그 소식을 듣고 낙후한 조선 불교가 혁신할 수 있는 좋은 계기가 되리라 믿으면서도, 한편으로는 일본 불교를 모방하고 있는 데 대해 불쾌감을 떨구지 못했다. 원산에서 만났던 박영근이 한 말이 생각났다. 일본은 조선을 강점하기 위하여 독립협회를 이용하고 있다고 했다. 또 불교를 이용하여 조선 백성들의 정신 속에 일본 사상을 서서히 침투시키려 한다고도 했다. 승려의 도성 출입 금지를 해제시킨 것도 일본 승려들이 아닌가.

"소승은 봉완이라 합니다."

"해담입니다."

"오래 머무르실 예정입니까?"

"내일 낙산사로 갈까 합니다."

"한성은 언제 떠나셨습니까?"

"두어 달 되었습니다."

"소승은 여기 묻혀 있느라 바깥소식을 통 모르고 있습니다. 연전에 한성 동대문 언저리에까지 갔던 적이 있지요. 그래 요즘 바깥세상은 어떻습니까?"

"모르고 계셨습니까?"

"무얼 말씀이십니까?"

"지금 한성은 일본군이 점령하고 있어요."

"예?"

"허어, 이거 야단났군요. 나라가 송두리째 범 아가리로 들어가는데, 산중에서 염불만 하고 있다니. 그 범들이 중은 안 잡아먹는 줄 아는 모양인데, 조선 중 잡아먹으려고 언제부터인가 잔뜩 양념을 치고 있어요."

봉완은 할 말을 잃었다. 그는 해담스님을 바라보았다. 일본군이 한성을 점령하고 있다는 사실도 놀라웠지만, 그가 절에서 아직 소식을 모르고 있다고 탄식하는 것에 더 큰 부끄러움을 느꼈다.

"러일전쟁에서 일본이 이기자, 기코시 야스쓰나 육군 소장이 지휘하는 일본군이 인천항에 상륙하여 곧바로 한성을 점령하였지요. 이들은 무력을 앞세워 '한일의정서'를 조인하고, 곧이어 제1차 한일협약을 체결했더랬어요. 한일협약에 따라 메가타 다네타로[目賀田種太郞]라는 자가 탁지부 고문으로 취임하여, 내정은 물론 외교까지 일일이 간섭했지요."

봉완은 해담스님의 말을 듣고 눈이 동그래졌다. 일본·미국·영국·러시아 군대가 자국 교민을 보호한다는 구실로 군대를 들여오고, 러일전쟁이 벌어진 소식은 블라디보스토크로 가기 전에 들었다. 그러나 그것은 어디까지나 영사관을 보호하기 위한 최소한의 경비 병력으로만 알고 있었다. 불경 공부를 하느라 잠시 관심 밖에 두었던 바깥세상이 이렇게까지 급변한 것에 그는 몹시 놀랐다. 강대용 이지룡 박영근 등이 우려하던 그대로 세상이 변했다.

"을사년 십일월에 제2차 한일협약이 맺어졌습니다. 일본 군대가 덕수궁을 포위하고 강제로 체결한 것이지요. 학부대신 이완용의 간교한 술책으로 맺어졌습니다. 통분할 일입니다. 이 을사조약으로 조선은 외교권을 일본에 빼앗겼고, 조선 황제 아래에 일본 통감을 두고 외교를 간섭하게 된 겁니다. 명색은 황제 아래 있다고 하지만, 초대 통감 이토 히로부미는 황제 위에 있는 것이나 다름없어요."

봉완은 한일의정서가 오고 간 사실은 알고 있었지만, 그 구체적 경위에 대해서는 자세하게 알지 못했다. 일본이 청나라와 러시아를 물리친 뒤 기고만장해진 오만을 조선 정부에 행사하고 있다는 정도의 소문만 들었다. 설마 그들이 백주에 나라를 강탈하리라는 생각은 추호도 하지 못했다.

봉완은 해담스님에게 물었다.

"그러면 조선, 아니 대한제국은 일본의 속국이 되었다는 말씀입니까?"

"정식으로 합병을 한 건 아니지만 정부 기관을 무력 강점하였으니, 미구에 그렇게 되겠지요. 외교권을 빼앗겼으니, 조선은 국제무대에서는 사라진 나라가 되었어요."

봉완은 눈 쌓인 설악 연봉을 올려다보았다. 이토 히로부미와 이완용, 그 이름이 낯익었다. 원산에서 박영근을 만났을 때, 그는 이완용이 독립협회 2대 회장이었다며 울분을 토했다. 그가 군대를 앞세운 일본에 협력하여 한일협약을 체결하는 데 일조하였다고 한다. 이토 히로부미가 누구인가. 초대 독립협회 위원장이던 윤치호가 독립문이 새겨진 은찻잔을 그에게 선물하였다. 그가 초대 통감으로 부임했다는 것이다.

봉완은 해담스님과 더 이야기를 나누고 싶었다.

"바깥바람이 찹니다. 차를 한잔 대접하고 싶은데, 잠시 제 방으로 가시지 않겠습니까?"

"고맙습니다."

봉완은 해담스님을 자기 방으로 모셨다. 바깥의 자세한 소식도 궁금했지만, 이지룡과 박영근, 그리고 지우의 근황이 더 궁금했다. 소식을 알 길이 없었다. 방으로 가면서 해담스님이 말했다.

"올겨울에는 그다지 눈이 많이 안 온 듯하군요."

"백담사에는 언제 또 와 보셨습니까?"

"예, 두 번쨉니다. 그때는 눈에 갇혀 달포를 묵었지요."

봉완은 해담스님이 예사롭지 않은 분이라는 느낌을 받았다. 아무리 원흥사가 한성과 가까운 거리에 있기는 하지만, 절간에 있는 승려가 바깥소식을 너무 잘 안다. 나라가 이 모양이 된 데 대하여 분노하나 그의 목소리는 들뜨지 않으며 마치 바위처럼 무겁게 안정된 듯한 느낌이다. 이것은 의지가 한 곬로 정리가 되었을 때만 가능하다.

녹차를 받아 들고 해담은 봉완에게 물었다.

"봉완스님은 법랍이 어떻게 되십니까?"

"부끄럽습니다. 아직 어린아이입니다."

"하기야 법랍이 많다고 다 어른은 아니지요. 요즘은 똥오줌 못 가리는 늙은 중들이 하도 많으니까요."

봉완은 그가 무슨 말을 하려는지 궁금했다. 화살을 절집으로 돌린다. 봉완은 아까 그가 하던 말이 다시 생각났다. "허어, 이거 야단났군요. 나라가 송두리째 범 아가리로 들어가고 있는데, 산중에서 염불만 하고 있다니, 그 범들이 중은 안 잡아먹는 줄 아는 모양인데, 조선 중 잡아먹으려고 언제부턴가 잔뜩 양념을 치고 있어요." 조선 중을 잡아먹으려고 양념을 치고 있다고 한다. 일본 불교를 본 따 전국 사찰을 단일 관리로 묶은 것을 가지고 그러는 것일까. 일본 불교를 본뜨기는 했지만, 그것은 조선 불교를 혁신하는 데 좋은 점도 있다. 원수지간이라도 좋은 것은 빨리 배워야 한다. 봉완은 그의 말뜻을 언뜻 헤아리기가 어려웠다.

봉완은 그에게 넌지시 물었다.

"조선 중을 잡아먹으려고 양념을 치고 있다는 말씀은 무슨 뜻입니까?"

"조선 불교를 일본 불교와 합치려 드는 무리가 있어요."

봉완은 깜짝 놀랐다. 전혀 뜻밖이었다. 정부를 합병한다는 소린 들었지만, 불교를 합병하려는 저의는 조금도 의심하지 않았다. 종교는 합병이라는 말이 필요 없다. 들어가서 포교를 하면 된다. 대원군 섭정 시절에는 서학이 들어와 박해받았지만, 지금은 형편이 다르다. 지금은 야수교가 들어와 전국을 돌아다니며 포교한다. 브라운 같은 사람도 통역을 데리고 다니면서 포교하지 않은가. 일본 불교도 그냥 들어와 포교하면 된다. 그런데 왜 굳이 합병하려고 하는가 봉완은 도무지 알 수가 없다. 막대한 사찰 재산이 탐나는 것일까?

해담 스님은 전혀 엉뚱한 말을 했다.

"조선 백성의 정신을 합병해야만 명실상부하게 나라를 합병시킬 수 있기 때문입니다."

봉완은 눈을 크게 떴다. 그의 말뜻을 그제야 알아차렸다.

"아무리 무력으로 조선을 합병했다고 하더라도, 조선 민족의 마음까지는 합병하지 못합니다."

해담은 조용히 이야기를 계속했다. 일본은 개항 직후부터 조선 강점 수단의 하나로 진종, 일련종 등의 불교를 침투시키기 시작했다. 식민지를 문화와 사상으로 합병하지 못하면 실패한다는 사실을 서구 열강의 식민지 경영을 보고 미리 배워 둔 것이다. 강화도조약이 체결되자마자 일본 내각은 진종 봉원사 관장 겐뇨에게 조선 포교를 지시했다. 그래서 개항 이듬해에 나카사키에 있는 고덕사 주지 오쿠무라와 히라노를 파견하여 부산에 본원사 별원을 세웠다. 오쿠무라는 일본 승려들을 데려와서 조선의 관습과 조선어를 가르치기 위해 선어학사鮮語學舍를 세우기도 했다. 이들은 개화 승려였던 이승인과 탁정식 등과 가까이 지냈고, 유대치 박영효 김옥균 등과도 친분을 맺고 있었다. 박영효와 김옥균 등이 갑신정변을 일으킨 주동자였던 것으로 비춰볼 때 이들이 조선 정치에 깊숙이 관여하였음이 여실히 증명된다. 또한 이동인은 부산 별원을 통하여 일본으로 밀항했다.

이들이 조선 침탈의 앞잡이라는 사실을 더욱 구체적으로 증명하는 사실이 있다. 1897년에 다시 조선에 온 오쿠무라는 자기 누이동생 이오코와 함께 본원사 본사에 조선 포교 정책 건의서를 제출했는데, 여기에 식산殖産을 일으키고 조선인의 일본 시찰과 학교를 설립할 것을 강조하고 있다. 이들이 일본 외무성의 지원금으로 포교 활동을 하고 있었음으로 미루어보아 그 저의가 충분히 입증되고도 남는다.

진종에 이어 일련종, 본파 본원사, 정토종, 조동종, 진언종이 잇달아 조선에 들어왔다. 이 가운데 일련종의 사노 사에스토무는 조선 불교를 일련종으로 개종시키기 위해 조선 승려들의 환심을 사는 일부터 서둘렀다. 그것이 270여 년간 계속되었던 승려들의 도성 출입 금지 조치를 해제토록 한 것이다. 그는 대원군을 비롯하여 총리대신 김홍집에게 진정서를 올리고, 각 대신을 직접 방문하여 호소하였다. 이 때문에 일련종은 조선에서 매우 활발하게 교세를 뻗쳐나갔다.

"두고 보시오. 이대로 있다가는 조선 불교는 족보도 없이 사라집 니다. 지금 원흥사를 중심으로 이상한 기운이 돌고 있어요."

"이상한 기운이라니요?"

"화계사 월초스님과 보담스님 등이 불교 연구회를 조직하고 본부 를 원흥사에 두었어요. 또 이곳에 승려들의 교육을 위하여 명진학교 를 세웠지요."

"그건 백번 옳은 일 아닙니까?"

"물론 옳은 일입니다. 일본은 교육 기관을 설립하는 자산으로 공 공 소유재산을 모두 학교로 이속시키는데, 사찰 재산도 공유라 하여 빼앗으려 하고 있어요. 월초스님 등은 땅을 빼앗기기보다 차라리 여 기에다 학교를 세워 전국 각 사찰의 젊은 승려들을 뽑아 교육하려 했던 겁니다. 물론, 이건 잘한 일입니다. 그러나 이들은 일본 정토종 의 이노우에와 결탁하고 있어요. 종지를 정토종으로 바꾸려는 음모 를 꾸미고 있는 겁니다."

봉원은 차를 한 모금 마시면서 흥분되는 마음을 가라앉혔다.

"제가 이렇게 돌아다니는 것은 산중에 있는 승려들에게 이러한 사실을 알리기 위해서입니다. 나라가 이 꼴이 되는데, 절집이 송두 리째 왜놈들에게 넘어가고 있는데, 절에서 유유자적 염불만 외우고 있어서 되겠습니까. 일찍이 휴정과 유정선사께서는 총칼을 들고 싸

웠어요. 그러지는 못할망정 손톱 밑에 가시가 드는 줄은 알고 있어
야지요."

"허면, 내일 낙산사로 떠나신다면서요?"

"예."

봉완은 의아한 표정을 지었다. 내일 낙산사로 떠난다면, 누군가에
게 그러한 사실을 알렸다는 말 아닌가. 그런데 아침 예불 때도 큰스
님은 아무 말 없었다. 오히려 평소보다 더 차분하게 예불이 진행되
었다.

"그럼 이러한 사실을 큰스님께 말씀하셨다는 것입니까?"

"지금 봉완스님에게 말씀을 드리는 겁니다."

"큰스님께는 알리지도 않으셨다는 말씀입니까?"

"말하다가 야단만 맞았습니다."

"야단을 맞다니요?"

"쓸데없는 분란을 일으킨다고 호되게 야단맞았지요."

봉완은 점점 더 이해할 수가 없었다. 참선 정진하는 승려가 세속
일에 깊게 관여하는 것은 옳지 않다고 꾸짖은 것이겠지만, 이것은
경우가 다르다. 불교가 이 땅에 들어온 이래, 국난에는 꼭 승려들이
앞장서 막았다. 단순히 조정에 결탁한 호국 행위로 보아서는 안 된
다. 대승의 입장에서 고통받는 중생들을 구하기 위해 몸을 던진 것
이다. 고래로 불교의 국난 극복 정신을 일부 사가史家들은 결과만을
침소봉대하여 권력 결탁으로 기술하고 있으나, 그 근저에는 대승 사
상이 깔려 있다. 중생들이 도탄에 빠져 있는데, 산중에서 태연히 앉
아 밥을 먹고 있을 수가 없었다. 더구나 이번에는 나라를 침입한 것

만 아니라, 불교 자체를 흡수하려 하지 않은가.

봉완은 큰스님들의 자세를 도무지 이해할 수가 없었다.

봉완은 해담스님과 같이 묵으면서 여러 가지 이야기들을 나누었다. 특히 감명받은 것은 산중에 있다고 해서 세상을 버려서는 안 된다는 것이었다. 그것은 새삼스러운 사상은 아니다. 이미 봉완 자신이 그러한 사상을 품고 있었고, 학암스님에게 전수한 『기신론』을 통해서도 대승 사상을 터득하고 있었다. 다만, 봉완은 그동안 바깥세상을 까마득히 잊고 있었다는 데 대한 자책감을 느꼈다.

이튿날 아침, 봉완은 공양을 마치자마자 학암스님에게 불려갔다. 막 해담스님을 배웅하려고 준비를 서두르고 있을 때 부름을 받은 것이다.

"잠깐 다녀오겠습니다."

"소승 걱정은 말고 볼일을 보세요."

"무슨 일인지 모르겠습니다. 이렇게 갑자기 찾으신 일은 없었는데, 소승이 돌아올 때까지 여기서 잠깐 쉬십시오."

"걱정 말고 다녀오세요."

학암스님 방에는 연곡스님도 함께 있었다. 봉완이 삼배를 올리고 자리에 앉자마자 학암스님이 밑도 끝도 없이 불쑥 말했다.

"건봉사로 가거라."

"예에?"

봉완은 자신이 잘못 들은 건가 하고 두 분 스님을 번갈아 바라보았다.

"지금 당장 떠나거라."

"소승이 무슨 잘못이라도……?"

"이놈아, 잘못은 무슨 잘못이야. 공부하러 가라는 게지."

학암스님이 벽력같이 소리를 질렀다. 봉완은 더 이상 묻지 못했다. 본래 승려는 한 절에 머무르지 않는다. 더구나 정진하는 학승은 여러 절을 두루 돌아보고 대덕들을 찾아 공부해야 한다. 학암스님은 지금 봉완에게 그런 기회를 주려는 것이다. 다만 봉완은 왜 갑작스레 이런 일이 결정되었는지 어리둥절할 뿐이다. 더구나 해담스님과 하룻밤 자고 난 다음에 일어난 일이다. 해담스님이 바깥세상 일을 입에 올렸다가 큰스님들에게 야단을 맞았다고 했다. 오비이락인가. 연곡스님은 봉완이 의병 활동을 했던 전력을 알고 있다. 또 시베리아로 바깥바람을 쐬고 온 전력도 있다.

"만화스님을 찾아가거라."

"예……."

"정신을 똑바로 차리고 공부해야 한다."

"……?"

"세상이 시끄럽다고 해서 중이 같이 날뛰어서는 안 된다. 중노릇만 잘하면 세상은 저절로 조용해지느니라. 설익은 중들이 섣불리 날뛰는 게 세상을 더 시끄럽게 할 뿐이다."

묵묵히 바라보기만 하던 연곡스님이 조용히 입을 열었다.

"너는 기가 너무 끓는다. 선방에 들어가서 그 기를 죽이도록 하여라. 기란 자고로 부드러워야 힘을 쓰는 법이야. 치솟은 기는 그만큼 빨리 재가 된다. 명심해라."

"예, 스님."

"그리고 여름 안거에 참석하거라."

"……?"

"그만 나가 보아라."

봉완은 방을 물러나왔다.

여름 안거는 4월 16일부터 시작하여 7월 15일에 끝난다. 승려들이 이 기간 한곳에 모여 바깥출입을 삼가며 수행 정진하는데, 이것을 안거라고 한다.

봉완은 눈부시게 파란 하늘을 올려다보면서 심호흡을 한 번 했다. 두 스님이 이미 자신의 머릿속에 차여오는 뜨거운 바람을 읽고 있었다는 것에 그는 놀라고 있었다. 그는 아직 공부를 더 많이 해야 한다는 절실함을 느꼈다. 큰스님들은 가만히 앉아서도 남의 마음을 꿰뚫어보고 있지 않은가. 그런 것도 모르면서 세상을 알려고 한 게 부끄럽기조차 했다. 아직은 세상일에 관여하는 것보다 공부를 더 해야 한다. 그래서 큰스님들이 해담스님의 행동을 나무랐을 것이다.

해담스님은 이미 백담사를 떠나고 없었다. 빈방에 찬바람만 돌고 있었다. 봉완은 계곡을 향해 합장한 뒤 방으로 들어갔다. 방바닥에 낯선 책이 한 권 놓여 있었다. 해담스님이 두고 간 것이었다. 그는 천천히 그 책을 집어들었다. 『음빙실문집飮氷室文集』이었다. 중국의 양계초가 저술한 것으로, 그는 중국 최고의 지성이자 사상가이다. 갈피를 넘기던 그는 눈이 동그레졌다. 정치·사상·종교·교육·역사·지리·운문·소설 등 그가 지금까지 접해 보지 못했던 주옥같은 학문이 담겨 있었다. 그는 얼른 그 책을 바랑 속에 감추었다. 학암스님이 보면 잡스러운 책을 본다고 야단을 칠지 몰랐다.

봉완은 이튿날 건봉사로 갈 행장을 꾸린 뒤 연곡과 학암스님을 찾았다. 연곡스님과 학암스님에게 인사를 올리자 두 스님은 또 한 번 일갈했다.

"중은 중일 때 중 소리를 듣는 게야. 중 소리 듣고 싶거든 제대로 땀 흘려야 한다."

"예."

봉완은 그렇지 않아도 건봉사에 가서 공부하고 싶은 마음을 가지고 있었다. 건봉사는 신라 이래의 고찰로 아도 화상이 창건하여 원각사라 하다가, 고려 공민왕 때 나옹화상이 중수하여 건봉사로 이름을 바꾸었다. 이후 이름난 고승 대덕이 주석한 우리나라 4대 사찰 가운데 하나다. 그가 건봉사에 가서 공부하고 싶어 한 것은 이러한 화려한 사찰 내력 때문만은 아니었다. 임진왜란 때 휴정 서산대사의 뒤를 이어 승병 대장이 된 유정 사명대사가 이끄는 700여 명의 승군의 본거지이기도 하였다. 3,100간이 넘는 대사찰이며, 전국 사사통일안 이후 수사찰이 되어 금강산 일대의 많은 사찰을 말사로 두고 있었다. 200평이 넘는 강원 방이 두 개나 있었다. 건봉사에는 사명대사의 치아와 사리가 있다. 또 사명대사가 선조 38년 일본에 사행使行 가서 되찾아온 석가모니의 치아와 사리도 이곳에 있다. 이 석가모니의 치아와 사리는 자장 법사가 당나라에 가서 가져와서 통도사와 월정사에 둔 것인데, 왜병이 탈취해 간 것이었다.

봉완은 중생의 눈을 뜨게 한 석가모니의 진신사리를 친견하고 싶었다. 살생을 금하는 계율을 깨면서 혼연히 승병을 일으킨 사명대사의 대승사상도 보고 싶었다. 그는 허공을 향해 합장을 한 번 했다. 학암이나 연곡스님이 그의 이러한 번뇌를 나무라고 있었지만, 그는 어쩔 수 없이 그런 길을 걸을 수밖에 없었다. 수선안거首禪安居에 들어가려고 하는 건봉사가 그러한 내력을 가졌다는 게 신기한 인연이다. 원효스님이 파계하여 대중심을 얻은 것이나, 사명대사가 호국하여 대중심을 얻은 것은 모두 대승기신론으로 하화중생한 것이다. 파괴가 새로운 것을 얻는 출발이듯이, 깨달음을 얻는 파계는 견성見性을 얻는 제일문第一門이기도 하다.

건봉사 일주문 앞에서 봉완은 잠시 걸음을 멈추었다. 절에서 만나는 첫 번째 문이 일주문이다. 문 안쪽에 절로 들어가는 길이 길게 이어져 있다. 그 길을 바라보며 봉완은 광덕스님을 생각했다. 수구암에 따라갔을 때 스님과 나눈 대화가 불현듯 떠올랐다.

"잘 닦기만 하면 참한 중이 될 소질이 있구먼."

"길을 열어 주십시오."

"길이 없는데, 문을 어떻게 찾아."

"……?"

"길은 스스로 만드는 게야."

"그래도 방편이 있지 않습니까?"

"발바닥이 부르트도록 디디다 보면 길은 저절로 만들어지는 법이야. 억지로 뚫은 길은 힘만 들였지 곧 허물어져."

"……?"

"길을 닦으면 문은 저절로 보이게 마련이다."

봉완은 광덕스님의 말을 그제야 막연하게나마 깨달을 수 있을 것 같았다. 길을 보기 위해서는 법法을 깨쳐야 한다. '길은 스스로 만드는 것'이라고 한 광덕스님의 말은 바로 물[水]의 이치를 이르는 것이다. 법法 자를 파자破字하면, 물 수水와 갈 거去가 된다. 따라서 도란 곧 물이 흘러가는 이치라는 뜻이다. 그래서 노자도 상선여수上善如水라 하지 않았는가.

일주문에는 문짝이 없다. 기둥만 서 있다. 두 개의 기둥으로 세워져 있는 문이면서도 일주一柱 문이라고 한다. 곧 불이不二라는 뜻이다. 그래서 일주문을 불이문이라고도 한다. 일주는 하나의 기둥을 말하는 것이 아니라, 둘이 아니라는 것을 역설적으로 말하고 있다. 말하자면 둘은 둘이 아니라 하나라는 것을 일깨우는 문이다.

이 문을 들어서면서부터, 바로 '두 개가 하나임을 볼 줄 아는 눈을 떠야 한다. 견성을 가져야 한다. 이때의 견見은 본다는 뜻이 아니라, 나타낸다는 뜻의 '현'으로 읽어야 한다. '볼 견'자가 '나타낼 현'으로도 읽힘은 바로 이와 같은 이치에 근거한다. '견'일 때는 바깥에 달린 눈으로 보는 것이고, '현'일 때는 안에 있는 마음의 눈으로 보는 것이다. 이 불이不二를 모르면 바깥에 달린 눈으로 그냥 절 구경만 하고 나오는 꼴이 되며, 이를 알면 안에 달린 마음의 눈으로 절을 업고 나오게 된다.

그러면 둘, 즉 두 개의 기둥은 무엇인가. 바로 속俗과 승僧을 나타낸다. 나[我]와 남[他]을 말한다. 있[有]고 없음[無]을 가리킨다. 나[生]고 죽음[死]을 일컫는다. 이것이 모두 둘이 아니라 하나, 즉 한 개의 기둥이라는 뜻이다. 나아가서 '하나'는 수의 개념이 아니라는 뜻이기도 하다. 하나는 바로 공空을 이야기한다. 공은 실체의 개념으로 본 '없음'이 아니라, 진공眞空의 개념으로 본 '꽉차 있음'을 말한다. 그래서 하나는 전체, 즉 모두라는 뜻도 된다. 따라서 일주문을 들어서면서 속세를 잊으라는 것이 아니다. 속을 가지고 승을 얻어야 한다. 반대로 일주문을 나오면서 승을 버리지 않음과 똑같은 이치다. 이것이 바로 대승 공안公案이다.

불이不二 공안은 『유마경』에서 유래한다. 『유마경』은 석가모니의 속가 제자인 유마 보살이 문수보살을 비롯한 여러 성문聲聞 및 보살들과 문답한 내용을 적은 경이다. 생사는 머무르는 곳이 없는[無住] 일체의 법法이요, 삼라만상 그 모두가 하나의 진리로 이루어져 있다고 말했다. 유마보살은 마지막에는 입을 열지 않음으로써 '불가언 불가설不可言不可說'의 화두를 던졌다. 유마보살 자신이 바로 불이의 화신이었던 셈이다. 출가승이 아니라 속가에 있으면서 보살업을 닦은 것 자체가 불이가 아닌가. 유마 보살의 수행은 불제자도 좇을 수 없을 정도였다. 승속은 둘이 아니라, 하나임을 그는 자기 삶에서 나타낸 것이다.

봉완은 일주문을 향해 합장 반배했다. 광덕스님의 목소리가 허공에서 들려왔다.

"길을 닦으면 문은 저절로 보이게 마련이다."

봉완은 천천히 일주문을 들어섰다.

봉완이 삼배를 올리자, 만화스님은 잔잔한 시선으로 그를 바라보았다.

"백담사에서 온 봉완이옵니다."

"무엇하러 왔느냐?"

봉완은 순간 당황했다. 승복을 입고 있고, 백담사에서 왔다는 인사를 했다. 그건 승려의 신분임을 알리는 예였다. 승려가 절을 찾아왔는데 무슨 일로 왔느냐고 물었으니, 그는 그만 말문이 막혔다. 잠시 머릿속을 정리한 뒤 그는 조심스럽게 말했다.

"학암스님께서 스님을 뵈라고 말씀하셨습니다."

"학암이 누구냐?"

봉완은 또 말문이 막혔다. 만화스님이 학암스님을 모르고 있다는 것인가.

그때 봉완은 한 생각이 떠올랐다. 만화스님이 학암스님을 몰라서 그렇게 말한 것이 아니었다. 만화스님은 학암의 법을 모른다는 뜻으로 말했다. 겉으로 보이는 인연을 끌고 다니지 말라는 꾸짖음이기도 했다. 봉완은 그것을 알아차린 것이다.

"오다가 본 장승이옵니다."

순간 만화스님의 눈썹이 크게 위로 치켜졌다. 봉완은 흠칫 놀랐다. 자기가 한 말이었지만, 스승을 스스럼없이 장승이라고 말한 것에 자신도 놀랐다. 장승은 잡귀가 들어오지 못하도록 마을을 지키는 신격화한 물건이기도 하지만, 길을 가리키는 이정표이기도 하다. 일주문 앞에서 잠시 길과 문에 대해 생각한 일이 떠올라 장승이라 말했다. 학암은 그에게 있어서 장승과 같은 역할을 한 스승이다. 온갖 세속 잡념을 물리치고 깨달음에 이르도록 가르쳐 주었고, 또 이곳까지 오도록 길을 가르쳐 주었다. 학암이 누구냐는 질문에 제일 먼저 떠오르는 게 장승이었다. 장승은 미물이다. 아무리 뜻이 그렇다지만, 스승을 미물인 장승에 비유한 것은 그 자신이 생각해도 너무 당돌하다는 느낌이 들었다.

만화스님은 입을 굳게 다문 채 봉완을 노려보았다. 봉완은 어깨를 움츠렸다. 눈빛이 활활 타는 불길처럼 뜨겁게 느껴졌다. 미구에 일같이 떨어지며 이 자리에서 쫓겨날 것만 같아 그는 바늘방석에 앉아 있는 기분이었다.

그때 봉완은 만화스님의 얼굴에 짧게 나타났다가 사라지는 미소를 보았다. 만화스님이 미소를 지었는지 아닌지 분간조차 할 수 없을 정도로 찰나에 일어난 일이라 그는 헛본 게 아닌가 하는 의심이 들 정도였다. 곧이어 만화스님이 박장대소를 했다.

"하하하…….."

"……?"

"임제가 황벽의 빰을 때렸구나."

봉완은 어리둥절해졌다. 임제는 임제종을 연 의현義玄이고, 황벽黃檗은 그의 스승 희운希運이다. 달마선達磨禪을 꽃 피운 6조 혜능의 5대 제자 가운데 하나인 남악南嶽 회양의 선맥을 이은 이들이다. 남악 문중門中은 마조 도일, 백장 회해, 황벽 희운, 임제 의현으로 이어진다. 여기에서 위앙종과 임제동 등 2개의 선종으로 갈라졌다. 위앙종은 심오 온화하면서 해학적인 가풍을 날리고, 임제종은 기지가 넘치고 격렬하되, 금욕을 강조하는 선풍으로 발전했다.

만화스님은 바로 황벽과 임제의 무애역행無碍逆行을 빗대어 말했다. 임제종의 선풍이기도 한 격렬한 할[喝]이다. 그래서 선가禪家에서는 '임제 할 덕선 방[棒]'이라는 말까지 생겼다. 제자들의 질문에 고함으로 대답하기로는 임제가 유명하고, 몽둥이로 내리치는 것으로는 덕산선사가 그만큼 유명했다.

임제는 황벽에게 깨달음의 참뜻을 여러 차례 물어보았다가 계속 얻어맞기만 하자, 대우선사를 찾아갔다. 대우선사로부터 뜻을 깨친 후 돌아온 임제에게 회상會上에서 있었던 일을 듣고난 황벽이 말했다.

"이 늙은 것이 오면 한 방 먹여야겠다."

임제가 이 말을 되받아

"기다릴 게 무에 있습니까. 지금 여기 있으니 때리면 되지."

그러면서 임제가 달려들어 황벽의 뺨을 후려쳤다. 임제가 스승인 황벽의 뺨을 친 것이다. 이것이 임제 선이다. 황벽이 치려고 한 대우는 사실 대우가 아니라 황벽의 법을 제대로 받지 못한 임제를 뜻하는 것이다. 임제가 맞받아서 대우가 여기 있다고 한 것은, 바로 대우의 법을 제대로 받았다는 뜻이다. 따라서 임제가 황벽을 뺨을 때린 것은, 대우가 황벽을 때린 것이 된다.

만화스님은 바로 이 이야기를 두고 봉완에게 '임제가 황벽의 뺨을 쳤다'고 말한 것이다. 봉완은 몸둘 바를 몰라 얼굴이 벌겋게 상기되었다.

"소승이 어찌 임제 선사의 그늘에 미치겠습니까. 과분하신 말씀입니다."

"말귀를 알아듣는 걸 보니 길눈은 제대로 떴구나."

봉완은 합장하면서 만화 스님을 향해 허리를 굽혔다.

"허나, 지금부터는 산길을 걸어야 하느니라. 눈만 밝아서는 소용 없다. 머리끝에서 발끝에까지 모두 눈을 달아야 한다."

"예, 명심하겠습니다."

"선방에 들어가 여름 안거를 준비하도록 하여라."

"예, 스님."

봉완은 출가한 뒤 처음으로 수선안거首禪安居에 들어갔다. 안거는 석 달 동안 두문불출하며 참선 정진한다. 여름 안거는 4월 16일에 시 작하여 7월 15일에 마치며, 겨울 안거는 10월 16일부터 이듬해 정월 15일까지다. 안거는 승려들의 수행 정진을 재는 잣대로도 통하는데, 보통 몇 안거를 했다는 식으로 말한다.

선禪은 사물의 본래 모습을 볼 수 있는 마음의 눈, 즉 심안心眼을 얻는 수행 방법이다. 영산회상靈山會上에서 석가모니와 가섭존자 사 이에 주고받은 염화미소拈華微笑에서 비롯되었다. 석가모니가 연꽃 을 들자, 가섭이 미소를 지음으로써 이심전심을 보였다. 이것을 불 교에서 선의 기원으로 삼고 있다. 석가모니가 연꽃을 든 것은 바로 불교의 진리를 침묵으로 설법한 것이다. 그것을 말로써 설명할 수 없기에 연꽃을 들었다. 설명할 수 없는 법문을 말로써 대답할 수 없 음도 자명하다. 석가모니의 마음을 읽은 가섭은 말 대신 미소로 화 답했다.

연꽃은 더러운 물에서 자라지만 그 더러운 물을 몸에 묻히지 않는 다. 이처럼 번뇌로 가득 찬 세속에 살지만, 연꽃처럼 오롯한 마음을 가지려는 것이 바로 불법이다. 가섭은 그것을 알았다. 팔만대장경에 실린 방대한 법문은 결국 가섭의 미소 하나에 집결될 뿐이다.

선은 이와 같은 돈오점수頓悟漸修하는 수행 방법이다. 순간적으로 깨닫고, 깨달은 뒤 점진적으로 수행하는 것이다. 그래서 선종은 수행한 뒤 깨달음에 이르는 교종의 점수돈오漸修頓悟와 구별된다.

인도 불교의 선이 동양으로 전수한 것은 석가모니의 법맥을 이은 제28조祖 달마 대사다. 달마로부터 중국에 전래된 선은 노장사상과 어우르면서 조사선祖師禪으로 찬란하게 꽃을 피웠다. 달마에서 시작된 조사선은 제2조 혜가, 제3조 승찬, 제4조 도신, 제5조 홍인에 이르렀다. 홍인 문하에서 혜능을 제6조로 하는 남종선南宗禪과 신수를 제6조로 하는 북종선北宗禪으로 갈라졌다. 북종선은 오래 이어 가지 못하고 대가 끊어지고, 남종선만 번성하여 5가家 7종宗으로 뻗어간 것이다. 혜능이 강남에서 종풍宗風을 드날려 남종이 되었으며, 신수는 북경에서 종풍을 떨쳤다 하여 북종이 되었다. 남종은 '별안간 깨달음'을 중시하나, 북종은 '수행修行'을 중시한다. 그래서 남돈북점南頓北漸이라고도 한다. 임제종과 조동종 등의 선종은 모두 이 남종선에 속한다. 동양화에 있어서 남종화南宗畵와 북종화北宗畵로 나뉜 것은 선종의 이 남종과 북종에서 비롯되었다. 남종화는 남종의 선풍처럼 먹물을 주로 사용하며 간소한 기교로 시적詩的 정서를 표현한다. 반대로 북종화는 물체와 색채를 선명하게 표현하며, 북종의 선풍과 닮았다.

선종은 일체의 구별이 없는 무념, 무상, 무주無住를 종지로 삼고, 마음 안에 곧 부처가 있다(心外無佛, 심외무불)고 부르짖었다. 교외별전敎外別傳이라 하여 경전이나 교학에 매달리지 않고, 좌선으로 스스로 깨달음에 이르러 삼매의 경지를 얻고자 노력하였다. 부처님의 설법을 근본 가르침으로 삼는 교종에 대립된 종지다.

조선 불교의 선맥은 통일신라 후기의 도의선사로부터 비롯되었다. 도의선사는 당나라에 건너가 보단사에서 비구계를 받았다. 강서江西 개원사에서 지장선사의 법을 이어받고, 백장산 백장 회해에게 가르침을 받아 중국 조사선을 가지고 왔다. 회해는 바로 6조 혜능의 5대 제자 가운데 하나인 남악 회양의 법맥을 이어 임제종을 꽃피운 선사이다. 백장 회해에서 황벽 희운으로, 다시 임제 의현에게 법맥이 이어지면서 임제선이 찬란하게 꽃피게 된다. 도의선사는 바로 백장 회해에게서 신라로 선맥을 이은 것이다.

도의선사는 귀국하여 법을 폈으나, 당시만 해도 경전과 교학만을 중시하던 터라 선을 받아들이지 않으려 했다. 그 뒤 염거와 체징으로 도의의 법맥이 이어졌는데, 체징은 가지산에 보림사를 짓고 종풍을 크게 떨치고 일파一派를 이루었다. 이로부터 신라말에 선풍이 크게 일어 9산 선문九山禪門이 생겨났다.

불교는 고려 때 와서 선종과 교종 사이에 분란이 일어나기도 했다. 문종의 넷째 아들로 태어나 출가한 의천국사의 천태종과, 보조국사 지눌의 조계종이 바로 선교 양대 산맥이었다.

교종은 중앙 권부와 손을 잡았으며, 선종은 지방 호족들의 비호를 받고 있었다. 이는 고려 정치 발전사와도 밀접한 관계를 맺는다. 호족들이 선종을 지지한 것은 선종의 개인주의적인 사상으로 끌어들였기 때문이다. 중앙 권부에서 교종을 지지한 건 이러한 호족들의 세력을 배격하여 중앙 집권을 강화하려는 정책에 이용하려 했기 때문이다.

이때 보조국사 지눌이 순천 송광산(지금의 조계산)에서 수선사(지금의 송광사)를 열고 정혜 결사定慧結社를 하여 선교를 결합하였다. 이로써 고려 불교는 분란을 수습하고 제 궤도를 가는 듯하였으나 고려 말기에 이르러 정치 집단에 휩쓸리면서 퇴락해 갔다.

그 뒤 태고 보우가 임제종 선맥을 이은 석옥石屋 청홍淸珙에게 법을 받아와서 해동海東에 임제종 종문宗門을 열었다. 이는 신라 도의 선사로부터 이어온 임제 선종이 지눌의 정혜결사와 더불어 소멸된 것으로 보고, 새로이 선문을 연 것이다. 지눌이 교종의 '화엄론'을 조계종에 흡수함으로써 임제종뿐만 아니라 여러 종풍을 두루 교합했다. 또한 나옹선사 혜근이 중국 강서의 평산 처림의 법을 이어옴으로써, 양종으로 갈라졌다. 그러나 나옹 법계는 곧 소멸되고, 지금은 태고 법계가 이어진다.

봉완은 이러한 조선 불교의 선가 가풍家風에 비로소 입문했다. 면벽 좌선하고 삼매에 들어가는 선 수업이 시작되었다. 선 수업에 들어가기 전에 그는 문득 지우가 하던 말이 떠올랐다. 지우는 마음을 비울 수 없으면 반대로 채우면 된다고 하였다. 진공眞空은 비어 있음도 차 있음도 아니다. 마음을 비우는 것은 마음을 없애려는 게 아니라, 견성심으로 채우기 위해서다. 견성심은 한마음으로 꽉 찬 진공으로, 있고 없음이 구별되지 않는다. 따라서 비울 수 없으면 일념으로 꽉 채워서 잡념이 더 이상 들어오지 못하게 하면 되는 것이다.

봉완은 조주선사의 '개에게는 불성이 없다(狗子無佛性)'라는 공안이 떠올랐다. 이것은 선가에서 흔히 무無자 화두로 삼는 공안이다.

어느 날 한 제자가 조주스님에게 물었다.

"개에게도 불성이 있습니까?"

"없다."

제자는 의아해하면서 다시 물었다.

"부처에서부터 미물인 개미에 이르기까지 모두 불성이 있다고 하였는데, 스님께서는 어찌 개에게 불성이 없다고 하십니까?"

조주는 간단하게 대답했다.

"너의 그 분별심 때문이다."

제자는 순간 깨달았다. 선에서는 분별심과 지행知行 불일치를 매우 경계하고 있다. 이 제자는 '개에게도' 불성이 있느냐고 질문을 했다. 이미 질문의 밑바닥에는 인간과 개를 구별하는 분별심이 작용하고 있다. 이러한 분별심을 버리는 순간 그는 개에게도 불성이 있음을 스스로 보았다. 조주스님은 그것을 지적하였다. 개에게 불성이 없다고 말한 조주스님의 말은 제자에게 분별심이 있으라는 꾸짖음인 것이다.

이번에는 다른 제자가 똑같은 질문을 했다.

"스님, 개에게도 불성이 있습니까?"

"있다."

제자는 계속 물었다.

"불성이 있는데, 어찌 개로 태어났습니까?"

조주스님은 조용히 말했다.

"좋은 지식을 가지고 있으면서 제대로 행동하지 못했기 때문이니라.”

이 제자도 순간 깨달았다. 개는 불성이 있되 그것을 행동으로 옮기지 못하였다. 불성을 지식으로 가지고 있기만 했다는 뜻이다. 불성은 가지고 있는 것이 아니라, 지행일치知行一致가 되어야 비로소 불성이 되는 것이다. 이것이 긍정과 부정이 두 개가 아닌 하나로 보는 무無자 공안이다. 있고 없음도 구별되지 않는 경지, 그것은 오직 하나인 공간이다. 선은 그것을 추구하는 수행이다.

봉완이 석 달 동안 안거를 마쳤을 때 대한제국에는 또 한 번 회오리바람이 불었다. 고종황제가 양위한다는 발표를 했다. 이상설과 이준 등이 고종의 친서를 가지고 헤이그 만국평화회의에 참석한 사건이 빌미가 되어 일본이 양위하도록 협박했다는 것이다.

봉완은 법당에서 혼자 참배하던 중에 이 소식을 전해 들었다. 대한제국은 이미 기울 대로 기울었다. 내각 대신들이 일본 편에 섰는데 누가 일본의 침탈을 막을 것인가.

봉완은 해담스님을 생각했다. 국운이 기울고 있는데 전국 사찰이 잠자고 있음을 그는 꾸짖었다. 나라가 이 모양인데 산중에 처박혀 수도 정진만 하는 게 과연 옳은가. 그는 지금 자기 자신에게 그런 질문을 던졌다. 아무리 강구해도 해답은 나오지 않았다. 대안이 없었다. 사명대사처럼 승병을 일으킨다면 몰라도, 그렇지 않고야 혼자 힘으로 할 수 있는 일은 아무것도 없었다. 승병을 일으킨다고 하더라도 그때와 또 다르다. 창칼이나 화승총으로 싸우는 시대는 지나갔다. 일본은 이미 청나라와 러시아를 물리친 강대국이다.

"나무 관세음보살……."

봉완은 목탁을 쥐고 염불을 시작했다. 불심으로 일본을 물리칠 생각을 한 것이다. 땅덩이는 송두리째 가져갈 수 있으나 정신은 가져갈 수가 없다. 그 정신을 빼앗기지만 않으면 언젠가는 반드시 빼앗긴 나라를 되찾을 수가 있다. 그는 염불하면서 흔들리는 마음을 정리했다. 그래도 마음이 정리되지 않아 그는 가까이 따르는 사미를 데리고 잠시 바깥바람이나 쐴까 하고 일주문을 나왔다.

"스님, 어디 가시려는데요?"

"그냥 바람을 쐬고 싶구나."

마을을 한 바퀴 돌아 다시 절로 돌아올 때였다. 잔뜩 술에 취한 사람 하나가 봉완 일행을 가로막으며 시비를 걸었다.

"어느 절에 계시오?"

"건봉사에 있습니다."

"건봉사?"

"예."

"음…… 나 모르겠소?"

봉완은 그를 유심히 바라보았다. 전혀 본 기억이 없었다.

"글쎄올시다……"

그러자 그가 험악한 표정을 지으면서 대뜸 욕을 퍼부었다.

"이노옴!"

"……?"

봉완은 뒤로 주춤 물러섰다. 아무리 술에 취했기로서니 멀쩡히 길가는 승려에게 함부로 놈자를 쓰는 행동거지가 괘씸했다. 그러나 마을 한복판이기도 해서 봉완은 그냥 피해서 지나가려고 했다.

사미가 봉완에게 다가와 귓속말했다.

"저 자는 이 지방 부자인데, 우리 절에 시주도 많이 하는 사람이어요. 얼른 사과하고 가시지요."

봉완은 사미를 돌아다보았다. 잔뜩 겁에 질려 있었다.

"가자."

봉완은 사미의 등을 한번 다독인 뒤 그를 지나쳐 가려고 했다.

"이놈! 중놈이 감히 인사도 없이 지나가다니?"

순간 봉완의 피가 솟구쳤다. 백담사에서 군수에게 대들던 기백이 발동한 것이다. 그러나 한 번 더 참았다.

"곡차를 하신 듯한데, 나는 승려요."

봉완은 그를 피해 지나치려고 했다. 그런데 이번에는 그가 봉완의 승복 자락을 잡고 늘어졌다.

"이놈! 인사를 하고 가야 할 것 아니냐!"

"뭐라고? 네 이놈!"

봉완은 소리를 한번 친 후 그를 냅다 메어꽂았다. 그가 땅바닥에 곤두박질치면서 비명을 질렀다.

"어이쿠! 이 중놈이 사람 잡네!"

봉완은 그가 뭐라거나 말거나 그냥 놔두고 걸음을 재촉하여 절로 돌아왔다. 절에 돌아온 지 얼마 지나지 않아서였다. 마을에서 청년들이 떼로 몰려왔다.

"사람을 친 중놈 어디 있느냐. 빨리 안 나오면 절을 불질러 버릴 테다."

그 소리를 들은 봉완은 자기를 찾아온 사람들임을 알고 밖으로 나왔다. 건장한 청년들이 마당에 몰려와 있었다. 봉완은 그들을 노려보았다. 블라디보스토크에서 청년들과 싸우던 일이 문득 떠올랐다. 몇 놈쯤 쥐어박아 버릇을 고쳐 놓아야겠다고 생각했다. 봉완은 청년들을 향해 소리를 질렀다.

"이놈들, 어디 한번 덤벼 봐라!"

봉완은 장삼 자락을 걷어붙이고 나아갔다. 청년들이 한꺼번에 우 달려들었다. 법당 앞에서 난데없이 치고받고 나뒹구는 격렬한 싸움이 벌어졌다. 봉완에게 달려들던 청년 몇 사람이 땅바닥에 나뒹굴자, 나머지 청년들이 겁을 집어먹고 꽁무니를 빼기 시작했다. 봉완은 도망치는 청년들을 향해 합장했다. 그 모습을 본 사미가 깔깔 웃으며 말했다.

"스님, 무술은 언제 배웠습니까?"

봉완은 사미를 돌아다보며 씩 웃기만 했다.

그날부터 봉완은 건봉사 대중들 사이에 일약 유명 인사로 소문이 났다.

구름 위를 나는 용

아침 예불을 마치고 방으로 돌아온 봉완은 문득 해담스님이 놓고 간 양계초의 『음빙실문집』이 생각났다. 안거에 들어가느라고 그 책을 까마득히 잊고 있었다. 선방에서 경전 이외의 책을 읽는 것은 금기로 되어 있다. 더구나 공부하는 학승은 삿된 책을 읽을 수 없다. 그는 백담사에서 본 청량국사의 비석에 새겨진 글귀 한 구절이 생각났다. 탁본 뜬 것이었다.

'이사문상 장세간해(以沙門相藏世間解)'

출가한 승려는 승가의 길만을 닦을 것이 아니라, 세간의 문화·예술·경제·사상 등 모든 분야의 지식을 두루 갖추어야 한다는 뜻이다.

청량국사는 화엄종 제4조로 법명이 징관澄觀인 당나라 때의 스님이다. 남북종 선을 모두 섭렵하고, 교학과 내외 학문을 두루 연구한 보기 드문 선학禪學 승려이다. 출가한 승려는 오로지 승가의 계율과 경전 공부에만 매달려야 한다고 생각하던 당시의 교풍으로 볼 때 청량국사의 이런 자세는 파격이 아닐 수 없다. 당나라 덕종은 그를 청량법사라 부르며 교수 화상으로 삼았다.

선종의 개종조인 달마는 '불립문자不立文字 직지인심直指人心 견성성불見性成佛'이라고 하였다. 불립문자란 법은 마음으로 전하는 것이므로 따로 언어나 문자가 필요 없다는 뜻이다. 직지인심 견성성불은, 좌선을 통하여 자신의 마음자리를 읽게 되면, 마음 밖에 부처가 있는 게 아니라 마음이 곧 부처임을 깨닫게 된다는 뜻이다. 청량국사는 이러한 소승적인 교풍에 단연히 반기를 든 것이다. 직지인심 견성성불하여 어떻게 하겠다는 말인가. 하늘을 날고 구름을 잡는 것으로 만족하는 게 출가의 참뜻이 아니다. 그는 선교 양학兩學만 열심히 닦을 게 아니라, 외전도 연구하여 대중 교화에 힘써야 함이 옳다고 생각했다.

봉완은 『음빙실문집』을 꺼내 읽기 시작했다. 책을 읽을수록 그는 새로운 사상에 감복했다. 단편적이기는 하나 칸트 베이컨 괴테 볼테르 마치니 등 세계적인 사상가와 문학인들이 저술한 근대 사상을 조금씩 맛보기 시작했다. 그는 며칠 동안 불경을 덮어 둔 채 『음빙실문집』을 읽었다.

책을 거의 다 읽어갈 무렵이었다. 봉완은 사미로부터 만화스님이 찾는다는 전갈을 받았다. 갑자기 찾는 연유가 궁금했으나, 그는 심부름 온 사미가 알 턱이 없을 것 같아 묻지 않았다. 무슨 일일까 혼자 궁금해하면서 그는 만화 스님의 거소로 향했다.

봉완의 삼배를 받은 만화 스님은 좌정한 채 아무런 반응 없다. 혹시 잘못한 일을 꾸중하기 위해 불려온 건 아닐까 하고 그는 지난 일들을 되짚어 보았다. 우선 마을의 부자를 넘어뜨린 일과 법당 앞에서 청년들과 치고받으며 싸운 일이 떠올랐다. 그리고 지금 보고 있는 『음빙실문집』도 마음에 걸렸다. 그러나 딱 부러지게 무슨 일인지 알 수가 없어 그는 잔뜩 긴장한 채로 만화스님의 말을 기다렸다. 이윽고 만화스님이 입을 열었다.

"마음이란 그릇에 담긴 물과 같으니라."

"……?"

"가만히 두면 그대로 있지만, 들고 다니면 흔들리기도 하고 쏟아지기도 한다."

봉완은 만화스님이 왜 자기에게 그런 말을 들려주는지 그 말뜻을 되새겨 본다.

"알아듣겠느냐?"

"예."

"무슨 말이더냐?"

"삿된 마음을 버리라는 말씀이 아니시옵니까?"

"이놈아! 물을 말했는데, 물그릇은 왜 들고 있느냐?"

"……?"

봉완은 당황했다. 만화스님의 의중을 분명히 알아들었다. 그런데 그것을 표현할 말이 얼른 떠오르지 않았다. 그는 무심코 떠오르는 대로, 겉으로 보이는 의중을 짐작하고 대답했다. 별안간 만화스님의 꾸짖음이 천장을 무너뜨릴 듯 쩌렁쩌렁하게 방 안을 울렸다.

"물은 그냥 두어도 없어진다."

봉완은 무릎을 쳤다. 만화스님의 의중을 그제야 제대로 읽은 것이다. 물은 그대로 두어도 증발하여 없어진다. 한 번에 쏟아서 없어지는 것이나, 그냥 두어서 저절로 없어지는 것이나, 없어지는 건 마찬가지다. 물이 흔들리지 않도록 애지중지하는 게 중요한 것이 아니라, 그릇에 담긴 물은 '있고 없음'의 분별이 없다고 깨닫는 게 중요하다. 만화스님은 집착을 갖지 않고 버릴 때 '버린다는 마음' 자체까지도 버리라는 걸 이야기한 것이다.

봉완은 갑자기 눈앞에 내리비치는 환한 광채를 보았다. 산자락에 흐드러지게 핀 철쭉의 붉은 꽃망울 같기도 하고, 활활 타오르는 불꽃 같기도 하였다.

만화스님은 봉완의 마음을 한 그릇에 담았다. 승려는 오롯이 마음을 맑게 하고 정진 수행해야 한다고 여기는데, 봉완은 청년들과 싸웠다. 그것은 불한당의 마음이 발동한 게 아니라, 싸워야 한다는 일념이 작용한 것이다. 만화스님은 그것을 읽었다. 싸워야 한다는 발심이 일어나는데, 이를 억제하는 것은 마음을 붙드는 행위다. 만화스님은 봉완의 행위를 진리를 위해 행동으로 옮긴 것으로 인정해 주었다.

"스님!"

"잘 싸웠다."

"……."

봉완은 만화스님께 다시 허리를 굽혔다.

만화스님은 장삼 자락 속에서 목탁을 하나 꺼내 들었다.

"이게 무엇인지 아느냐?"

"물고기이옵니다."

"물고기로 보이느냐?"

봉완은 이번에는 대답하지 않았다. 목탁이 물고기라는 건 그 유래를 말했을 뿐, 그것이 실제 물고기로 보이지는 않았다.

목탁이 만들어진 유래는 이렇다. 옛날 중국의 어느 스님이 스승의 말을 잘 듣지 않고 못된 짓만 하였다. 그러던 그 제자가 스승보다 먼저 세상을 떠났다. 스승은 제자의 죽음을 애석해하면서 극락왕생을 기원했다. 그 뒤 어느 날, 스승이 배를 타고 바다를 건너게 되었다. 그때 물속에서 커다란 고기 한 마리가 올라왔다. 그런데 그 물고기의 등에 큰 나무 한 그루가 자라고 있었다. 물고기는 스님에게 애원했다.

"스님, 제가 스님의 말을 잘 듣지 않고 못된 짓을 하여 이 모양이 되었습니다. 제발 등에 난 이 나무를 없애 주십시오."

스님은 제자의 애절한 마음을 거두어 수륙제를 올려 물고기의 몸을 벗도록 해 주었다. 그리고 등에 난 나무는 잘라서 고기 모양의 목어木魚를 만들었는데, 이것이 목탁이다. 나무의 속을 파서 두드리면 소리가 나도록 하여, 스님들을 야단칠 때 사용하였다. "너도 말을 잘 안 들으면 이렇게 목어가 된다"라는 꾸짖음이었다. 이것이 지금은 법당에서 독경할 때 장단을 맞추는 법기法器로 이용한다.

"물고기들은 물속에 살지만, 사람은 물속에서 살지 못한다."

"⋯⋯?"

"또 사람은 공기 속에 살지만, 물고기는 물 밖으로 나와 공기를 마시면 죽느니라."

355

봉완스님이 들고 있는 목탁을 바라보았다. 그제야 그것이 물고기로 보였다. 물 밖으로 나온 물고기였다.

"물속에 사는 물고기들에게는 사람이 사는 세상의 이 허공도 물로 보이느니라. 또 사람은 물고기가 사는 동네를 물속으로 보지만, 물고기들에게는 물이 눈에 안 보이는 공기에 불과하다. 물고기는 물을 먹으며 숨을 쉬고, 사람은 공기를 마시며 숨을 쉰다. 물과 공기는 본래 분별이 있는 것이 아니라 같은 물건이니라."

봉완은 스님이 들고 있는 목탁이 조금씩 살아서 꿈틀거리는 것을 보았다. 그 물고기는 공기를 마시며 사는 물고기였다.

"눈이란 이렇게 헛된 것이다. 제대로 눈을 뜨면 바다가 용궁으로 보이고, 인간 세상이 물속으로 보이기도 한다. 이 목탁이 살아서 꿈틀거리는 것이 보일 때까지 두드리도록 하여라."

만화스님은 들고 있던 목탁을 봉완에게 던졌다. 봉완은 두 손으로 얼른 목탁을 받아 들었다.

"스님!"

봉완은 벌떡 일어나 스님에게 삼배를 올렸다. 만화스님이 봉완에게 목탁을 주는 것은 법法을 이을 제자로 삼는다는 뜻이다. 속가에서 가계를 잇는 것이나 마찬가지다.

"오늘부터 너는 용 龍자 구름 雲자로 불러라. 그리고 법호는 만해다. 만경 같은 바다를 화두로 법을 닦도록 하여라."

"스님."

봉완은 끓어오르는 감정을 주체할 수가 없어 스님을 부르기만 하였다. 법명을 용운龍雲으로, 법호를 만해卍海로 지어 준 것이다.

"용은 여의주를 물어야 한다. 그렇지 못하면 강철이가 되느니라. 내가 너에게 구름을 주었으니, 여의주는 네가 찾거라."

"명심하겠사옵니다, 스님."

봉완은 만화스님을 법사로 구족계를 받았다. 이제 비구승으로 어엿한 승려가 된 것이다. 그리고 만화스님의 법답도 받았다. 법답은 사찰 토지 가운데 승려들이 개인으로 소유할 수 있는 땅이다. 스승의 제사를 올리고, 개인적인 포교와 참선 구도하는 데 쓸 수 있는 재산이다. 법답은 법을 잇는 상좌에게만 나누어 주었다.

봉완은 이날부터 자신의 법명을 용운으로 불렀다. 불가에 입문하여 새롭게 태어난 것이다. 영제선사로부터 봉완이라는 계명으로 계를 받은 것이 출생이라고 한다면, 만화선사로부터 법명을 받은 것은 성인으로 홀로서기를 할 수 있는 능력을 받은 것이다. 만화스님의 법맥을 계승하여 세세손손 꽃을 피워야 할 의무를 지기도 한 것이다.

한용운은 해담스님을 다시 만났다. 사미와 탁발을 나갔다가 우연히 노변에서 만났다.

"해담스님 아니십니까?"

"봉완스님이시군요."

사미가 곁에 있다가 얼른 말을 거들었다.

"용운스님이십니다."

"그래요?"

"건봉사에서 하안거를 보내고, 계속 눌러앉아 있습니다. 만화선사로부터 법을 받았습니다."

"아, 그렇습니까. 이거 축하드릴 일이로군요."

"부끄럽습니다."

"건봉사라……."

"스님께서는 어디로 가시는 길이옵니까?"

"석왕사로 가는 길입니다."

"바삐 가시는 길이 아니면 저희 절에 며칠 묵었다 가시지요."

"아닙니다."

해담은 고개를 절레절레 흔들었다.

한용운은 그의 표정에서 왠지 석연치 않은 찌꺼기가 끼었음을 읽었다.

"왜요, 무슨 언짢은 일이라도……?"

"좋은 절을 다 버려 놓았어요."

"예? 그게 무슨 말씀이십니까?"

"사명 이래로 하화중생을 꽃피웠던 건봉사가 근자에 이르러서는 잿밥에만 정성을 쏟고 있어요."

"……?"

한용운은 해담을 향해 합장했다. 그런 문제라면 비단 건봉사뿐만이 아니다. 조선의 거의 모든 사찰이 다 그랬다. 그러나 한용운은 해담이 보고 있는 것처럼 조선 사찰의 현상이 그렇게 극단적으로 비판할 일만도 아니라고 생각했다. 신라와 고려를 거치면서 호국 불교로 뿌리를 내린 맥락에서만 보지 말고, 무인연에서 출발하여 대승으로 발전시키는 불교의 원류를 보아야 한다. 어쨌든 조선 불교가 각성해야 하는 것만은 부정할 수가 없었다. 용운은 마치 자신의 숙제이기라도 한 듯 해담에게 미안한 마음을 지을 수가 없었다.

"송구스럽습니다."

"건봉사 창기스님을 아십니까?"

"창기스님이라니요?"

"아, 잘 모르시겠군요. 병신년에 여주 의병장 민용호의 비밀서신을 가지고 운현궁에 있는 대원군에게 전하러 가다가 일경에게 체포되어 한성 재판소에서 재판받고 옥고를 치렀지요."

병신년이면 홍주 의병이 일어나던 해다. 관찰사 이승우의 배신으로 실패하고, 몇몇 동지와 함께 홍주 호방을 털어 재기를 도모했던 바로 그 해가 아닌가.

"서신 내용은 원산항의 일인들과, 각처에 할거하는 일병들을 몰아내자는 것이었습니다. 창기스님이 재판받은 것은 바로 이 나라가 무너지는 일이었습니다."

용운은 착잡한 감회에 젖었다. 벌써 10여 년 전 일이다. 무작정 고향을 떠나던 그날의 일이 주마등처럼 스쳐 갔다. 강대용과 이지룡의 얼굴도 떠올랐다. 블라디보스토크로 가던 때 잠시 만난 이지룡도 원산항의 일본 상인들이 상권을 독점해 가는 것을 걱정했다.

"생각해 보세요. 자기 나라를 구하자는 내용의 서신을 전하려 했다고 해서 자기 나라에서 죄인이 되었다는 게 말이나 됩니까. 한성 재판소가 일본을 위해 판결한 겁니다. 그때부터 조선이 무너지고 있는데, 전국 중들은 다 무얼 했다는 말입니까."

한용운은 관세음보살을 염송하며 잠시 마음을 가다듬었다. 해담의 감정이 격해졌다. 그를 위해서나 자신을 위해서 감정을 누그려야 했다.

"그래, 낙산사에 가신 일은 잘되셨습니까?"

"잘될 리 없겠지요. 소승도 잘 압니다. 나 혼자 이런다고 무슨 수가 나겠습니까만, 낙숫물에 바위가 뚫어진다고 하지 않습니까?"

해담스님은 하늘을 올려다보며 껄껄 웃었다. 그의 웃음이 공허하게 허공에 흩어진다.

"일본에 가 볼 생각입니다."

"일본이라고 하셨소이까?"

의외라는 표정으로 한용운은 해담스님을 바라보았다. 일본을 그토록 증오하면서 일본에 간다고 하는 게 얼른 이해가 되지 않았다.

"범을 잡으려고 범굴로 들어가야 한다는 말이 있지 않습니까? 범 아가리에 들어가서 오장육부가 어떻게 생겨 먹었는지 살펴보고 오렵니다."

"예에?"

한용운은 해담스님의 대쪽처럼 곧은 성격과 범이라도 때려잡을 듯한 배포에 거듭 놀랐다.

먼 땅, 가까운 숨결

조선 불교는 해담이 염려하던 대로 조금씩 허물어졌다. 3월에 전국 승려 52명이 모여 원종圓宗 교단을 세웠다. 작년 원흥사에서 결성했던 불교연구회가 일본 정토종의 종지를 띠게 되자, 몇몇 뜻있는 승려들이 모여 새로운 종단을 창설한 것이다. 조선 불교의 독립 교단이 필요하다는 취지에서 함께 뜻을 모았다. 원종이라는 종명은 선교를 두루 포용하여 원융무애圓融無碍한 법을 편다는 뜻으로 채택하였다. 종무소는 원흥사에 두었으며, 해인사 주지 이회광을 대종정으로, 총무에 현암, 교무부장에 진응, 학무부장에 보륜과 지순, 서무부장에 석옹과 대련, 인사부장에 회명과 구하, 감찰부장에 보봉과 청호, 재무부장에 학암과 용곡, 고등 강사에 박한영을 선임하였다. 학암은 한용운의 스승이었고, 박한영은 한용운이 석왕사에서 만났던 영호 화상이다.

불교가 이 땅에 들어온 이래 자율적인 회의를 통하여 단일 종명으로 한데 뭉쳤다는 데 큰 의의가 있는 일이었다. 그러나 원종은 일진회 회장 이용구의 추천으로 일본 조동종 승려 다케다 노리유키를 고문으로 받아들였다. 불교연구회가 끌어들인 일본 정토종에서 조동종으로 옮겨간 것에 불과했다. 더구나 일진회 회장 이용구의 입김도 작용했다.

한용운은 금강산 유점사에서 월화선사로부터 『화엄경』을 공부하던 중에 이 소식을 들었다. 그는 주먹을 불끈 쥐었다. 원종에 학암스님이 가담하였다는 데 그는 놀라움을 금치 못했다. 그는 눈을 지그시 감았다. 이를 어떻게 이해해야 좋을지 판단조차 서지 않았다. 이 모두 중생심을 실행하려는 방편인가. 산중 불교에서 비로소 시정으로 나오는 계기가 될지도 모른다는 긍정적인 생각도 들었다. 아무리 하든 일진회 회장 이용구가 끼였다는 사실은 더할 나위 없이 치욕이다. 그는 잠시 눈을 감고 블라디보스토크에서 일진회 앞잡이로 오해받아 죽을 고비를 넘긴 사건을 떠올렸다. 그들 때문에 얼마나 많은 승려가 변명 한마디도 못 하고 죽어 갔을지 모르는 일이다. 이제 내놓고 친일 단체를 만들어 매국 활동을 하는 이용구가 불교 종무원에 깊숙이 개입했다는 건 원종의 설립 취지가 아무리 좋다고 하더라도 용납될 수가 없었다.

일진회는 이토 히로부미의 철저한 비호를 받는 단체다. 기관지로 『국민신문』을 발행하고 있었고, 회원들에게는 A자 휘장을 붙인 헌팅캡을 쓰고 다니게 했다. 또 두루마기로 된 제복을 입고 다니면서 특권층으로 거들먹거렸다. 이용구는 당초에는 항일 구국에 앞장섰던 인물이다. 1894년, 그는 동학군에 참가하여 중군中軍 통령 손병희 휘하의 우익장으로 참전했었다. 청주에서 손천민과 함께 기병하여 보은·영동·옥천 등지에서 전투를 벌이다가 그는 다리에 총상을 입고 패하였다. 도피 생활을 전전하던 그는 결국 일경에 체포되어 감옥 생활까지 했었다. 그의 아내는 이보다 앞서 체포 투옥되었는데, 이때 얻은 병으로 세상을 떴다. 이러한 그가 한일 의정서가 체결될 무렵 돌연히 친일로 돌아섰다. 그는 송병준과 가까워지면서 진보회를 조직했고, 독립협회 회원이던 윤시병이 조직한 유신회와 병합하여 일진회를 발족했다. 송병준은 을사늑약이 체결되자 자결한 충정공 민영환 댁에서 식객 노릇을 하던 사람이다. 민 충정공의 총애를 입고 그의 천거로 관리로 출세하기도 했는데, 민 충정공이 순절하자 그 집 재산까지 탈취하려는 음모를 꾸미던 파렴치한이다. 노일전쟁 때 일군 통역관으로 병참감 오타니 기쿠조 소장에게 소속되어 피엑스(PX)를 운영하면서 치부하였다. 그 뒤 유신회의 윤시병 등이 그의 세력을 이용하기 위하여 유신회로 끌어들인 것이다. 여기에 송병준이 이용구를 만나면서 진보회와 유신회를 통합하여 일진회를 발족시켰다. 이들은 친일 무력 자위단까지 조직하여 항일 운동을 하는 단체나 인사를 탄압하였다.

'그래 일본으로 가자.'

한용운은 일본으로 갈 결심을 했다. 범을 잡으려면 범 굴로 들어가야 한다던 해담스님의 말이 생각났다. 일본의 실체를 모르고서 일본과 싸운다는 것은, 마치 눈을 감고 싸우는 것과 같다. 눈을 제대로 뜨기 위해서는 일본 조동종을 알아야 했다. 일본을 미워하면서도 일본으로 간다는 사실이 더할 수 없이 괴로우나, 그러지 않고는 그들과 싸울 수가 없다. 적을 알아야 싸움에서 이긴다. 그는 문득 협존자의 설문답이 떠올랐다.

인도 불교 소승유부종小乘有部宗의 학승인 협존자脇尊者는 석가모니의 법을 이은 제11조祖다. 협존자가 지방을 순시하며 중생 교화를 하던 중 중천축국의 석가성에 있는 큰 절에 들르게 되었다. 그런데 절 분위기가 이상하였다. 대중들은 모두 풀이 죽었고, 독경과 목탁 소리도 없었다. 협존자가 이상히 여겨 한 승려에게 물었다.

"대체 무슨 일인데, 예불도 안 올리시오?"

"예. 이웃에 있는 외도들과 임금 앞에서 교리 토론을 하였사옵니다."

"그게 예불을 올리는 것과 무슨 상관이오?"

"토론에서 지는 쪽은 종풍을 펴지 못하도록 내기를 하였습니다. 그런데 우리 쪽이 그만 토론에서 지고 말았사옵니다."

이야기를 다 듣고 난 협존자는 태연하게 말했다.

"걱정하지 말고 종전대로 예불을 올리시오."

"안 됩니다. 임금 앞에서 맹세한 일입니다."

"내가 책임질 테니 염려 말고 하시오."

다시 종을 치고 목탁을 올리며 예불을 시작했다. 이 소리를 들은 외도(外道: 이교도)들이 벌 떼같이 절로 몰려왔다.

"임금 앞에서 한 약속을 깨다니, 그러고도 살고 싶으냐?"

이때 협존자가 그들 앞으로 나갔다.

"그쪽 책임자가 누구시오?"

"당신은 누구요?"

"나는 협존자요. 대표 되시는 분과 다시 토론하고 싶소."

이리하여 협존자와 외도 대표가 임금 앞에서 다시 자기 종교의 우월성을 내보이는 토론을 했다. 협존자가 먼저 외도 대표에게 물었다.

"지는 사람은 어떤 벌을 받겠소?"

외도 대표는 기다렸다는 듯이 말했다.

"혀를 자르기로 합시다."

"좋소이다."

두 사람은 임금 앞으로 갔다. 외도가 말했다.

"누가 먼저 나서겠소?"

"이 자리에 먼저 왔고, 나이도 많으니 내가 먼저 하겠소."

"그러시오."

협존자는 수많은 대중이 모인 앞에서 큰 소리로 말했다.

"지금 우리가 이렇게 모인 것은 대왕의 어진 정치로 온 천하가 태평하여 대왕께서 장수하시고 백성들이 풍요를 누려 억조창생을 빌고자 함이로다."

외도는 그만 무릎을 쳤다. 말로는 막힘이 없다고 큰소리를 치던 그는 그만 말문이 막혀 버렸다. 임금과 백성들이 지켜보는 앞에서 왕을 축원하였는데 무슨 반론을 펴겠는가. 자기도 똑같이 왕을 축원하지 않으면 왕에게 목을 베일 판이다. 외도는 어금니를 꽉 깨물었다. 늙은이가 질문도 대답도 아닌, 임금에게 축원하는 말을 내놓을 줄은 꿈에도 몰랐다.

협존자는 약속대로 외도 대표의 혀를 자르는 대신, 그를 한쪽으로 데리고 가서 여섯 가지 신통을 보여 주었다. 이에 감복한 외도는 그날부터 불제자가 되었다. 이 외도 대표가 바로 제12조 마명보살이다. 저 유명한 『대승기신론』을 펴낸 그 마명보살이다.

협존자가 임금을 칭송한 호국 사상은 바로 삿된 것을 부수어 없애고 정도를 세우기 위한 파사현정破邪顯正이었다. 사람의 마음을 혼란케 한 외도의 삿된 바람을 부수고 왕을 중심으로 어진 세상을 만들라는 대승 진리를 보인 것이다.

마명보살은 여기에서 깨달음을 얻어 중생심에 이르는 기신론을 저술했다. 고려가 팔만대장경을 편찬한 것이나, 서산과 사명대사의 호국 사상은 바로 이러한 파사현정에 바탕을 두고 있다. 또 양계초의 사상과도 일맥상통한다. 양계초는 이렇게 말했다.

"육지에 사는 사람들은 고향을 그리워하는 까닭에 온갖 집착을 가지게 마련이다. 이로 인하여 정신이 나약해진다. 그러나 시험 삼아 한번 바다를 구경하고 나면 만 가지 번거로움에서 벗어나며 초연함을 얻을 수 있다. 행위 사상에 있어서 무한한 자유를 얻게 된다. 바다에서 오래 산 사람은 정신이 용맹하고 진취적이며 날로 고상하게 된다. 그래서 예부터 바닷가에 사는 사람들은 내륙에 사는 사람들보다 활기가 있고 진취적 정신이 날카롭게 살아있다."

오늘날 불교는 내륙은 고사하고 산중에 틀어박혀 있어서 손바닥만 한 하늘만 쳐다본다. 산중 불교로는 하화중생下化衆生할 수 없음은 자명하다. 자고로 인류가 성인으로 받드는 석가모니와 예수, 그리고 공자는 세상을 구하려는 열망으로 대중 속에서 살았다. 반면 소부나 허유 같은 염세주의자들은 세상을 버리고 산에서 살았다.

열린 세상을 보러 가자. 한용운은 사미 시절에 『영환지략』을 읽고 세계 만유를 꿈꾸었던 욕구가 또다시 꿈틀거렸다.

한용운은 월화스님의 허락을 받고 일본으로 가기 위하여 절을 나섰다. 블라디보스토크로 갈 때처럼 그는 한성으로 향했다. 이젠 한성에서 부산 초량까지 철도가 놓였다. 며칠이나 걸려 가던 길이 불과 14시간 만에 간다. 그는 일본의 저력을 감탄하기에 앞서 조선의 미약함에 새삼 가슴이 찢어지는 듯 아팠다.

한성에 도착하여 그는 제일 먼저 동대문 밖으로 갔다. 이지룡과 강연실이 생각나서였다. 그사이에 세상이 너무 많이 변했다. 성벽이 헐리고 큰길이 닦였고, 길 한복판에는 전찻길이 놓였다. 이젠 성문으로 들락거리지 않아도 된다. 성 밖도 예전의 모습이 전혀 남아 있지 않았다. 이지룡이 운영하던 건어물 상회도 그 자리에 없었다.

한용운은 건어물 상회가 있던 근처를 서성이다가 강연실이 있던 요릿집으로 향했다. 처음에는 여자를 만나러 간다는 것에 망설여졌으나, 강대용의 안부를 물으러 간다는 명분을 만들었다. 요릿집은 그대로 있었다. 열린 대문을 바라보며 그는 선뜻 들어가지 못했다. 용기를 내고 여기까지 오긴 했지만, 승복을 입고 혼자 요릿집으로 들어가는 게 왠지 마음이 내키지 않았다. 탁발을 나온 것도 아니고, 여인을 찾으러 왔다. 그녀와 각별한 사이도 아니다. 강대용의 누이동생이라는 사실만으로 찾아온 것이다.

잠시 그렇게 망설이던 한용운은 그냥 돌아섰다. 만나 봐야 할 특별한 일도 없다. 강대용의 안부를 알아서 무얼 어쩌겠다는 것인가. 그는 모두 부질없는 행위라 내버리기로 했다. 헤어지면서 놓고 온 '離苦得樂(이고득락)'이라는 글을 그녀가 아직 가지고 있을지 궁금했다. 가지고 있다면 틀림없이 고생을 여의고 즐거움을 얻었을 것이다.

한용운은 성안으로 들어가기 위해 걸음을 재촉했다. 그가 성문 쪽으로 가는데 누군가 그를 다급하게 불렀다.

"스님, 스님!"

한용운은 뒤를 돌아보았다. 이지룡의 조카뻘된다던 이순덕이 저만큼에서 헐레벌떡 달려온다. 그를 보자 한용운은 몹시 반가웠다.

"봉완스님 아니십니까. 긴가민가해서 달려오기는 했습니다만…… 이거 얼마 만입니까."

"오랜만이오."

한용운은 이순덕의 손을 꼭 잡았다. 마치 잊었던 혈육을 만난 것처럼 반가웠다.

"그래, 이지룡 선생께서도 안녕하시지요?"

"아저씨는 상해로 가셨습니다."

"그래요?"

"스님과 헤어지고 나서 곧바로 떠나셨어요."

"그랬군요…… 허면……?"

"원산으로 갈까 하다가, 그쪽은 이미 일인들이 주도권을 잡고 있어서 상해로 가셨지요. 거기에서 가게를 열었습니다."

"그랬군요. 가게가 없어졌길래 그렇지 않아도 궁금했습니다."

"가게는 제가 물려받아서 문 안으로 옮겨 꾸려 갑니다. 육의전이 없어지면서 여기저기 장터가 생겨났는데, 동대문 초입에 있는 배오개장에 용케 자리 하나를 잡았지요."

"그랬군요. 그래 장사는 잘됩니까?"

"밥은 먹고 삽니다요."

"다행입니다."

"스님은 어디 가시는 길입니까?"

"일본으로 가 볼까 하고 올라온 길입니다."

"여기서 이럴 게 아니라 제집에 가시지요?"

"아니요. 고맙기는 하오만, 가 볼 데가 있어서……."

한용운은 그의 호의를 사양했다. 일없이 남의 도움을 받는 것도 부담스러운 일이다.

"어느 절에 계십니까?"

"여기저기 떠돕니다. 중이 어디 제집이 있나요."

"그럼, 어디 가서 요기라도 하셔야지요. 스님을 잘못 모시면 나중에 아저씨한테 제가 혼납니다."

한용운은 그와 함께 근처에 있는 주막으로 들어갔다. 가면서 그는 강연실에 대한 안부를 물어볼까 말까 망설였다. 공연한 짓인 줄 알면서도 괜히 궁금했다. 한참 망설이던 끝에 입을 열었다.

"한 가지 물어볼 게 있어요."

"무엇입니까?"

"요릿집에 있던 강대용 선생 누이동생 말입니다."

"예, 연실 아가씨 말씀입니까?"

"아직 그곳에 있습니까?"

"예에…… 있긴 있습니다만…….”

한용운은 이순덕의 표정을 유심히 살폈다. 있긴 있다고 하는 그의 말끝이 무겁게 처진다. 한용운은 그녀가 혹시 혼인한 것인가, 그런 생각을 하였다. 과년한 처녀에게 생긴 일이라면 혼인 말고 또 무엇이 있겠는가.

"혼인한 모양이지요?"

"그렇긴 합니다만…….”

이순덕은 계속 말꼬리를 흐렸다.

한용운은 더욱 궁금증이 일었다. 혼인한 것은 틀림없는데, 그것이 문제가 있는 혼인이라는 뜻 아닌가.

"남편이 통감부에 나가는 사람인데, 일진회 회원이랍니다. 노일 전쟁 통에 치부하여 장안에서 부자로 소문이 나 있지요.”

한용운은 둔기로 뒤통수를 세게 얻어맞은 기분이었다.

"그 때문에 저희 아저씨와도 의절했어요. 그것도 정실이 아니라 소실이지요.”

"그자 이름이 무엇이오?"

"이용범이라고 들었습니다. 일진회 회장 이용구와 집안이라는 말도 들립니다만, 자세히는 알지 못합니다.”

한용운은 하늘을 올려다보며 길게 한숨을 쉬었다. 미국에 있는 강대용도 이 사실을 알고 있는지, 그가 이 사실을 알았다면 어떤 심정일까. 오라버니는 구국을 위해 싸우고 있는데, 누이동생은 그 적국을 이롭게 하는 자와 혼인하였다. 정말 소설에나 나올 법한 이야기다. 시국이 어수선하면 인심도 혼란해지게 마련이다. 우정과 사제지간의 정도, 동기간의 정도 모두 시류에 따라 움직인다. 아무리 그렇다지만 그녀가 친일 앞잡이와 같이 산다는 건 도무지 이해되지 않았다.

한용운은 걸음을 멈추었다.

"왜 그러십니까?"

"어디 좀 들를 데가 있는 걸 깜빡 잊었소이다. 어려운 부탁이 하나 있는데, 좀 들어 주실 수가 있습니까?"

"무엇입니까?"

"돈이 좀 필요합니다."

"얼마나요?"

"오랜만에 만나는 벗을 대접해야 하는데…… 곡차 값이면 됩니다."

이순덕은 주머니를 뒤져 돈을 용운에게 꺼내 주었다.

"이것이면 되겠습니까?"

"되고말고요. 고맙습니다. 내 꼭 갚으리다."

"아닙니다. 아저씨가 상해로 가시기 전에 스님께서 다시 들르시거든 잘 대접하라며 신신당부하셨습니다."

"정말 고맙소이다."

"떠나시기 전에 저희 가게에 한 번 들르십시오. 여기에서 얼마 거리 되지 않습니다. 배오개장에 오시어 함흥상회를 찾으시면 됩니다."

"예, 그러지요."

한용운은 이순덕과 헤어져서 다시 문밖으로 나왔다. 그는 다시 강연실이 있는 요릿집으로 갔다. 조금도 망설임 없이 그는 요릿집으로 들어갔다. 승복을 입고 들어온 그를 보고 여자들의 눈이 동그래졌다.

"곡차를 좀 마시러 왔다."

"예에……?"

그중 한 여자가 한용운을 재빨리 방으로 안내하였다. 뒤에 있는 여자들이 저희끼리 뭐라고 수군거렸으나 그는 어깨를 펴고 방에 들어갔다. 여자가 방석을 내놓으며 말했다.

"술 올릴까요?"

"음, 그래."

"안주는 무엇으로 올릴까요?"

"알아서 한 상 차려 오너라."

여자가 나가자, 한용운은 가부좌를 틀고 눈을 지그시 감았다. 정말 착잡한 심정이었다. 자신이 그녀에게 써 준 '離苦得樂'은 이런 것이 아니었다.

잠시 뒤 술상이 들어왔다. 한복을 입은 여자가 한용운 곁에 바싹 다가와 앉았다.

"서영이옵니다."

한용운은 여자를 물끄러미 바라보았다. 짙은 화장 냄새가 숨이 막히게 하였다.

"잔 받으시어요."

여자가 잔을 내밀며 말했다. 한용운은 여인의 손에서 잔을 받아

따르는 술을 받았다.

"저희 집에는 처음 오시옵니까?"

한용운은 여인의 질문을 흘려 버리고 되물었다.

"이 집에 연실이라는 여자가 있소?"

"누구라고 하셨사옵니까?"

"강연실이라고 하였소."

"잘 아시옵니까?"

"그대는 나가고, 그 사람 좀 들어오라고 하시오."

"그 언니는 술자리에 들어오지 않아요. 경리만 봅니다."

"내가 좀 오란다고 하오."

여자는 시큰둥한 얼굴로 용운을 쳐다보았다.

"그대를 보러 온 게 아니라, 그 사람을 보러 왔소."

"누구…… 시라고 할까요?"

"이고득락이라고 하오."

"예에? 뭐라고 하셨어요?"

여자가 눈을 크게 뜨고 물었다.

"외기 어려우면 그냥 중이 왔다고만 전하오."

여자는 별꼴 다 보겠다는 듯한 표정을 한번 지어 보이고는 밖으로 나갔다. 여자가 나간 뒤 한용운은 들고 있던 술잔을 홀쩍 비웠다. 주막에서 보았던 강대용의 얼굴이 술잔 위로 스쳐 지나갔다. 기우는 나라를 위하는 정열이 불붙듯 타고 있던 그의 얼굴이 보인 순간, 한용운은 말할 수 없는 배신감 같은 것을 느꼈다. 홍주 의병이 실패로 돌아갔을 때 관찰사 이승우에게서 느꼈던 바로 그런 울분이 끓어올랐다. 그런데 그 울분 뒤에 끈적끈적한 여운이 붙어 있다. 불붙은 질투다. 그는 깜짝 놀랐다. 울분 끝에 질투가 묻어 있다. 마치 그 물건을 씻어내려는 듯 그는 자작으로 술 한 잔을 더 채워 단숨에 마셔 버렸다.

그때 방문이 열리면서 강연실이 방에 들어왔다. 한용운은 그녀를 쏘아보듯 바라보았다. 눈길이 마주치자 그녀가 금방 알아보고 인사했다.

"봉완스님이셨군요."

그녀는 한용운의 맞은편에 다소곳이 앉았다.

"정말 오랜만에 뵈어요. 몇 년 만이어요?"

"억겁의 찰나이니…… 아침나절쯤에 만났던가?"

"너무하셔요. 스님들은 다 그렇게 바람처럼 사라지는가 보지요?"

그는 아무 말도 하지 않았다.

"제가 술 한잔 올릴게요."

강연실이 주전자를 들었다. 한용운은 서슴없이 잔을 내밀었다. 그러면서 오늘은 그녀를 강대용의 동생이 아닌 작부로 보아야 한다고 다짐했다. 술을 따르고 나서 그녀가 물었다.

"세계 만유는 잘하셨어요?"

"일본 앞잡이들 때문에 죽을 고비를 넘기고 그냥 되돌아왔소이다."

일본 앞잡이라는 말에 한용운은 일부러 억양을 높이며 말했다.

"왜요?"

"해삼위에 살고 있는 조선인들은 머리를 박박 민 일진회 회원들만 보면 모조리 잡아 죽이고 있소. 그래 나도 그놈들로 오해받았소."

한용운은 강연실의 표정을 살폈다. 아무런 변화가 없다. 그는 그녀에게 술잔을 내밀었다.

"자, 그대도 한잔 받으시오."

"저는 술을 못 하옵니다."

"중도 마시는데 술집 작부가 못 마신대서야 어디 말이 되겠소?"

순간 강연실의 표정이 굳어졌다. 그러나 그녀는 이내 표정을 풀면서 입가에 미소를 지었다.

"좋아요. 주세요."

한용운은 그녀의 잔에 넘치게 술을 따랐다. 그녀는 술을 한 모금 입에 문 뒤 잔을 내려놓으면서 말했다.

"이번엔 어디로 가시는 길이옵니까?"

"그냥 여기까지 왔소이다."

"저희 집엘요?"

한용운은 대답 대신 술잔을 비웠다.

"자, 받으시오."

강연실이 놀란 표정을 지었다. 그의 행동에서 그제야 뭔가 이상한 느낌을 받은 것이다.

"무슨 일 있으셨어요?"

"요릿집에 와서 술 마시는 게 이상하게 보이오?"

"그런 건…… 아니지만……?"

"허면, 중이 술을 마시니까 이상하다, 이 말이오?"

강연실은 한용운을 뚫어지게 바라보았다.

"오늘은 내가 술을 사는 거요. 난 중이 아니라 이 요릿집 손님이오. 그대는……."

한용운은 그녀를 한번 쳐다보고 나서 말했다.

"술을 파는 여자일 뿐이오."

한용운은 "술을 파는 작부일 뿐이오." 하려다가 '여자'로 바꾸어 말했다. 강연실의 표정이 또 굳어졌다. 그러나 한성에서 닳고 닳은 여자답게 그녀는 속을 감추고 태연하게 웃는다.

"받겠습니다."

강연실은 한용운이 내미는 술잔을 주저없이 받았다. 술이 몇 순배 돌았다. 한용운은 취기가 조금씩 배어들었다. 산에서 채식만 구경하던 배에 갑자기 곡주가 들어가니까 몸이 견디지 못한다. 게슴츠레한 눈으로 그는 강연실을 바라보았다. 그녀도 볼이 발갛게 상기되었다. 술잔을 비우는 모습으로 보아 술을 잘 못 마시는 게 분명했다. 그런데도 그녀는 벌써 석 잔째 비웠다.

조금 전의 결기는 어디로 갔는지 한용운은 자기 행동에 갑자기 용기를 잃었다. 여기까지 달려온 자기 행동을 이해할 수가 없었다. 나라를 배신한 행동으로 본다면 누구나 분개한다. 이건 한 아녀자의 사랑놀이일 수도 있다. 전쟁터에서도 사랑이 꽃핀다. 강대용의 누이동생이라는 사실만으로 자기가 이렇게까지 해야 한다는 건 명분이 되지 못한다. 그는 갑자기 자기 행동에 부끄러움을 느꼈다. 더구나 승복을 입고 있다. 그러나 이대로 일어선다는 것은 더더욱 창피한 노릇이었다.

"술 드셔요."

"……?"

"술잔이 비었어요."

강연실은 한용운에게 물어보지도 않고 술을 더 시킨다.

"지금은 어느 절에 계시옵니까?"

"그저 바람 따라 떠돌다가 날이 저물어 누우면 그곳이 곧 내 집이 아니겠소."

"글은 잘 간직하고 있습니다."

"명필도 아닌데 뭣 하러 지니시오. 그냥 보고 나서 버리라고 준 것이오."

"오라버니께선 그곳에서 대학에 다니신답니다."

"그럼, 이쪽 소식도 잘 아시겠소이다."

"예. 편지를 주고받고 있어요."

"혼인한 것도 알고 있소이까?"

강연실은 입으로 가져가던 술잔을 내려놓으며 그를 빤히 바라보았다.

"어떻게 그걸……?"

"알았느냐, 이 말이오?"

그때 술이 들어와 잠시 대화가 끊겼다. 강연실이 새 술병의 술을 그의 잔에 가득 채웠다.

"사실 강대용 선생은 길에서 한 번 본 인연뿐이오. 잘 안다고 할 수는 없지만, 내게는 매우 좋은 인연을 주었던 분이었소. 그런데 오늘 한성에 와서 혼인했다는 소식을 들었소. 사실이오?"

"사실이어요."

한용운은 그녀를 노려보았다. 그녀는 아무렇지도 않은 얼굴이었다. 조금도 미안해하거나 부끄러워하는 기색이 없었다. 하기야 부끄러워했다면 그러지도 않았을 것이다.

"절 꾸짖으시는 거군요."

그 말을 하고 강연실은 소리 없이 웃었다.

"오라버니처럼 생각하고 있으니까 괜찮아요. 잘못한 일은 꾸짖으셔야지요."

한용운은 어이가 없었다. 그 말은 자기는 잘못한 일이 없노라고 말하는 것처럼 들렸다. 그는 잠시 생각했다. 자기에게는 그녀를 꾸짖을 수 있는 자격이 없다. 있다면 같은 조선 백성으로서 꾸짖는 것뿐이다. 그러나 이런 작은 일을 가지고 친일 항일 운운하며 꾸짖을 수도 없는 일 아닌가. 그는 순간 생각했다. 차라리 방관하는 편이 오히려 그녀를 꾸짖는 일이라고 생각한 것이다. 일본군 때문에 집안이 풍비박산되었는데, 친일 분자와 혼인을 했다. 가만히 두어도 그녀는 평생을 갈등의 늪에서 고뇌할 것이다. 그녀가 말했다.

"고맙습니다."

"……?"

"오랜만에 야단을 맞아보는군요."

"하하하……."

한용운은 갑자기 호방하게 웃었다. 그녀가 어리둥절한 표정을 지었다.

"천만의 말씀이오. 옛말에 연분은 인륜지대사라 하였소. 남의 혼인을 두고 왈가왈부할 수가 있겠소? 내가 잠시 남자로서 질투했던가

보오."

"예에?"

강연실이 눈을 동그랗게 떴다. 질투라는 말에 충격을 받은 모양이
었다. 사실은 충격받은 쪽은 한용운 자신이다. 생각지도 않게 그 말
이 나가 버렸다. 쥐구멍이라도 있으면 도망치고 싶은 심정이었다.

"농담을 잘하시는군요."

"농담으로 받아 주니 고맙소. 그럼 난 이만 가 봐야겠소."

"아니, 술이 아직……?"

"술과 정은 남겨 두어야 여운이 있는 법이오."

"……?"

"주대가 얼마요?"

"정말 가시렵니까?"

"이 옷을 입고 술에 취할 수도 없지 않소."

"주무실 곳은 정하였사옵니까?"

"그래서 이 먹물 옷이 좋은 것이오. 아무 데서나 자도 욕할 사람이
없어요. 음식값이 얼마나 되오?"

"아니어요. 오늘은 제가 대접해 드리고 싶어요."

"산중에 살다가 와서 셈을 잘 모르오. 이걸로 셈하고, 모자라면 그
대가 좀 채워 주시오."

한용운은 이순덕에게 빌린 돈을 술상 위에 올려놓았다.

"그럼, 난 이만 가오."

한용운은 자리에서 일어났다. 강연실이 함께 따라 일어나면서 말
했다.

"난 오라버니를 존경하지 않습니다."

한용운은 멈칫하며 그녀를 돌아보았다.

"물론 나라를 위해 일하는 것은 존경해요. 그러나 이미 나의 오라버니는 아닙니다. 가족을 모두 버리면서까지 나라를 위해야 한다면, 가족들에게도 혈육의 정을 버리지 말아야지요. 우리도 살길을 모색해야 하니까요."

한용운은 갑자기 머릿속이 멍했다. 전혀 예상치 못했던 일격을 당한 것이다. 강대용 한 사람 때문에 가족이 희생당했다. 그녀의 말대로 그 가족에게 언제까지고 강대용의 그늘에 구속되어 있으라는 것은 어불성설이다. 그녀의 말이 옳았다. 그 순간 그는 고향에 두고 온 어머니와 아내 생각을 했다. 가슴이 미어지는 듯했다. 홍주에 있는 가족들도 그녀와 같은 원망을 하고 있을지도 모른다.

한용운은 아무 말 없이 방에서 나왔다. 밖은 이미 어두워졌다. 다행이다. 그는 이렇게 날이 어두워진 게 참 다행스럽다고 여겼다. 밤하늘에 별이 촘촘히 빛난다. 거리의 번쩍이는 불빛만 아니라면 시한 수가 떠오를 듯도 한 밤이다.

무작정 걸었다. 한용운은 지금 어디로 가고 있는지, 이곳이 어딘지 알지 못했다. 그냥 발길 닿는 대로 어둠 속을 계속 걸었다. 가슴한가운데로 한 줄기 황량한 바람이 지나간다.

얼마나 걸었을까. 한용운은 잠시 걸음을 멈춰 섰다. 질투하고 있다고 한 자기 말이 환청처럼 귓가에 울렸다. 정말 그녀를 질투하고 있는지도 모른다는 느낌이 들어 어둠 속에서 웃었다. 이지룡의 소개로 처음 그녀를 봤을 때 그녀에게 연민의 정을 느꼈다. 가족과 홀로 떨어져 살고 있어서만 아니었다. 그녀는 자태가 아름답고 청순했다. 지금까지 무명 한복에 쪽진머리를 한 시골 여자들만 보아온 그는 그녀의 아름다움에 잠시 정신이 혼미했었다. 겉으로 내색하지는 않았지만, 속으로는 관세음보살을 계속 염송했다. 지난번에 새벽같이 그 집을 떠난 것도 이지룡의 호의에 대한 부담보다는 그녀의 아름다움이 더 부담스러웠기 때문이다. 이런 요릿집에 있으면 그녀가 다칠지도 모른다는 안쓰러움으로 가슴이 쓰리기도 했다. 마치 아름다운 한 송이 꽃이 누군가에 의해 꺾이는 듯한 안타까움이었다. '離苦得樂(이고득락)'을 준 의미는 그러한 어려움을 이기라는 뜻이었다. 염려한 대로 그 꽃이 꺾였다. 이순덕에게 그런 소리를 듣자마자 그의 가슴엔 뜨거운 질투심이 솟구쳤다. 그것도 친일배가 그녀를 꺾어 간 것이다. 그는 어두운 허공을 향해 합장했다. 다 부질없는 짓이다. 허공을 스치는 바람을 보지 않았던가. 그는 이제 와 아녀자 때문에 잠시 허공을 붙잡은 자신의 미혹을 꾸짖었다.

한용운은 그 길로 원흥사에 있는 학암스님을 만나러 갔다. 일본으로 가겠다는 말에 학암스님은 의외로 잘 생각했다며 격려해 주었다.

"이왕 간 김에 그쪽 불교를 좀 공부하고 오너라. 일본 불교는 우리한테서 건너간 것이지만 매우 깊이 있게 발전한 듯하다. 조동종에서는 종립 대학까지 운영하고 있다. 조동종 대표 히로쓰 다케조를 찾아가거라. 다케다 고문의 소개장을 가지고 편의를 잘 봐줄 것이다. 내가 이야기하여 소개장을 받아 주마."

한용운은 잠시 착잡했다. 일진회 회장 이용구의 추천으로 원종 고문으로 있는 조동종 승려 다케다의 소개장을 받아 주겠다는 것이었다. 그리고 조동종 대표 히로쓰 다케조를 찾아가라고 한다. 스승의 말이라 면전에서 거절할 수 없어 마음 한구석에 감당할 수 없는 갈등이 생겼다. 그는 생각다 못해 말꼬리를 돌려 물어보았다.

"스님, 지금 시국이 어떻게 돌아가는 것이옵니까?"

"시국이란 해가 뜨고 지는 대로 가는 게 아니더냐?"

"일본 사람들이 이 나라에서 주인 행세를 하고 있습니다."

"주인이 시원치 않으니까, 나그네가 주인 행세를 하는 게지."

한용운은 학암스님의 의중을 짚어 보았다. 당연하다고 말하는 건지, 아니면 위정자들을 힐난하는 소리인지 얼른 분간되지 않았다.

"사람들이 모두 시원찮은 게야. 옳은 사람들은 힘을 못 펴."

"허면, 스님께서는……."

"그래서 빨리 공부하라는 게야. 무식해서 이 지경이 된 것이니까."

"조선 불교가 일본 불교에 끌려간다고 말하는 사람도 있습니다."

"어떤 놈이 그따위 주둥이를 함부로 놀려!"

한용운은 흠칫했다. 학암스님이 그 말에 진노했다. 해담스님 때문에 그렇게 말한 건 아니다. 그 자신이 보기에도 그런 조짐이 느껴졌다. 일진회 회장 이용구의 소개로 다케다가 원종 고문이 된 것도 못마땅했다. 그가 그런 정황을 이야기하려는데 학암 스님이 속을 짚고 있는 듯 말했다.

"그렇게 말하는 놈들은 이제까지 다 무얼 했어? 양반놈들한테 개돼지 취급받으면서도 산중에 앉아 염불만 했지, 그걸 개선하려는 놈은 하나 없었어. 자비가 무조건 베푸는 것인 줄로만 착각하고 있지. 그러니까 중생들을 때리는 폭도들에게도 자비를 베풀고 있는 게야. 설사 일본이 이 나라를 강점한다고 하더라도 옳은 것은 배워야 한다. 적이라고 해서 경원만 하다가는 다른 적에게 또 당하는 게야. 어떤 적들에도 이기려면 지금의 적에게도 배워야 할 것이 있으면 배워야 해."

"……?"

"조선은 지금 불이 붙었어. 그 불을 끌 생각을 해야지."

한용운은 방망이로 한 대 얻어맞았다. 학암스님은 더 앞을 내다보고 있다. 지금 조선은 불타는 집 같은 형국이다. 가장 좋은 방편은 불이 안 나도록 예방하는 일이지만, 이미 불이 붙어 버렸으니 불낸 장본인을 가려 시비를 따지는 일이 급한 게 아니다. 불낸 사람의 힘까지 끌어들여서라도 우선 빨리 불을 꺼야 한다. 불을 끄되, 진화한 다음 일까지도 생각해야 한다. 불을 끈다고 집을 몽땅 부수어 버린다면 불은 끄나 마나다. 불은 끄되 집을 다시 사용할 수 있도록 해야한다.

한용운은 학암스님의 할[喝]을 알아들었으면서도 자꾸만 블라디보스토크에서 만났던 박영근의 말이 귓가에 맴돌았다. 독립협회 회원들을 힐난하던 소리다. 박영근은 개화 선각자들이 친일한 것이라고 몰아붙였다. 그들이 적극적으로 일본을 이롭게 한 것은 아닐지라도, 일본이 그들을 이용하려는 흉계가 있었다면 이를 발견하지 못한 책임을 면할 수 없다. 선각자라면 역사를 앞질러 볼 줄 아는 지혜도 갖추어야 한다. 더구나 그들은 대부분 일본과 손잡고 개화하려던 사람들이다. 그 누구보다 일본을 잘 아는 사람들이다. 지금 이러한 시국으로 변한 것을 볼 때 박영근의 말이 매우 타당성 있다. 일본군의 도움으로 갑신정변을 일으켰고, 또 실패하고 일본에 망명했다. 신사유람단으로 일본을 시찰했으며, 거기 눌러앉아 유학한 이들도 있다. 지금 이들이 조선 내각의 실권을 장악했다. 이제 나라가 이 지경에 이르렀다. 그들이 아무리 대의를 위해 일했다고는 하지만, 그 책임을 면할 수는 없다. 역사를 가설로 정의 내릴 수는 없지만, 적어도 그들을 선각자들이라고 존경만 해서는 안 된다.

한용운은 지금 원종이 혹시 그런 전철을 밟고 있는 것은 아닐까 우려했다. 학암스님을 비롯한 원종에 관여한 스님들은 아직은 순수하게 불교 발전을 위해 노력지만, 그 염원대로 역사의 시간이 흘러갈까.

'그래, 일본으로 가서 공부해 보자.'

한용운은 학암스님의 말을 듣기로 했다. 일본을 이기기 위해서는 일본을 알아야 한다. 범을 잡으려면 범 굴에 들어가야 한다던 해담 스님의 말이 다시 떠올랐다.

동경 하늘에 비는 내리고

안개비가 흩뿌린다. 한용운은 부관 연락선 갑판 위에서 비를 맞으며 바다를 구경했다. 오는 듯 마는 듯한 가랑비여서 비라는 느낌이 들지 않았다. 사실 뱃전에 부딪혀 부서지는 파도의 물보라와 뒤섞여 그것이 안개인지 비인지 구별도 되지 않았다. 아니, 그보다도 그는 낙일落日의 장관에 흠뻑 취해 비를 의식하지 못했다. 일렁이는 검푸른 바다 저쪽 수평선이 서서히 붉게 물들다가, 이윽고 두어 아름 됨직한 붉은 태양이 서서히 바닷속으로 잠긴다. 정말 장관이다. 그는 여행의 피로도 잊은 채 지는 해를 바라보며 잠시 넋을 잃었다. 노을을 남기고 산 너머로 지는 해는 보았지만, 바닷속으로 잠겨 드는 태양은 처음 보았다. 일렁이는 검푸른 물결 위에도 부수어진 태양의 잔해가 떨어져 붉게 반짝인다.

한용운은 이 아름다운 광경을 그냥 두기에는 너무나 아까웠다. 그는 떠오르는 시상을 조용히 정리했다.

長風吹盡侵輕夕(장풍취진침경석)
萬水爭飛落日圓(만수쟁비락일원)
遠客孤舟烟雨裡(원객고주연우리)
一壺春酒到天邊(일호춘주도천변)

저녁빛 깔린 바다, 바람이 몰아치니
다투어 치솟는 물결 위에 낙일(落日)의 장한 모습
내리는 부슬비 속 먼 나그네
한 병 봄술 차고 하늘가에 이르다.

한용운은 한번 더 시를 읊어 보고는 제목을 '下關舟中(하관주중; 시모노세키로 향하는 선상에서)'라고 붙였다.

어느 사이에 비가 그쳤다. 그때 낯선 목소리가 들려왔다.
"지는 태양도 아름답지요?"
한 조선인 청년이 한용운 옆에 다가왔다.
"죄송합니다. 방해했으면 용서하십시오."
"아닙니다."
한용운은 청년을 살펴보았다. 검은 양복을 입었는데, 겉모습으로
보아서는 자기 또래로 보였다. 그는 청년에게 말을 건넸다.
"일본에 가시는 모양이지요?"
"예."
"다니러 가십니까?"

"유학생입니다."

"그래요? 어느……?"

"메이지 대학에 다닙니다."

"아, 그렇습니까. 무얼 공부하십니까?"

"역사학을 전공하고 있지요. 스님께서는 어인 일로……?"

"예, 나는 일본 바람 좀 쐬고 싶어서 갑니다."

"동경에 가십니까?"

"그렇습니다. 메이지 대학도 동경에 있습니까?"

"예."

"그럼 잘됐군요. 나는 초행인데, 번거롭지 않으면 선생과 동행해도 괜찮겠습니까?"

"그럼요. 제가 안내를 해드리지요. 저는 안정훈이라고 합니다. 바를 정자 공 훈자입니다. 고향은 경상도 안동입니다."

"소승은 용운이라고 합니다."

초면이지만 안정훈은 매우 붙임성이 있었다.

"어느 절에 계십니까?"

"백담사에 적을 두고 있습니다. 건봉사에서 안거를 마치고, 유점사에서 공부하다가 오는 길입니다."

"그렇습니까. 동경에는 어딜 찾아가시는 길이지요?"

"조동종 종무원을 찾아갈까 합니다. 거길 아십니까?"

"자세히는 모릅니다만, 동경에 있다면 찾을 수 있을 겁니다. 동경에 도착하면 제가 한번 알아보겠습니다."

"고맙습니다."

"동경 시내에 있는 약왕사라는 절에 있는 스님 한 분을 알고 있지요. 젊은 분인데 매우 기개가 높고 정의로운 분입니다. 조선에 대해서도 호의적이지요. 일본의 호전성을 염려하는 발언도 서슴없이 하는 분입니다."

"그래요……?"

한용운은 그가 마치 관세음보살처럼 여겨졌다. 한용운은 일본 말을 할 줄 모른다. 소개장을 들고 가기는 하지만, 처음 밟아 보는 낯선 외국인지라 은근히 걱정하던 터였다. 밤바다에는 이미 칠흑 같은 어둠이 깔렸다. 뱃전에 부딪혀 철썩이는 물소리만 밤바다를 가득 덮고 있다.

"선실로 내려가실까요? 사월이지만 밤바다의 바람은 아직 찹니다."

한용운은 안정훈과 함께 선실로 내려왔다. 그렇지 않아도 한용은 피로가 몰려오면서 잠시 눈을 붙이고 싶었다. 낙일을 보았으니 내일 일출도 봐야겠다는 욕심을 가지며 그는 잠속으로 빠져들었다.

한용운은 일출을 보지 못하였다. 그가 눈을 떴을 때는 밖은 이미 환한 아침이었다. 낙일에 취하여 지나친 욕심을 부린 것이 좀 겸연쩍었다. 눈을 지그시 감았다. 그는 물이 담긴 그릇을 들고 있었다. 만화 스님에게 호되게 야단맞는 중이다. 꿈결같이 '해는 뜨고 지는 곳이 없다. 그냥 그 자리에 그대로 있다.'고 하던 광덕스님의 말도 떠올랐다. 그는 입가에 가늘게 미소를 지었다. 해는 지고 솟아오르는 것이 아니라, 자기가 타고 있는 이 배가 옆으로 기울면서 한 바퀴 돌아간다. 이 일렁이는 바닷물도 옆으로 돌아가고 있는 것을, 가만히 떠 있는 해가 지나가는 줄 착각하면서 살고 있다.

선창 밖으로 보이는 시모노세키 해협은 정말 아름다웠다. 그러나 한용운은 그 아름다운 풍경 위에 일고 있는 찬 바람을 보았다. 이 찬 바람만 아니라면 이국 항구 풍경은 시라도 한 수 읊고 싶도록 정말 아름다웠다.

시모노세키 부두의 대합실은 길고 음산했다. 긴 대합실 양쪽으로 정사복 경찰들이 칼날 같은 눈을 번뜩이며 여행객을 노려본다.

"조선과 지나 쪽에서 일본에 오려면 모두 이 시모노세키로 들어와야 합니다. 그래서 일본 경찰들이 먹이를 낚아채려고 촉각을 곤두세우고 있지요."

"뒤가 구려서 그런 게지요."

"특히 조선 사람들을 많이 노려요."

"일본에는 조선 유학생들이 얼마나 됩니까?"

"이백여 명 됩니다."

"외국에 나와 있을수록 단결이 필요하지요."

"태극학회, 공수학회, 낙동 친목회, 호남학계 등 여러 단체가 난립해 있었는데, 얼마 전에 통합 유학생회를 만들었어요. 태극학회와 공수학회가 빠지기는 했지만, 대한학회로 통합했습니다. 공식적으로는 통합하지 않았지만, 태극학회 회원들도 다수 참여하고 있어서 명실공히 통합 단체라 할 수 있지요. 국내에 일본 유학생회를 재정 지원하는 찬성회까지 조직되어 있어서 지금 활동이 활발합니다."

그때 일본말로 날카롭게 외치는 소리가 들렸다.

"이게 무슨 소리요?"

"사냥개가 먹이를 찾은 모양입니다."

옆으로 돌아보는 안정훈에게 사복 경관이 손가락질하며 소리를 질렀다.

"너 말이다! 둘 다 이리 와 봐!"

"아니, 우리를 부르는 게 아니오?"

"이거 재수 없게 걸렸군요."

"죄지은 게 없잖소?"

"죄지은 게 있거나 없거나, 저놈들에게 걸리면 괜한 욕을 봅니다. 저놈들은 사람 못살게 들볶는 팔자를 타고 태어난 모양입니다."

두 사람은 일본 형사 쪽으로 다가갔다. 짧은 거리였지만, 한용운은 긴장했다. 홍주 의병 때 일본군에 쫓기던 일이 불현듯 떠올랐다.

"학생인가?"

"예."

"어느 학교야?"

"메이지 대학이오."

"통행증 내놔 봐."

안정훈이 주머니에서 통행증을 꺼내 주었다. 이번에는 옆에 서 있던 정복 경찰이 한용운에게도 소리를 질렀다.

"당신은 뭐야?"

한용운이 말을 잘 못 알아듣자, 안정훈이 재빨리 일본 말로 대신 대답했다.

"조선 승려요. 일본 조동종 종무원을 방문하기 위해 오신 분이오."

그러자 경관은 정중한 자세를 취하면서 한용운에게 물었다.

"통행증 가지고 있습니까?"

"예."

한용운은 학암스님이 구해 준 통행증을 경관에게 내밀었다. 경관은 통행증을 뚫어지게 들여다보고 나서 되돌려 주며 말했다.

"그 보따리는 뭐요?"

한용운은 그의 표정을 살펴 대충 말귀를 알아듣고 바랑을 내밀었다.

"불교 경전과 여벌 의복이오."

일본 경관은 내용물을 뒤져 보더니 별것 없자 바랑을 도로 한용운에게 건네주었다. 그런데 안정훈에게서 문제가 생겼다. 가방을 뒤지던 형사가 책 한 권을 꺼내 들고 고개를 갸웃거리다가 갑자기 소리를 빽 질렀다.

"사상?"

"세계 사상 대전집이오. 철학책이오."

"잔말 마라! 불온사상 서적을 소지한 혐의로 체포한다."

"오해하지 마시오. 사상이란 인간의 생각을 이야기하는 게 아니오? 이건 정치 이념 서적이 아닙니다. 다원과 칸트 같은 분들의 글이 실린 책이란 말이오."

"시끄러워! 잔말 말고 따라와."

경관은 그들이 마치 사상범이라도 되는 양 신경을 곤두세웠다.

한용운은 급박한 상황이 닥쳤는데도 속으로 웃음이 나왔다. '사상'이라는 단어가 문제였다. 블라디보스토크에서 혜관스님이 나무 혹으로 만든 물병을 '금강산 혹'이라고 말하여 한바탕 웃었던 일을 떠올렸다. 생명이 경각에 달린 긴박한 순간이었지만, 협박하는 자도 협박당하는 자도 모두 웃었다. 웃음은 인간만이 누릴 수 있는 절대 자유요 특권이라는 걸 여기에서 또다시 확인한다. 이는 인간만이 가지는 정서이기도 하다. 비록 지배자의 오만이 잔뜩 배어 있는 일본 경관이지만, 인간의 냄새를 풍기고 있다는 데 그는 한 가닥 위안을 삼았다. 블라디보스토크에서 그 무지막지한 조선인들에게서도 이런 인간의 정서를 발견했었다. 그래서 목숨을 건졌다.

두 사람은 시모노세키 파견 주재소에 끌려가서 근 한 시간이나 이것저것 뒷조사를 받은 끝에 무혐의로 풀려났다.

"무식한 놈들!"

주재소를 나오면서 안정훈이 이를 갈며 허공에다 대고 분풀이했다.

"전혀 까막눈은 아닌 것 같소이다."

"예?"

"그래도 사상이 뭔지는 알고 있었지 않소이까."

안정훈은 한용운의 말뜻을 잘 알아듣지 못한 듯 계속 화난 얼굴을 풀지 않았다.

"조선인이라고 얕잡아 보는 겁니다."

"여기는 그네들 나라 아닙니까. 여기서 이러는 건 이해되지만, 조선에서 그러는 게 문제입니다."

"용운스님은 일본에 무슨 목적으로 오셨습니까?"

한용운은 그 질문이 날카롭게 다가왔다. 물론 목적 없이 돌아다니는 사람은 없다. 상투적으로 던지는 물음일 수도 있었지만, 그는 왠지 추궁하는 듯한 인상을 받았다.

"공부를 좀 해 볼 계획으로 왔습니다."

"공부라면, 어떤……?"

"중이니까 불교를 배우려는 것이지요."

"그럼 오래 머무르시겠군요?"

"글쎄요. 있어 봐야겠지요."

그들은 시모노세키에서 연락선을 타고 모지[門司]로 건너갔다. 이곳에서 기차를 타고 동경까지 가야 한다.

동경으로 가는 동안 안정훈은 일본 내의 조선인들에 대한 사정을 자세하게 이야기해 주었다. 특히 유학생회 회장을 맡고 있는 최린에 관한 이야기를 많이 했다.

"대단한 양반입니다. 황실 파견 유학생으로, 메이지 대학 법학과에 다니고 있어요. 저보다는 세 살 위인데, 지금 대한학회 회장을 맡고 있지요. 임인년에 일어난 일심회 사건을 아십니까?"

"금시초문입니다."

한용운은 알 턱이 없었다. 임인년이라면 1902년이다. 자신은 그때 하늘을 지붕 삼아 떠돌아다닐 때였다.

"일심회는 일본 육군사관학교 출신 조선 유학생들이 만든 단체지요. 쿠데타로 정부를 개혁하려던 비밀 결사였습니다. 최린은 이 결사에 참여했는데, 계획이 실패하여 일본으로 망명했지요. 이때 일본에서 묵은 곳이 이진호의 집입니다."

393

"이진호는 또 누굽니까?"

"조선 조정 친위대 대대장이었는데, 이 사람이 춘생문 사건 때 내응하기로 동조하였다가 변심하여 군부대신 어윤중에게 밀고하였지요."

춘생문 사건은 민비계의 친미·친러파 군인과 조정 관리 이재순 임치수 등에 의한 쿠데타 음모 사건이다. 경북궁 춘생문에서 발생하였다 하여 춘생문 사건으로 불린다. 쿠데타군은 건춘문으로 대궐에 침입하려다가 여의치 않자 삼청동 쪽으로 난 춘생문으로 침입을 시도하였다. 이 사건이 이진호의 밀고로 실패함으로써 일본의 입지가 강화되고 김홍집 내각이 실권을 잡았다. 그러나 이듬해에 고종의 아관파천 사건이 일어나 결국 김홍집 내각이 무너졌다. 이때 이진호는 다른 친일 인사들과 함께 일본으로 망명하였다.

"이진호는 연전에 일본 통감부가 설치되자 귀국하여 지금은 요직에 앉아 친일 주구 노릇을 합니다."

한용운은 갑자기 긴장되었다. 재일본 조선 유학회 회장이 그런 사람의 집에 묵고 있다면 근본정신에 문제가 있다는 의문이 생겼다. 안정훈은 이야기를 계속했다.

"이때 최린은 이진호의 집에서 한 인물을 만났습니다."

"……?"

"충청도 부자인 이상헌이라는 사람을 만났지요."

한용운은 아무리 더듬어 보아도 자기의 식견으로는 듣도 보도 못한 인물이다.

"이 사람이 손병희입니다."

"동학 교주 손병희 말입니까?"

"그렇습니다. 수배령을 피해 일본으로 왔는데, 미국으로 가려고 상해로 갔다가 다시 일본으로 되돌아왔어요. 그가 충청도 부자 이상헌으로 위장을 한 거지요. 얼굴을 모르기 때문에 아무도 그를 동학 교주 손병희로 의심하지 않았어요. 손병희는 동학 전쟁이 실패로 돌아가자 진보회를 만들어 활동하면서 조직을 강화했었지요. 그러다가 일본 헌병들의 탄압이 시작되자 이용구에게 뒷일을 맡기고 망명했던 겁니다. 그 뒤 이용구는 손병희가 없는 동안 동학 재산을 차지한 뒤 그만 배신하고 말았어요."

"이용구라면 일진회 회장으로 있는……?"

"바로 그자입니다."

한용운은 깜짝 놀랐다. 도무지 세상이 어떻게 돌아가는지 머리가 어지러울 지경이었다.

"이용구는 손병희의 큰조카인 손천민과 함께 당시 중군 통령이던 손병희의 휘하 우익장이었습니다. 그는 청주에서 농민군을 일으켰다가 실패한 뒤 도망 다니고 있었어요. 그러던 그가 살기 위해서 그랬는지 어쨌는지 돌연 친일로 돌아서고 말았습니다. 그는 민영환 대감댁 식객 노릇하던 송병준과 독립협회 회원이던 윤시병이 이끄는 친일 단체 유신회와 합쳐 일진회를 만들었지요."

어지러웠다. 다양한 인물들이 서로 거미줄처럼 얽혀 동지가 되었다가 배신하는 등 풀어진 실타래처럼 서로 얽혔다. 한용운은 입속으로 계속 관세음보살을 염송했다.

"이 소식을 듣고 재작년에 손병희도 급거 귀국하였어요."

"유학회 회장이라는 최린도 친일파라는 말씀인가요?"

"아직 친일파는 아닙니다. 저는 지금 역사의 유전을 이야기하는 겁니다. 역사란 자고로 인간의 궤적이 모여 이루어지는 게 아닙니까?"

"그렇기도 하지요."

"갑신정변을 일으켰던 김옥균 박영효 등이나, 갑오경장을 실시하였던 김홍집 내각이나, 독립협회를 이끌었던 서재필이나, 유길준과 윤치호 등이 아직까지는 친일했다고 단정할 수는 없지요. 어쨌거나 이들은 자주 자강을 이루려 했고, 절대 왕권에서 민권으로 정치 형태를 개혁하려고 한 선각자들이라는 건 맞습니다. 그러나 이들은 공교롭게도 모두 일본의 문물을 배운 사람이거나, 숭배한 사람들이라는 한계점을 안고 있었어요. 신사유람단을 만들어 일본 문물을 시찰하였고, 유길준과 윤치호는 아예 일본에 눌러앉아 게이오 의숙에서 신학문을 공부하기도 했지요. 어찌 생각하면, 일본이 이들에게 선각 지식을 전하고. 훗날 이들의 선각 지식을 되이용하려고 공작했다고도 볼 수 있지요. 결국 이들의 궤적이 지금의 조선 역사를 만든 겁니다. 보세요. 조선을 개혁하겠다고 생각했던 인사들이 하나같이 일본으로 망명했습니다. 물론 지리적으로 가깝다는 이유는 있지요. 청나라는 힘을 잃었다고 치더라도 최소한 러시아도 있지 않습니까? 여기에 중요한 역학이 작용하고 있어요. 국내에는 청나라, 러시아, 일본 패로 갈라져 있었습니다. 친일파는 러시아로 망명할 수가 없지요. 일본은 한 수 위에 서서 이들을 보고 있는 겁니다. 망명처를 제공한 나라이니까, 은인 아닙니까? 지배 야욕에 불타는 일본이 이들을 그냥 놔둘 리가 없지요. 그들이 적극적인 친일을 하지 않았다고 하더라도 소위 개화 선각자라는 사람들이 그걸 모르고 있었다면, 이 하나만으로도 역사의 책임을 면치 못합니다."

한용운은 안정훈을 바라보았다. 그는 차창 밖으로 시선을 돌린다. 잠시 그러고 있다가 다시 이야기를 계속했다.

"역사가들은 이들의 궤적을 어떻게 기록할지 모르겠습니다. 물론 개인의 행적 하나하나를 뜯어보면, 이용구 같은 적극적 친일 흔적은 나타나지 않을지도 모릅니다. 그러나 낱낱의 족적을 보면 개화 선각자가 될 터이지만, 한데 모아놓고 보면 일본을 이롭게 한 자들임에는 분명합니다. 분명히 역사는 낱낱의 족적을 중심으로 그려질 것입니다. 옛말에 부자가 죽으면 먹을 거라도 남는다고 하였습니다. 양반들이고, 많이 배운 사람들입니다. 든든한 가문이 있고, 제자들이 있을 겁니다. 이들의 후손이 집안 망칠 일을 할 리가 없겠지요. 이런 걸 보면 역사란 참 아이러니하지 않습니까?"

한용운은 아까 시모노세키 대합실에서 일본 형사에게 검문당한 것이 우연이 아니라는 생각을 했다. 그의 몸에서 풍기는 이러한 냄새를 예리한 일본 형사들의 후각이 놓칠 리가 없다. 한용운은 블라디보스토크에 갈 때 원산에서 만났던 박영근과 그를 비교해 보았다. 두 사람에게서 몇 가지 공통점을 발견할 수 있다. 첫째, 일본에 대한 의분이 강하다. 둘째, 선각자들을 친일파로 파악하고 있다. 말하자면 적극적으로 친일하지는 않았더라도, 최소한 방조 내지 미필적 고의의 책임은 면할 수 없다고 여긴다. 마지막 하나는 낯선 사람에게 자신의 속을 쉽게 털어놓고 있다는 점이다. 그를 부관 연락선에서 오늘 처음 만났다. 아무리 승복을 입었다고는 하지만, 승려라고 해서 다 믿을 수 있는 것도 아니다. 블라디보스토크에서는 일본 앞잡이로 오인 받아 죽을 고비를 넘기지 않았는가. 시국이 어수선한 때다. 한용운은 자칫 잘못하여 아까운 인물 하나 다치게 될까 우려했다.

"농담 한마디 해도 되겠습니까?"

"스님들도 농담하십니까?"

"하하하…… 중은 숫제 사람 취급을 안 하시는군요."

"아, 아닙니다. 그런 뜻으로 드린 말씀이 아니었어요."

안정훈은 정색했다.

"압니다. 이도 농담이었어요. 그런데 안 선생은 어느 쪽입니까?"

"무얼 말씀입니까?"

"일본을 싫어하시는 걸 보니, 일본은 분명 아니고……."

"아, 어느 파냐 이 말씀이군요? 이제 청나라와 러시아파는 없어졌어요. 그리고 보니 붙을 데가 없네요. 굳이 가른다면 저는 조선파입니다."

"조선파에도 두 갈래가 있지요."

"두 갈래라니요?"

"왕정파와 시민파 말이외다."

"프랑스 혁명에 대해 잘 아시는군요?"

"들은풍월이지요."

"글쎄요…… 참 재미있는 발상입니다. 저는 한 번도 그렇게 나누어 본 적이 없었는데, 듣고 보니 중요한 의미가 있는 것 같군요.

음…… 왕정파라면 복고주의자고, 시민파라면 혁명주의자가 되는 셈인데, 글쎄요."

"너무 어렵게 생각하지 마십시오. 정치 노선을 두고 물은 말이 아닙니다."

"어쨌든 파를 나누자면 정치 성향이 자연히 개입되는 게 아닙니까?"

안정훈은 보기보다 매우 민감했다. 생각이 매우 논리적이며, 순간적인 판단력도 뛰어났다.

"허긴 그럴 수도 있겠군요. 내가 묻고 싶었던 건, 선생이 보시기에 난 어느 파인 것 같습니까?"

"음…… 승정파이시겠군요."

그 말을 해놓고 두 사람은 마주보며 웃었다. 서로 마음이 통했다. 정치를 화제로 말을 주고받지만 정치 노선을 가지지 않은 사람들이라는 걸 이심전심으로 서로 확인했다. 정치 노선을 지향하는 인물이라면 그렇게 쉽게 속내를 털어내지 못했을 것이다. 승정파라는 말도 재미있다. 따지고 보면 그것도 하나의 정치 노선이 될 수 있다. 서로 그렇게 쉽게 말할 수 있다는 것은, 서로 사심이 없음을 뜻한다.

"그런데 왜 일본에 유학을 왔습니까?"

순간 안정훈의 표정이 굳어졌다.

"아, 오해는 마십시오. 따지려고 한 질문은 아닙니다."

"난 일본을 배우러 온 게 아니라 학문을 배우러 왔습니다. 스님은 왜 일본에 오셨지요?"

안정훈은 마치 반론을 제기하듯, 아까 배 안에서 물은 질문을 또

했다.

"나는 일본을 보러 왔습니다."

"무슨 뜻인지……?"

"조선에서는 일본의 껍데기밖에 볼 수가 없으니, 오장육부까지 들여다보자면 안으로 들어와야 하질 않습니까?"

"하하하…… 참 재미있는 말씀이군요."

"학문은 배우기만 해서는 안 됩니다. 잘 아시고 계실 테지만, 학문은 실천함으로써 꽃을 피우게 되지요. 실사구시를 해야 합니다. 그렇지 않으면 책이 사람을 구하는 게 아니라, 도리어 사람이 책 속에 갇힙니다. 실천하지 못하는 학문은 책 속에 든 글자 이상의 아무런 의미도 없어요. 학교는 인쇄 공장처럼 수백 수천 권의 책을 찍어내는 것과 다르지 않지요. 말하자면 인간 책을 생산하는 것이지요. 단순히 사람들의 머릿속에 책을 한 권씩 집어넣는 겁니다."

"옳으신 말씀입니다. 조선이 일본에 학문을 전해주었으면서 도리어 문명이 뒤져 있는 것도 바로 그 때문 아닙니까?"

"잘 보셨습니다. 조선은 실사구시를 하지 못했어요. 인간 책을 찍어내는 데만 급급했던 겁니다. 볼 견자는 나타낼 현자도 됩니다. 즉 본다는 말은 나타낸다는 뜻도 포함됩니다. 그것은 곧 보고 배워 실천한다는 것을 의미합니다."

"혹, 일본에서 공부하기 때문에 자칫 친일파가 되지 않을까 우려하시겠군요?"

"하하…… 그렇게 들렸습니까?"

"사실 저는 처음부터 스님이 왜 일본에 왔을까 하는 의문을 가졌

더렸어요."

"그래요?"

한용운은 눈을 크게 떴다. 도리어 안정훈이 자신을 의심하고 있었다는 데 놀랐다.

"불교가 오랫동안 억압받아 왔지 않습니까? 어느 집단보다 가장 쉽게 조선을 등질 수 있는 위험을 안고 있다 오해했어요. 제 생각이 잘못되었다면 용서하십시오."

한용운은 예리한 칼날로 가슴을 벤 듯한 기분이었다. 그의 말이 전혀 잘못된 것이 아니었다. 그럴 소지가 충분히 있다. 종교는 국가 이념을 초월해야 한다. 종교가 국가관에 묶이면 지배 이론으로 전락할 우려가 있다. 서구 열강의 식민지 경영에 종교가 한몫을 한 것도 그런 의미가 아니겠는가. 범 세계관을 갖는 종교의 속성을 위정자들이 지배 원리로 이용하고 있는 셈이다. 무력으로 지배한 뒤 종교로 그 정당성을 부여하면서 정신적인 정지 작업을 한다. 일본 불교가 조선에 들어와서 활동하는 것도 그와 같은 맥락에서다. 표면적으로는 그들이 직접 조선 불교에 대해 억압하거나 수탈하는 건 아니다. 오히려 좋은 일도 한다. 승려의 도성 출입을 허용하도록 하였고, 산중 불교를 도심으로 끌어내어 포교하고, 제각기 흩어져 있는 불교를 단일 조직으로 뭉치도록 도왔다.

조선 불교가 가장 먼저 일본에 끌려갈 위험이 다분히 있다. 그것이 친일이라거나 국가에 대한 배신이라고 생각하지 않을 수도 있다. 종교는 범세계적인 사상이기 때문이다. 인도에서 발생한 불교가 조선에까지 오지 않았는가. 중동 지방에서 시작된 기독교가 조선에까지 오지 않았는가. 누가 이것을 지배라고 할 것인가. 일본 불교가 조선에 온다고 해서 하등 문제가 될 게 없다. 역설적이다. 이런 생각으로 합리화하는 여기에 문제가 숨어 있다. 이는 한용운도 지금까지 전혀 예상하지도 못한 사실이다.

기차는 계속 달려간다. 한용운은 차창 밖으로 스쳐 가는 낯선 풍경을 넋 놓고 구경했다. 세상 어디에서나 볼 수 있는 평화로운 모습이다. 이 평화 뒤에 침략성이 숨겨져 있다고 누가 믿겠는가. 무엇이 사람을 이토록 사악하게 만드는가. 그는 그 해답을 찾았으나 대답은 오리무중이다.

동경에 도착했을 때는 이미 날이 어두웠다. 어느새 가랑비까지 부슬부슬 내린다. 동경역을 빠져나온 한용운은 광장에 서서 물안개에 잠긴 동경의 모습을 바라보았다. 첫발을 디딘 이방인에게 동경은 매우 음울하고 을씨년스러웠다. 흩뿌리는 비 탓만은 아니다. 왠지 날카롭고 차갑다는 느낌을 받았다. 블라디보스토크와 전혀 달랐다. 이국이기는 마찬가지였지만, 블라디보스토크는 그래도 신비로움을 지니고 있었다. 꼭 집어 뭐라고 표현할 수 없는 그런 신비로움으로 이국의 낯섦이 별로 느껴지지 않았다. 1860년의 북경조약에 의해 러시아 땅이 되기 이전에 그곳 연해주가 중국 땅이었다는 사실 때문에 더 그랬는지 모른다. 어쩌면 그곳이 발해의 영토였기 때문에 그랬을지도 몰랐다.

"날이 어두워지는데, 오늘은 우선 제 하숙집에서 묵고 내일 찾아가 보도록 하시지요?"

"초면에 너무 많은 폐를 끼치는군요."

한용운은 안정훈을 따라 동경 변두리에 있는 허름한 그의 하숙집으로 따라갔다.

이튿날 한용운은 안정훈의 안내로 약왕사에 가서 마쓰노 히로유키를 만났다. 그는 일연종의 젊은 승려였다. 한용운은 일본 승려를 처음 만난다. 불교라는 교리 해석으로 보면 일본 불교라고 해서 특별히 다를 이유는 없다. 불교는 포교 과정에서 나라마다 독특한 종교 원리가 생겨 외형적인 모양이 달랐다. 일본은 승려가 머리를 기르고 부인까지 두고 있다. 가정을 둔 대처승이 절을 지킨다. 평생 독신 생활하는 비구와 비구니로 구성된 조선 불교만 알고 있던 한용운에게는 마쓰노의 모습이 이상하게 보였다. 마치 공연하기 위해 분장한 배우 같다는 느낌을 받았다.

마쓰노는 두 사람을 반갑게 맞으면서 거실로 안내했다. 그도 조선 승려를 만난 것을 매우 기뻐하는 눈치였다. 안정훈이 두 사람의 대화를 통역해 주었다.

"정말 반갑습니다."

"예, 뵙게 되어 기쁩니다."

"저는 조선 불교에 대해 관심이 많습니다. 그래서 조선 유학생 친구들이 많지요."

"그래요. 아무튼 조선에 관심 가져 주신다니 고맙습니다."

한용운은 관심이라는 말이 마음에 걸렸다. 그는 그런 마음을 가진 자신을 얼른 꾸짖었다. 사람을 의심하는 것은 부처의 마음이 아니다.

"우리 일본 불교는 조선으로부터 건너왔어요."

403

한용운은 이미 아는 사실이기는 하나 약간 놀랐다. 지금까지 일본 불교가 조선에 들어와 활동하는 것을 침략의 하나로 보려고만 했지, 조선 불교가 일본 불교의 뿌리라는 사실은 생각 밖에 두고 있었다. 선의로 해석한다면 그들은 자기 고향을 찾아온 것이다. 만약 정치적인 흉계만 없다면 매우 좋은 현상이다.

"제 고향은 규슈입니다."

"규슈가……?"

한용운은 규슈가 어디쯤 있는지 알지 못했다. 그러자 그가 얼른 눈치채고 설명했다.

"일본은 크게 다섯 개의 섬으로 되어 있어요. 남쪽으로부터 올라오면 규슈, 시코쿠, 혼슈, 홋카이도, 가라후토(사할린 섬의 종전 이전의 이름)가 줄지어 있지요. 우리가 있는 이 동경은 혼슈에 속합니다. 일본에 올 때 관부 연락선에서 내린 시모노세키는 혼슈의 남쪽 끝입니다. 그 시모노세키 해협을 건너면 바로 기타큐슈[北九州]입니다. 규슈는 조선과 가장 가까운 곳에 있는 섬이지요. 지금은 시모노세키가 국제 항구이지만, 그전에는 규슈의 후쿠오카에 있는 하카다[博多]가 조선과의 통로였습니다. 대한해협을 지나면 곧바로 쓰시마와 이키섬을 거쳐 하카다로 들어오게 됩니다. 조선통신사들은 모두 이 길로 왔어요. 고려와 원나라 연합군이 일본을 침입했을 때도 이 길을 따라 들어왔지요."

한용운은 그의 얘기를 들으면서 연신 고개를 끄덕였다. 그가 역사와 지리에 매우 밝다는 느낌을 받았다. 안정훈이 이야기를 듣고 있다가 한용운에게 귀띔했다.

"마쓰노는 백제 사람입니다."

"그래요?"

"조상이 백제 사람입니다."

안정훈이 마쓰노에게 뭐라고 일본말로 말했다. 그러자 마쓰노가 웃으면서 말했다.

"제 고향은 규슈의 가라쓰라는 곳입니다."

그러면서 그는 종이에 '唐津(당진)'이라고 써 보였다.

한용운은 그 글자를 보고 깜짝 놀랐다. 고향 홍주에서 가까운 곳에 있는 서해안 당진과 똑같은 이름이다. 그의 조상이 백제 사람이라고 했기에 어쩌면 조선의 그 당진 사람일지도 모른다는 생각이 머릿속을 스쳐 갔다. 서해안의 충청도 일대는 바로 백제 땅이다.

"규슈에는 도자기가 유명합니다. 특히 가라쓰 도자기는 알아주지요. 일본은 원래 도자기를 만들지 못했어요. 목기를 사용했지요. 조선 도공들이 건너와서 일본에 도자기 만드는 방법을 전하게 된 것입니다. 규슈에 도자기가 발달한 것은 바로 그런 연유가 있습니다."

한용운은 잠시 눈을 감았다가 떴다. 마쓰노가 마치 고향 사람처럼 느껴졌다. 더구나 그들은 조선에서 전래해 간 도자기를 일본에 전승시키고 있다.

"조선에도 당진이 있습니다."

"그래요?"

"서해안에 있지요. 나는 그곳에서 가까운 홍주 사람입니다. 그 일대는 백제 땅입니다."

"공주와 부여하고도 가깝습니까?"

"예, 가깝습니다."

"이거 정말 기연입니다. 난 조선에 가면 꼭 가보고 싶은 곳이 공주와 부여입니다. 그런데 그곳에도 당진이 있다니 놀랍군요."

"옛사람들은 살 곳을 찾아 이동하면서 지명을 가지고 다녔다고 합니다. 그래서 조선에는 같은 마을 이름이 참 많지요. 조상이 백제 사람이었다고 하니, 혹 당진이 고향일지도 모르겠군요."

"한번 조사해 봐야겠습니다. 기회가 닿으면 한용운 스님께 제 고향 가라쓰를 구경시켜 드리고 싶습니다."

"정말 영광입니다."

안정훈이 정색을 하면서 끼어들었다.

"저도 같이 따라가는 거지요?"

"물론입니다."

마쓰노는 빙그레 웃었다. 그는 한용운을 바라보며 말했다.

"이거, 제 이야기만 늘어놓았군요. 죄송합니다."

"아닙니다. 정말 좋은 공부를 했습니다."

"그런데…… 일본에는 어쩐 일로 오셨습니까?"

"그냥 유람을 왔습니다. 몇 해 전에 세계 여행을 하려고 나선 적이 있지요. 시베리아를 거쳐 유럽으로 갔다가, 다시 미국으로 갈 작정이었습니다. 돌아오는 길에 일본을 구경하려고 했지요. 그런데 블라디보스토크에서 뜻하지 않은 사고가 생겨 그 꿈이 좌절되었어요."

"정말 멋진 계획을 하셨군요."

"온 김에 일본 불교를 좀 공부하고 싶습니다."

"참 좋은 생각입니다. 조동종에서 고마자와 학림을 운영하고 있어요."

"그렇지 않아도 거길 찾아가 볼 생각입니다."

"그쪽에 아는 분이라도 계십니까?"

"아닙니다. 아는 분은 없습니다만……."

한용운은 원종 고문으로 있는 다케다의 소개장을 가지고 왔다고 말하기 싫었다. 구걸하러 온 것 같은 기분이 들었다. 조선인으로서의 자존심인지도 몰랐다.

"그렇습니까. 고마자와 학림에 제가 잘 아는 교수가 한 분 계십니다. 제가 소개를 해드리지요."

"그래 주시면 영광입니다."

"어디 묵을 곳이 마땅치 않으시면 당분간 우리 절에 계셔도 됩니다."

"그래도 되겠습니까? 정말 감사합니다."

한용운은 마쓰노와 조선과 일본 불교에 대해 이것저것 많은 이야기를 나누었다. 오늘 처음 만난 사이지만, 마치 오랜 사귐이 있었던 것처럼 두 사람은 쉽게 가까워졌다. 이야기를 나누는 중에 한용운은 중요한 사실을 발견했다. 일본인들은 죽음과 매우 친화한다. 그래서인지 그들은 할복자살을 아름답게 미화하기도 한다. 이러한 풍습이 사무라이 문화에서 온 것 같지만, 사실은 불교 영향이 깊다. 그래서 내세관이 뚜렷하고, 주검을 중요시하지 않는다. 주검은 화장하여 절에 있는 납골당에 보관한다. 기독교가 전래했으나 기독교 가정에서도 유골은 절에 모시는 집이 많다. 죽음에 관한 이 나라 풍습이 불교의 근본 교리와 매우 닮은 데가 있었다.

일본 불교는 각 종파가 뚜렷한 종지를 가지고 조직적으로 운영된다. 이는 가문 중심으로 운영하는 조선 불교와 다른 점이다.

한용운은 한 가지 의문이 떠올랐다. 일본 불교가 조선에서 건네준 것이라면, 어째서 일본에 뿌리내린 조동종이나 일련종이 조선에 없느냐는 점이다. 삼국시대에 들어왔다가 쇠퇴한 것일까. 그래도 의문은 남는다. 조선에서 쇠퇴한 종파가 일본에서는 활발하게 포교한다. 그렇다면 조선 안에서 쇠퇴할 만한 이유가 있었을 게 아닌가.

조선 불교는 신라 때 선종이 발전하면서 9산선문을 이루었고, 고려 때는 선교 양종兩宗이 되었다. 그 뒤 보조국사 지눌이 정혜결사를 하면서 선교를 통합하여 조계 산문을 이루었다. 또 고려 말에 이르러 보우·태고선사가 선종을 받아들이려고 중국에서 직접 임제 종지를 들여오면서 조선 불교는 임제종의 맥이 흘러온다. 지금까지 조선 불교는 하나의 종단을 이루는 것이 아니라, 사찰마다 독특한 종풍으로 산문을 세워 맥을 이어 온다. 그러다가 얼마 전에 원종이 세워지면서 처음으로 불교가 하나의 조직으로 합쳐졌다. 이것은 어디까지나 행정적인 조직에 불과하다. 하나의 종풍으로 통일된 건 아니었다.

이로 미루어볼 때 일본 불교는 전통과 격식을 매우 중요시하며 발전해 온 것으로 짐작할 수 있다. 이러한 특성이 중생들의 생활 속에 불교가 뿌리를 내린 원인이 되었을 것이다. 일본 사찰이 대부분 시중 한가운데 세워져 있고, 납골당이 절 안에 설치되어 있는 것은 바로 그런 사실을 증명한다. 승려가 머리를 기르고 가정을 가진 것도 중생들 속에 불교가 있다는 일본 불교의 특성을 나타내는 것이다.

한용운은 잠시 조선 불교와 일본 불교를 비교해 보았다. 조선 불교는 승가 중심으로 발전해 왔다. 고려 때 잠시 불교가 대중화하기는 했지만, 조선으로 넘어오면서 다시 산중 불교가 되어 버렸다. 절이 산속에 있고, 비구 비구니 승단을 고집함으로써 중생의 생활 속에서 멀어져 갔다. 신도들은 신도들대로 일 년에 한두 차례 절을 찾아오는 것으로 신앙생활을 다하고 있다. 사실 절이 멀어서 자주 찾아올 수도 없다. 절에 와 봐야 불교를 배울 사이도 없음은 당연하다. 시주하고 불상에 절하면서 복을 빌고 가기에 바쁘다. 이래서는 불교가 발전할 수가 없다.

한용운은 등에 짐을 잔뜩 진 것처럼 어깨가 무거워졌다. 조선 불교가 앞으로 걸어가야 할 길이 높고 가파른 언덕으로 보였다.

내일 다시 만나기로 하고 한용운과 안정훈은 마쓰노와 헤어졌다. 약왕사를 나오면서 안정훈이 말했다.

"마쓰노는 일본 사람 같지 않아요. 아마 백제의 피가 흐르고 있어서 그런지 모르죠."

"사람은 근본 심성이 모두 같기 때문일 겁니다."

"그런데 좀 이상하지 않습니까?"

"뭐가 말입니까?"

"원래 왜족인 아이누족은 키가 참 작아요. 그런데 지금 일본 사람들은 모두 조선 사람처럼 크단 말입니다."

"진화했겠지요."

"아닙니다. 조선에서 문화가 흘러 들어갔다면, 종족도 들어왔을 게 뻔하잖습니까? 마쓰노의 말대로, 규슈에 백제 사람들이 많이 들어왔다지 않아요? 지금 일본 사람들은 조선 반도에서 건너간 사람들이 틀림없어요."

"그럴 수도 있겠군요. 종족은 그렇게 이동하면서 발전해 왔으니까요."

"그렇다면 임진왜란을 보는 시각도 달라지지 않겠어요?"

한용운은 안정훈을 돌아다보았다. 그가 한 말을 알아듣지 못했다.

"일본 사람들에게는 조선을 침략한 것이 아니라, 고향 땅을 찾으러 온 것이 된다는 말입니다."

한용운은 그 말을 듣고 아연실색했다. 소설처럼 상상력을 동원한 생각이기는 하지만, 그럴 개연성이 충분히 있다. 만약 그것이 사실이라면 지금 일본의 조선 침탈도 그런 맥락에서 이해해야 할지도 모른다. 이것은 어디까지나 추측일 뿐이다. 역사를 추측으로 꾸밀 수는 없다. 다만, 그들이 백제 후예들이라면 그들의 마음속에 흐르는 향수를 지울 수는 없을 것이다.

"조선과 일본 역사를 비교 연구해 보면 참 재미있는 일이 많아요. 규슈를 여행하게 되면 저도 꼭 같이 끼워 주십시오. 규슈는 바로 조선과 일본의 고대사가 살아 꿈틀거리는 곳입니다."

"그런 기회가 이루어진다면 당연히 제가 그러자고 할 겁니다. 난 일본 말을 모르기도 하려니와, 마쓰노는 나보다 안 선생과 더 잘 아는 사이 아닙니까?"

한용운은 안정훈을 돌아다보며 웃었다.

"참 최린 씨를 한번 만나보시지 않겠습니까? 유학생들의 모임이기는 하지만, 대한학회가 일본에서는 그래도 유일한 조선인 단체입니다."

"그러지요."

한용운은 그를 한번 만나 보고 싶었다. 야망이 있는 젊은이라는데 마음이 끌렸다. 그는 다음 세대의 조선을 끌어갈 개화 세력의 리더다. 말하자면 박영효 김옥균 서재필 유길준 등이 개화 1세대, 노백린 이상재 손병희 등이 개화 그는 개화 3세대인 셈이다. 더구나 그는 일심회 사건에 가담하였고, 망명 시절에 손병희를 만나기도 했다. 대단한 인물이 틀림없다.

최린은 온화한 인상이면서도 매우 다부져 보였다. 첫눈에도 지도자의 소양을 갖춘 사람으로서의 기풍이 풍겼다. 그는 한용운을 반갑게 맞았다.

"반갑습니다."

"만나게 되어 영광입니다."

최린은 함흥 출신이었다. 18세에 상경하여 여기저기를 유람하다가, 출가出家할 생각으로 금강산 장안사에까지 갔으나 뜻을 이루지 못했다고 했다. 그 말을 듣고 한용운은 전생에 그와 무슨 인연의 끈을 맺은 게 아닌가 신기한 생각을 했다. 두 사람은 비슷한 인생 편력을 가졌다. 다만 한쪽은 출가하였으나 한쪽은 뜻을 이루지 못하고 학문을 닦는 중이다.

"일본에는 오래 머물 계획이십니까?"

"특별한 계획을 안고 온 게 아니라서 있어 봐야 알겠습니다. 그냥 일본을 좀 구경하러 왔지요."

"하기야 스님들에겐 어디든 머무르는 곳이 곧 집 아닙니까? 사실 내가 출가를 꿈꾸었던 것도 그런 데 매력을 느꼈기 때문입니다. 아마 그 발심이 잡스러워서 부처님이 나를 내쫓았던 모양입니다."

"학문도 인생을 탐구하는 수행 방법 가운데 하나입니다."

한용운은 이야기를 나눌수록 점점 더 최린에게 깊은 매력을 느꼈다. 그도 한학을 깊이 있게 공부하였고, 조정에서 외부 주사까지 지낸 경력이 있어 시국관도 뚜렷했다. 최린 역시 학문이 깊은 한용운을 만난 인연에 매우 기뻐하는 눈치였다. 서로 만나기로 하고 그날은 헤어졌다.

이튿날, 한용운은 약왕사 마쓰노의 소개로 고마자와 학림 교수인 아사다 오노야마를 만났다. 그는 조선 불교에 많은 관심을 가지고 있고, 특히 원효의 정토사상과 『화엄경』을 깊이 연구하고 있었다.

"원효는 만세에 한 번 날까 말까 한 훌륭한 스님이십니다."

"조선 불교에 관심을 주시니 영광입니다."

한용운은 자신을 소개하면서 아직 공부하는 학승이라는 말은 하지 않았다. 자신의 자존심이 아니라 조선 불교의 자존심 때문이다. 오랫동안 억압받은 탓에 조선 불교는 피폐해 있다. 그래서 몇몇 대덕大德을 제외하고는 경전도 제대로 해독할 줄 모르는 승려가 대부분이다. 아예 글을 깨치지 못한 승려도 많았다. 그래서 자연히 참선만을 맹신하면서 교학을 소홀히 했다. 비록 불교에 대해서는 입문자

이지만, 한용운은 글에 있어서는 뒤지지 않는다. 경전도 읽을 만큼 읽었다. 정각은 아닐지라도 적어도 자구 해석에는 자신 있었다. 섣부른 겸손으로 조선 불교의 나약상을 내보일 필요는 없다.

"마쓰노 스님께 말씀 들었습니다만, 우리 학교에서 공부하고 싶으시다고요?"

"대학에 들어가 공부하겠다기보다, 일본 불교……, 불교뿐만 아니지요. 일본 문화를 좀 보고 싶을 따름입니다."

"훌륭하신 생각입니다. 종교도 넓은 의미에서 문화의 하나이지요."

한용운은 『화엄경』이 일본에 전래되어 어떤 모습으로 발전하였는지 궁금했다. 『화엄경』은 '대방광불화엄경大方廣佛華嚴經'을 줄여서 부르는 말이다. '화엄'이란 온갖 꽃을 다 모아 장엄한 것이라는 뜻이다. 여기서 대大는 작다는 것의 상대적 개념으로 크다는 뜻이 아니라, 상대 개념이 없는 극대를 말하며, 방광은 무한하게 넓은 우주 공간을 말한다. 따라서 화엄경은 시공을 초월한 깨달음의 진리를 담은 경전이다. 말하자면 인간의 지혜로 쓴 것이 아니라, 부처의 지혜로 쓴 경전이다. 또한 아름다운 꽃들만이 아닌 모든 꽃, 즉 잡초까지 두루 담음으로써 오롯한 대승의 경지를 나타내고 있다. 화엄경은 본래 세 가지가 있다. 상본上本, 중본中本, 하본下本 화엄경이 그것이다. 상본 화엄경은 삼천대천세계三千大千世界가 10개나 모인 대우주에 꽉 들어찬 먼지만큼 많은 글자로 구성되었다. 중본 화엄경은 49만 8,800 글자가 1,200 품品으로 나뉘었다. 품品은 장章 절節을 말한다. 하본 화엄경은 10만 글자, 38품으로 구성했다. 이 가운데 상본과 중

본은 용궁龍宮에 있어서 인간 세상에는 전해지지 못했고, 하본 화엄
경만 전해졌다. 지금 전해지고 있는 『화엄경』은 중국의 신장위구르
족 자치구에 있는 우전에서 씌어졌다. 우전은 타클라마칸 사막이 앞
에 펼쳐져 있고, 뒤로는 쿤룬산이 버티고 있는 오지이다. 당나라 화
엄종을 대성한 법장에 의하면 동진의 지법령이라는 승려가 우전국
에서 3만 6,000 게문偈文으로 된 화엄경을 중국으로 가지고 왔다고
했다. 당시에는 우전이 중국 땅이 아니라, 독립된 하나의 국가였다.

이전에 인도에서는 이미 화엄경을 구성하는 '십지경十地經', '입법
계품入法界品'이 퍼져 있었다. 신장위구르족 자치구는 중국에서 서
역으로 통하던 실크로드 톈산북로와 톈산남로가 있다. 우전은 바로
톈산남로가 지나는 길목에 있는 도시로, 불교를 꽃피웠던 곳이다.
인도에서 전해 온 불경들은 이곳에서 다시 정리되어 중국 장안(지금
의 시안)으로 전해졌다.

『화엄경』의 핵심 사상은 '일즉다一卽多 다즉일多卽一'이다. 전체
가 하나이고, 하나가 곧 전체라는 뜻이다. 다시 말하면 만물이 제각
각 다른 모양과 소리를 내고 있지만, 그것은 결국 하나의 진리 안에
같은 모습으로 존재한다는 뜻이다.

이는 장자 사상과도 맥이 통한다. 장자는 『제물론』에서, '시비를
가리기 위한 논쟁은 또 다른 시비를 불러일으켜 끝없는 대립을 만든
다.'고 하였다. 따라서 토론이나 논쟁으로는 절대로 대립의 갈등에
서 벗어날 수가 없다. 인간이 이러한 혼란에서 벗어나 평온을 얻으
려면 '천예天倪'에 맡겨야 한다고 했다. 천예는 절대적 하나, 즉 도道
를 말한다. 이러한 경지에 이른 것을 장자는 도추道樞라고 하였다.

도추의 경지에서는 상대적 대립이 없다. 말하자면 크다 작다, 많다 적다. 좋다 나쁘다, 옳다 그르다는 개념을 한 손에 쥐고 있다. 이것은 화엄경이 지양하는 사상과 일맥상통하는 것이다. 한용운은 유점사에서 월화스님에게 『화엄경』을 배우면서 바로 이 점을 발견하고 놀랐다.

화엄경은 중국으로 건너와서 장자의 도추 사상과 어우르면서 새로운 화엄 사상으로 발전했다. 대부분 대승 경전은 인도에서 중국 땅으로 전해지면서 중국 한문학과 자연스레 어우러진 것이다. 범어를 한자로 번역하여 그 뜻을 전하려면 유사한 중국 한문 사상을 인용하지 않을 수가 없었다. 이렇게 하여 대승 경전이 이루어졌고, 이것이 한반도로 건너왔다. 따라서 다른 경전도 마찬가지이지만, 대승 경전을 깊이 이해하려면 한문학 공부를 함께 하여야 한다.

한용운은 화엄 사상이 일본으로 전해진 내력이 궁금했다. 그는 아사다에게 물었다.

"화엄이 어떤 경로로 일본에 전해졌습니까?"

"당나라의 도선이 처음으로 일본에 화엄을 전했습니다."

한용운은 기대감이 약간 무너졌다. 일본 불교가 조선으로부터 전해졌으니까 당연히 화엄도 그러하리라고 생각했다. 도선은 당나라 허주 사람으로 대복선사大福善寺의 정빈선사에게 계를 받고, 숭산의 보적선사에게 선 수업을 닦았다.

"도선은 736년에 일본에 와서 계율종을 일으켰지요. 그러나 일본에서 화엄경을 처음으로 강의한 것은 신라의 심상입니다."

한용운은 눈을 크게 떴다.

"심상은 당나라에 가서 화엄종의 제삼조인 현수에게서 화엄학을 배워 와서 일본으로 건너 온 겁니다. 그는 쇼무 천황의 요구로 금종사에서 화엄경을 강의하였는데, 전설에 의하면 이 때 나라의 와카쿠사 산에 보랏빛 구름이 길게 뻗어 있었다고 합니다."

금종사는 나라에 있는 동대사東大寺의 본래 이름이다.

"심상의 강의를 들은 쇼무 천황은 화엄의 상징으로 대불 건립을 발원했어요. 이 대불은 중국 뤄양의 룽먼 석굴에 있는 봉선사의 대불에서 모양을 따온 것으로, 높이가 17미터나 되는 비로나자불로서 당나라 고종 때 만들어졌습니다. 심상의 제자인 로벤이 조성 불사를 했지요. 금종사 대불 점안식에는 쇼무 천황이 직접 참석하여 봉행했어요."

한용운은 화엄을 한반도에 들여온 신라의 의상대사를 생각하고 있었다. 원효와 함께 당나라로 불경 공부를 하러 가다가, 원효는 도중에서 일체유심조를 깨친 후 되돌아오고, 의상만 홀로 입당했다. 시안에 도착한 의상은 종남산 지상사에서 화엄 제2조 지엄으로부터 화엄학을 배웠다. 이때 제3조인 법장현수도 의상과 함께 공부했다. 따라서 법장은 의상의 법제인 셈이다.

화엄 계보는 인도의 마명에서 용수로 이어지고, 중국으로 건너와 두순을 제1대조로 지엄에게 이어졌다. 중국 화엄은 지엄에서 현수로 이어져 가고, 신라 화엄은 지엄에게서 법을 이은 의상을 제1대조로 하여 흘러간다. 의상은 신라로 돌아와 황룡사, 해인사, 화엄사, 부석사를 비롯한 화엄 사찰 10개를 조성하고 신라 화엄을 찬란하게 꽃피웠다.

일본 화엄은 당나라 승려 도선이 처음 전했다고는 하나, 이는 단순히 경전 전래에 불과한 것으로 보아야 한다. 따라서 일본 화엄은 제3조 현수에게서 배운 신라의 심상을 초조로, 금종사 대불을 조성한 일본 승려 로벤으로 이어지는 것이다.

아사다가 말을 이었다.

"화엄은 일본인의 자연관과 어우르며 일본 문화에 많은 영향을 끼쳤습니다. 일본인은 직관력이 뛰어나요. 꽃 한 송이에서 자연 전체를 보려 하고, 이슬 한 방울에 우주를 담으려고 하지요. 아주 작은 것에서 무한을 보고자 하는 겁니다. 중국에서 전래된 차茶를 문화의 차원을 넘어 도道로 발전시킨 것이 일본 사람입니다. 차 한 잔의 일미一味에서 우주 변화를 보려고 했기 때문입니다. 그래서 일본 사람들은 작은 것을 좋아합니다. 단순히 모양만 작은 것이 아니라, 여기에 큰 것이 할 수 있는 모든 역할을 다 담지요."

한용운은 아사다의 해박한 지식에 감탄하면서도, 한편으로는 약간 오만스러운 듯한 그의 태도에 거부감이 일어났다.

"문화의 특성 때문이겠지요. 조선은 유교가 들어오면서 겸양지덕 문화가 스며 있어요. 따라서 형식을 타파하게 된 겁니다. 차가 문화냐 도냐 하는 문제에 초연했다고나 할까요? 조선의 차는 주로 승방에서 이루어졌는데, 불도 이외의 또 다른 도를 끌어들일 필요가 없었으리라 여겨집니다. 차는 차 그대로의 아름다움이 있을 뿐이라 생각한 거지요. 즉 차의 아취를 즐긴 겁니다. 초의선사 같은 분은 차를 화엄의 경지로 끌어올린 분이지요."

"도견선사가 중국 텐퉁 산에 있을 때입니다. 조동종 여정선사가 대중들에게 문답 거리를 찾으라는 숙제를 내주었어요. 도견선사가 생각을 더듬고 있는데, 문득 두견이 울고 산죽이 부러지는 소리가 들렸습니다. 이 소리를 듣는 순간 도견은 한 경계를 넘어서면서 깨달음에 이르렀습니다. '두견이 운다'와 '산죽이 부러진다'는 명제를 놓고 우주를 본 겁니다. 다시 말하면, 도견은 두견의 울음을 귀로 들은 것이 아니라 두견의 울음소리를 눈으로 보았어요. 또 산죽 부러지는 소리도 들은 게 아니라, 그 소리를 눈으로 본 겁니다."

한용운은 고개를 끄덕였다. 그는 이미 화엄을 깊이 이해하고 있었다.

귀로 소리를 '듣기'만 하면 사물인 두견과 산죽밖에 '보지[見, 견]' 못한다. '소리[聲, 성]'를 듣는 게 아니라. '봄[見, 현]'으로써 두견이 울 수밖에 없는 절대적 현실과 산죽이 부러지는 자연의 현상까지 '보게[思, 사]'되는 것이다. 이때 보는 것은 눈[目, 목]이 아니라, 눈의 뿌리인 안眼이다. 안은 곧 심안心眼을 말한다. 가섭존자는 석가모니가 든 연꽃을 보면서, 연꽃의 모습을 본 게 아니라 연꽃의 숨소리를 들은 것과 같은 이치다. 눈으로 보지 않고 심안으로 보았다.

심안은 인간의 감각 기관인 안이비설신의眼耳鼻舌身意, 즉 눈·귀·코·혀·몸·의식 모두에 달려 있다. 이 6개의 감각 기관을 불교에서는 6근根이라고 한다. 이 6근 하나하나에는 각각 심안心眼·심이心耳·심비心鼻·심설心舌·심신心身·심의心意가 있다. 즉 눈 하나에 마음으로 인식하는 눈·귀·코·혀·몸·의식 등 감각 기관을 6개 가지고 있는 셈이 된다. 눈·귀·코·혀·몸·의식도 마찬가지로 감각 기관을 6개씩 가지고 있다. 따라서 마음의 눈을 뜨면 우리의 몸에는 모두 36

개 감각 기관이 생기게 된다는 뜻이다.

이 36개 감각 기관이 받아들이는 대상, 즉 감각이 작용하는 식識이 있다. 색성향미촉법色聲香味觸法이다. 이를 6식이라 한다. 사물[色]은 눈으로 보고, 소리[聲]는 귀로 듣고, 향기[香]는 코로 맡고, 맛[味]은 혀로 느끼며, 촉감[觸]은 몸으로 느끼고, 진리[法]는 의식으로 알아차린다. 6식은 바로 6근이 인식하는 대상이다. 그런데 이 6식은 수시로 변한다. 아름다웠던 것이 추해지기도 하고, 맛있는 음식이 맛 없기도 한다. 이 변화의 주기는 크게 과거, 현재, 미래 등 3가지로 나뉜다. 36개의 근이 인식하는 식은 그래서 108개가 된다. 인간이 느낄 수 있는 감정의 모양이 108개라는 뜻이다. 감정의 통로가 많으면 그만큼 고통스럽다고 하여 이를 108번뇌라고도 하지만 이를 하나의 눈인 심안으로 볼 수 있게 되면 오히려 눈을 108개 달고 다니는 해탈인이 된다. 니르바나, 즉 해탈의 경지에 드는 것이다. 이 눈을 발견하는 것이 바로 화엄의 세계다.

한용운은 아사다로부터 도견이 화엄 경계에 입문한 이야기를 듣고 죽비로 한 대 맞은 것처럼 정신이 번쩍 들었다. 일본이 조선을 넘보고 있는 것은 어쩌면 화엄을 왜곡 해석하고 있어서인지도 모른다. 아사다는 분명히 일본은 화엄을 생활 문화로 만들었다고 했다. 곧 일본 정신에 스며들어 있다는 뜻이다. 화엄의 직관력, 즉 작은 데서 큰 것을 담는 지혜 훈련이 저절로 되고 있다. 이 화엄의 직관력이 '작은 섬나라에서 세계를 재배하려는 정치적 야망으로' 확대 해석되고 있는지도 모른다.

꽃을 찾는 벌과 나비

한용운은 학교에서 공부하는 것도 중요하지만, 우선 일본의 안팎을 두루 구경하고 싶었다. 일본을 알자면 일본 사람들의 사는 모습을 보아야 한다. 마침 마쓰노 히로유키가 고향 규슈에 간다기에 한용운은 그와 동행하기로 하였다. 여기에는 안정훈도 함께 따라나섰다.

시모노세키가 가까워지자, 차 안에는 부관 연락선을 타려는 사람들이 하나둘 모여들기 시작했다. 조선·중국·일본 사람들이다. 차림새도 각양각색이다.

마쓰노는 마침 아는 사람을 만나 서로 인사를 주고받고 있었다. 그들은 조선으로 가는 일본인들이었다. 한용운은 호기심이 생겨 마쓰노에게 물어보았다.

"조선으로 가는 분들입니까?"

"예. 측량기사들입니다."

"무슨 측량을 합니까?"

"토지의 모양과 넓이 같은 것을 재지요."

한용운은 정신이 번쩍 들었다. 남의 나라 땅 넓이와 모양을 왜 재는가. 그는 바짝 의문이 생겼다. 조선 개항의 도화선이 된 운요호 사건도 일본이 서해안 연해에 들어와 무단으로 해안의 수심을 측량하다가 발생하였다. 자기 나라도 아닌 남의 나라 땅 모양을 조사한다는 것은 다 속셈이 있어서일 것이다.

마쓰노의 고향 가라쓰는 시모노세키에서 그리 멀지 않은 곳이었다. 혼수와 규수 사이를 흐르는 해협을 건너, 기타큐슈 서부 지방에 있다. 한용운은 그로부터 고향에 관한 이야기를 들으면서 충청도 서해안의 당진을 떠올렸다. 우리 조상들은 살 땅을 찾아 이동할 때 살던 곳의 지명을 가지고 다녔다. 그래서 옛 지명을 보면 같거나 비슷한 게 참 많다.

"규슈는 온천으로 유명합니다. 구마모토에 있는 아소산은 지금도 화산이 폭발하고 있어요. 오신 김에 온천욕도 한번 해 보세요."

"도자기가 유명하다고 하셨지요?"

"예, 현재 이 가라쓰에만도 이백여 개의 가마가 있습니다. 구마모토 쪽 자기도 유명하지요."

한용운은 대단히 놀랐다. 한 지방에 그토록 많은 가마가 있다니 놀라지 않을 수가 없었다. 본고장인 조선에도 그만한 규모의 도자기 집산지가 없다.

마쓰노의 고향은 가라쓰 시에서 조금 안쪽으로 들어간 곳에 있는 기리코였다.

"우리 고향에는 기리코 목단꽃이 유명합니다. 수령이 이백 년이 넘는 천연기념물이지요. 담홍색 꽃이 매우 탐스럽게 핍니다. 지금 한창 꽃이 피었을 겁니다."

마쓰노는 계속 이야기했다. 고향을 끊임없이 자랑할 수 있다는 것만으로도 그는 행복해 보였다. 안정훈은 사학을 공부하는 사람답게 이 방면에는 박식했다. 특히 규슈에 관해 연구를 많이 한 모양이다. 그는 마쓰노에게 질문했다.

"나고야에 가면 도요토미 히데요시가 임진왜란을 총지휘한 본대가 있던 성이 있지요?"

"예, 구마모토 번주이던 가토 기요마사가 축성했습니다. 혼슈에 있는 나고야와 이름이 같지요. 혼슈의 나고야는 명고옥名古屋이고, 이곳 규슈의 나고야는 명호옥名護屋입니다. 도요토미 히데요시는 이곳에서 조센 세이바쓰를 꿈꾸면서 분로쿠 게이초노 에키를 일으켰지요."

한용운이 어리둥절해하자 안정훈이 재빨리 눈치채고 설명해 주었다. 마쓰노는 임진왜란에 대해 이야기했다. 안정훈의 설명을 듣고 한용운은 마쓰노의 말에서 일본과 조선이라는 두 나라의 시각 차이를 느꼈다. 안정훈은 임진왜란이라고 하였다. 마쓰노는 조센 세이바쓰[朝鮮征伐]라고 말했다. 조선에서는 '침략'이고 일본에서는 '정벌'이다. 일본에서는 임진왜란을 '분로쿠·게이초노 에키[文祿·慶長の役]'라고 한다. 분로쿠와 게이초는 임진년 당시의 일본 연호다. '에키[役]'는 전쟁이라는 뜻이다. 한쪽은 난亂을 당하였고, 한쪽은 정벌 전쟁을 일으켰다. 똑같은 사건을 보는 양국의 시각이 이렇듯 엄청나다는 것에서 한용운은 전율을 느꼈다. 이렇게 시각이 다른 한 일본과 조선은 영원히 화해될 수 없는 정신적 대립을 안게 된다.

카토 기요마사는 임진왜란 때 조선 침략 일본군 제2진을 지휘한 장군이다. 그는 어릴 때 도요토미 히데요시 밑에 들어가 심복으로 무공을 세우고, 히고(지금의 구마모토)의 영주가 되었다. 그가 직접 조선 침략에 나서는 한편, 규슈의 나고야에 성을 짓고 임진왜란을 총지휘하는 일본군 본대를 만들어 놓았다. 담판을 벌이러 적진을 찾아온 사명대사도 이 나고야성에서 일본군을 총지휘하고 있던 도요토미 히데요시를 만났던 게 아닌가.

한용운은 그곳에 가보고 싶었다.

"나고야는 이곳에서 멉니까?"

"그리 멀지 않습니다. 기리코는 내륙으로 가로질러 가야 하고, 나고야는 서쪽 해안을 끼고 갑니다. 조금 돌기는 하지만, 돌아서 갈까요?"

"저 때문에 공연히 그러실 필요는 없습니다."

안정훈이 한용운에게 눈을 끔벅하며 정색한다.

"멀지 않다면 돌아서 가보는 것도 괜찮을 듯한데요?"

"그럼 그러도록 하지요."

이렇게 하여 세 사람은 계획을 바꾸어 나고야로 향했다. 가는 도중에 그들은 가라쓰의 한 가마에 들렀다. 일본 도자기는 그 형태가 독특했다. 조선 도자기는 담백하다. 모양이 점잖고 그림도 우아하다. 이에 비해 일본 도자기는 오밀조밀한 장식을 하거나, 아니면 모양을 특이하게 만든다. 색채와 모양을 중시하고 있는 듯했다. 다도

茶道가 발달해서 그런지, 차와 관련된 도자기가 중심이었다. 또 소품이 많다.

"가라쓰 도자기에는 거친 흙으로 빚어 간소한 그림을 그린 '에가라쓰[繪唐津]' 외에 '마다라 가라쓰[斑唐津]' '조센 가라쓰[朝鮮唐津]' '미시마 가라쓰[三島唐津]' '고나비키 가라쓰[粉引唐津]' '하게미 가라쓰[印毛唐津]' 등 양식이 있습니다. 1라쿠[井戸]. 2하기[樂], 3가라쓰라고 할 정도로 일본에서는 가라쓰 도자기를 최고품으로 치고 있지요."

한용운은 고개를 끄덕였다. 전문가가 아니라도 도자기의 고급스러움을 금방 느낄 수 있었다. 고도의 예술미를 살렸다. 매끈하고 우아한 그림을 곁들인 것이 있는가 하면, 파격적으로 색상과 모양을 흐트러뜨린 것도 있다. 감정의 여백을 최대한 살린 뛰어난 예술품이었다. 도자기를 들고 있는 사람이 나머지 여백을 감정으로 채우도록 배려한 것이다. 말하자면 도자기를 들었을 때 느끼는 감정이 사람마다 다르게 한 셈이다. 도자기 하나에도 우주를 담으려는 엄청난 노력이 배었다.

"조센 세이바쓰 때 조선 도공들이 이곳 규슈에 많이 건너왔지요."

안정훈이 마쓰노의 그 말을 듣고 얼른 정정했다.

"건너온 게 아니라 끌려온 겁니다."

마쓰노는 그 말을 듣고 빙긋 웃었다. 그러고는 하던 이야기를 마저 했다.

"그들은 지방 통치자인 다이묘들에게 극진한 대우를 받으며 도자기를 만들었어요. 주로 가라쓰, 다카도리, 우에노, 아리타 등지에 가마터를 잡았습니다."

일본 도자기를 구경하고 나고야성으로 향하면서 한용운은 남다른 감회에 젖었다. 과연 일본은 조선보다 월등히 앞선 문물을 구가하고 있다는 것을 인정하지 않을 수가 없었다. 그들이 도공陶工이라고 부르는 사기장砂器匠 하나만 두고 보아도 그렇다. 조선에서는 이들을 그리 중요하게 여기지 않았다. '쟁이'라는 이름을 붙여 천민으로 분류하고, 궁중이나 일부 양반 관료들의 사치스러운 생활을 충족시키는 물량을 생산해 내었을 뿐이다. 조선 후대로 내려오면서 백자나 분청을 만들어 서민들이 사용하긴 했지만, 그래도 일반 백성들에게는 도자기가 별로 생활에 이용되지 못했다. 그런데 일본에서는 강제로 끌려온 사기장을 '도공'이라 높여 부르며 대접하고, 도자기를 생활 용기로 발전시키며 도예로 격상시켰다. 일본 문화로 정착시킨 것이다.

도자기뿐만 아니다. 대학을 세우고 고급 인력을 양산하고 있으며, 사관학교를 만들어 고급 군인을 양성하고 있다. 그런데 불과 지척에 있는 조선은 아직도 잠자고 있다. 조선인들이 일본에 유학을 오지 않으면 안 되게끔 되어 있다. 이러고서는 일본을 도저히 따라잡을 수가 없다.

짧은 체류 기간에 느낀 감상이지만, 한용운은 엄청난 벽을 느꼈다. 일본에서는 일본 정신이 있다. 화도和道다. 마쓰노는 화도가 『화엄경』에서 비롯된 것이라고 말했다. 미개한 일본을 눈뜨게 한 문화가 대륙에서 건너간 것임은 두말할 필요가 없다. 제일 먼저 건너간 것이 불교다. 현재의 일본 문화를 보면 그 영향을 미루어 짐작해 볼 수가 있다. 조선이 불교를 억압하고 있는 동안 일본은 불교를 생활 정신으로 뿌리내렸다. 종교로써 뿐만 아니라 범 문화정신의 중심에 두었다. 불교를 종교로 믿지 않는 사람일지라도 그 정신을 생활에 이용한다. 좋은 것은 취하겠다는 철저한 실용주의였다.

식사하기 위해 한 식당에 들렀다가 한용운은 그러한 사실을 직접 눈으로 목격했다. 일본의 회사나 가게 같은 데 가면 어김없이 도자기로 만든 달마상達磨像이 놓여 있다. 일본 사람들은 그것을 '다루마'라고 한다. 소원 성취의 상징으로, 또 끊임없는 노력의 감시자로 그 달마 상을 곁에 두고 있다. 일본인들은 달마상을 두면서 마음속으로 목표를 한 가지 세운다. 매출액 얼마, 아니면 몇 층짜리 건물을 세우겠다는 등의 희망이다. 재미있는 것은, 그 달마상은 처음 만들었을 때는 눈이 없다. 목표를 세운 사람이 달마상을 가져오면서 한쪽 눈을 그린다. 그러고 나서 목표를 달성했을 때 나머지 눈을 그리는 것이다. 말하자면 그 달마상은 주인에게 희망의 상징이요, 열심히 노력하도록 채찍질하는 격려자다. 또 눈을 그리는 것은 세상을 잘 보도록 지혜로운 눈을 얻자는 뜻도 있다. 그들은 달마상에 두 눈을 그리고 나면 더 이상 큰 욕심을 부리지 않는다. 그것을 지키며, 그것을 이루게 해 준 사람들, 즉 고객들을 위해 가업家業으로 장인정신을 이어 가는 것이다.

한용운이 감탄한 건 이러한 의미 때문만은 아니다. 그 상징이 하필 달마다. 달마는 선종의 종조宗祖가 아닌가. 불교도뿐만 아니라, 불교도가 아닌 집에서도 달마상을 둔다. 불교는 이미 종교를 넘어 일본 속에 하나의 생활문화로 융화되었다. 한용운은 이런 모습에 놀랐다. 불교를 받아들여 좋은 점을 뽑아 생활 문화로 발전시킨 일본 사람들의 지혜에 놀란 것이다.

한용운은 일본인의 성품을 보는 듯하여 섬 한 기운을 느꼈다. 그들은 모든 걸 철저히 자기중심으로 인식하고, 또 받아들인다. 일본이 마치 거대한 용광로 같았다. 지구도 송두리째 녹여 먹을 사람들처럼 보였다. 그래서 흰 바탕에 빨간 원을 달랑 박아 놓은 국기를 사용하는가?

또 가게 문 앞에는 커다란 너구리 상을 세워 놓았다. 양쪽에 암수 한 쌍이 서 있는데, 일본 사람들은 '다누키'라고 한다. 우스꽝스러운 표정에 술병을 들고 서 있고, 성기가 땅에 닿을 정도로 축 늘어져 저절로 웃음이 배어 나온다.

너구리는 일본 전통 민화나 전래 동화에 자주 등장한다. 이 너구리는 조선의 도깨비와 같다. 장난스럽지만 악의는 없다. 이 너구리는 술을 매우 좋아하는데, 돈이 없어 술을 자주 마시지 못한다. 그래서 도깨비 요술을 부린다. 나뭇잎을 따서 정수리에 붙이고 빙그르르 돌면 그 나뭇잎이 돈으로 바뀐다. 이 돈으로 술을 사 마신다. 그런데 술에 취하면 취할수록 너구리는 성기가 점점 더 커진다. 그러다가 시간이 지나면 돈으로 변한 나뭇잎이 다시 나뭇잎으로 원상 회복된다. 그제야 속은 줄 안 주인이 눈을 부라리며 따라오고, 너구리는 거대한 성기를 땅에 질질 끌며 도망간다.

다누끼 상의 유래가 참 재미있다. 쾌락에는 고통이 따른다. 너구리가 술을 마시며 쾌락을 즐기지만, 반대로 성기가 커지는 고통을 참아야 하는 것이다. 인간은 최상의 쾌락으로 성욕을 든다. 그러나 오르가슴에 이른 사람의 표정은 행복의 상징으로 환하게 펴지는 게 아니라, 고통스러움을 이기지 못하는 사람처럼 표정이 일그러진다. 비명을 지르고 울음을 토한다. 최상의 쾌락은 최상의 고통임을 보여 주는 모습이다.

쾌락이든 고통이든 여백을 남겨야 한다. 여백이 없는 최상의 감정은 인간이 음미할 여유마저 빼앗아 간다. 너무 즐겁거나, 너무 고통스러우면 자율 신경을 마비시켜 아무런 감정도 없어지게 되는 것이다. 즐거움과 고통은 그것을 느낄 여백이 있어야 한다. 그래야 제대로 즐거움을 가질 수 있다.

일본 사람들은 이를 상술로 이용한다. 자기네 가게에서는 성기가 늘어진 너구리처럼 손님을 최상으로 즐겁게 모신다는 의미가 배어 있다. 성기가 늘어지는 너구리의 고통은 손님 각자가 알아서 할 일이고, 업주는 무조건 즐거움만 제공하겠다는 것이다.

마쓰노가 설명했다.

"본래는 소금을 가게 앞에 두었어요. 옛날에 말을 타고 가던 사람들을 가게로 부르기 위해 그랬던 겁니다. 먼길을 오느라 땀 흘린 말이 소금을 먹으려고 가게 앞으로 왔던 거지요. 말에 탄 사람은 자연히 말이 가는 가게에 들어가게 마련 아닙니까? 그 소금 대신에 요즘은 다누끼를 세워 놓았어요."

조선에서는 부정한 사람에게 소금을 뿌린다. 반대로 일본은 사람을 끌어들이기 위해 소금을 놓아두고 있다. 여기에서도 일본의 실용성 문화를 엿볼 수가 있다.

나고야성에서 한용운은 또 한 번 놀랐다. 이곳에서는 현해탄이 한 눈에 바라다보인다. 아득한 수평선 너머의 대륙, 한 번도 본 적이 없는 그 대륙을 차지하겠다는 꿈을 품은 도요토미 히데요시의 야망을 생각하고 놀란 것이다. 바다가 확 트여 보였지만, 결국은 수평선 너머는 닫혀 있다. 닫혀 있는 벽을 뚫고 밖을 내다본다는 건 쉬운 일이 아니다. 물론 여러 가지 사정을 종합하여 만들었겠지만, 최종 결론을 도요토미 히데요시 그가 내렸다.

일본은 직관력으로 세계를 내다본다. 섬나라에 안주하며 살 수 없는 민족이다. 작은 것에 큰 것을 담는 화도 정신이 이를 증명한다. 아침 이슬 한 방울에 우주를 담는 화엄 사상이 이것이다. 그들은 세계를 이 일본의 섬 안에 담으려 한다. 이 엄청난 사상의 확산을 조선 사람들은 전혀 모른다. 남보다 생각이 앞섰다는 개화 지식인들도 이것까지는 모르고 있는 듯 보인다. 조선을 개화하려던 그들은, 이러한 사실을 모른 채 조선을 잡아먹으려는 세력들의 힘을 빌린 것이다. 이것은 분명히 미필적 고의다.

일본은 날개를 달고 세계 제패를 향해 달려가는 중이다. 도요토미 히데요시는 이 나고야성에서 세계를 바라보았다. 수평선으로 닫힌 저 문을 열고 밖으로 달려갈 생각을 했다. 나고야라는 이름도 어쩌면 그래서 붙여졌는지도 모른다. 名護屋(명호옥)이다. 가장 완벽하게 보호받는 집이라는 뜻이다.

한용운은 잠시 하늘을 보며 심호흡했다. 지금부터 조선은 어떻게 해야 하는가. 첫째는 일본을 아는 일이고, 둘째는 세상을 공부해야 하며, 셋째는 그것을 실천해야 한다. 여기에 한 가지 원칙이 필요하다. 이 세 행동을 하나로 묶는 일관된 사상을 갖는 것이다. 이것을 제각각 성취하면 아무 소용이 없다. 선각자들 가운데는 일본을 아는 사람도 있었다. 공부를 한 사람도 있었다. 또 그것을 실천하려고 노력한 사람도 있었다. 그런데 그 모든 걸 낱낱으로 떼어놓고 이해하였기에 소용이 없었다. 장님 코끼리 다리 만진 격이 되고 만 것이다.

중국에서는 중화中華가 있고, 일본에는 화도和道가 있다. 조선에도 이러한 사상이 있어야 한다. 중국이 수없이 이민족의 침입을 받아 황궁을 내어주었지만, 나라는 내어주지 않았다. 일본도 서구 열강의 힘에 눌려 개항하였지만, 그 힘을 자기 것으로 만들었다. 이것은 모두 전체를 하나로 모으는 사상에서 비롯된 것이다.

한용운은 자신이 해야 할 일을 대충 정리했다. 우선 일본을 구석구석 살펴보는 일이다. 귀국하면 제일 먼저 측량학을 사람들에게 가르친다. 자기가 사는 곳의 땅덩이 규모를 모르고서는 세계를 가질 수가 없다. 시모노세키에서 조선으로 가는 일본 측량 기사들을 보았다. 조선 사람들은 아직 자기 땅 모양도 모르고 있는데, 일본인이 먼저 알아서는 안 된다. 블라디보스토크로 갈 때 배 위에서 만났던 러시아 동포가 생각났다. 러시아 건축 탐험가를 안내하러 조선에 왔다가 가는 길이라고 했다. 시베리아를 횡단하여 조선까지 철도를 깔겠다는 생각을 품고 있었다.

"무슨 생각을 하십니까?"

한용운은 고개를 돌렸다. 안정훈도 현해탄을 바라보고 있었다. 한용운은 그의 질문에 대답하지 않았다. 그가 대답을 듣기 위해 질문을 던진 게 아니라는 걸 알았다.

나고야성을 구경하고 일행은 해안을 끼고 여행을 계속했다. 가리야 만灣을 지날 무렵에 날씨가 갑자기 흐려지더니 바람이 불고 비가 내리기 시작했다.

"일본은 바람과 비가 흔합니다. 특히 이 규슈는 태풍이 제일 먼저 상륙하는 곳이기도 하지요. 고려와 몽골 연합군이 일본을 정벌하러 왔다가 이곳 규슈 하카다에서 가미카제(神風, 신풍)를 만나 대패하고 물러난 것도 바로 태풍 때문이었습니다."

고려 장군 김방경과 원나라 장군 혼도와 홍다구가 이끄는 여원麗元 연합군이 하카다 만에서 태풍을 만나 크게 패하고 돌아왔다. 1, 2차 일본 정벌이 모두 태풍으로 실패했다. 원나라 세조 쿠빌라이가 죽는 바람에 여몽 연합군은 3차 원정의 꿈을 포기하고 말았다. 남해안 합포(마산)가 양국 연합군 집결지였는데, 지금도 군사들의 식수를 대던 우물 몽고정이 남아 있다. 원정을 실패하게 한 그 태풍을 일본에서는 '가미카제[神風]'라고 부른다.

날씨는 곧 갰다. 태풍이 아니라 잠시 지나가는 장마비였다. 다시 바다가 멀리 내다보였다. 마쓰노 히로유키가 가까운 바다에 떠 있는 한 섬을 가리키면서 말했다.

"저기 보이는 섬이 다카시마라는 섬입니다."

"다카시마라면 매섬이라는 뜻이 아닙니까?"

"예. 발톱과 부리가 날카롭고 눈이 부리부리한 사납고 용맹스러운 새입니다. 저 섬에 오래전부터 전해 오는 전설이 하나 있어요. 어느 날 하늘에서 암수 한 쌍의 아름다운 새가 내려와 온통 섬을 환하게 비쳤어요. 암컷은 수수하게 생겼으나 수컷은 깃털이 붉고 푸른색으로 아름다웠답니다. 그 새가 내려온 마을을 '기지'라고 부릅니다. 그런데 섬사람들은 아직 한 번도 그런 새를 직접 보지는 못했습니다. 아마 저 섬에 전해 내려오는 전설 속의 새이거나, 아니면 오랜 옛날 그런 새가 있었는지 모릅니다."

안정훈이 그 말을 듣고 눈을 번쩍 뜨면서 감탄했다.

"용운 스님, 이거 정말 대단한 발견입니다."

"뭐가 말입니까?"

"저 섬의 전설 말입니다. 기지라지 않았습니까? 기지[雉]는 꿩입니다. 마쓰노가 말한 전설의 새는 까투리와 장끼를 말하는 겁니다."

"그래요?"

"일본 역사서인『일본서기』에도 이와 비슷한 이야기가 나옵니다. 문제는 일본에는 꿩이 없다는 겁니다. 꿩은 조선의 텃새로 조선 반도와 쓰시마까지만 분포하고 있지요. 일본 본토에 꿩 이야기가 나온다는 사실은 신기할 뿐만 아니라, 매우 중요한 의미를 갖습니다. 마쓰노가 말하는 걸 들어 보면 마치 가루라를 이야기하는 것 같아요."

가루라는 금시조金翅鳥라고도 부르는 불경에 나오는 상상의 큰 새를 말한다. 머리는 매, 몸은 사람을 닮고, 날개는 금빛이며, 입에서 화염을 내뿜는 새다.

"매만 해도 그래요. 우리 조선에는 흔한 새 아닙니까? 사냥에도 이용하고 있지요. 그런데 섬 이름에 그 매 응鷹자가 붙어 있고, 꿩 이야기가 전설로 전해 오고 있습니다. 그것도 상상의 새인 줄 알면서 말입니다."

"……?"

"역사 공부는 이래서 재미있는 모양입니다. 오기 전에 일본 역사서를 좀 들여다보고 왔지요. 『삼국유사』와 한번 비교해 보았어요. 그런데 놀라운 일은 일본 황실이 백제 다물계 후손이라는 걸 발견했습니다."

한용운은 안정훈을 바라보았다. 추정도 아니고 단정한다. 좀 성급한 면이 없지는 않지만, 그래도 그만한 자신을 가질 만큼 조사하였다는 사실이 흥미가 있다. 안정훈은 『일본서기』와 『삼국유사』를 비교하여 나름대로 밝힌 사실을 이야기했다.

백제는 졸본 부여 쪽에서 민족을 이끌고 남하하여 나라를 세웠는데, 형인 비류와 동생 온조가 각기 다른 나라를 세웠다. 온조는 내륙으로 들어와 터를 잡고, 비류는 서해안 바닷가 쪽에 터를 잡았다. 자연히 비류는 해상을 중심으로 세력을 뻗칠 수밖에 없었다. 이들은 처음에는 졸본 부여에서 사용하던 다물多勿 제도로 통치를 사용하다가, 차츰 담로擔魯 제도를 확립하였다. 다물과 담로는 지방에 파견되어 자기 책임하에 그 지역을 다스리는 일종의 지방 장관이다.

이 두 백제 가운데 비류 백제계가 바다를 건너가 일본 황실을 이룬 것이다. 비류 백제의 최후 담로가 고구려 광개토대왕의 남진 정책에 쫓겨 일본으로 건너갔다.

"대마도는 비류 백제의 다물 계통의 민족이 건너가 터를 잡은 곳입니다. 말하자면 비류 백제의 담로가 다스리던 곳이었지요. 일본 발음으로는 쓰시마라고 부릅니다만, 한자로는 마주볼 대對 말 마馬 섬 도島로 표기하지 않습니까? 조선에도 대마大馬라는 지명이 많이 나오는데, 이는 다물의 음역입니다. 역사서에 보면 큰 대大자는 많을 다多자로도 쓰이고 있어요. 또 마馬는 우리말로 '말'입니다. 물勿이 변형되어 '말'로 발음하게 된 거지요. 그래서 '대마'는 곧 '다물'입니다. 대對와 대大는 한자 문화가 들어와 소리 나는 대로 기록하면서 같은 발음을 다른 글자로 표기한 것으로 보아야 합니다. 물勿이 말[馬]로 변화한 것과 같은 뜻입니다. 따라서 대마는 다물과 같은 소리가 남을 금방 발견할 수 있습니다."

한용운은 믿기지 않았다. 마치 무슨 옛날이야기를 듣고 있는 것 같은 신비로움마저 느꼈다. 안정훈의 말은 논리가 정연했다. 일부러 한 이야기라 하더라도, 그것을 뒤집을 실증을 제시하지 않는 한 절대로 반론을 제기하지 못할 것 같았다.

"우리나라 텃새인 꿩이 대마도에까지 분포하고 있다는 것도 이를 뒷받침합니다. 이 규슈에서는 꿩을 전설의 새로 여기고 있지 않습니까? 이를 뒷받침하는 이야기가 또 있습니다. 일본의 역사서인『일본서기』에도 나와요. 『일본서기』를 살펴보면 일본 황실은 백제의 다물계 후손들이 들어와 세운 것임을 알 수가 있습니다."

한용운은 묵묵히 그의 이야기를 들으면서 새로운 사실에 놀랐다. 승복을 입었다고 해서 불경 공부만 해서는 안 된다는 자각이 생겼다. 그는 안정훈을 만난 것을 부처님 인연으로 감사해했다. 이렇게 짧은 기간에 일본의 역사를 들여다보고, 그들의 실체를 이해한다는 것은 쉬운 일이 아니다. 안정훈은 설명을 계속했다.

『일본서기』의 신대기神代紀에 의하면, 건국 신인 니니키노 미코토는 대물주신大物主神의 도움을 야마타이 국을 세웠다고 기록되어 있다. 여기서 대물주신의 '대물'은 바로 '다물'이다. 다물계 백제인이 대마도를 거쳐 규슈로 들어간 것이다. 일본 황실이 규슈를 중심으로 발전한 것도 이 때문이다. 일본 건국 신화 대팔주기원론大八州起源論에 의하면 음신陰神인 다물주신과 양신陽神이 통음通淫하여 담로淡路가 태어났다고 기록했다. 여기서 양신의 존재가 신비롭다. 음양의 기운으로 볼 때도 양신은 주체가 된다. 추측하건대, 이 양신은 강한 힘을 가진 도래인渡來人이 아닌가 하는 의문이 제기될 수 있다. 그런데 중요한 것은 이들 사이에 태어난 자식이 '담로'라는 사실이다. 비류 백제의 후기 통치 구조가 담로 제도였다. 공교롭게도 일본 건국 신화에 나오는 담로와 발음이 같다.

"놀라운 조사를 하였군요."

"더 놀라운 일이 있어요. 신대기에는 이들의 본래 자리 잡은 곳이 웅성봉熊成峰으로 기록되어 있습니다. 웅성은 일본 발음으로 '구마 나리' 아닙니까? 놀랍게도 비류 백제가 도읍했던 웅진의 또 다른 이름이 곰나루(구마나리; 久麻那利)입니다. 이것을 어떻게 설명하겠습니까? 아무리 우연이라고 하더라도 이렇게 맞아떨어질 수는 없잖습니까?"

"놀라운 일이군요."

"신대 마지막 신 이자나키노미코토와 이자나미노미코토 사이에 세 신이 태어납니다. 아마테라스 오마카미, 쓰쿠요미노미코토, 스사노오노미코토가 그들입니다. 아마테라스 오마카미에게는 동남 규슈의 휴가 이즈모를 다스리게 하고, 쓰쿠요미노미코토에게는 창해원조지 팔백중滄海原潮之 八百重을 주었으며, 스사노오노미코토에게는 천하를 다스리게 하였지요. 이 스사노오노미코토가 도읍한 곳이 구마나루인 것입니다."

스사노오노미코토는 백성들을 잘 다스리지 못하고 억압하다가 부모로부터 추방당했다. 그는 자식들을 이끌고 한반도로 건너와 신라의 소시모리로 갔다. 여기에서도 살지 못하고 다시 흙으로 만든 배를 타고 일본 땅 이즈모 국으로 가서 이곳에 미리 와서 살고 있던 누이 아마테라스 오마카미와 동거한다. 그 후 그는 기쇼오노다노히메와 혼인하여 오나무지노카미를 낳았다. 오나무지노카미는 이즈모 국을 다스리다가 후쓰누시노카미의 침공을 받아 도망갔다. 이 오나무지노카미가 도망가 자리를 잡은 곳을 역사가들은 지금의 시마네의 이즈모[出雲]로 보고 있다. 이렇게 추정하는 것은 동남 규슈의 이즈모와 동일 지명이기도 하려니와, 이곳에서는 신사神社에 오나무지노카미를 건국 영웅으로 모시기 때문이다.

"이를 종합해 보면 이런 결론이 나옵니다. 스사노오노미코토는 백제 웅진(구마나루)에서 광개토왕의 남진에 밀려 쫓겨간 비류 백제인입니다. 또 후쓰누시노카미의 실체는 대물주신입니다. 왜냐하면 그 이후 일본의 역사 기록에 후쓰누시노카미의 혈통이 이어지지 않았고, 이즈모를 평정한 다음에 별안간 대물주신이 등장하여 장악하게 됩니다. 이는 결국 이즈모 국을 장악한 것도 비류 백제계로 볼 수 있다는 겁니다. 또 있습니다. 후씨누시노카미를 앞세워 이즈모를 평정한 총사령관 다카미무스비노카미가 적의 동정을 살피기 위하여 '무명치無名雉'를 날렸다는 기록이 있어요. 이 새는 꿩입니다. 앞서 말씀드렸듯이, 꿩은 조선 반도와 대마도에 자생하고 있던 텃새입니다. 규슈에는 살지 않아요. 따라서 비류 백제계의 스사노오노미코토 가문을 추방하고, 이즈모를 장악한 세력도 조선 반도에서 건너간 인물들이라는 건 두말할 필요도 없습니다."

한용운은 안정훈의 장황한 이야기를 듣고 정신이 혼미해졌다. 자기의 상상력을 보태어 내린 결론도 있을 테지만, 그 많은 자료를 조사하여 나름 줄거리를 정리한 사실이 놀랍기만 했다. 일본과 조선은 그리 먼 거리가 아니기 때문에 역사 이동이 불가능하지 않다. 또 마쓰노도 자신의 조상이 백제 사람이라고 하였다. 물론 더 오랜 역사를 더듬어 보면 모든 인종은 같은 갈래에서 이리저리 흩어져 갔다. 백제가 그리 아득한 옛날도 아니다. 이미 하나의 독자 문화를 형성하면서 자리 잡은 역사 시대다. 그렇다면 조선과 일본은 같은 민족이라 비약할 수는 없지만, 문화의 동질성은 남아 있을 것이다. 지금 말한 저 다카시마도 바로 그러한 흔적일 수도 있었다.

"구마모토도 그렇습니다."

"……?"

"웅본熊本이라고 쓰지 않습니까. 곰 웅 자 근본 본 자."

구마모토는 바로 이 규슈의 중심 도시다. 가토 기요마사가 성주로 있던 곳이다. 그 이름에 곰 웅 자가 붙어 있다. 그것도 근본 본 자와 함께 붙어 지명을 만들었다. 우리 배달민족은 곰 신화를 가지고 있다. 단군 성조의 어머니가 바로 곰이다. 그래서 곰을 신격화하여 귀하게 여겼고, 수도의 이름에 곰 웅 자를 붙였다. 본래 인간은 이동하며 삶의 터전을 찾았다. 그럴 때마다 지명도 함께 가지고 다녔다. 왕검성에서 출발한 우리 민족이 한반도 남쪽으로 이동하면서 비슷한 지명을 많이 남긴다. 그렇다면 지명의 분포를 조사하면 민족의 이동 경로를 추적해 볼 수가 있을 것이다. 특히 규슈는 조선과 일본을 잇는 해상로의 종점이다. 여몽 연합군의 정벌 경로도 이곳으로 이어졌고, 시모노세키가 열리기 전에는 수신사들이 이곳으로 드나들었다. 일본 황실의 도읍으로 나오는 웅성이 구마나루고, 웅본이 구마모토다.

한용운은 잠시 입을 다물고 있다가 천천히 입을 열었다.

"따지고 보면 결국 인간은 하나의 줄기서 비롯된 게지요."

"일본 황실은 백제의 후손들입니다."

"마쓰노가 이미 자기 조상이 백제 사람이라지 않았습니까."

한용운은 안정훈이 너무 비약적으로 역사를 거슬러 올라가고 있다는 느낌이 들어 일부러 담담하게 대꾸했다. 뿌리가 같다고 하더라도 이미 그들은 다른 문화를 창출했다. 중국과 조선도 그렇게 따지면 모두 한 민족이라고 말할 수 있다. 원시시대에 인간은 먹을 것을 찾아 흘러가 각기 다른 문화를 만들고 나라를 열었다. 비슷한 요소를 가지고 있다고 해서 같은 민족으로 끌어들일 수는 없다. 물로 일본의 경우는 조금 다르게 이해할 수도 있다. 가까운 역사에서 갈라졌기 때문이다. 그러나 그렇게 이해하는 것도 때가 있다. 조선이 일본보다 국력이 우위에 있을 때다. 지금은 때가 아니다. 일본이 조선 정략을 꿈꾸고, 조선 사람이 일본에 공부하러 오는 마당이다. 지금 그러한 발단을 제시하면 오히려 열등감으로밖에 안 비친다. 그뿐만 아니다. 일본의 조선 침략을 정당한 역사 의미로 파악하게 한다. 일본이 비류 백제의 후손이라면, 그들에게는 조선 침략이 고토 회복의 의미라 여길 수가 있다. 백제가 나당 연합군에 멸망하고 통일신라, 고려, 조선으로 이어졌다. 역사를 가정할 수는 없지만, 만약 백제가 통일하였다면 일본이 조선을 보는 시각이 달라질 수도 있지 않을까? 신라가 통일하였기 때문에 일본으로서는 끊임없이 고토 회복에 대한 야망을 품을 수 있다. 이렇게 되면 임진왜란과 현재 일본의 침략 태도를 다른 시각으로 파악해야 할 엄청난 상황이 생길지도 모른다.

안정훈이 흡사 남의 속을 들여다본 듯이 말한다.

"나당 연합군이 백제를 공격했을 때 백제를 지원하는 일본군이 온 사실을 아십니까?"

"그런 일도 있었습니까?"

"일본이라는 국명을 사용하기 전 일입니다. 조테이 사이메이의 아들 나카노우에가 규슈의 하카타에 전진 기지를 구축하고 백제 왕자 부여풍에게 구원군을 보냈지요. 백림강(금강) 하구에서 나당 연합군과 접전 끝에 패한 나카노우에는 백제 유민들을 데리고 규슈로 돌아왔어요. 그는 나당 연합군이 뒤쫓을지 몰라 하카다 연안에 있던 전진 기지를 철수하고, 방어 진지를 구축했어요."

한용운은 실타래에서 실을 풀어내듯 이어지는 안정훈의 이야기에 넋을 잃었다.

"구마모토에서 후쿠오카로 가는 도중에 다이자후라는 곳이 있습니다. 바로 나카노우에가 구축한 방어 진지 안에 있지요. 이곳에 거대한 정청政廳 자리가 남아 있어요. 여기에 규슈, 이키 일대를 다스리며 외교를 담당했던 것으로 알려져 있습니다."

안정훈은 감동만큼 열리지 않는 아쉬운 마음을 버리지 못했다.

"베일에 가려 있는 일본 역사를 꼭 밝혀 보겠습니다."

"좋은 생각입니다."

한용운은 안정훈의 집요한 정신에 박수를 보냈다. 맹목적인 욕심이 아니라, 정확한 논리와 추정에 따른 욕구여서 더욱 신선해 보였다. 다만 역사란 늘 힘의 우위에 있는 나라를 중심으로 엮어진다는 걸 염두에 두었으면 하고 한용운은 우려했다. 특히 명확한 실증 없는 고대사는 자칫 엉뚱한 문제를 불러일으킬 수도 있다.

마쓰노의 고향 기리코는 가리야 만에서 그리 멀지 않았다. 마침 마쓰노가 그렇게 자랑하던 기리코 목단이 활짝 피었다. 꽃은 담홍색으로 직경 30센티미터 정도 되는 큰 꽃이다. 한용운은 난생 그렇게 크고 아름다운 목단은 처음 보았다.

마쓰노가 설명을 곁들였다.

"수령이 이백 년 넘습니다."

"정말 아름답군요."

"매년 사월 하순에 피지요."

한용운은 마쓰노의 말을 제대로 듣지 못했다. 그는 지금 기리코 목단을 보면서 깊은 생각에 잠겼다. 이 꽃 하나에도 우주 만물의 이치가 담겨 있음을 본다. 아름다운 이 기리코 목단에 벌과 나비가 찾아오지 않는다. 아름다운 이 꽃에 향기가 없기 때문이다.

신라 선덕여왕의 총명함을 나타내는 일화가 하나 있다. 여왕이 공주이던 어느 날이다. 당나라 사신이 목단이 수놓아진 그림 한 폭을 가지고 신라에 왔다. 그 그림을 보면서 선덕여왕은 향기 없는 꽃이라는 걸 금세 알아차렸다. 그림에 벌 나비를 그리지 않았기 때문이다.

모든 사물은 각기 장단점을 가졌다. 넘치고 차는 요소를 가지고 있다. 그래서 혼자서는 존재 의미를 가질 수 없다. 상극끼리도 함께 존재해야 빛이 나는 법이다. 넘치는 것을 나누어 주고, 모자라는 것을 보태어 하나의 완전한 의미를 만들어내야 한다. 이것이 세상의 이치다. 만물의 영장이라는 인간은 물론이고, 꽃 한 송이에도 그러한 진리가 담겼다.

한용운은 이 꽃을 보러온 자신을 나비에 비유했다. 향기 없는 이 목단에는 인간이 나비가 되어야 한다. 목단의 향기를 눈으로 볼 수 있는 것은 인간뿐이기 때문이다. 인간은 소리와 향기를 볼 수 있고, 냄새와 색깔을 들을 수 있다. '무안이비설신의無眼耳鼻舌身意 무색성향미촉법無色聲香味觸法'의 경계를 넘어서면 능히 그럴 수 있다.

한용운은 문득 시상 하나가 떠올랐다. 시제를 '봄꿈[春夢]'이라 붙였다.

夢似落花花似夢(몽사낙화화사몽)
人何胡蝶蝶何人(인하호접접하인)
蝶花人夢同心事(접화인몽동심사)
往訴東君留一春(왕소동군류일춘)

꽃은 낙화 같고
꽃은 되레 꿈인 것을

사람은 왜 나비 되고

나비는 왜 사람 되나

이 모두가
마음의 장난이거니

동군 찾아 이 한 봄을
못 가도록 만들고자.

시를 만들어 놓고 한용운은 속으로 조용히 읊어 보았다. 둘째 연
은 장자의 시 「호접몽胡蝶夢」을 생각하면서 다듬었다. 장자는 나비
가 된 꿈을 꾸고 나서 말했다.

"내가 꿈속에서 나비가 된 것인가. 아니면 나비가 장자가 된 꿈을
꾸고 있는 것인가."

이는 만법유심萬法唯心, 즉 모든 현상은 마음에서 나온다는 뜻이
다. 꽃도 향기도 나비도 모두 인간의 마음속에서 나고 진다. 동군東
君은 봄을 관장하는 신 동제東帝다.

한용운이 마쓰노에게 시를 이 주었다. 시를 받아든 그는 감탄하며
벌린 입을 다물지 못한다.

"훌륭한 선시군요."

"과찬의 말씀입니다."

마쓰노는 목단꽃에 코를 갖다 대고 냄새를 맡아본다.

"이 꽃에 향기가 없다는 사실을 저는 오늘 처음 알았습니다. 아,
정말 놀라운 일입니다."

한용운은 내친김에 안정훈을 위해서 시를 한 수 더 지었다. 두 사

람은 홉사 나비가 되어 이곳까지 날아온 듯한 기분을 느꼈다. 그래서 보이지 않는 '나비'를 시제로 잡았다.

東風事在百花頭(동풍사재백화두)
恐是人間蕩子流(공시인간탕자류)
可憐添做浮生夢(가련첨주부생몽)
消了當年第幾愁(소료당년제기수)

봄바람에 꽃을 찾아
분주하거니

아마도 사람이면
탕자쯤 되리라.

가뜩이나 꿈인 세상
꿈을 덧붙여

그 당시의 어느 시름
씻었단 말인가.

시를 받아 든 안정훈은 하늘을 한번 올려다보고 나서 말했다.
"정말 내가 나비가 된 듯합니다."
"나비면 아마 호랑나비쯤 되겠지요."
한용운이 맞받아 농을 던졌다.
"나는 가끔 일본에까지 와서 공부해서 무엇하나 라는 명제를 떠올리고는 합니다."

"……?"

"허망하다는 생각도 들고, 답답하다는 생각도 들어요."

"왜 그렇게 생각하지요?"

"고향에 계신 부모님은 자식이 대단한 벼슬을 하는 줄 알아요. 과거에 장원급제한 것만큼 희망을 노래합니다. 생각해 보면 학문이란 게 당장 부귀영화와 바꿀 수 있는 것이 아니잖아요?"

한용운은 그의 말을 알아들었다. 학문을 꼭 무엇이 되려고 하는 건 아니다. 새로운 지식을 배워 인격을 높이는 게 학문이다. 조선에서는 지금까지 학문은 과거를 보아 벼슬길에 나가는 길로 생각해 왔다. 물론 순수하게 학문만 하려는 선비들이 없었던 것은 아니지만, 대부분 유학자는 과거가 목표였다. 이제 과거가 없어지고, 일본 유학이 최고의 학문을 닦는 코스로 받아들인다. 일본 유학을 마치고 무엇을 할 것인가 고민하는 안정훈의 모습은 조선 개화 지식인들 모두의 고민이다. 자칫 잘못하면 일본 사람 밑에서 일해야 할지도 모른다. 그렇다고 그것이 꼭 무의미한 일만은 아니다. 한용운은 생각 끝에 말했다.

"개인을 위한 일이 곧 나라와 모든 사람을 위하는 일이 될 수도 있지요."

"잘못하면 고등룸펜이 되겠다 싶은 생각을 할 때도 있습니다. 시에서처럼, 꽃을 찾아다니는 탕자로 끝날지도 모르지요."

"배움이 때로는 해가 될 때도 있습니다. 똑같은 물이라도 뱀이 먹으면 독이 되고, 젖소가 먹으면 우유가 되는 것과 같은 이치지요. 문제는 자기를 위해 열심히 공부하는 겁니다. 그러면 그것이 곧 모두를 위한 일이 되지 않겠어요? 위대한 과학자나 철학자도 결국은 거기에서 출발했을 겁니다. 그것이 온 인류를 위한 업적이 되지요."

한용운은 그렇게 말하면서도 조선의 현실을 보는 듯하여 가슴이 아팠다. 젊은 지식인들이 설 땅이 없다. 학업을 마치고 무엇을 할 것인가, 나라가 그들에게 전혀 비전을 제시하지 못한다.

외로운 선각자

    기리코에 있는 마쓰노의 집에서 하룻밤을 묵고 난 일행은 오이타로 향했다. 오이타는 일본의 동해, 즉 태평양 쪽에 있는 지방이다. 서해안의 현해탄과 이어진 나고야와 기리코와는 반대 방향이다. 그곳에는 벳푸를 비롯한 이름난 온천 지대가 있다.

    일행이 오이타로 가려는 계획은 그 때문만이 아니다. 그곳에서 구마모토로 이어지는 규슈 횡단 도로가 있고, 또 오이타는 일본 육군 사관학교 졸업생을 중심으로 혁명을 일으키려 했던 일심회 사건과 관련이 있는 지방이다.

    오이타로 가는 동안 안정훈은 일심회 사건을 한용운에게 자세하게 설명했다.

    "일본 육군사관학교를 졸업한 조선 젊은이들은 오갈 데 없게 되었지요. 조선 정부에서 참위로 임관시킨다는 연락을 받았지만, 아무런 후속 조치가 없었어요. 이들은 속이 탔습니다. 견습 사관 과정이 끝나 곧 일본 군적을 떠나게 되고, 조선 정부에서 임관하지 않으면 그야말로 낙동강 오리알이 되는 겁니다. 이들은 이미 일본에서의 생활이 어려운 형편에 이르렀지요."

이들 가운데 노백린 등 여섯 명이 먼저 귀국하여 일본 육사 졸업생들의 어려운 처지를 정부에 탄원하였다. 그러나 조선 정부에서는 아무런 반응이 없었다. 그러자 일본에 남아 있던 장호익 권호선 조택현 등이 혁명 일심회를 조직하였다. 이들은 아관파천으로 김홍집 내각이 붕괴될 때 일본에 망명한 박영효와 유길준에게 연락하여 함께 행동하려는 계획까지 짰다. 이리하여 일부 사관생도들은 귀국하고, 장호익과 조택현은 일본에 남아 계속 계획을 추진했다.

이들은 새로운 정부를 수립할 것을 계획했다. 입헌군주국을 건설하려는 쿠데타를 모의한 것이다. 인천에 있는 부호 서상집이 자금을 대고, 일본 제대 군인 1천여 명을 모집한 뒤 황제를 납치하여 창덕궁이나 경복궁에 모시고 새 정부를 구성한다는 것이었다. 군대는 춘생문 사건을 일으켰던 이진호 등이 지휘하고, 여기에 일본이 뒤에서 돕는다는 것이었다.

유길준은 장호익과 조택현에게 서약서를 쓰도록 했다. 서약서는 다음과 같다.

· 황상皇上 만들어 정부를 조직한다.
· 끝까지 합력하여 찬조한다.
· 비록 부자·형제에게도 발설하지 않는다.

서약서에는 유길준이 먼저 서명하고 두 사람이 각각 서명·날인했다.

그해 10월, 조택현과 장호익 등은 귀국하는 길에 시모노세키에서 일본인 후카가와 준이치란 사람을 만났다. 후카가와는 유길준과 함께 하는 자리에서 한 번 만난 적 있는 인물이다.

"아니? 후카가와 씨 아니오?"

"예에……?"

후카가와는 약간 당황하는 듯했다.

"어디 가는 길이오?"

"조선에 가는 길입니다."

"어쩐 일로?"

"유 대감의 서신을 가지고 서상집과 천장욱 씨에게 전하러 갑니다."

조택현과 장호익은 고개를 갸웃했다. 유길준이 그에게 밀서를 보낸다는 이야기를 한 적이 없었기 때문이다. 그러나 이들은 후카가와의 행동을 별로 의심하지는 않았다.

그 뒤 장호익은 서울 진고개에 있는 한 일본인 상점에서 후카가와를 다시 만났다. 그에 의하면 그곳은 유길준의 국내 연락 거점이었다. 서상집 서상규 오세창 등도 자주 들른다고 했다.

그로부터 며칠 뒤 이들의 음모가 발각되고 말았다. 조택현 등이 당국에 체포되고 관련자들에 대한 수배령이 내려졌다.

일은 이렇게 되었다. 유길준은 후카가와를 통하여 서상집에게 밀서를 보내어 국내 활동을 촉구하는 한편, 규슈에서 직접 만나기를 요청하였다. 그런데 서상집은 인천 감리인 하상기에게 밀고하고 말았다. 이리하여 서상집은 서상규를 친척으로 위장하여 후카가와와 함께 일본에 보내기로 하였다. 이때 서상규는 서상호라는 가명으로 자신의 신분을 감추었다.

서상호는 이듬해인 1902년 1월에 후카가와와 함께 일본으로 왔다. 이들은 오이타 현에 있는 아라이 도쿠이치의 집에서 유길준을 만났다. 이러한 사실을 전혀 모르는 유길준은 그에게 혁명 계획을 모두 말해 버렸다. 이리하여 혁명 일심회 사건은 실패로 돌아가고 장호익 조택현 등은 참수형을 당했다. 또 천장욱 오세창 최린 등은 일본으로 망명하여 겨우 생명을 부지하였다.

"최린이 이진호의 집에서 기숙하게 된 인연이 여기에 있는 겁니다. 이 사건은 그 뒤 일본과의 외교 문제로 비화했어요. 일본 당국이 조선과의 관계를 고려하여 유길준을 해외로 추방하려다가 오카사와라 제도의 하하시마로 귀양 보냈지요. 이 오카사와라 제도에는 치치시마라는 섬이 있는데, 갑신정변에서 실패한 김옥균이 귀양살이하던 섬입니다. 하하시마는 이 치치시마에서 더 멉니다."

한용운은 안정훈의 이야기를 들으면서 시종 눈을 감고 있었다. 이러한 사건이 일어날 당시 자신은 무엇을 하고 있었는가 기억을 되짚어 보았다. 역사 뒤편에 서서 무슨 일이 일어나고 있는지 전혀 알지 못했다. 들리는 풍문으로 사건의 결과만 단편적으로 들었을 뿐이다. 갑신정변, 을미사변, 갑오경장, 아관파천 등의 틈바구니에 이 사람들이 있었다. 역사와 현실이 이렇게 톱니바퀴 물리듯 물고 돌아간다. 이 사람들에 의하여 역사의 물고가 이리저리 뒤틀리고 나라가 누란에 놓였다는 걸 생각하면 분노가 일었다. 아무것도 모르는 백성들은 이들이 돌려놓은 물길을 좇아 이리저리 휩쓸려 따라가야 한다. 이런 게 역사인가. 한용운은 역사에 대한 의문과 회의가 가슴 속에서 끝없이 소용돌이치고 있었다.

안정훈이 느닷없이 물었다.

"만약에 말입니다. 일심회의 혁명이 성공했다면 조선은 어떻게 되었을 것 같습니까?"

어려운 질문이었다. 역사를 상상하여 만들 수는 없다. 다만 결과론적으로 이를 되짚어 보고, 앞으로의 역사에 귀감이 되게 할 뿐이다. 한용운이 보기에 이 사건은 앞선 역사를 그대로 본떠 재현한 것에 불과했다. 조선 왕조 정치가 중국『사기』를 들먹이며 답습한 것과 하나도 다르지 않았다. 한용운은 담담하게 말했다.

"갑신정변의 재판이었군요."

안정훈이 눈을 크게 떴다.

"한 가지 다른 점은 있습니다."

"다른 점이라니요?"

"유길준이 보수파라는 사실입니다."

"그게 무슨 말씀인지?"

"적어도 유길준은 일본을 돕는 일은 하지 않을 인물일 거라서 해본 말입니다."

"그렇다면…… 김옥균이나 서재필은 일본을 돕는 인물이라는 뜻입니까?"

"삼일천하로 끝나서 결과를 보지는 못했지만, 독립협회 일로 미

루어보면 그럴 수도 있겠다 싶습니다. 이건 어디까지나 가정입니
다."

"식견이 좁아서 그런지 얼른 이해되질 않는군요."

"유길준은 독립협회가 만민공동회를 열 때 반대파인 황국협회를
지지하고 나서지 않았습니까?"

"그건 오히려 개화를 저해한 일이지 않습니까?"

"물론 황국협회가 보부상들을 동원한 어용 단체이기는 합니다만,
그래도 나름대로 자주성은 있습니다. 일본이 황국협회보다는 독립
협회를 지지하고 나선 것만 보아도 그렇습니다."

안정훈은 그래도 한용운의 말을 잘 이해하지 못하는 듯 고개를 갸
웃거렸다.

"온갖 서양 양념으로 요리가 잘 된 음식은 누구든 먹기 편하겠지
요. 그러나 마늘과 된장으로 투박하게 만든 음식은 우리 조선 사람
밖에 먹지 못합니다. 남들이 쉽게 먹을 수가 없어요. 서양 요리는 누
구든 먹을 수 있습니다. 중국의 중화 문화와 일본 화도 문화는 아무
나 먹을 수가 없었지요. 침략자들이 오히려 자기네 것들을 가져와
바쳤습니다."

"그렇군요!"

안정훈은 그제야 눈을 크게 뜨고 한용운을 바라보았다.

"유길준은 단순한 국수주의자는 아닌 듯싶습니다. 그렇다고 맹목
적인 개화주의자도 아니지요. 개화는 하되 자주적으로 하자는 주의
아닙니까. 그는 갑오경장 때 김홍집 내각의 내부대신으로 단발령을
주도한 사람입니다. 고래의 풍습을 정말 가위로 자르듯 단행한 인물

입니다. 머리는 자르는 게 좋지 않습니까? 그러나 조선을 지키면서 자르자는 겁니다. 아마 유길준은 그러한 사상을 가지고 있는 듯합니다. 모르지요. 그를 만나 본 적이 없으니, 그도 또 다른 주의를 가진 인물인지는 모르겠어요. 앞으로 더 지켜보아야 알겠지요."

한용운은 원산에서 만났던 박영근을 떠올렸다. 안정훈은 그보다 한 걸음 더 앞선 시국관을 가지고 있다. 박영근은 유길준을 친일파로 보고 있었다. 황국협회에 가담하여 활동한 사실도 말하였지만, 일본 교육을 받은 그의 기본 시각에 대한 의심은 지우지 않았다.

"정말 놀라운 역사관을 가지고 계십니다."

"천만의 말씀입니다. 이건 역사관이 아닙니다. 진리를 보고 있는 거지요. 옳고 그름으로만 파악하면 모든 걸 제대로 볼 수가 없지요. 올바른 역사관을 가지려면, 극단적으로 말해 조국관도 버려야 합니다."

"……?"

"내 나라만 옹호하려는 사고만으로는 역사를 발전시킬 수 없기 때문입니다. 다른 나라 역사를 긍정하면서 내 나라 역사를 발전시켜야만 올바를 사관이 섭니다. 그러자면 나만 생각해서는 안 되는 일 아닙니까?"

오이타에서 하룻밤을 묵고 일행은 다시 벳푸를 거쳐 구마모토로 향했다. 마쓰노가 어릴 때 가본 멋진 풍광風光이 있다고 해서 찾아가는 길이다. 백 년이 넘는 온천여관이다. 휴양을 위한 여관이라는 말도 생소했지만, 백 년이 넘는다니 한용운은 호기심이 더욱 당겼다.

이것은 사치나 허황으로 치부될 성질이 아니었다. 이러한 생활 문화를 통하여 일본인들의 정서를 살펴볼 수가 있다. 이것은 이본을 이해하는 데 매우 중요하다. 한 나라의 민족성은 바로 이러한 생활 정서에서 비롯되기 때문이다.

"아직도 그 자리에 있는지 알 수 없습니다. 내가 열두 살 때 부모님과 함께 가보았어요. 지금으로부터 18년 전이지요. 절벽에 붙여지은 4층인가 5층짜리 건물이었습니다. 건물 뒤쪽은 그대로 절벽에 붙어 있지요. 여관 안에 있는 계단을 통해 오르내릴 수도 있지만, 절벽을 걸어서 아래층에서 위층으로 오르내릴 수도 있어요. 앞쪽으로는 좁은 계곡으로 물이 흐르는데, 테라스에서 내다보면 절경입니다."

마쓰노가 너무 진지하게 설명하는 바람에 한용운과 안정훈은 마치 신선이 노는 별유천지로 들어가는 기분이었다.

벳푸에서 구마모토로 가는 횡단 도로는 마치 원시림 속을 달려가는 것 같다. 빼곡하게 들어선 삼나무 숲을 지나고, 초원이 끝없이 펼쳐져 있는 구릉을 넘는다. 이곳이 섬이라는 느낌이 전혀 들지 않았다. 하나의 거대한 대륙처럼 느껴졌다.

구마모토가 가까워질 무렵 마쓰노가 밖을 내다보며 말했다.

"저기 보세요. 아소산입니다. 아직도 연기를 내뿜는 활화산이지요."

한용운과 안정훈은 그가 손가락으로 가리키는 곳을 바라보았다. 구름과 맞닿은 산 정상에서 탁한 연기가 피어오르고 있었다. 그로부터 일본의 건국에 얽힌 이야기를 들은 뒤라서 그런지, 마치 원시시

대의 어느 땅에 와 있는 듯한 착각이 일었다.

그들은 곧 오사히무라(長陽村, 장양촌)에 도착했다. 구마모도에서 좀 떨어진 곳으로 아소산 자락에 있었다. 마을 이름이 퍽 이색적이다. 장양촌, 햇볕이 오래도록 든다는 뜻이다. 마을 이름만 보아도 공기가 맑고 볕이 잘 드는 곳임을 금방 알 수 있었다.

일행은 오야마 온천장으로 갔다. 오사히무라에는 집들이 드문드문 떨어져 있다. 이곳은 일본에서도 휴양지로 손꼽히는 곳이라 한다. 오야마 온천장은 계곡 사이를 빙빙 돌아서 찾아갈 정도로 외진 곳에 있었다. 길이 좁고 가파른 언덕이어서 일행의 짐은 여관까지 외줄로 이어놓은 케이블카에 실어 보냈다. 줄에 매달린 통에 짐을 실으면 여관 쪽에서 줄을 잡아당겨 짐을 끌어갔다.

산자락을 타고 내려가자, 한 치 틈도 없이 빼곡히 들어찬 삼림 사이로 길게 계곡이 나 있었다. 계곡은 마치 거센 물살이 바위 사이를 뚫고 지나간 듯한 질박質朴한 산과 내를 이루고 있었다. 계곡 바로 위에는 폭포 하나가 쏟아지고 있었다. 그 계곡 한쪽 절벽에 오야마 여관이 위태로운 듯 붙어 있다. 기가 막힌 절경이었다.

한용운은 계곡 사이로 난 오솔길로 따라 내려가다가 걸음을 멈추고 절경을 감상하였다. 마쓰노가 다가와 설명했다.

"여기는 노천에 온천장이 있습니다. 하늘을 올려다보며 온천욕을 즐기지요. 아소산 속에서 뜨거운 온천이 마구 쏟아지고 있어요. 저기 보이는 폭포는 아유가미리라고 합니다. 이 계곡은 백천이라고 하지요."

마쓰노의 설명에 의하면, 이 계곡에는 아유카미리[鮎返り]라고 하

는 고기가 서식하고 있다. 이 오야마 여관의 별미 요리로 그 고기가 나올 것이라며 자랑도 했다. 아유가미리는 폭포를 오르내릴 정도로 강인한 힘을 자랑하는 고기인데, 폭포 이름은 바로 이 고기에서 따온 것이다. 한용운은 그의 말을 들으면서 조선의 은어銀魚를 연상했다. 은어도 급류를 오르내리며 사는 강인한 고기이다. 계곡을 흐르는 강을 백천白川이라고 하는 것은, 계곡에 있는 바위와 돌들에 인燐이 묻어 있어서 밤중에 보면 형광 불빛으로 하얗게 빛나기 때문이다.

"한밤중에 보면 마치 흰 물이 흘러가고 있는 듯한 착각에 빠집니다. 이러한 사실을 모르는 분은 자기 눈을 의심하며 눈을 비비며 다시 보고는 하지요. 전하는 말에 의하면 어떤 사람은 너무 놀란 나머지 혼절하고 나서 정신이 이상해지기도 하였답니다."

한용운은 고개를 끄덕였다. 그럴 수 있다. 고정관념과 인식 사이의 괴리는 그토록 무서운 것이다. 형광물질 위로 물이 흐르고 있다는 걸 모르는 사람은 그 사실을 인정하지 못한다. 더구나 낮에 맑은 물이 흐르는 것을 본 사람이라면 더욱 그럴 것이다. 마치 꿈을 꾸고 있는 듯한 착각에 빠질 수 있다.

사실은 그렇게 꿈을 꾸고 있으면 된다. 생즉몽 몽즉생生卽夢 夢卽生임을 모르는 탓이다. 살면서 꿈속을 헤매고, 꿈꾸면서 생시를 생각한다면 사람은 살 수가 없다. 사는 동안은 꿈을 꾸지 않으며, 꿈꾸는 동안은 죽어 있다. 잠자는 것은 곧 죽는 연습하는 것이다. 영원한 잠은 곧 죽음이다. 꿈은 꿈으로, 삶은 삶으로 인식하는 것이 현명하다. 삶이 꿈이고, 꿈이 삶이기 때문이다. 그것에서 헤어나려 하면 안 된다. 살면서 죽음을 생각하고, 죽으면서 사는 것을 생각하면 견디지 못한다. 그런 혼란 속에 빠져 있기에 사람들은 미혹에서 헤어나지 못한다.

서산 대사의 '삼몽시'가 새삼 떠올랐다. 주인과 객이 꿈 이야기를 하고 있는데, 또 한 나그네가 지나가며 보니 두 사람 모두 꿈을 꾸고 있더라는 내용이다.

여관 입구에서 한용운은 소스라칠 듯이 놀라며 걸음을 멈추었다. 강연실을 보았다. 잘못 본 건가 하고 다시 살펴보았으나 그녀가 틀림없다. 유카타를 입은 것으로 보아 그녀는 몇몇 조선 여자와 온천욕을 하러 가는 중이었다. 유카타는 두루마기 같은 긴 목욕 가운이다. 조선 땅도 아닌 일본에서, 그것도 이 규슈의 산골짜기에서 그녀를 만나리라고는 꿈에도 상상해 보지 못한 일이다. 그는 방금까지도 꿈 생각을 하고 있은 터라, 혹시 꿈을 꾸는 게 아닌가 하고 주먹을 꽉 쥐어 보는데 그녀가 바로 앞까지 다가왔다. 강연실도 화들짝 놀란다.

"만해스님 아니세요?"

"여긴 어쩐 일이오?"

"친구들과 유람 왔어요. 그런데 스님은?"

"나도 마찬가지요."

"며칠 묵어가실 작정인가요?"

"하룻밤 묵을 것 같소."

"저는 2층 208호실이에요."

"그래요…… 즐거운 여행이 되길 바라오."

한용운은 이미 여관 안으로 들어가고 없는 일행을 뒤따르기 위하여 그녀에게 목례하고 총총히 안으로 들어갔다.

안정훈이 싱긋 웃으며 물었다.

"아는 분입니까?"

"예."

"여자들끼리 온천 유람을 올 정도면 보통 귀부인이 아닌 것 같은데요?"

"그런가 보지요."

"친일파들입니까?"

"……?"

한용운은 안정훈을 바라보았다. 눈이 이글이글 불탄다. 한용운은 강연실이 그의 입살에 오르내리는 게 싫었다. 그녀가 일진회 회원인 남자의 소실이라는 사실을 안정훈에게 말하고 싶지 않았다. 비록 그녀가 한 짓은 잘못되었지만, 사람들에게 손가락질받게 하기는 싫었다.

"이 시국에 일본에 유람 올 정도면, 그렇지요. 제 세상 만난 여자들이군요."

한용운은 아무 말 하지 않았다. 그럼으로써 거짓말을 한 것도, 그의 말을 긍정한 것도 아니라며 자위했다.

수속을 끝낸 마쓰노가 일행 곁으로 와서 대화가 끊어졌다.

"2층입니다. 옷을 갈아입고 온천욕을 합시다. 피로가 금방 풀릴 겁니다."

한용운은 2층이라는 말에 어색한 표정을 지었다. 조금 전에 강연실도 2층에 묵는다고 했다.

그들은 방으로 가 여장을 풀고 노천 온천욕을 하러 갔다. 여관에서 준 '유카타'를 걸쳤다. 앞을 여미고 긴 띠로 허리를 묶는데, 흡사 옷고름 없는 두루마기처럼 생겼다. 그런데 재미있는 것은 속에 아무것도 안 입는다. 알몸에 유카타 하나만 달랑 걸치고 돌아다닌다. 실내뿐만 아니라, 그렇게 입고 거리를 활보하기도 한다.

한용운이 쭈뼛쭈뼛 어색해하자 안정훈이 웃으면서 말했다.

"여자들도 모두 이러고 다녀요."

"……?"

한용운은 그 말을 듣고 눈을 크게 떴다. 여관 입구에서 이런 옷을 입고 있던 강연실의 모습이 떠올랐다. 유카타를 걸치기는 하였지만, 사실 벗고 다니는 것과 다를 게 없다. 한용운은 남녀가 그러고서 어울리는 게 상스러워 보였다. 더구나 자신은 승려 신분이다. 마쓰노는 처자를 거느리는 처지라 아무렇지 않을지 모르나 한용운의 경우에는 다르다.

한용운이 그러고 서 있자, 안정훈이 재미있다는 듯이 말했다.

"뭐 그만한 걸 가지고 놀라십니까. 남녀 혼탕을 보시면 아주 혼절하겠어요."

"그럼 우리가 지금 혼탕에 갑니까?"

"예."

"허어……."

한용운은 빙긋 웃으면서 감탄사를 내뱉었다. 안정훈은 신바람이

난 표정이다.

"한 꺼풀 옷으로 가리고며 비밀스럽게 감추느니 차라리 다 같이 벗고 겉으로 드러내는 게 더 인간적이지 않습니까?"

"그렇군요."

한용운은 일본은 두고두고 연구해야 할 나라다. 야만적인 것 같으면서 진솔함이 있다. 인간은 본디 발가벗고 태어났다. 원시시대에도 발가벗고 생활했다. 문명이라는 옷을 걸치면서 인간은 부끄러워하기 시작했고, 그것이 인간을 이중인격으로 타락시켰다.

남녀가 발가벗고 함께 목욕함으로써 인간의 본질에 접근해 보려는 걸까. 아무튼 일본은 알다가도 모를 나라다.

"이 여관 안에는 탕이 없습니까?"

"있긴 합니다만, 여기까지 와서 답답하게 실내 탕에 들어가시겠습니까? 모두 옷을 벗고 있으니, 모두 입고 있는 것과 다를 바 없지요."

딴은 그랬다. 모두 옷을 벗고 있다면 입고 있는 사람이 이상해 보인다. 아름다운 풍광을 음미하면서 남녀가 같은 탕에 몸을 담그고 평화롭게 온천욕을 즐기는 것 또한 아취다. 몇 날 며칠을 선방에서 참선 정진하는 것 이상으로 좋은 공부가 될 듯도 했다.

그때 안정훈이 껄껄 웃으며 말했다.

"농담이었어요. 실은 혼탕이 아니라, 노천탕입니다. 남녀 탕이 따로 나뉘어 있어요."

"허허…… 실망했소이다."

"예에?"

이번에는 안정훈이 놀라는 눈빛을 했다.

"나도 사내 아닙니까."

안정훈이 머뭇거렸다.

"피할 것 다 피하면 세상 살아갈 수가 없지요. 궂은일 맑은 일 다 부딪치며 살아야 합니다. 중이라고 해서 신선이 노는 곳에서만 살려고 하면 이미 중이 아니지요."

"정말 만해스님은 유별나십니다."

"허허, 유별나다니요. 무별이 나야 하는데, 내가 공부를 잘못한 모양입니다."

"아닙니다. 그런 뜻이 아니라, 다른 스님들에게서 느끼지 못한 인품이 느껴진다는 말씀이었어요."

"그것이나 저것이나 듣기 거북하기는 마찬가지지요. 그리 사람으로 대해 주길 바랍니다."

"잘 알겠습니다."

안정훈은 호되게 몰렸다가 풀려난 사람처럼 엉겁결에 한용운에게 합장했다. 한용운은 유카타를 입고 합장하는 안정훈의 모습이 우스워 한바탕 호탕하게 웃었다.

노천탕은 계곡 아래쪽에 있었다. 이름 그대로, 하늘과 주위가 그대로 열려 있다. 남탕과 여탕 사이를 대나무 발로 엉성하게 가려 놓았을 뿐, 탕은 함께 사용한다. 물밑으로 헤엄쳐 가면 여탕으로 넘어갈 수 있게 되어 있다.

일행은 유카타를 홀홀 벗고 탕으로 들어갔다. 발 넘어 여탕 쪽에서 두런거리는 소리가 들려 왔다. 한데 엉켜 무슨 소린지 알아들을 수는 없었다. 한용운은 그 속에 강연실의 목소리도 섞여 있으리라 생각하며 눈을 지그시 감았다.

안정훈이 여탕 쪽을 바라보며 농담했다.

"마음만 먹으면 다 들여다볼 수 있겠군요."

"마음만 잘 먹으면 눈을 감고도 잘 보이지요."

한용운은 지우와 탁발 나갔을 때의 일이 떠올랐다. 처녀의 엉덩이를 보며 농담을 주고받았다. 지우는 색즉시공 공즉시색을 희화적으로 표현했다. 처녀의 엉덩이를 보고 있어도 하늘이 머릿속에 들어와 있고, 하늘을 보고 있어도 처녀의 엉덩이가 머릿속을 어른거린다는 뜻으로 말한 것이다.

안정훈은 호기심을 떨쳐내지 못하는지 여탕 쪽을 바라보며 이야기했다.

"그런데 참 이상하지요?"

"뭐가 또 이상합니까?"

"이 규슈에는 조선에서 건너온 사람들이 많다면서 목욕 문화는 전혀 다르잖습니까?"

"가가 예문이라 하잖습니까. 나라가 다르니 그 풍습 또한 달라졌겠지요."

"혹시 우리 조상들도 이러지 않았을까요?"

"알 수 없지요."

"조선이 유교를 받아들이면서 바뀌었는지도 모르지요. 고려 때는 우리도 남녀 혼욕이 있었어요."

한용운은 눈을 크게 떴다.

"고려 때는 남녀 관계가 매우 개방적이었습니다. 불교의 영향이 컸죠. 연등회나 팔관회 같은 불교 행사는 백성 모두가 참여하는 축제였잖아요. 남녀노소 가릴 것 없이 화장하고 새옷 갈아입고 축제에 참여할 정도로 자유분방했어요. 「동동」「쌍화점」 같은 고려 가요는 모두 남녀의 사랑을 노래한 것입니다. 여름에는 개울에서 목물했습니다. 위쪽에는 여자들이, 아래쪽에는 남자들이 목욕하였지요. 두런거리는 말소리가 들릴 정도로 가까운 거리였어요. 달이 구름 밖으로 나오면 여자들의 허연 살결이 보일 듯 말 듯했겠지요. 여자들은 일부러 남자들이 보이는 곳에 자리를 잡고 목욕합니다. 안 보이는 곳에 있으면 불안했기 때문입니다. 조선이 유교를 받아들이면서, 여인네들은 자기 자신에게도 자기 알몸을 보여서는 안 된다는 사고가 박히게 되었어요. 그래서 조선 시대 여인들은 부분욕을 했습니다. 얼굴 닦는 대야, 몸 닦는 대야, 발 닦는 대야, 뒷물하는 대야 등을 각각 따로 장만하여 썼지요."

한용운은 안정훈이 역사 이야기를 늘어놓을 때마다 감탄했다. 단순한 사료를 이야기하지 않았다. 그것을 재구성하여 자기의 이야기를 만든다. 퍽 재미있는 사람이다.

"일본은 성 문화가 매우 개방되어 있어요. 이 정도는 양반입니다. 아예 남녀가 같은 탕에 들어가는 곳도 있으니까 말입니다. 일전에 마쓰노의 고향으로 가다가 다카시마를 지나지 않았습니까?"

한용운의 머릿속에는 오사히무라에 쏟아지는 봄 햇살이 가득 찼다. 그가 관심을 보이지 않자 안정훈이 그에게 질문을 던졌다.

"오다가 본 다카시마 있잖습니까?"

"꿩 전설이 있다던 그곳 말이지요?"

"예. 그 다카시마 조금 못 미치는 곳에 데라우라 온천이 있어요. 한자로는 사포寺浦지요. 절 사 자, 포구 포자입니다. 그러고 보니 이 상하군요. 절이 있는 포구라는 뜻이네요?"

"그런데요?"

"그곳에 놀러 갔다 온 친구들에게 들은 이야기인데, 거긴 말입니다. 현해탄 쪽으로 난 가리야 만에 섬들이 마치 징검다리처럼 놓여 있답니다. 여관에 든 손님들이 여자를 찾으면, 여관 주인이 등불을 들고 흔들어 불빛으로 섬에 연락합니다. 그러면 조그마한 전마선을 타고 여기저기 작은 섬에서 여자들이 여관으로 찾아와요. 그들 중에는 자매들도 있고, 모녀 사이도 있다는군요."

한용운이 돌아보자 안정훈은 정색했다.

"아닙니다. 내가 갔다는 게 아니라 친구들에게 들은 이야기라니까요?"

"그게 아니라, 왜 지금 그 이야기를 하지요?"

"예에?"

"그곳에 갔을 때 이야기했으면 우리도 한번 진풍경을 구경했을 것 아닙니까?"

안정훈은 한바탕 웃음을 터뜨리고 나서 말했다.

"난 또 스님께서 언짢아하시는 줄 알고 바짝 긴장했더랬어요. 그럴 줄 알았으면 눈치를 보이는 건데…… 정말입니까?"

"뭘 말입니까?"

"스님도 관심이 있으십니까?"

"아니, 중도 사람이라고 몇 번 말해야 알아듣습니까? 마쓰노는 처자까지 거느리고 살잖습니까."

"그렇긴…… 하지요…… 헌데, 아까는 노천탕에도 안 나오시려 하잖았습니까?"

"마음은 그렇게 시시각각으로 변하는 게지요. 때와 장소에 따라서 변하는 겝니다."

한용운은 가능하면 그로부터 많은 이야기를 듣고 싶었다. 그가 달리 경계하지 않도록 한용운은 마음에 없는 말도 했다

"늘 한마음이면 사람은 살지 못합니다. 생각해 보시오. 결혼식에 가서 웃었다고 상갓집에 가서도 웃을 수 있나요?"

"하긴 그렇군요."

"시골뜨기라고 해서 한성 사람 마음이 못 된다면 영원히 시골뜨기밖에 더 되겠소이까. 일본 사람이 일본 사람 마음이고 조선 사람이 조선 사람 마음이면 나라 사이에 싸움이 일어날 리가 없지요. 여길 보시오. 이렇게 산천경개가 좋은 곳에서 알몸으로 몸을 담그고 있으면 다른 무슨 욕심이 생기겠소. 이곳을 떠나면 마음이 또 달라지는 겝니다. 더구나 남의 나라에 가 보면 더욱 달라지지요. 일본인들이 조선 땅을 밟아 보고는 이 무릉도원을 까마득히 잊고 또 남의 땅을 갖고 싶어 합니다. 여기 와보니 나도 일본을 갖고 싶은 욕심이 생깁니다."

"그럼, 일본이 조선을 탐내는 것도 인지상정이라는 말씀입니까?"

"인지상정이라……."

한용운은 뜨거운 물을 손으로 퍼서 얼굴을 씻었다.

"마음이지요."

"마음이라니요?"

"변하는 마음입니다."

"이해가 안 되는군요. 불가에서는 마음은 변하지 않는다고 하지 않습니까?"

"그러니까 그놈이 문제인 겝니다. 변하지 않아야 할 것이 변하니까 탈이 나는 게지요."

"……?"

"저 산은 그냥 산입니다. 이 물도 그냥 물이지요. 산은 산이고, 물은 물일 뿐입니다. 그러나 저 산은 철 따라 모양을 바꾸고, 이 물은 사람에 따라 즐기는 맛이 다릅니다. 사람들은 변하는 겉모습을 보고 산이라고 하고, 제 마음에 따라 달라지는 이 물맛을 물이라고 하는 겝니다. 산을 산으로 보고 물을 그냥 물로 보면 욕심이 생길 리 없지요. 변하는 색깔을 보기 때문에 망상이 생기는 겝니다."

조선에서 보는 일본인의 겉모습과 일본에서 보는 일본인의 속이 전혀 다르다. 한용운은 길게 숨을 내쉬었다. 가슴이 답답했다.

"어려운 말씀이군요. 불교가 좋기는 하나 그걸 어떻게 일반 대중에게 전할 수 있을까요. 불교를 모르는 사람들에게는 그 교리가 그림의 떡처럼 느껴질 테니까요."

안정훈이 표현한 그림의 떡이라는 말이 정신이 번쩍 나게 했다. 한용운은 잠시 생각을 정리했다. 그림의 떡이 아니라 직접 먹을 수 있게 하는 방도를 만들어야 한다.

"머리를 깎고 기르는 게 문제가 아니라 행이 중요합니다. 마쓰노를 보세요. 머리를 기르고 아내를 두고 있질 않습니까? 머리를 깎는 것은 행의 표본을 보인 것이지, 사람과 달라지기 위해서가 아닙니다."

한용운은 마쓰노를 돌아다보았다. 그제야 그와 한마디도 대화를 나누지 못했다는 사실을 깨닫고 몹시 미안했다. 그는 탕 속에 몸을 담근 채 눈을 지그시 감고 있다. 무슨 말인지는 알아듣지 못했을 테지만, 두 사람의 대화는 듣는 듯했다. 안정훈도 그런 느낌을 받았는지 마쓰노와 뭐라고 말을 주고받는다. 한용운은 혹시 안정훈이 미묘한 조일 관계까지 들먹이는 건 아닐까, 마음 쓰였다. 여태 겪어본 것으로 보아 마쓰노는 생각이 매우 깊은 사람이다. 마쓰노와 이야기를 나누던 안정훈이 한용운을 돌아다보며 물었다.

"제가 마쓰노에게 무슨 말을 했을 것 같습니까?"

"여자 이야기를 했겠지요."

한용운은 조금도 망설임 없이 대답했다.

"아니, 그걸 어떻게 아셨어요?"

"마음의 소릴 들었습니다."

"제 마음을 보셨습니까?"

"내보이시니까 본 게지요."

"마쓰노가 내게 무슨 얘기를 그렇게 진지하게 했느냐기에 여자 이야기를 했다고 말했지요."

둘은 마주보고 웃었다. 그때 여탕 쪽에서 까르르 웃는 웃음소리가 들려왔다. 마치 이쪽 말을 듣고 웃는 것처럼 들려 한용운은 얼른 일어났다.

"물이 뜨겁군요. 나갈까요?"

"스님 몸이 뜨거워진 것 아닙니까?"

"뜨거운 탕 속이니까요."

"여자 속은 더 뜨겁겠지요?"

한용운은 그의 말을 흘리면서 탕 밖으로 나왔다.

한용운은 새벽녘에 잠이 깼다. 오랜 습관이다. 절집에 있었으면 새벽 예불을 올릴 시각이다. 마쓰노와 안정훈은 아직 깊은 잠에 빠져 있다. 방 안은 캄캄한데 창문은 하얗다. 기이한 일이었다. 빛이 없는데 흰 색깔만 오롯하게 살아 있다. 창밖으로 물 흐르는 소리가 요란하게 들렸다. 폭포에서 쏟아져 계곡을 돌아 울리는 그 물소리는 마치 천둥소리 같다.

한용운은 조심스럽게 일어나 창문 쪽 문을 열고 테라스로 나왔다.

신기한 광경이 펼쳐져 있다. 낮에 마쓰노로부터 계곡의 바위들이 저녁에는 형광 불빛으로 빛난다는 소리를 들었기에 망정이지, 그렇지 않으면 몹시 놀랄 뻔했다. 계곡이 온통 하얀빛이다. 마치 우윳빛 물이 흐르는 듯 착각할 정도였다. 계곡 위 하늘이 손바닥 크기로 보이고, 그 하늘에 달이 흐르듯 떠 있다. 신선이 노니는 별유천지다. 얼마나 많은 시인 묵객이 이 자리에 저 달을 보았을까. 그는 문득 시 한 수가 떠올라 시상을 정리했다.

高樓獨坐絶群情(고루독좌절군정)

庭樹寒從曉月生(정수한종효월생)
一堂如水收入氣(일당여수수입기)
詩想有無和笛聲(시상유무화적성)

다락에 앉으니 뭇 생각 끊이는데
새벽달 따라 추위가 생겨나
물 끼얹은 듯 인기척 없는 곳
어렴풋한 시상 피리 소리에 화답하노라

아름다운 자연을 음미하고 한 편의 시를 읊는데 어찌 나와 남이
따로 있겠는가. 한용운은 시를 읊는 동안 잠시 이곳이 일본이라는
생각을 잊었다. 발을 딛고 서 있는 그곳은 곧 인간이 사는 땅일 뿐이
다. 한 생각에 따라 그곳이 극락일 수도 화탕지옥일 수도 있다. 극락
은 '극사시토소락極四時土所樂'다. 양극과 동서남북 네 방향은 곧 우
주를 나타낸다. 그 우주 속의 때와 장소 가리지 않고 즐거움이 가득
차 있다는 뜻이다. 첫 글자와 끝 글자를 따서 극락極樂이라 한다.

한용운은 조심스럽게 방에서 나왔다. 삐걱거리는 계단을 조심스
레 밟으며 흰 눈이 쌓인 듯 온통 흰빛인 계곡으로 내려갔다. 그는 바
위에 걸터앉아 흐르는 물을 바라보았다. 눈 덮인 설악의 백담에 앉
아 있는 듯한 착각이 들었다. 잠시 그러고 있는데 인기척이 들린다.
뒤돌아보니 강연실이 그에게 다가왔다.

"저도 잠이 오지 않아 테라스에 나와 있었어요. 그런데 왜 흰 물이
흐르죠?"

"물이 흰 게 아니라, 이 돌들에 인이 묻어 있어서 희게 보이는 거

랍니다.”

“저는 깜짝 놀랐어요. 놀라 바라보고 있는데 스님의 모습이 보이길래 내가 꿈을 꾸고 있는 줄 착각했어요.”

“제대로 꿈을 꾸고 있는 겁니다.”

“옆에 앉아도 돼죠?”

한용운은 옆으로 비키며 자리를 내주었다. 강연실이 옆에 앉자 술 냄새가 강하게 풍겼다.

“참 이상해요.”

“뭐가 말입니까?”

“스님을 여기에서 만난 게 말이에요.”

한용운은 대답하지 않고 달을 쳐다보았다.

“스님과 저는 항상 우연히 만나 바람처럼 헤어졌잖아요.”

“인연이란 본래 그런 거지요.”

“스님들이라서 그런가요?”

한용운은 여전히 달을 올려다보고 있다. 그녀의 질문이 그의 가슴에 와 일렁였다. 인연이란 바람처럼 흘러왔다가 바람처럼 흘러가는 것이라고는 하지만, 그녀에게는 의도적인 행동으로 그랬다. 자연스레 그래도 좋으련만 부지불식간에 그는 그녀를 피했다. 문득 혜관스님의 파행이 그의 머릿속을 스쳐 갔다. 연해주에서 무자위 출신 여인을 탐하던 그의 모습에서 한용운은 건강한 한 인간의 모습을 떠올렸다. 끓어오르는 성욕을 억제하며 그 자리를 도망쳐 나온 자기 모습이 어쩐지 덜 익은 풋과일 같다.

“남편이 일진회 회원이라고 해서 피하시는 건가요?”

"아니요."

"그럼, 불도를 위해선가요?"

한용운은 그녀의 질문이 점점 이상한 방향으로 흐르는 데 당황했다. 핵심을 빙빙 돌고 있는 그녀의 의중을 뚫어보았다. 남녀 유정有情인가. 그건 그녀에게서 찾을 게 아니라 자기 자신의 마음을 들여다보면 될 일이다. 그는 신발을 벗고 물에 발을 담갔다. 차가운 냉기가 다리를 타고 올라와 전신에 짜릿하게 배어들었다. 그 냉기가 온통 흰색이다. 머릿속까지 찬바람과 함께 흰색이 물든다. 그제야 한용운은 말문을 열었다.

"인연은 소유할 수 있는 게 아니오. 버리는 마음을 가질 때 참하게 영원히 담기는 게지요."

한용운은 그 말을 하면서 고향에 있는 아내를 떠올렸다. 사모관대 쓰고 인연을 맺었다. 시속時俗으로 보면 그보다 더 질긴 인연은 없다. 그런 인연을 버리고 자유인이 되고자 하는데 새삼스레 또 다른 인연에 묶일 수는 없다.

"전 잘 모르겠어요. 다만 외로움과 배고픔을 아는 아녀자입니다. 오늘 밤 잠 이루지 못하고, 또 스님께서 달빛 아래 계시다는 것만 중요할 뿐입니다. 그리고 여기는 이국땅, 여행지예요."

그녀는 자리가 불편한지 자세를 고쳐 앉는다. 그러다가 기우뚱 몸이 강물 쪽으로 쏠렸다. 한용운이 재빨리 그녀를 붙들었다. 그 바람에 그녀는 쓰러지듯 그의 가슴 안으로 넘어졌다. 한 줄기 뜨거운 바람이 한용운의 가슴을 지나간다. 술 냄새와 함께 향긋한 여자의 머리 냄새가 그의 코끝을 강하게 자극했다. 회오리바람처럼 뒤엉키는 마음의 가닥을 잡기 위해 그는 크게 한숨을 내쉬었다.

잠시 그러고 있었다. 한용운도 그녀를 떼어놓을 생각을 하지 않았다. 그녀 역시 편안한 듯 그의 가슴에 얼굴을 묻고 가만히 있었다. 그러다가 한용운은 놀란 듯 그녀를 떼어놓았다.

"스님 가슴도 뜨겁기는 하군요."

"……?"

"철없는 아이도 여행을 떠나면 마음이 설렙니다. 낯선 세계에 대한 동경과 새로운 세계를 보는 즐거움 때문이 아닙니까? 그러나 어른은 사소한 풍물에 마음이 들뜨지는 않을 거예요. 적어도 나의 경우에는 그렇더군요. 판에 박은 듯한 생활과 고정 관념에서 헤어나지 못했던 정신세계를 벗어나 자유인이 되고픈 충동을 느껴요. 때로는 작은 아녀자의 가슴으로는 감당하지 못하는 충동을 느끼기도 해요."

충동, 그녀가 충동이라고 했으나 흔들리는 마음을 정리한 한용운은 그 말이 흐르는 강물 소리로 들렸다.

"남자들은 이럴 때 어떻게 하나요?"

닫힌 한용운의 마음을 열기 위해 그녀는 노골적인 질문을 한다. 한용운은 묵묵부답이다. 이럴 때는 침묵이 가장 강력한 말이다.

"죄송해요. 제가 스님에게 너무 무례하게 굴지요?"

"아니요. 맛있는 음식을 보면 먹고 싶은 마음이 동하는 게 인지상정이오. 나무랄 일이 아닙니다. 나라고 해서 다를 리는 없지요. 허나, 그걸 무상으로 흘려보낼 줄 아는 게 또 인간이지요. 맛있는 음식 맛을 알고 나면 맛없는 음식이 보기 싫어져요. 늘 맛있는 음식을 먹을 수 있는 게 아니니까, 평생 고생보따리를 안고 살지 않으려면 좋고 싫음에서 벗어나야 합니다."

"결국 스님은 사람이긴 하지만 남자는 아니라는 뜻이군요?"

한용운은 그녀의 말이 할[喝]로 들렸다. 승려가 사람이긴 하지만 남자가 아니라는 말이 충격적으로 들렸다. 승려는 반쪽 인간이라는 말로도 들렸다. 반쪽 인간이 온전한 인간을 제도한다며 승복을 입었다. 온전한 인간을 모두 반쪽 인간으로 만들려는 것인가. 불타 여래가 이 세상에 온 지 2800년이 지났건만 아직도 불국토를 이루지 못한 건 어쩌면 반쪽 인간이 세상을 제도하려 했기 때문인가. 일본 불교가 앞서가고 있는 건 승려들이 아내를 거느리고 온전한 인간 세상에서 살기 때문일지도 모른다.

"죄송해요."

"……."

아까부터 한용운은 속으로 관세음보살을 계속 염송한다.

그녀가 갑자기 화제를 바꾸었다.

"왜 친일파와 같이 사느냐고 묻지 않으세요? 그것도 정실이 아닌 소실로 말예요."

"난 그럴 자격이 없는 사람이오."

"관심이 없다는 뜻인가요?"

"……?"

"그럼, 지난번에 뵈었을 때는 왜 야단치셨지요?"

한용운은 그녀를 돌아다보았다. 화제가 바뀌는가 했는데 또 원점으로 돌아간다.

"나는 오라버니를 싫어해요. 이기주의자예요."

"강 선생은 민족주의자입니다."

강연실은 그 말을 듣고 갑자기 웃음을 터뜨렸다.

"민족주의자. 좋지요. 그럼, 가족은 민족이 아닌가요? 대의를 위해 작은 희생이 따라야 한다고 말씀하시겠죠? 저는 오라버니를 잘 알아요. 오라버니는 야망 때문에 가족을 버린 겁니다. 두고 보세요. 자기의 뜻을 편다면 오라버니는 분명히 정계로 나가 고관대작이 될 거예요. 시골에 처박혀 있는 존재감 없는 선비가 출세하는 길로는 그보다 더 좋은 방법이 어디 있겠어요?"

한용운은 놀랐다. 몸과 마음이 흐트러져 있는 것 같았던 그녀의 입에서 칼날 같은 말이 도도하게 흘러나왔다.

"아무런 대가가 없다면 그러지 않을 겁니다. 조국, 민족, 다 좋지요. 그렇게 떠들지 않는 백성이라고 해서 애국 애족 안 한다고 생각하세요? 오히려 말로 행동으로 떠드는 사람들보다 더 많은 애국자가 있다는 걸 알아야 해요. 어쩌면 그렇게 요란하게 떠드는 사람 가운데는 장차 황제를 꿈꾸는 인물도 있을지 모르지요. 우리 오라버니는 아마 그런 야망을 가진 사람일 거예요."

한용운은 할 말을 잃었다. 그녀가 전혀 생각지 못했던 것을 일깨워 주었다. 욕심 없는 희생이 없다는, 인간의 속성을 날카롭게 꼬집고 있지 않는가. 명예든 권력이든, 아니면 재물이든, 그 무엇이든 반대급부가 없다면 과연 몇 사람이 대의를 위해 싸울 것인가.

"남편은 친일파 맞아요. 그런데 그 사람에겐 인간적인 모습이 보여요. 가족을 먹여 살리고, 또 이웃을 생각할 줄 알아요."

한용운은 오빠에 대한 그녀의 증오를 읽는다. 그녀는 계속 말했다.

"넓게 보면 인간은 한바탕에서 살아요. 민족주의자건 친일파건. 여기 와서 보면 일본 사람들도 그저 평범한 인간일 뿐입니다. 이해 관계의 대립이 있을 때 원수지간처럼 싸웁니다. 같은 민족끼리도 싸우잖아요. 밥그릇을 놓고. 이웃끼리 서로 싸우면 그게 원수지간 아닙니까?"

"우리가 대의냐 소의냐 하는 것은, 자신을 위해 싸우느냐 남을 위해 싸우느냐 하는 차이입니다. 강대용 선생께서는 민족의 아픔을 생각하면서 가족들의 슬픔을 참고 있을 겁니다."

"저는 그런 거 잘 몰라요. 따뜻한 정을 원할 뿐이어요. 오라버니가 바깥일에 뛰어든 뒤부터 우리 가족은 사람의 정을 느끼며 산 적이 없어요. 뿔뿔이 흩어져 자기 몸 하나 지키기에 바빴지요."

강연실이 사람의 정이 그리워 지금의 남편과 혼인했거나, 아니면 강대용에 대한 반발심이었을지도 모른다. 한용운은 가슴이 쓰렸다. 어쨌거나 그녀의 행동은 자신에게나 민족 전체를 위해서나 불행한 일이었다. 술이 좀 깨는지 그녀는 자세를 고쳐 앉았다.

"죄송해요. 제가 너무 흐트러져 있었죠?"

"아니요."

"스님은…… 여자를 가까이해 본 적 없나요?"

한용운은 그녀를 돌아보았다.

"달리 생각지 마시어요. 스님을 이해하지 못할 때가 있어서 그래요."

"언제 그렇습니까?"

"스님을 뵈면 따뜻한 정이 배어 나오곤 했어요. 그런데 말씀을 듣고 있으면 별안간 찬바람이 일어요. 스님들은 모두 다 그런가요?"

한용운은 소리 없이 웃는 것으로 대답했다.

"며칠 묵으세요?"

"오늘 떠나게 될 겁니다."

"또 말없이 헤어지겠군요. 언제 귀국하세요?"

"모르겠어요. 한 6개월 있어 볼 작정입니다."

"어머, 물빛이 제 색깔로 돌아오고 있네요."

한용운은 물을 내려다보았다. 형광 빛이 거의 사라지고 없었다. 주위가 희뿌옇게 날이 밝는다.

"이제 들어갑시다."

한용운이 먼저 자리에서 일어났다.

"좀 잡아주세요."

강연실이 손을 내밀었다. 한용운은 잠시 머뭇거렸다.

"손잡는 것도 계율로 막나요?"

한용운은 그녀의 손을 잡았다. 망설이는 것 자체가 어색한 행동이다. 그녀의 말대로 계율은 여자의 손을 잡는 것도 금하고 있다. 손도 손 나름이다. 넘어진 사람을 잡는 것까지 금하는 건 아니다. 지금은 그 자신이 그녀를 여자로 보고 있기에 망설였다.

여관 입구에 들어서다가 두 사람은 안정훈과 마주쳤다. 수건을 목에 걸친 것으로 보아 세수하러 나오는 길인 모양이었다.

강연실과 함께 있는 것을 본 안정훈이 놀란 표정으로 묻는다.

"산보 갔다 오십니까?"

"산 구경을 좀 했지요."

"그래요……?"

여전히 안정훈은 두 사람을 의아한 눈빛으로 훑어본다. 서둘러 강연실이 작별 인사를 했다.

"스님, 건강 조심하세요."

"고맙습니다."

"저희는 내일 동경으로 떠나요."

"좋은 구경하고 돌아가십시오."

한용운 일행은 그날 오후, 오야마 온천여관을 떠났다. 한용운은 그날 이후 강연실은 만나지 못했다.

오사히무라를 떠나면서 한용운은 여러 가지 감회에 젖었다. 조선에 와 있는 일본인과 일본에서 본 일본인이 다르다는 점이 그를 혼란스럽게 했다. 조선에서 본 일본인은 남의 나라를 침탈하려는 무뢰한으로 비쳤는데, 일본에서 본 그들의 모습은 조선인과 똑같은 평범한 사람들이었다. 그들에게도 종교가 있고, 시가 있고, 문화가 있었다. 당연한 일이지만, 그에게는 대단히 중요한 발견이었다. 조선인을 이러한 시각으로 보는 일본인이 있을 수 있다는 희망은 항일 운동 방향을 결정하는 데 매우 중요하다. 서로를 안다는 건 대처할 방도를 구한 것이나 다름없다. 지피지기 백전백승이라 하지 않았는가. 적을 알고 나를 알면 백 번 싸워 백 번 이긴다.

마쓰노 히로유키가 재미있는 사실을 알려 주었다. 일본 승려 겟쇼[月照]에 관한 이야기였다. 겟쇼는 막부幕府 말기 친왕파 승려로 교토 청수사 성취원의 주지였다. 속명은 다마이 닝코다. 그는 네덜란드와 미국 등 서구 열강의 무력 개항이 한창이던 무렵, 존왕양이尊王洋夷, 즉 천황을 모시고 서양 오랑캐를 물리치자고 주장하며 가쓰가이 다다데루, 사이고 다카모리 등과 저항 운동을 하였다. 그 바람에 그는 막부의 미움을 사 쫓기는 몸이 되었으며, 이곳 규슈의 사쓰마로 피신하였다. 결국 그는 사이고 다카모리와 함께 바다에 투신하였는데, 사이고는 구출되고 그는 사망했다.

"겟쇼는 서양의 지배 세력에 대항했던 최초의 일본 승려입니다."

한용운은 생각 같아서는 사쓰마에 한번 가 보고 싶었다. 일본에도 외세에 저항한 승려가 있었다는 사실이 놀라웠다. 일본이 조선을 지배하려 하고, 자신이 일본에 저항했을 때 과연 일본은 어떤 자세를 취할 것인가. 한용운은 그러한 시나리오를 꾸며 보고 속으로 쓴웃음을 지었다.

일본은 지금 서구 열강으로부터 당했던 힘의 논리를 그대로 조선에 적용했다. 실권자인 막부를 중심으로 그 서구 열강의 힘을 자의적으로 받아들였지만, 조선은 잠을 자다가 느닷없이 당했다.

돌아오는 길에 일행은 히로시마 북서부에 있는 미야지마에 들렀다. 이곳도 오사히무라처럼 풍광이 참 아름다웠다. 오사히무라가 육지의 별유천지라면, 미야지마는 해상의 별유천지다. 마치 신선이 사는 삼신산三神山의 영주瀛州로 착각할 정도였다. 한용운은 문득 도연명의 「도화원기」에 나오는 별천지가 생각났다. 이대로 기억 속으로 흘려 버리기에는 너무나 아까운 정경이다.

天涯孤興和爲愁(천애고흥화위수)
滿艇春心自不收(만정춘심자불수)
洽似桃原烟雨裡(흡사도원연우리)
落花餘夢過瀛洲(낙화여몽과잉주)

먼 이역에서 이는 흥은 그대로 시름
배에 찬 춘정을 걷잡지 못해
모두가 보슬비 오는 도원만 같아
꿈인 양 꽃 지는 날 영주(瀛洲)를 지나가다

마쓰노가 그의 시를 보더니 감탄했다.

"한용운 스님은 조선의 두보입니다."

"과찬의 말씀입니다."

"아닙니다. 진심으로 드리는 말씀입니다."

한용운은 일본인의 특성 같은, 지나칠 정도로 겸손한 그들의 표현
에 아직 익숙하지 못했다. 기쁨과 슬픔을 안으로 감추는 조선 사람
과는 전혀 달랐다.

동대사東大寺가 있다는 나라와 옛 수도 교토도 동경으로 가는 길
목에 있었으나 그냥 지나쳤다. 여비 한 푼 없이 따라다니는 입장에
서 보고 싶은 욕심을 다 만족시킬 수가 없었다.